国家社科基金
后期资助项目

生态符号学视角下现代自然文学的意义范式研究

岳国法 著

科学出版社
北京

内 容 简 介

本书从生态符号学视角研究现代自然文学的意义范式，根据生态符号学的意义论，按照人认识自然、解释自然的方式，以及"人"介入"自然"的程度，尝试把现代自然文学作品分为不同的自然描写类型，如自然风景描写、"地方性"风景描写、文化风景描写和"混合性自然"描写，研究这四种不同类型自然描写中的自然形态、符号过程和文本修辞等特点。

本书针对不同的自然描写类型作专题研究，通过分析不同作品中主要的符号种类以及它们之间的符号过程，探讨它们各自不同的意义生成机制，寻找其中的解释逻辑和方式，以及这些意义范式与认识论、文学史等之间的各种关系。

本书适合自然文学、符号学，以及文学理论和文学批评相关领域的研究者参阅。

图书在版编目（CIP）数据

生态符号学视角下现代自然文学的意义范式研究 / 岳国法著. —北京：科学出版社, 2024. 9. —(国家社科基金后期资助项目). —ISBN 978-7-03-079483-3

Ⅰ.Ⅰ109.9

中国国家版本馆 CIP 数据核字第 2024HB0411 号

责任编辑：王 丹 赵 洁 / 责任校对：王晓茹
责任印制：徐晓晨 / 封面设计：润一文化

科 学 出 版 社 出版
北京东黄城根北街 16 号
邮政编码：100717
http://www.sciencep.com

北京中石油彩色印刷有限责任公司印刷
科学出版社发行 各地新华书店经销

*

2024 年 9 月第 一 版 开本：720×1000 1/16
2024 年 9 月第一次印刷 印张：15
字数：269 000
定价：98.00 元
（如有印装质量问题，我社负责调换）

国家社科基金后期资助项目
出版说明

　　后期资助项目是国家社科基金设立的一类重要项目，旨在鼓励广大社科研究者潜心治学，支持基础研究多出优秀成果。它是经过严格评审，从接近完成的科研成果中遴选立项的。为扩大后期资助项目的影响，更好地推动学术发展，促进成果转化，全国哲学社会科学工作办公室按照"统一设计、统一标识、统一版式、形成系列"的总体要求，组织出版国家社科基金后期资助项目成果。

全国哲学社会科学工作办公室

目　录

引论 …………………………………………………………………… 1
　　第一节　当前现代自然文学研究中的问题 ………………………… 2
　　第二节　现代自然文学的生态想象及其符号认识论基础 ………… 6
　　第三节　现代自然文学意义范式研究相关概念的厘定 …………… 9
第一章　生态符号学：理论概览、意义论和启示 ………………… 13
　　第一节　生态符号学理论概览 ……………………………………… 13
　　第二节　生态符号学的意义论 ……………………………………… 26
　　第三节　生态符号学对现代自然文学研究的启示 ………………… 37
第二章　自然风景描写的意义范式 ………………………………… 41
　　第一节　自然风景描写中的象似性 ………………………………… 41
　　第二节　自然风景描写中的符号性 ………………………………… 55
　　第三节　自然风景描写中的自然伦理 ……………………………… 64
　　第四节　自然风景描写中的模仿修辞 ……………………………… 70
第三章　"地方性"风景描写的意义范式 …………………………… 81
　　第一节　"地方性"风景描写中的民族性 …………………………… 81
　　第二节　"地方性"风景描写中的艺术模塑 ………………………… 90
　　第三节　"地方性"风景描写中的IP符号模塑 ……………………… 98
　　第四节　"地方性"风景描写中的"前语言"符号及其
　　　　　　符号伦理 ……………………………………………………… 108
第四章　文化风景描写的意义范式 ………………………………… 114
　　第一节　文化风景描写中的符号构建 ……………………………… 114
　　第二节　文化风景描写中的"符号三性" …………………………… 121
　　第三节　文化风景描写中的生命认知 ……………………………… 130
　　第四节　文化风景描写中的存在之"道" …………………………… 138
第五章　"混合性自然"描写的意义范式 …………………………… 148
　　第一节　"混合性自然"描写中的"非对位性"关系 ………………… 148

第二节　"混合性自然"描写中的"仪式性"关系 …………… 159
　　第三节　"混合性自然"描写中的"信息性"关系 …………… 169
第六章　生态符号域：现代自然文学意义范式的符号机制 …… 181
　　第一节　生态符号域的功能性 …………………………………… 181
　　第二节　生态符号域的结构性 …………………………………… 193
　　第三节　生态符号域的伦理性 …………………………………… 200
　　第四节　生态符号域的物质性 …………………………………… 209
结论 ………………………………………………………………… 217
参考文献 …………………………………………………………… 223

引　论

　　现代自然文学作为一种对"绿色世界"的自然书写，主要通过描写人与自然之间的关系来展开一种文学想象，这里的"绿色世界"至少有两方面含义，一方面指的是作品对"自然"所进行的一种地理学意义上的"自然性存在"描写，另一方面指的是作品把自然作为人的"技术化"生存背景，对现代社会中人与自然之间的关系所展开的一种生态批评，其中后者涉及的"生态/环境"的问题，吸引了更多学者的注意，如美国学者库特·吉拉德·海因莱茵（Kurt Gerard Heinlein）在他的博士学位论文中曾提出"绿色剧院"（Green Theatre）的概念，认为当代西方戏剧创作的目的和作用在于"倡导一种绿色的或者亲环境的（proto-environmental）计划"（Heinlein 2006：3）。同样，从自然文学的发展史也可以看出，现代自然文学作品中人与自然之间的关系呈现出一种愈演愈烈的反相位走向，文本所表现的生态危机/环境问题成了学界关注的焦点，而且在近二十年逐渐成了一个热点问题。恰如英国文学理论家彼得·巴里（Peter Barry）认为的，从生态批评视角重读重要的文学作品，尤其要注意其中的"自然世界的再现"（Barry 2009：162）。

　　然而事实上，当前国内外的生态批评却在无形之中把现代自然文学作品变成了一个"语料库"，许多针对这一类文学作品所展开的"绿色世界"研究，都变成了一种生态问题的窄式认识论，这些研究成果在方法上以主题分析、社会学分析为主，它们把这种自然书写视为对现实社会中生态问题的直观式反应，而对现代自然文学这种文学文本的意义论分析明显缺少应有的学术关注。吴兴明在《重建意义论的文学理论》一文中曾指出，"意义论文论"是中国当前文学理论回归性重建的一个重要选择，"研究文学独特的意义构成和机制是对文学事实最切近的探讨"（吴兴明 2016：6）。本书也正是基于当前这个学术问题展开研究，一是研究现代自然文学的"意义范式（paradigm）"，为这一类文学作品的阅读和分析提供一种参考，二是以这些作品的文本分析为例，尝试进一步发展、完善将"生态符号学"（ecosemiotics）作为一种生态批评方法论的文本批评模式，进而从宏观上探讨当前意义论文论的构建问题。

第一节　当前现代自然文学研究中的问题

国内外现代自然文学的研究成果颇为丰富，以"自然"为关键词进行学术搜索，可以发现这些研究涉及了政治、经济、文化、文学、美学、生物学等许多方面。但是，从文本认识论看，国内外学界目前还没有为这一涵盖了日记、散文、小说、诗歌、绘画、歌舞等多种文学形式的现代自然文学凝练出一个根本性的意义生成机制。或者说，许多研究重视这一类文学作品内"知识点"的发掘，却忽略了它的"文学性"价值，并没有将这一类文学作品视为一种较为特殊的文学形式。对文本阅读来说，一旦缺少了关乎文本意义机制的探讨，必然会导致在阐释过程中缺少一些关键性的环节，如文本结构和意义因子之间的关系构建、高频词的语义分析和功能单元的符号分析，因此，也就会引发一些文本批评方面的问题和争论。

当前现代自然文学研究所面临的问题，主要表现为彼此相关联的三个方面。

一、现代自然文学中"自然"概念的指称问题

现代自然文学中的"自然"描写，不可谓不多种多样，山、水、花、草，各种树木，各种动物等等，都成了现代自然文学作家们的描写对象。因此，关于这些自然描写的评论也是视角各异，无一定论。那么，"自然"在这一类作品中所表现出来的是社会学意义上的"环境"，还是哲学认识论意义上的"逻各斯"；是古希腊哲学思想中的"生命力"，还是我国先秦思想中的"道"；是地理学意义上的自然现象，还是与人文性相对的"非人类"现象？这一系列的问题都显示出，"自然"作为一个重要关键词在文本中的"指称"问题，是现代自然文学研究最为基础的问题，同时也是最为重要的问题。

一般而言，"自然"描写指的是"环境"描写，这是自然文学的作者和读者之间默认的一个常识，尤其对现代自然文学作品来说，"自然"作为一个地理学意义上的术语，指的是一种静态的、客观的物理空间。对生态批评来说，它最初的宗旨也是为了发现某个时期某位作家关注了某个地方的某个自然现象（或环境问题），然后借助文本中的环境描写，来揭示其中所隐含的人与自然（环境）之间的生态问题。例如，美国20世纪后半期的现代自然文学代表作家蕾切尔·卡尔森（Rachel Carson）在《寂静的春天》里，对于农药所产生的危害的客观描写，更是直接批判了在社会发

展过程中，人类对自然（环境）的暴力介入所导致的生态问题。从某种程度上讲，现代自然文学作品中的"生态"问题，其实可以更早地追溯到美国自然文学的早期代表人物亨利·大卫·梭罗（Henry David Thoreau）对"瓦尔登湖"的描写，作者在作品中以或直接或隐蔽的描写方式突出"城市"（文化）与"自然"之间的对立，让读者通过感知不同的自然环境之间的差别，进而领悟到"自然/环境"之于人类生活的重要性。

然而，现代自然文学中对动物、植物等非人类自然现象的特别关注，以及学界从生物学视角展开的关于生命存在，关于以生态为中心的诸多人文问题的讨论，使得"自然"概念所指称的范围被拓展了，相应地，关于现代自然文学的生态批评在研究内容上也有了很大变化。而且从词源学上看，"生态"（eco）这个词来源于希腊语的"家"（oikos），它原本就属于生物学意义上的指涉，指的是各个生命体之间的关系，其中就包括了人与人、人与自然、人与社会之间出现的生态关系问题。尤其需要注意的是，在现代自然文学作品的末世科幻世界中，现代生物技术对"人"和"自然"的控制，改变了这二者之间的交流方式，而且对这一类作品中所涉及的生态危机的研究，进一步把批评视角引向了现代技术伦理困境之类的问题。我们以生态危机来观照人类处境、反思人与自然之间的关系，让"自然"概念的指称问题变得更加复杂了。因此，现代自然文学研究中的"生态"问题不应该只是环境问题，更应该是一种富有哲学意蕴的人文思考，如果仍然囿于窄式认识论意义上的"环境问题"研究，必然在研究对象和范围上受到限制，而且生态批评的盛行及其不断显露出来的跨学科发展趋势，也证明了对现代自然文学进行生态综合性研究的合理性、必要性。

二、现代自然文学的文本认识论问题

从目前国内外关于现代自然文学研究的现状看，学界对这一类以自然描写为主的文学作品的称谓并不统一，如自然文学（nature literature）、生态文学（ecological literature）、环境文学（environmental literature），不同学者对这些作品的界定在区分标准方面各有不同，研究对象不同，文本的表现也不同（姜渭清，方丽青 2014：95-101）。例如，国内较早研究自然文学的代表人物程虹在《寻归荒野》中，将自然文学界定为"非小说的散文"，并从这些作品中发掘出来一系列的研究内容，如"心景""声景"（程虹 2001：6），这是因为这一类作品中关于自然风景描写的内容比较多，而且大多都是对自然现象的审美描写，因此，更多学者也倾向于把自然文学视为一种散文体裁。然而，也有一些学者对这一类自然描写做了进一步的划分，如王诺在《生态批评与生态思想》一书的第二章，专门讨论了"生态的"与"环境的"之间的区别（王诺 2013：58-71）；美国学者帕特里克·D. 墨菲（Patrick D. Murphy）也从文本模式的角度介绍了自然文学和环境文学之间的异同，并且从叙事结构、表现形式等方面对这二者的区别进一步细化（Murphy 2000：11）。

近些年来，现代自然文学中的"虚构"问题也逐渐成为学者们关注的焦点问题，如墨菲认为，20世纪之后现代自然文学的范围进一步拓展，"虚构的自然文学的兴起，它们在题材、叙述、意象以及主题方面与其他美国小说和诗歌截然不同。许多诸如此类的著作把非虚构和虚构、精确的观察与夸大的故事和夸张的事件混合在一起"（墨菲 2012：121）；史元明早些时候也曾指出，"'自然文学'在体裁上的非虚构性限定一方面将小说、戏剧、诗歌等领域内反映生态环境危机的作品排斥在外，这就无法涵盖新时期文学创作的现状；同时也存在将这一文学思潮引向写实类报告文学的危险，这会导致对作品艺术深度的消解"（史元明 2008：57）。

可以看出，一旦我们选择了通过某个标准来限定某一种文本类型，那必然会陷入一个文学意义上的界定窘境；恰如我们对现代自然文学作品的阅读，如果对这一类作品进行"非虚构性"限定，只关注环境描写中关于自然的"物性"特质，那么无形之中就会把一些生态小说、生态戏剧、生态诗歌、绘画和诗意舞蹈等同样反映人与自然之间关系的作品排斥在外。而且在这些关于现代自然文学的文本认识论争论之中，仍然有一个重要的问题没有解决，即现代自然文学的"文学性"问题。任何文本阅读一旦忽略了将现代自然文学作为一种比较有特色的审美建构，放弃了对作者文本修辞策略的追问，那么，就相当于把现代自然文学视为一种社会主题学的直观式反映。即使对一些把现代自然文学作为"语料库"的广义的"生态研究"来说，如果对文本中各种生态话语的符号体系视而不见，没有反思词语内涵的不同及其运用语境中符号关系的不同，那也无法真正辨析出"自然"作为生态符号在文本中的作用和价值。

三、现代自然文学的批评范式问题

现代自然文学主要描写的是人与自然之间的关系，针对这一类文学作品的研究也主要是生态研究，而且20世纪70年代末以来，生态研究以其旺盛的生命力，不断地为当前现代自然文学研究增加新的向度，如生态伦理学、生态哲学、生物学批评、生态语言学、生态现象学，因此，国内外现代自然文学的生态研究也相应地得到了极大的丰富，然而，关于这一类文学作品的生态批评发展却不尽如人意，尤其是关于现代自然文学的"文学性"研究缺乏应有的学术关注。

现代自然文学作品作为一种比较特殊的文本，有着很重要的修辞价值，在它独具特色的意义范式中，各种意义因子的搭配和符号域中符号关系的架构，非常值得深入分析。但是，从国内外的相关资料可以看出，对现代自然文学作品的"文学文本"进行分析的研究还比较少，或者说，在研究方法上，国内外学者对现代自然文学作品的研究，仍然倾向于直接从文本中找出生态细节，然后，以主题分析、社会学分析来代替对现代自然文学作品的意义论分析，而且截至目前，真正把现代自然文学文本中人与自然之间的关系描写作为一种"文学性"的表现进行研究的并不多见。这些批评范式的问题主要在于，它们的逻辑起点都始于各自的问题预设，如"女性""伦理""哲学"，而且它们的共性问题，如美国解构论者保罗·德·曼（Paul de Man）所批评的关于文本指称的问题那样，主要表现为以"外指称"代替了"内指称"，把文本外的问题作为文本自身问题进行研究。或者说，针对现代自然文学所展开的诸多生态批评范式，大都可以被归入广义上的"生态研究"范畴，却并不是严格意义上的对现代自然文学作品的"生态批评"。

事实上，从词源学上看，"生态学"的英文单词 ecology 是由古希腊文的词根 oikos 派生出的一个名词，原本指的是"地球上活的有机物构成了一个单一的经济统一体"，因此，这个词语所涉及的是"自然的经济体系，……对所有这些复杂的内在联系的研究"（沃斯特 1999：234）。或者说，生态学最初对"有机物"的自然经济体系的研究，实际上就是对生物与环境这二者之间关系的研究。德国生物学家恩斯特·海克尔（Ernst Haeckel）则进一步把这种研究具体化了。他认为生态学特指对动物与植物、动物与环境之间关系的研究。美国文化生态学家朱利安·H. 斯图尔德（Julian H. Steward）和生态批评先驱约瑟夫·W. 密克（Joseph W. Meeker）后来把生态学引入文化和文学研究领域，前者提出"文化生态学"概念，研究地域性差异的文化特征和文化模式的来源；后者提出"文学生态学"概念，认为它"是对出现在文学作品中的生物学主题和关系的研究。同时它又是发现人类物种在生态学中所扮演的角色的一种努力"（Meeker 1972：29）。

因此，从上述生态研究/生态批评的发展历程也可以看出，"生态批评"源自生态研究，但是它在研究对象上却更有针对性，我们对现代自然文学作品展开的生态批评，也就应该聚焦于"文学作品"中的"生物学主题和关系",尤其是文本中"人"之于自然的影响和作用。换言之,这一类作品中关于生命过程的描写从来都不完全是针对"外指称",即文本外的自然展开的,因为文本中的任何生命过程首先都是一种意义生成和信息传递的过程,即一种"符号过程"(semiosis),而意指、符码等则是作家用来描述这些过程的重要方式。那么,用来呈现这种符号过程的现代自然文学,除了可以为众多生态研究提供科学性的、人文性的知识点外,它作为文学文本自身,是否仍然会有意义结构、叙事逻辑等方面的特点,从而能为生态批评提供研究路径呢?答案是肯定的,这毋庸置疑。

然而事实上,从文学阅读的认识论起点看,困扰生态批评发展的客观问题是,一些现代自然文学的文本弱化了一些诸如因果、时间等文学要素,文本的叙事节奏也比较缓慢等,这些特点同时也就导致了学界后来所出现的诸多争论,如否认现代自然文学的虚构性、修辞性,进而以"非虚构性"来加以限定。因此,如果从文学史的角度来观照自然文学的发展历程,就需要突破原有的对自然文学在文学形式上的限制,进而突破原有的批评范式的既定思维模式,重新关注自然文学中的意义论,或者说,关注现代自然文学的意义生成机制问题,是把这一类文学体裁重新引入文学批评的重要思路。

从上述三个问题可以看出,"自然"的指称问题、现代自然文学的文本认识论问题和现代自然文学的批评范式问题,这三者之间相互关联:"自然"作为意义的逻辑起点,需要被置于一定的"文本"之中进行审视;文本所涉及的"虚构"、"文学性"和"修辞性"等又都依赖于读者的批评视角,因此,对现代自然文学的阅读,首先都需要确定"自然"在文本各种关系中的认识论定位,这样才能发掘出它的修辞性存在意义。本书以生态符号学为理论视角分析现代自然文学作品,聚焦它的意义生成机制,目的就是把对"自然"的认识置于不同的描写类型中,对其进行关系性的还原,进而深入分析这一类作品的意义范式,为当前众多批评范式的文本研究提供一些具有可操作性的分析模式。

第二节　现代自然文学的生态想象及其符号认识论基础

美国生态批评家劳伦斯·布伊尔(Lawrence Buell)认为,"召唤想象世界是所有艺术作品的关键,这个想象世界可以与现实或历史环境高度相似,也可与之大相径庭"(布伊尔 2010:34)。布伊尔的表述实际上也同样指出了现代自然文学研究的两个维度:一是与现实或历史环境"高度相似"的（现实性的、再现性的）"生态研究"；二是与现实或历史环境"大相径庭"的（虚构性的、修辞性的）"文学性"研究。因此，现代自然文学中人与自然之间关系的描写实际上是对人与自然之间关系的"生态现状"所展开的一种"文学想象"，即一种"生态想象"；或者说，作家将人的内在经验形式化，并通过这种文学形式将他对自然的感知和体验呈现了出来，这在某种程度上是为他的主观经验的表象或所谓的内在生活的种种特征赋予了一定的文学形式，而这些"形式"是在符号认识论的基础上展开的。

  首先，现代自然文学的生态想象作为一种"环境想象"，是基于一种生物学意义上的符号认知的，它把"自然"视为"生态符号"，并从中发掘出了人与自然之间的关系在存在论、认识论意义上的价值。尽管这种文学形式缘起于"田园文学"（pastoral literature），但是，18世纪后期的工业革命以及随后日渐严重的生态危机，从反相位进一步推动了这一类文学创作的发展。因此，20世纪的现代自然文学逐渐出现了"生态化"写作的趋势，文本中人与自然之间的关系常常表现为一种"环境"关系，我们之所以能对现代自然文学作品展开各种各样的生态研究，很大程度上也在于我们把这些自然描写等同于环境描写，把所有的符号都视为一种"生态符号"。也如德国学者安德里斯·韦伯（Andreas Weber）指出的，"借助自然作为生态符号的物质性功能，创造出新的与其他自我之间的关系，就像生物学意义上的，不断选择、判断出哪些生命体可以融合进自己的身体、自己的环境界"（Weber 2016：3）。

  现代自然文学中的"自然"描写，是展示生态过程和人类感知这二者之间相互关联的重要平台，同时也是人文和自然相融合的一个重要模式，因此，"自然"本身就成了"人"和环境的符号接面，前者是解释者，而后者是认知客体的"仓库"，是身体感知、心理运作和空间再现共同运作的结果。而且现代自然文学赞赏"生态中心"的立场是基于它对"人类中心"认识论立场的反对，文本中的所有话语表达也因此是以"自然"为中心构建起来的，而原本以"人类"为中心构建的文本模式则被替代了。或者说，当前较为盛行的"生态论"或"自然论"，都是通过反思人类对自然环境的破坏，来寻求一种理想的、"可然性"的生态世界。正如布伊尔对美国现代自然文学作家巴里·洛佩兹（Barry Lopez）的作品做出的评价："写作和思考中更多地站在生态中心的立场,而不是代表现代人类习见的精神缺失。"（布伊尔 2010：109）

  其次，现代自然文学的生态想象作为一种"文化想象"，依赖于特定群体的人对某个地方的情感认知，这是对非人类环境的主观性的、心理性的描写，是根据历史时空顺序在文本中展示出来的一种从"文明"、"文化"到"自然"的位移，因此，"自然"的意义就必然与"地方性""文化"等相关联；而且"自然"在作品中又以不同生命形式存在，现代自然文学的形式论也总会暗含主体与客体之间的关系，理解"自然"就是视之为"文化符号"，理解它的物质性的、历史性的、地理性的和（人与自然之间）对话性的特质。

现代自然文学作品中对"自然"所展开的"文化想象"，事实上是将"自然"置于一个特定的聚合点，其中就必然会涉及社会学、心理学、哲学、地理学和媒介研究等诸多方面，因此，现代自然文学中所蕴含的丰富内容，"可以同时被视为多个维度的研究对象，如地理区域、生态实体、文化方向，以及具有思辨性、审美性和想象性的地方"（Farina 2021：20）。从这个角度看，现代自然文学作为一种广义上的生态想象，可以被视为一种包含地理的、生态的、文化的、审美的生态符号学系统。

再次，现代自然文学的生态想象作为一种"诗性想象"，是根植于作家对未来社会的人与自然、自然与文化之间的关系所展开的伦理思考。现代自然文学作品中对人与自然之间关系的各种自然描写，不可能"如是"般客观存在于文本内，对自然风景的选择或描写仍然需要作者进行想象性的重构，这个过程是一种以"非虚构"的形式为认识论基础所展开的"诗性想象"，它超越了我们在自然经验中所产生的形而上的意义，即"以特殊的现象可以得见普遍意义的真理"（Hepburn 1996：35），因而更加注重一种现象学意义上的"存在即意义"。

现代自然文学作品中不同的"自然符号"之于"人"的作用，往往与我们作为读者在阅读过程中所设定的认识论起点有关，它们也因此可以被解释为多维度的"修辞性存在"，如自然风景符号、"地方性"风景符号、文化风景符号和生态符号，现代自然文学的"可能世界"也因此成了一种诗性的符号空间，而它们所构成的"想象世界"就成了文本性和社会性相互转换的重要平台。也如爱沙尼亚生态符号学家蒂莫·马伦（Timo Maran）所认为的，"象征性的泛化和基于象征的模塑使得科学的、艺术的知识成为可能，并以这些更好的知识和更好的欣赏作用于环境"（Maran 2020：32）。

从以上所论可以发现，现代自然文学作为一种生态想象，关于人与自然之间关系的描写，一方面是基于物理的、物质性条件下的生物区域认知，另一方面也是作家基于一定程度上的"符号空间"的想象。尽管这个符号空间中的"符号关系"和"符号过程"多种多样，但是，这里的自然风景描写是一个整体认识论意义上的"自然书写",我们不能也没有必要一定做出自然和文化、人类和非人类之类的划分,而且我们的文化是特定时空条件下对"自然"的解释,不同的文本则成了呈现这二者之间关系的不同的解释逻辑和解释方式。

第三节 现代自然文学意义范式研究相关概念的厘定

一、现代自然文学的厘定

本书在现代自然文学的界定、研究对象的选择和研究内容的限定这三个方面,作如下考虑。

第一,在现代自然文学的界定方面,主要选择的是自然散文、生态诗歌、生态戏剧和生态小说这四种最基本的文学体裁形式的现代自然文学作品,力求能从最具有普遍意义的文本类型角度出发,呈现出现代自然文学这一类文本在意义生成机制方面的一些范式。此外,本书还增加了一种艺术形式——以山水为主题的"诗意舞蹈"①(poetic dance),目的是突破生态批评范式和自然文学形式的限制,因为根据生态符号学意义论中的"模塑论",舞蹈、绘画等艺术形式也都属于文本,而且是各具特色的"复合型"模塑形式,它们同样具有解释自然、解释文化的作用和价值。正如彭佳和汤黎指出的,中国的山水艺术作品也经常利用它独特的修辞机制来表现自然,可以更直观地呈现"自然对象的文化隐喻"(彭佳,汤黎 2020:9)。

第二,在研究对象方面,为了避免所选的作品过于驳杂,本书主要选择的是现代自然文学作品,尤其是以 20 世纪中国、美国、加拿大等国家的代表作家的代表作品为主,目的是更好地凸显现代自然文学中所表现出来的"人"对"自然"的解释逻辑和解释方式,强调自然的"文化化"符号过程,因为这一点在重视生态危机描写的现代自然文学中比较明显。

需要说明的是,本书有三处选用了其他时期的作品,一是 18 世纪英国作家吉尔伯特·怀特(Gilbert White)在《塞尔伯恩博物志》中的一段描写,本书用此段描写来例证自然风景描写中的模仿修辞手法,从自然文学发展史的角度与美国作家约翰·缪尔(John Muir)的作品进行历时性对

---

① "诗意舞蹈"是"中国舞蹈"这一类艺术形式中用来表现人与自然和谐关系的重要类型,它是 20 世纪 50 年代在我国兴起的一种艺术形式,这一类作品常常以一种比较鲜明的民族审美,来突显"人"对自然的解释逻辑和解释方式,进而呈现出特定时空条件下的历史和文化特征。

比；二是梭罗的《瓦尔登湖》和玛格丽特·阿特伍德（Margaret Atwood）的《羚羊与秧鸡》这两部作品，因为在论及"混合性自然"这种自然描写的类型时，需要通过对比19世纪、20世纪和21世纪这三个不同时期的自然文学作品，分析这些作品中"技术"对于人与自然之间的关系所产生的不同作用问题，来展示这一类文学文本中意义范式的传承和演变；三是本书所选的诗意舞蹈《洛神水赋》（2021年）和《只此青绿》（2022年），诗意舞蹈是"中国舞蹈"的一种艺术形式，近些年涌现出来的经典作品备受国内外关注，它们通过把以山水为题的诗和绘画改编为富有诗意的舞蹈作品，以一种直观形式来呈现人与自然之间的和谐关系，揭示出了"地方性"的自然文化化过程，可以更好地呈现生态符号学在这一类艺术作品的形式分析方面的价值。

第三，在研究内容方面，本书不是对现代自然文学的实际状况、现实状况进行客观、静止的研究，因为现代自然文学作为"自然"书写的重要表现形式之一，涉及面太广，而且这在哲学、宗教和中西古典文学传统当中也都是重大的主题。本书所研究的主要是现代自然文学作为一种"人"对"自然"的解释逻辑和解释方式，在文本中是如何以不同层级的符号过程和不同类型的模塑形式呈现出来的。因此，这里的"自然"是基于一种广义的认识论的界定，它不仅可以是地理学意义上的自然风景描写、生物性区域意义上的"地方性"风景描写、文化意义上的文化风景描写，还可以是人类学意义上"混合性的"物质性书写。

二、意义范式的厘定

本书的意义范式研究，主要从以下两个方面展开。

第一，把现代自然文学作品分为不同的自然描写类型，分析它们各自不同的意义生成机制，寻找其中的解释逻辑和方式，以及这些不同的意义范式与认识论、文学史等之间的各种关系。

本书根据生态符号学的意义论（第一章第二、三节有详细论述），按照人认识自然、解释自然的方式，以及"人"介入"自然"的程度，尝试把自然描写分为不同的类型，如自然风景描写、"地方性"风景描写、文化风景描写和"混合性自然"描写，研究这四种不同类型自然描写中的自然形态、符号过程和文本修辞等特点。

第二，针对不同的自然描写类型作专题研究，分析不同作品中主要的符号种类以及它们之间的符号过程，深入研究不同作品中的意义生成机制，以及其中所蕴含的认识论价值。

本书的研究思路是，借鉴美国当代有名的符号学家托马斯·A. 西比奥克（Thomas A. Sebeok）和加拿大学者马塞尔·德尼西（Marcel Danesi）的"意义形式论"和爱沙尼亚生态符号学家马伦的"模塑论"，通过分析不同文本中各种"模塑形式"如何成为"意义的形式"，研究这些不同自然描写类型中人与自然之间的符号过程，以及它们之间的符号关系所生成的意义。对现代自然文学来说，文本内任何语言化的"模型"都是作者创作理念中所拥有的认知形式的一种创作痕迹，如作家以建构出来的各种层次的代码、符号、符号域等形式来描写自然、表达情感、明证价值等，而对这些模型的"认知"过程就是理解作者的诗性表述的过程。恰如西比奥克和德尼西所说的，"意义是由词语、图画、艺术品和其他的人为制作并日常使用的关于世界的模型所创造和传达的"；"建模是产制形式（forms）的内在能力，这些形式代表物体、事件、情感、行动、场景，以及被认为具有某种意义、目的或有用功能的观点"（西比奥克，德尼西 2016：1）。

本书的研究目的是，探讨现代自然文学作品中符号和意义之间的关系在生态领域内的表现，我们的研究方法主要是基于美国符号学家查尔斯·桑德斯·皮尔斯（Charles Sanders Peirce）的"客体—符号—解释项"三元论符号分析法，同时吸收借鉴生态符号学在"生物"和"文化"这两个研究方向的相关知识，如"生态符号域"（ecosemiosphere）和"模塑论"，对文本的意义形式展开研究，让文本中的符号及其符号过程分析更具体，从而进一步拓展生态符号学的意义论在"文学性"研究方面的思路，让它的文本批评模式更具可操作性。

三、章节内容安排

引论部分，首先，分析当前现代自然文学研究中的问题；其次，对现代自然文学中的生态想象及其符号认识论基础进行概要简介，说明符号学研究的可行性；最后，对本书的研究内容所涉及的一些概念做进一步的厘定。

第一章，生态符号学：理论概览、意义论和启示。首先，对生态符号学中两个重要的研究方向进行理论梳理，并对其中的研究方法和未来发展趋势做出合理判断；其次，对当前的生态符号学研究及其相关的现代自然文学研究现状进行文献回顾和述评；再次，分析生态符号学的意义论中关于"自然""模塑""文本"的知识，凝练出生态符号学的意义论内涵和特征；最后，尝试提出生态符号学对现代自然文学研究的启示。

第二章，自然风景描写的意义范式。本章首先分析自然风景描写中以非生命体为主的自然符号所呈现出来的象似性；其次研究这一类自然描写中动物行为的符号性；再次，分析这一类自然描写中的自然伦理；最后，分析这些自然风景描写所采用的模仿修辞。

第三章，"地方性"风景描写的意义范式。本章首先分析我国彝族诗人吉狄马加诗歌中的民族性；其次，研究诗意舞蹈《只此青绿》中的艺术模塑，以及《洛神水赋》中富有"地方性"的 IP 符号模塑；最后研究"地方性"风景描写中的"前语言"符号及其符号伦理。

第四章，文化风景描写的意义范式。本章首先分析中国剧作家过士行的作品《鱼人》，研究文化符号的多维度构建；其次分析诗人华海作品中环境描写的"符号三性"；再次，分析美国剧作家爱德华·阿尔比（Edward Albee）作品中不同的生命形式和它们的环境界构建；最后，结合美国著名生态诗人加里·斯奈德（Gary Snyder）的诗歌，分析这一类描写中的存在之"道"。

第五章，"混合性自然"描写的意义范式。本章以梭罗的《瓦尔登湖》（1845 年）、加拿大自然文学家阿特伍德的《浮现》（1972 年）和《羚羊与秧鸡》（2003 年）三部作品为例，研究这些文本的"技术化世界"中人与自然之间的关系问题，如"非对位性""仪式性""信息性"，探讨"技术"对人和自然这二者之间关系的影响，以及由此导致的现代伦理困境问题。

第六章，生态符号域：现代自然文学意义范式的符号机制。本章结合阿尔比的《在家，在动物园：家庭生活和动物故事》（简称《动物园的故事》）、《山羊或谁是西尔维娅》，美国自然文学家特丽·坦佩斯特·威廉斯（Terry Tempest Williams）的《心灵的慰藉：一部非同寻常的地域与家族史》（简称《心灵的慰藉》）、奥尔多·利奥波德（Aldo Leopold）的《沙乡年鉴》和美国自然文学作家卡尔森的《寂静的春天》，研究生态符号域在现代自然文学作品中所表现出来的功能性、结构性、伦理性和物质性特点，综合分析这一类文学作品意义生成中的符号机制。

结论部分，首先，简要总结现代自然文学中不同自然描写类型的意义范式特点；其次，尝试从批评理论、文本理论和意义的形式论三个方面进一步阐明生态符号学作为一种方法论对当前生态批评乃至文化批评研究的启示。

第一章　生态符号学：理论概览、意义论和启示

"生态符号学"作为一个概念，是由德国符号学家温弗里德·诺特（Winfried Nöth）于1996年首次正式提出的。尽管它作为生态批评的方法论尚属于理论创建阶段，但其研究趋势已经深刻影响了国内外的生态研究，而且它的一些基本理论和观点为现代自然文学生态批评的意义生成机制研究提供了重要的理论基础。这一章我们首先对生态符号学的发展历程作理论概览，然后，对它的意义论作简要介绍，最后，根据生态符号学的意义论尝试提出一些对现代自然文学研究的启示。

第一节　生态符号学理论概览

生态符号学作为生态研究的一个重要方向为学界所广泛认知，是在1998年诺特的《生态符号学：理论、历史与方法》和爱沙尼亚符号学家卡莱维·库尔（Kalevi Kull）的《符号生态学：符号域中的不同自然》这两篇文章发表之后才开始的，它们标志着这个研究方向的正式确立。此后，世界范围内开始出现一些与生态符号学相关的研究，如瑞典人类学家阿尔夫·霍恩伯格（Alf Hornborg）于1999年发表的《金钱和生态系统消亡的符号学》，分析了经济、文化与生态之间的关系，并将文化与人类、环境之间的关系进行符号学意义上的分类，如前现代的、现代的和后现代的。其实早在1996年，霍恩伯格就已经发表了《作为符号学的生态》一文，从人类生态学角度来分析人与自然之间的意义关系。美国符号学家杰伊·莱姆克（Jay Lemke）和丹麦生物符号学家叶斯柏·霍夫梅耶尔（Jesper Hoffmeyer）此后也陆续把生态符号学的相关知识应用于社会符号等方面的研究中。近十几年，生态符号学的发展逐渐引起了国内外学界的广泛关注。

生态符号学作为一种跨学科的研究方法，在发展过程中受到了包括塔尔图-莫斯科符号学派（Tartu-Moscow Semiotic School）、文学符号学、生态批评、生物符号学（biosemiotics）、深层生态学和符号学等在内的多个学科知识的影响，逐渐形成了一种"对生命体及其自然环境之间的符号过

程的研究"（Nöth 2001：71）；更具体地说，生态符号学研究的是"人类与自然之间以符号为基础的关系，又或者，这个关系是符号调节（sign-mediated）的关系"（Kull 1998：351）。目前它在研究方向上有两个较为显性的发展趋势：一是"生物生态符号学"（biological ecosemiotics）；二是"文化生态符号学"（cultural ecosemiotics）（Nöth 2001：72-74）。我国较早译介生态符号学的彭佳也指出，生态符号学一开始就出现了两个方向，一是"研究所有生命体和环境的，偏向生物符号学研究的方向"；二是"研究人与生态关系的，偏向人类生态学的方向，主要讨论文化与自然之间经过符号调节的关系"（彭佳 2014：11）。生态符号学在研究方向上的二重性，主要得益于生物符号学[①]和文化符号学（semiotics of culture）中的一些重要概念和方法论的影响。这一节我们对生态符号学在"生物"和"文化"两个研究方向上的发展情况进行简要梳理，并尝试对其中的研究方法及其未来的意义论发展趋势做出合理的判断。

一、生物生态符号学

生态符号学原本脱胎于生物符号学，因此，后者就成了"生物生态符号学"这个研究方向的最为直接的理论来源，而且它们这二者之间在研究内容、方法和思路等方面多有重合，研究的都是生命体与自然环境之间的符号关系，即以生物学相关知识为基础，以符号学为理论工具，研究"所有物种的符号活动和建模行为"（西比奥克，德尼西 2016：12），或者说，他们研究的是生命体之间的符号过程或者信息（意义）的交流过程。只不过"生物生态符号学"更倾向于关于人类符号行为方面的生物学研究。

生物符号学的重要代表人物是爱沙尼亚的雅各布·冯·乌克斯库尔（Jakob von Uexküll），他的思想深刻影响了生物生态符号学这个研究方向的发展趋势。他通过研究自然界不同的生命体的生活方式，提出了"环境界"理论（theory of Umwelt），认为从来不存在纯粹的自然界，有意义的"自然"只能是主体性的"环境界"，其根本性在于，环境界是人或者动物作为生命体对自然界的认知，或者说，环境界是由人与动物之间的互动构

[①] 西比奥克和德尼西认为，生物符号学研究的是人类符号学（anthroposemiotics）、动物符号学（zoosemiotics）和植物符号学（phytosemiotics）中的符号活动（semiosis）、建模（modeling）和表征（representation）（西比奥克，德尼西 2016：13）；后来西比奥克又提出了整体符号学（global semiotics），进一步把符号学研究扩展到了诸多学科领域。西比奥克的广义符号论影响了生态符号学研究，因为后者隶属于人类符号学研究，而且无论是生物生态符号学还是文化生态符号学，这两个研究方向在后来的研究过程中，都把生物符号学的一些思想和观点纳入了自己的方法论中。

成的。不同生命体的感知器官和感知方式不同，同一环境中不同的生命体建构的环境界也不同，而自然界中的所有客体，即使拥有所有可能性的感知特征，也不可能成为独立于主体之外拥有自身存在的事物，它只能是人作为认知主体的产品。"只有当它们被所有感知所覆盖，才能变成我们面前的'物'，而这些感知也是所有感觉能给予它们的。"（Uexküll 2001：107）

　　乌克斯库尔从生物学角度研究生命体对自然环境的认知，从形式上看是把环境的存在视为主体的主观生成，但是事实上，乌克斯库尔的环境界理论并不是为了构建一种主观世界，而是为了指明其中存在一个有关联性的、系统性的"主体—自然"的意义世界，而且环境界的存在形成于"主体—自然"之间，存在于生命体之间的符号关系和符号过程之中。不同的生命体不依赖因果原则，而是依赖彼此之间的信号（符号），不同生命单元以"对位"的形式和其他生命单元相对应。或者说，生命体作为主体的存在意义，发生于它和其他生命体交互关联时，生命体彼此之间的关系是一种生物性的关联。

　　生物符号学的另一个代表人物霍夫梅耶尔对乌克斯库尔的环境界理论进行了再定义，认为生命体的一些功能性特征其实在早期就已经表明了其有获得习惯的取向。所有的自然规律都是从自然界先前的相互作用中产生的"习惯"，随后就成了一种社会结构，这个形成过程会逐渐自我强化，并最终形成一些固定的模式，而且它还有着被复制的可能性，即一种"习惯化的要义"（Hoffmeyer 1996：28），因此，霍夫梅耶尔就将乌克斯库尔环境界中的生物学意义拓展到了人与自然之间的生态关系之中，将动物行为类比到人类行为中，这就意味着，霍夫梅耶尔是以一种跨学科的视野来观察生物学和人类之间的异同，这对理解生命体作为"自然符号"有比较重要的意义，因为它为我们对生命体的认知提供了一个可预测的关键入口。恰如霍夫梅耶尔所说的，"生物学家通常试着让人们接近自然。我将要用相反的策略，使自然来接近人类"（Hoffmeyer 1996：viii）。尽管霍夫梅耶尔仍然主要以生物符号研究为主，但是，他对动物和人类这二者之间的交叉和重叠领域的研究，影响并促进了生物生态符号学认识模式的生成和发展。

　　乌克斯库尔的环境界理论以及霍夫梅耶尔对它的再定义，强调了人类的符号行为和动物的符号行为之间的内在关联性，但是，这两位思想家的观点仍然属于针对自然现象展开的生物符号学研究。美国当代有名的符号学家西比奥克和加拿大学者德尼西则选择从更广义的层面研究各种生物符号，他们从"语言/符号"的视角所展开的关于"意义的形式"这个方面的研究，可以同时用来解释人类和非人类在各种信息交流实践中的意义生成问题。或者可以这样认为，西比奥克和德尼西的广义符号论不只是"生物生态符号学"这个研究方向的重要的理论支持，从某种程度上讲，他们所努力寻找的在更宽泛层面上的解释逻辑，对于生态符号学在"生物"和"文化"这两个方向的研究都具有极高的参考价值，他们的"语言/符号"的形式论可以被视为生态符号学在意义论的"形式"研究方面的集大成者。

西比奥克首先把乌克斯库尔简洁的"功能圈"（functional-circle）模式拓展为"符号域"（semiosphere）模式。他把"符号域"这个概念追溯到苏联符号学家尤里·洛特曼（Juri Lotman）"符号域"的相关论述中，并将其重新引入生物符号学领域，进而提出了"符号网"（semiotic web）概念，深入研究了生命体和环境之间的符号关系。在他看来，生命体与生命体、生命体与环境之间是一种信息（意义）生成、交流的过程。描述自然就是描述生命体眼中世界对象的意义，我们通常理解的符号只是狭义上的以人的语言为中心的概念，然而事实上，生命体的符号世界应该是包括各种"前语言的"（pre-linguisitic）符号在内的符号系统，因此，他根据符号系统的特质提出了"模塑系统理论"，把模塑系统分为了"初级模塑系统"（primary modeling system）、"二级模塑系统"（secondary modeling system）和"三级模塑系统"（tertiary modeling system）这三个层级，从符号学的角度研究不同生命形式和跨物种生命形式的模塑行为及其表现方式。

随后，生态符号学家诺特延续了这种研究模式。他认为生态符号学研究中的有机体与自然环境之间的符号过程实际上是指包括人类生命体在内的所有生物种类的符号关系，他甚至把整个生态体系都包括在内，这就涉及了更宽泛的生物学意义上的与生命体过程相关的符号过程。诺特后来又研究了生态符号学与自然的符号学之间的关系，并根据皮尔斯的观点，考察了生态符号学在文化、生物和进化论维度的意义以及自然符号的生态符号学维度等方面的内容。

生态符号学家库尔和马伦的一些观点也进一步深化了"生物生态符号学"这个方向的研究，正如他们所认为的，生态符号学研究的是"符号过程之于生态现象的责任性"（Maran，Kull 2014：41）。从某种程度上讲，他们所认为的符号过程中的"责任"实际上又为"生态符号域"研究提供了可能性和可行性，因为在马伦看来，这个概念可以用来"在一个统一的符号学框架中描述文化—生态系统，对分析生态问题的符号学原因和导致人类与其他物种之间冲突的符号学因素，以及提供符号学解决方案以帮助解决这些问题,都是首要的而且是非常重要的"(Maran 2021:2)。此外,挪威学者莫腾·托内森(Morten Tønnessen)其实在早些时候也已经把乌克斯库尔的环境界理论引入伦理学方向的研究,旨在说明当前的生态危机是由生物伦理方面的危机造成的(Tønnessen 2003),之后,他又进一步阐发了乌克斯库尔的思想对于生态符号学研究的价值,认为它可以被用于"从非人类视角描述人类建筑、人工制品等多种表现形式"(Tønnessen 2015:17)。

马伦不仅延续并发展了洛特曼和西比奥克的"模塑论",还将其应用于文学研究,提出了"生物符号学批评"(biosemiotic criticism)模式①,并视之为一种建基于"模塑论"的文化批评模式,主要研究文学作品中的环境模塑问题。在他看来,无论是从目前形态还是从理想形式来说,自然文学的本性特征都是一种人与自然之间关系的模式,因此,他提出了"动物符号模塑"(zoosemiotic modelling)、"语言模塑"(linguistic modelling)和"艺术模塑"(artistic modelling)三种形式,从理论上探讨文学作品中的人类如何解释自然以及人类如何在文学作品中再现自然(马伦 2014)。此后,美国学者 W. 约翰·克勒塔(W. John Coletta)对马伦的思想作了进一步的梳理,分析了"生物符号学文学批评"(biosemiotic literary criticism)的起源和未来发展趋势,他把乌克斯库尔的意义论、西比奥克的模塑论和达尔文的进化论都融进了文学研究中;尤其需要注意的是,他专门提到马伦在文化生态符号学研究中的"自然—文本"概念所涉及的自然与文化的三种符号关系(第一章第二节有详细论述),如再现的、补充的、动因的,以及这些符号关系研究对于这种批评模式的重要参考价值(Coletta 2021)。

二、文化生态符号学

"文化生态符号学"研究的是自然与文化之间的关系,这是当前生态符号学研究比较热门的研究方向,这一类研究把自然现象的符号研究作为重点,通过深入分析自然描写的符号化过程,展示它在自然与文化不同范畴之间进行转换的可能性。

---

① 马伦提出的"生物符号学批评"是基于西比奥克的模塑论展开的文学批评模式,后来被称为"生物符号学文学批评"。在关于自然文学的生物符号学文学批评中,马伦提出了三种模塑形式,这是对他之前提出的"自然—文本"和"地方性"概念在理论上的补充,它们在研究内容上基本是一致的,都是为了研究文本中的人如何看待自然、解释自然。从研究思路上看,生物符号学文学批评是文学批评模式的一种,而且表现出一种生物生态符号学和文化生态符号学相互融合的发展趋势。

诺特认为，文化生态符号学是"自然文化化的研究"，而且这种研究方法由来已久，曾先后出现了四种模式：①奇幻模式（magical mode），指的是人类所使用的符号可以对自然环境产生直接的影响，如巫师可以借助神秘的指令随时改变环境；②神话模式（mythological mode），指的是通过叙事来解释人与自然之间的关系；③隐喻模式（metaphorical mode），指的是以隐喻化的方式让自然符号化，如自然被视为一种密码；④泛符号模式（pansemiotic mode），指的是所有环境现象在本质上都是符号性的（Nöth 1998：73）。但是，现代生态符号学的研究模式属于符号学和生态学之间的"接面关系"研究，它研究人（生命体）与自然之间的关系是如何经由"符号"来调节的。

库尔倾向于从人类的主体认知角度思考人与自然之间的关系问题，认为这二者之间的关系是通过深层的文化过程相连接的，它属于"文化符号学的一部分，考察人与自然关系之中的符号学基础"（Kull 1998：351），这是一种"主体性的人类生态学"，是人类学"向符号学的延伸，是符号学视角的人类生态学"（Kull 1998：350）。或者说，这个研究方向侧重人类生态学，研究文化与自然之间经由符号的调节所表现出来的关系。库尔把对自然的描写置于多样化的、广义上的大语境之中进行研究，这些内容至少包括了如自然结构的表现及其分类、自然之于人类的意义和自然界中人介入自然的程度这几个方面，而且他在这几个方面的思考后来成了他"多重自然论"中的重要内容。他随后又提出的"生物修辞学"（biorhetorics），仍然坚持了一种主体性的认识论立场，研究生命体系如何成为一种"话语"，从而具有表达愿望和修辞意向（Kull 2001）。

马伦延续了库尔的研究思路，也认为生态符号学研究的是"广义上讲的人类对自然的再现"（Maran et al. 2011：9），他提出的"地方性"（locality）、"自然—文本"（nature-text）等概念（第一章第二节有详细论述）也都是围绕自然与文化、主体和自然环境之间的关系展开的研究。

国内外文化生态符号学这一研究方向的成果比较丰富，但是在研究内容方面比较零散，我们大致将其分为四类并作如下梳理。

第一，理论研究。这一类主要从理论上阐述自然与文化之间的关系。国外的理论研究主要如下：库尔提出的"符号域"相关论点聚焦于自然的文化化（culturization）过程（Kull 1998），随后，他又提出"生态域"（ecosphere）的概念，并将其视为一种多样化的空间（Kull 2005）；意大利风景生态学家阿尔莫·法里纳（Almo Farina）和安德烈·贝尔格拉诺（Andrea Belgrano）提出了"生态场"（eco-field）假设，将其视为有机体的"中性基质"（neutral matrix）和人类心灵的产品（Farina，Belgrano 2004）；马伦进一步整合各种观点，提出了"生态符号域"，认为这个概念指的是包括人类在内的生态系统中符号过程的区域，其中就包括参与或者与符号过程相关的物质性的结构和模式（Maran 2021）。此外，马伦和库尔总结性地提出了生态符号学研究的八条规则，强调了文化研究中生态维度的重要性，以及生态符号学之于文化理论的重要性，其中就涉及了风景和文化符号域之间的关系，强调生态符号学对于风景研究的重要性（Maran，Kull 2014）。

国内的研究主要如下：彭佳和蒋诗萍（2014）对比分析了生物文本与自然文本，尝试修正库尔的自然观，通过研究符义学（semantics）、符形学（syntatics）和符用学（pragmatics）的不同意义，进一步分析文化模塑自然的过程，同时还针对塔尔图-莫斯科符号学派展开了深入的研究；彭佳和汤黎（2020）研究了自然文本中的自然如何被修辞化的问题；余红兵对西比奥克的研究无论在广度还是深度上都颇有代表性，例如，（2012）文化符号学中的意义问题和（2016）西比奥克的模塑论，以及（2019）对西比奥克的专著《符号建模论》的分析；姚婷婷（2023）简要分析了自然文本作为生态符号学方法论概念的意义。

第二，自然现象的文化研究。这一类主要以自然现象为文本分析其中的符号关系。例如，马伦研究了"模仿"/"拟态"（mimicry）问题，即生物学意义上的感知相似如何变成了一个交流结构，以及如何把人类和自然联系在一起，塑造我们的文化意识和对自然的理解（Maran 2001），以花园设计为文本，分析其中的自然和文化的符号过程，以及花园如何参与了更大符号域的符号过程（Maran 2004），以爱沙尼亚某些地区的风景为例，分析自然和人文之间的相互影响，研究森林作为符号分析的一种可能性的模塑，分析这种模塑意象的可能性和特征的意义（Maran 2019），随后，又研究了文化中的自然（Maran 2020）；英国学者 W. 鲁克·温莎（W. Luck Windsor）倡导对视觉和听觉进行符号学解释，认为在符号的结构中可以发现文化和自然的知觉力（Windsor 2004）；爱沙尼亚学者卡迪·林德斯特罗姆（Kati Lindström）等以风景为研究对象，结合塔尔图-莫斯科符号学派的文化符号学，进一步发展了生态符号学对风景的研究（Lindström et al. 2011）；比利时学者马克·雷伊布鲁克（Mark Reybrouck）以音乐为研究对象，结合语用学、生态心理学和生态符号学，分析了音乐文本如何生成感觉及其对人的体系化认知的影响（Reybrouck 2012）。

国内的研究主要如下：朱林和刘晓嵩（2014）通过考察四川凉山会理

县（今会理市）的一项治疗仪式，从符号学角度分析了该仪式的双轴操作及其暗含的自然崇拜的思维机制；戴代新和袁满（2016）研究了风景园林中"图"的符号属性和文化含义之间的关系；岑雅婷和李雪艳（2021）研究了中西方自然文学对园艺的影响。

第三，自然文学的文化研究。这一类主要是从自然文学作品中找出相关的"文化细节"，然后与文本外的自然环境进行对比研究。例如，马伦在关于"地方性"的文章中认为，"地方性"是所有生命体的共性特征，可以用来审视主体和自然环境之间的关系（Maran 2007）；他认为，自然的文本性和生态符号学之间存在一定程度上的关联，在自然的文本性中，例如树的内在结构、动物的身体、风景以及其他的自然现象，都存在着与人类文化之间某种功能和意义上的关联（Maran 2010）；随后，他结合西比奥克的模塑论研究了自然文学中的环境模塑问题，认为众多层次的模塑都是相互补充的（Maran 2014）；他在《从鸟和树到文本》一文中，深入分析了爱沙尼亚的自然书写中环境界视角的重要性，以及文本生态系统中的接受度等问题。此后，马伦尝试把生态符号学作为一种方法论运用于自然文学作品的研究，认为这一类文学是反映人与自然之间关系的模板，读者在阅读过程中通过文本和环境之间的相互印证、相互补充可以更深入地了解自然与文化之间的关系（Maran 2020）。国内也有相关研究成果，如裴文清（2017）通过细读约翰·缪尔的现代自然文学作品和他的环保实践来剖析他的生态思想。

第四，现代自然文学的批评实践。这一类主要研究文学中的各种符号关系，如瑞士学者克里斯蒂娜·永贝里（Christina Ljungberg）分析了阿特伍德小说中荒野的缺失和文化对自然环境的侵入（Ljungberg 2001）；美国学者阿尔弗莱德·K. 西瓦兹（Alfred K. Siewers）研究了詹姆斯·费尼莫尔·库柏（James Fenimore Cooper）小说中的"绿色世界"，分析了其中的风景描写、命名和时间困惑等方面的内容（Siewers 2009）；美国学者P. 玛丽·维迪亚·博斯维尔（P. Mary Vidya Porselvi）从生态女性的角度出发，结合生态符号学理论，分析了印度诗人玛猛·戴（Mamang Dai）的诗歌中，自然作为一种形式对部落族人的意义，研究了部落女性和水之间的关系（Porselvi，Vidya 2018）。

国内的主要研究如下：岳国法和谭琼琳（2016）以美国作家亨利·贝斯顿（Henry Beston）等的现代自然文学作品为文本，从创作理念、自然的象似性等方面分析了文本世界的"可然性"；仇艳（2018）结合生态符号学的自然文本论分析了斯奈德作品中文本与自然、自然与文化之间的动态关系；宋德伟和岳国法（2019a）结合《沙乡年鉴》等现代自然文学作品，分析了自然符号的物性状态及其与世界之间的关系和呈现方式；宋德伟和岳国法（2019b）结合阿特伍德的作品，考察了小说中自然的符号化表征，揭示了符号的语义构成和文本符号修辞化的阐释价值；贾丹丹和岳国法（2019）结合《汀克溪的朝圣者》等现代自然文学作品，分析了自然符号的层级性、生成性和原初性，探讨了现代自然文学的意义论中文本逻辑概念的隐性联结、非时间性结构和起源式的开端；岳国法（2021）结合不同的现代自然文学作品，分析了文本内自然的可视性描写、自然之"象"的多种可能性变体和各种自然描写的"述行"（performative）意义；杨依依（2023）从符号学角度分析了英国诗人威廉·华兹华斯（William Wordsworth）的自然文本，认为诗人是通过运用自然与直觉思维，实现了自然文本的诗化。

从上述简要列出的文化生态符号学研究成果来看，这些成果或者是理论辨析，或者是自然与文化的实证性研究，又或者是对自然文学作品的符号关系研究，但它们都是围绕"符号过程"展开的研究，只是在研究对象和内容上各有侧重。本书的"意义范式"研究则是在"符号过程"研究的基础上进一步推动意义的形式分析，研究这些符号过程中的关系设定在不同的文本中是如何作为一种"修辞性存在"实现了意义的生成，并强调其中的运作机制问题。

三、符号学作为生态符号学的方法论基础

对生态符号学来说，无论是"生物"还是"文化"，这两个研究方向都以皮尔斯的符号学为方法论基础，只不过在后来的发展过程中，文化符号学、动物符号学、生物符号学等一些概念在不同程度上逐渐被纳入了它们的批评方法中，形成了目前这样的二重性发展趋势。正如诺特认为的，生态符号学研究"处于文化符号学和自然符号学的中间地带"，它不仅研究文化及其模塑系统问题，还研究主体世界中的自然；与此同时，它还与生物符号学或动物符号学相关，略微不同的地方是后者关注交流，而生态符号学则主要关注其中的意指过程（Nöth 2001：72-74）。

从方法论看，生态符号学的研究方法最早可以追溯到德国学者阿尔弗莱德·郎（Alfred Lang）于1992年使用的"符号生态学"，他在《作为"外部灵魂"的文化：一种符号生态学视角》一文中，借用皮尔斯的符号三分法对"文化"进行分析，认为符号生态功能圈可以构成一个"结构—工具—构建块"，"功能圈既是工具，也是历史产物。只要这个产品可以纳入其进一步的生产过程，它就是一个自我指涉的系统。……每个符号都在其环

境中（解释）基于现有的符号（参考）创造出新的符号（表征），而且无论它是在文化内还是文化外"①。他于1993年在《居住活动中的非笛卡儿人工制品——走向符号生态学》一文中，把符号生态学作为一种概念模式，分析"人—文化—系统"之间的关系，倡导我们以一种"非笛卡儿式概念"理解人类与自然的关系。在他看来，人类并不是自然的对立者（如牺牲品或主人），而是生命体进化过程中的合作者。

此外，生态符号学还汲取了"符号学传统"中的更多思想来发展自己的研究方法，如美国符号学家查尔斯·威廉·莫里斯（Charles William Morris）的相关符号学知识，瑞士语言学家弗迪南·德·索绪尔（Ferdinand de Saussure）、法国语言学家阿尔吉达斯·朱利安·格雷马斯（Algirdas Julien Greimas）的语言符号学，洛特曼的文化符号学，霍夫梅耶尔的生物符号学和挪威环境哲学家阿伦·纳什（Arne Nass）的深层生态学等理论知识。这些思想家在符号学研究方面的理论自觉，更多的是强调了符号研究的逻辑分析，而且他们都把符号研究建基于"人"与"符号"这二者之间的关系上，他们对生态符号学中关于主体（生命体）的理论构建，以及各生命体之间的信息交流等观点的形成都产生了重要的影响。

从上文的理论概览可以看出，尽管生态符号学的这两个方向，无论是研究内容还是研究视角都在不断扩展，从某种程度上丰富了当前的生态符号学研究，但是，它们的研究方法还不够完善，尤其在文化生态符号学研究方面更为明显，许多关于自然与文化关系的研究视角都是从其他学科借鉴过来的，也如马伦所指出的，在这些研究视角中有语言学方面的"形式和内容"、信息论方面的"交流和密码"、逻辑学方面的"前提和指涉体"、文学理论方面的"文本和叙事"，在理解人与环境、人与其他种类的生命体符号关系方面的研究时，这些视角不够充分，它们只不过是人类的符号过程和符号体系研究在生态符号学方向上的延伸，然而，对不同生命体的研究来说，我们还需要关注其中的"前语言的、多模态的"的方面（Maran 2019：288）。尤其值得注意的是，很多研究方法所表现出来的"结构/范式"特征，事实上都可以被看作"理解或者处理世界中复杂符号客体的工具"（Maran 2019：290），因此，这就需要不断梳理、整合，并凝练出一套具有可操作性的"符号过程"研究方法。

---

① 参阅 Lang A. "Kultur als 'externe Seele': eine semiotisch-ökologische Perspektive". http://www.langpapers.org/pap2/1992-01externeseele.htm#（6）%20Die%20Semiose%20als%20Dreifa, 1992, [2023-01-25].

四、生态符号学的意义论走向

基于上一节所讨论的关于生态符号学研究的方法论问题，我们需要重新审视"符号学"作为生态符号学的方法论基础的角色，探讨生态符号学是如何从根本上实现对人（生命体）与自然这二者之间关系的"符号过程"研究的。

第一，从研究内容来看，"生命体与自然环境之间的符号过程研究"作为对生态符号学这个理论的界定，至少包括了两个方面的含义：一是它属于符号学在生态研究方面的跨学科方向，关注自然与文化之间的生态关系，它把研究视角从文本的内部延伸至文本外部的社会语境，如政治、经济、文化和伦理方面，可以被视为一种多维度的生态观照；二是它仍然隶属于符号学的"意义论"研究，该研究将人与自然都作为生态符号，探讨这二者之间的符号过程，侧重文本内部的研究，把人类与非人类环境视为"生态位"（the ecological niche）[①]中的不同关系项，其中各种符号单元之间的交互关系，是一种修辞性的主体间关系。

第二，从研究方向的发展趋势来看，生态符号学的这两个研究方向本身就有相互补充、逐渐融合的趋势。

对文化生态符号学研究来说，在研究自然的文化化过程中，尽管研究内容和视角方面比较多样化，而且近些年以"自然文本"为关键词展开文本分析也是国内外的研究热点之一，但是这里的问题也很明显，即使是对这个概念的首创者马伦来说，他对这个概念的理解、对自然及其在文本中的表现的分析，以及这个概念在自然文学作品中的应用，显然仍属于一种实证性研究，因为他主要是把文本内的自然描写与文本外的自然环境作相互映照式的分析，倾向于一种历史、文化等方面的文献式印证，缺少了对自然文本自身"文学性"的关注，而且马伦自己也不得不承认这种研究方法中的尴尬，因为就"自然—文本"这两者兼顾的办法来讲，无论是作者还是读者，文本内外自然之间的关系研究都涉及人类的符号行为，这本身就是一个很大的工程。也如马伦所说，"为了看起来或者变得跟自然书写

[①] "生态位"作为一个生物学意义上的概念，主要指的是生态系统中每个物种生存所必需的空间，例如，美国生态学家约瑟夫·格林奈尔（Joseph Grinnell）把它定义为，一个物种的"聚居地"（habitat）或"最根本性的关联单位"（Grinnell 1917: 433），另一位英国动物生态学家查尔斯·萨瑟兰·埃尔顿（Charles Sutherland Elton）则把它定义为，"动物在群体中的位置，它与食物和敌人之间的关系，某种程度上也是和其他因素之间的关系"（Elton 1927: 1）。国内外近些年开始把"生态位"这个概念运用于包括管理、环境、经济、教育等学科在内的各个领域，本书主要用它来指"人"与"自然"这二者之间构建的一个"功能单元"。

相关，自然的意义需要经由人类符号过程的调节"（Maran 2007：281），而且"一篇自然散文也可以是一篇封闭的文本，它所涉及的一些特定地方的描写方式，对不知道所描绘的这个地方的人来说，就不可能理解"（Maran 2007：282）。国内的一些学者近些年注意到了这个问题，而且有意识地针对这一类文学作品展开"文学性"分析，这无疑是对"文化"研究在方法论方面的重要补充。

对生物生态符号学这个研究方向来说，近几年国外出现的"生物符号学文学批评"表现出一种从"生物性"向"人文性"的转向，正如马伦所说，它研究的是"文学作品所能教给我们的关于自然环境的内容，以及它们在这种环境中如何影响我们的行为，也就是说，文学在人类生态问题的产生、解释和解决中所起的作用"（Maran 2014：2），而且文学文本和环境之间是一种"模塑"关系，即文学作品是环境的模板或人与环境之间关系的模板。马伦作为国外较早开始把生态符号学应用于自然文学研究的学者，他在这两个研究方向都有比较丰富的成果，他于2014年发表的关于"生物符号学批评"的文章（Maran 2014）显然是对其早期"自然—文本"研究（Maran 2007）在"文学性"方面的重要补充。或者说，在马伦的研究成果中，"生物的"和"文化的"这两个方面已经出现了融合趋势。其实，他在早些时候就已经提出了这样的观点，"将生态符号学的两个分支结合起来的关键，是要形成一种研究方法论，可以把文化中自然的表现和自然在其自身符号活动中的表征都包括进去"（Maran，2007：280）；近些年他又提出，"生态符号学的重点在于环境状况和符号过程之间的相互作用，以及生活故事、意义生成策略和从这些相互交织中产生的叙事"（Maran 2020：4）。

第三，从研究目的看，生态符号学作为一种生态研究的方法论，重在发现人（生命体）与自然之间的"同步机制"（synechism），研究这二者之间一种可连续性的关系，显然这里所说的"同步机制"中的"意义论"是这种关系问题研究的轴心。例如，乌克斯库尔的"环境界即意义"是生态符号学意义论中最为简洁的意义论表述，它引导我们思考存在于"生命体"与自然之间的"功能圈"。西比奥克的"模塑系统论"源自洛特曼的文化符号学，后被拓展为广义上的"意义的形式"研究，他的目的也是寻找在更广、更高的层面上的解释逻辑，而且这种逻辑可以用来解释人类和非人类在各种交流实践中的意义生成。生态符号学家瑞因·马格纳斯（Riin Magnus）也坚持认为，对生态符号学研究来说，"文化的符号框架，对建立和维护其他生命的符号过程条件至关重要"（Magnus 2023：33）。

进一步看，在当前的生态符号学意义论发展趋势中，"语言/符号"分析模式正在逐渐形成一种具体的、具有可操作性的分析方法。如果从理论上进行追溯的话，乌克斯库尔的"功能圈"在意义论的表层，指的是"发出者—接受者"之间的信息模式，但是事实上，这指的也是一种广义上的"语言/符号"交流，正如他所说，"语言能让我感兴趣的，主要是它作为人与动物之间、动物与动物之间的一种交流方式"（转引自 Uexküll 1987：176）；霍夫梅耶尔也提出"生态符号学交互结构"（ecosemiotic interaction structures），主要用来指人类与世界之间的象征性秩序，这个术语的前身是"生态符号学话语结构"（ecosemiotic discourse structures），也如他自己承认的，这是借用了法国哲学家米歇尔·福柯（Michel Foucault）话语概念的内涵（Hoffmeyer 2008：195）。托内森（Tønnessen 2015）在《环境界与语言》一文中，把乌克斯库尔的环境界分为"核心环境界"（core Umwelt）、"概念性环境界"（conceptual Umwelt）和"调节性环境界"（mediated Umwelt）三个层次，进一步反思了其中的语言问题，认为这里的语言并不是高于环境界的，而是内在于环境界的。库尔等人编撰的《生物符号学视角下的语言和语言学》一书中，语言学、生物域、生物语言学和生物符号学等研究内容都深刻反思"符号过程"问题，即每一个语言学符号形成中的潜在符号过程都是一项重要的研究内容。

如果上述生物生态符号学中关于意义论的探讨，仍然保留了部分生物性"信号"的信息交流模式研究，那么，文化生态符号学的意义论就已经完全属于"语言/符号"的意义生成机制研究了。例如，库尔的自然论从"语言"方面研究自然与文化之间的关系，如从符形学角度研究自然的结构和分类，从符义学角度研究自然之于人的意义和自然界的存在，从符用学角度研究人与自然在个人和社会方面的关系，以及人对自然的参与程度（Kull 1998：351）；西比奥克从"语言/符号"分析的角度研究人类和非人类各种交流实践作为模塑形式的表现，这对从文本的角度研究现代自然文学内的诗性表述都有重要的参考价值。马伦也认为，"文学作品被认为是通过使用代码和语言（自然语言、流派语言、时代语言和作者语言）的整体性表达手段，来构建一个诗性整体进而保持其综合性的特征"（Maran 2014：6）；此后，马伦又结合皮尔斯和莫里斯的符号学思想，研究了符号过程中的三个维度，即"句法作为符号的形式，语义作为符号的意义，语用作为符号的使用"（Maran 2020：30）。

从以上关于生态符号学的研究内容、研究方向、研究方法及其未来的意义论发展趋势，以及研究目的来看，"意义论"其实一直是生态符号学的"符号过程"研究中的关键问题，只不过当前的两个研究方向各有侧重，但是，"语言/符号"的信息交流或意义生成研究是它们共有的重要的认识路径，而且"符号过程"中的意义研究也是当前生态符号学研究的热点问题之一。基于目前的研究趋势和现状，我们有必要重新梳理生态符号学"意义论"中的相关观点，尝试把它凝练为一种可供微观分析、具有操作性的研究方法，这对当前的生态批评范式构建来说，无疑是一种有效的、符合实际的研究思路。

第二节 生态符号学的意义论

生态符号学研究的是"文化与自然"之间的符号关系，因此，它的意义论从根本上讲就主要表现为"人"如何看待自然、解释自然，以及在符号过程中又是如何处理人与自然之间的关系的。这一节我们围绕生态符号学中的"自然"、"模塑"和"文本"三个方面的观点展开分析，尝试从中发掘出生态符号学作为一种生态批评方法论的意义和价值。

一、自然：意义的符号论

在生态符号学的自然论中，"自然"这一概念一开始就与"符号"有着重要的关系，即使对乌克斯库尔来说，符号也总是和意义相关联的；生命体的存在意义就是赋予周遭事物各种意义，那些事物也就因此成了符号，而意义就是不同生命体之间一种生物性的符号形式。生命体从环境中获取符号，这些感知符号促发一种特别的行为而成为运作符号。整个过程并不是由一些一成不变的生命体构成的，而是由彼此之间的符号关系构成。每一个生命体都是一种主体，它们从外部世界获得一种刺激，产生了一种特有的反应；这些反应反过来又对外部世界产生一种影响，并且影响了刺激物，这个"自我保持的周期性圈"就是"功能圈"。而各类信号把每个生命体联结进了一个个关系网，将它们及其所处的环境进行了功能性的结合。例如，捡起石头朝一个有威胁性的狗扔过去，是为了吓跑它。这里的"石头"的性质已经变了，尽管其武力特征不变，但意义已经变了。"石头在观察者手中是以一个无关系的客体存在的，它一旦进入了与主体的关系之中，就变成了意义的携带者。"（Uexküll 1926：140）或者说，"石头"的意义是关系性的，是基于"狗"作为生命体的一种偶然性解释。无论是简单的动物还是复杂的动物，每一个主体都在自己的环境界中解释客体，后者也因此被改变或者再塑造，直至变成一个意义载体。尽管他们的结构相同，但是，他们作为意义载体所蕴含的内容不同，每一个动物的现象学经历（物质的和行为的），都可以用"环境界"来描述，而这也是生态符号学中最为原初性的意义论。或者说，自然的存在本身就是意义，"自然"在这里指的并不是通常意义上的"环境"，而是把人和非人类生命体都包括在内，泛指世界上的一切存在。

不同于乌克斯库尔从生物符号学视角对自然的解释，库尔从文化角度提出了"多重自然论"，认为人与自然（生命体—环境）、自然与文化之间的关系形态是多种多样的。库尔的观点在很大程度上深化了"自然"作为意义载体的文化走向，他对乌克斯库尔的环境界概念的解释，已经超出了这一概念在自然科学层面上的原有意义（Kull 1998：363）。他在《符号生态学：符号域中的不同自然》一文中，把自然分成了不同的层级，即零度、一度、二度和三度：

> 外位于环境界的可以被称为零度自然，零度自然是自然本身（如绝对荒野）。一度自然是我们看到的、识别出来的、描述的和解释的自然。二度自然是我们进行物质性解释的自然，这是物质性地翻译出来的自然，即被改变后的自然，被生产出来的自然。三度自然是虚构的（virtual）自然，存在于艺术和科学中（Kull 1998：355）。

库尔把自然分为四个层级的存在，这对我们理解自然界的"自然形态"有一定的帮助，恰如马伦指出的，库尔的这个观点"有可能成为生态符号学理论的基本原则"（Maran 2007：277）。根据库尔的"多重自然论"，"一度自然"是经过了人在康德意义上的时空模塑后的形态，是我们用视觉等感知器官感知的，或者用语言解释过的自然；"二度自然"，是一种被改变了原来形态的，被加以物质化、技术化的形态，如花园设计、风景设计；"三度自然"则是一种艺术化的、柏拉图式的自然，我们可以在想象力或者科学推论的作用下使之生成，这种自然是基于我们当前的自然形态所产生的一种生态想象，它是一种虚构形态。但是从另一个角度看，库尔关于自然形态的分类也存在一些问题，如"零度自然"作为绝对荒野，是一种理想化的状态，它就像康德的"物自体"，其实并不为我们肉眼所见，因此，这种关于自然的客观性研究，仍值得我们深入反思，而且库尔的零度自然论实际上仍然是西方逻各斯意义上的本体论的翻版。

从认识逻辑看，库尔对人与自然之间关系的描述为我们进一步认识自然概念奠定了基础，零度、一度、二度、三度的自然形态是被文本化的，已经被视为一种"符号结构"，它的结构或是"语言化的"，抑或是"物质化的"，更可能是一种"形象化或者理论化的"。从这个角度看，库尔关于自然的层级论，已经从生物学意义上的自然进入了文化领域，关注到了"自然的文化化"过程，这也为生态符号学研究自然与文化这二者之间的关系打开了"语言/符号"研究之门。

其实，早在 1995 年，英国文学理论家巴里在第一版的《理论入门：文学与文化理论导论》关于生态批评理论的论述中，就已经对"自然"和"文化"之间的关系进行了考察。而且他还对"从自然到文化的移动过程"（即自然文化化过程）中可能出现的形态进行了分类，第一类是"荒野"（the wilderness），如沙漠、大海和无人居住区；第二类是"风景性崇高"（the scenic sublime），如森林、湖泊、高山、瀑布；第三类是"乡村"（the countryside），如小山、田地；第四类是"田园式风景"（the domestic picturesque），如公园、花园（Barry 2009：158）。根据巴里的观点，第一类是纯粹的自然，第四类是文化占主导的自然，而中间的两类是自然与文化相互重合的自然。

经过对比可以发现，巴里早些时候对自然形态的分类已经涉及了人类文化对自然的介入程度；只是，与之不同的是，库尔提出的"多重自然论"是从乌克斯库尔的生物学意义上的自然论发展而来的，是基于更宽泛的生命体概念及其与环境关系的多样性，对自然文化化形态的进一步细化。正如库尔在《符号生态学：符号域中的不同自然》一文的结语部分中所指出的，"文化具有不同类型，其中一些可以创造和自然的平衡关系，而许多其他的文化则为了自身发展不自觉地制造出了环境问题。因此，对生态冲突的理解和可能的解决办法，就预设了文化和生物两方面的知识，这意味着，文化符号学和生态学能够在这个领域内建构性地互动，因此，生态符号学面对当今世界中最重要、最困难的挑战似乎成为一种可能"（Kull 1998：366）。

生态符号学家马伦则进一步综合了"文化"和"生物"这二者之间的研究内容，从"符号过程"的视角将自然与文化这二者融合在一起，进而提出了"地方性"概念，把它看作某个特定时空条件下文化和生态系统的一个基础单位；而且"地方性"作为一种方法论概念，让自然的生物性和人的文化性二者之间的复杂关系进一步简洁化了，正如马伦所说的，"这一概念源于如下理解：一个符号过程总是包含着特别的、独有的现象。在皮尔斯（和西比奥克）的符号学传统中，文化和自然的绝大部分可以被视为符号过程的结果或者模式，这些符号过程不可避免地将重点放在文化与自然的地方性身份之上。另一方面，地方性的概念强调了环境关系的质性特点"（马伦 2014：39）。

根据马伦的观点，"地方性"概念有三个特征。

第一，"生命特征"（马伦 2014：39）。生命体与环境之间的关系，可以分为生理性的和符号性的两种，前者指的是动物的身体结构及其生理构造对环境的适应性，即"环境规定了生命体的一些代表性特征"（马伦 2014：40）；后者指的是生命体在适应环境时，能否有效地实现符号的交流，以及能否对各种符号做出反应。生命体是经常被地方化的，一旦脱离了某个地方，生命体就会受到影响进而产生新的"地方性"。

第二，"语境化"特征（马伦 2014：40）。生命体之间主要通过一系列的符号及其符号过程与环境界产生关联，在作为主体构建环境界时，它们的各种信息需要经由语境进行甄别，"每一个环境都形成了一个自我封闭的单元，这是为了让主体所有的构成部分都能被控制"（Uexküll 2010：144），因此，语境化是"地方性"的重要现实价值。不同的生命体对环境的适应程度就表现为不同生命体在具体的环境中的存在状态及其相关的符号过程。正如美国生态现象学家奈尔·埃文德（Neil Evernden）所认为的，"地方"不仅仅指地理学意义上的位置，更是指一种"角色和责任"，毕竟地理位置是先于空间位置的，而后者才最有可能成为主体环境界的一部分，它作为构成部分不是指物理学意义上的，而是我们作为个体的"质性上的图案"（Evernden 1993：81），或者说，"地方性"中的"质性"是对乌克斯库尔环境界理论在文化研究方面的发展。

第三，"文化身份"特征。关注自然的地方性，实际上关注的是文化识别过程，不同的地方文化表现为人作为主体与其所处环境之间所构建的不同的环境界，其中最为明显的表征就是文化身份，因为"与主体的身份联系在一起的记忆和环境也是地方所特有的"（马伦 2014：42），"地方文化的关注点则更多地导向它周围的环境以及它的模式和特性"（马伦 2014：43）。英国历史学家西蒙·沙玛（Simon Schama）在《风景与记忆》中，分门别类地深入分析了不同地方的自然环境如何被纳入文化记忆，以及这些文化现象在文学、艺术和神话中的应用，因为在他看来，"即使是我们所认为的最自由的、远离我们文化的风景，经过仔细研究，也可能被证明是文化的产物"（Schama 1995：9）。

概言之，马伦从符号角度来审视人与自然之间的关系，实际上是把自然作为一个具有双重特征的"地方性"文本：一方面，它拥有自身的自然特征，指的是具有实体性的自然环境，另一方面，它还具有文本的结构，自然作为生态符号变成了一种符号结构，我们可以从中发掘出各种生态现象。因此，基于马伦对文本内符号过程所必然依赖的语境，以及不同生命体及其环境界之间的意义关系的研究，我们把他的"地方性"概念作为生态符号学意义论研究的一个视角，有助于我们从微观层面开展多种多样的地方文化符号的个案研究。

二、模塑：意义的生成论

"模塑"论，主要是通过研究不同的符号及其符号过程形成的模塑形式，分析不同生命体之间的信息交流过程和作用的，或者更简洁地说，模塑研究即对不同符号过程的表现形式的研究。它作为一种意义生成的方法论，始于塔尔图-莫斯科符号学派的洛特曼，后被西比奥克用于广义上的"意义的形式"研究，这两位思想家的"文化模式"思想又被马伦进一步发展，形成了一种新的文学批评模式。

洛特曼早在20世纪70年代就指出，模塑活动的建立是基于一种相似形原则，它让"逻辑的和历史的现实相互分离"，进而构建一个抽象的、传统的模型，引入一个特定的条件，再现一个理想的单元（Lotman 2009：3）。任何符号体系的起始点都"不是一个单一的、孤立的模塑，而是位于符号空间之中的模塑"（Lotman 2009：172）。他提出的"文化模塑论"把自然语言看作初级模塑系统，是对现实世界最为原初性的模塑，因为它是所有生命体的感知系统，这些生命体根据自己的功能圈对这个世界进行感知、识别和意义生成，从而模塑出每个生命体所特有的环境界。建立在自然语言之上的文化符号模塑系统是二级的，但是，它却不是单向度的机械再现，文化对人的行为方式起着规约的作用，文化模塑的不同方式会影响到文本化的过程，甚至改变文本的结构。也可以这样认为，文化模塑系统关注的是文化现象与环境之间的符号活动，这个符号系统是共时性的，它与自然之间有一定的相互关联性。

西比奥克的模塑论在形式论方面进一步发展了洛特曼的观点，并把乌克斯库尔的环境界理论融入了他的"意义的形式"研究中。他根据人类文化活动特点，对动物符号模塑、语言模塑等相关内容重新加以辨析，提出了"模塑系统论"，进而把模塑形式分成了三个层级，即"初级模塑""二级模塑""三级模塑"。

第一，"初级模塑"指的是主体构建环境界的能力和行为。生命体根据自身的规划对周围环境的认知过程就是模塑过程。每个生命体都生存在自己以物种特有的感知方式所构建的模型之中，因为它们具备了获得外在世界感知的生物能力。这种模塑形式可以是象似性的，即"依靠有效的相似"；也可以是象征性的，即"依靠一种推加的、约定俗成的、习惯的临近性"（Sebeok 2001a：143）。这个层级的模塑是西比奥克对乌克斯库尔环境界理论的发展，"'模型'能更为精确地将它翻译出来，尤其是考虑到它的信条：'每个主体都是其环境界的建构者。'"（Sebeok 2001a：144）

处于初级模塑层级的符号，属于一种"前语言的"符号体系，它们先于语言体系存在，或者与语言共存，其中就必然包括内在和外在的认知过程，如感知、组织、交流和记忆。可以看出，西比奥克的初级模塑实际上是一种生物学意义上的模塑，他把自然语言或"前语言"符号视为初级模塑形式，是因为所有的生命体最初的交流都是"非言语的"。这个层级的符号过程表现为一种天生的、内在的模塑能力，它是所有生命体都拥有的能力，这是生命体最基本的符号过程，它通过"渗透"（osmosis）和"模仿"（mimesis）来构建，前者是一种自发性的自然模拟，而后者是有意识的模拟，这二者是其他层级进一步模塑的基础。

第二，"二级模塑"指的是"语言模塑"。语言自身所具有的相对独立性，使得它在整个模塑过程中形成了一种"元"语言的能力，进而在语言对自身的形成进行反思的过程中，增加了一定程度上的逻辑性。它作为模塑过程中相对独立的特有的模塑方式，让人类能够超越当下的实际存在。语言模塑作为生命体处理人与世界之间关系的方式之一，并没有取代其他的模塑方式，而是与各种不同类型的模塑方式并存，只不过从重要性的程度上讲，语言模塑作为生命体解释世界的方式显得更为重要，因为与其他符号相比，人类语言所拥有的自身的模式和方法，更容易为我们所理解。

西比奥克和德尼西倡导以语言的模塑论把生物研究和人文研究融合在一起，是因为语言"将感官认知的有限领域扩展进了反思认知的无限领域"（西比奥克，德尼西 2016：70）。因此，符号过程不再仅仅是原来皮尔斯意义上的三元论，而是"一个物种以其独有的方式产生与理解其处理和整编感知输入所需的特定模型的能力"（西比奥克，德尼西 2016：4）。西比奥克之所以认为语言外位于环境界，是因为"生命体—环境"（人—自然）之间的互动关系，是个体语言成长中的重要部分，但是，语言最终会超脱于生命体的环境界，因为它的目的并不只是交流，更是"记录跨物种的二级建模现象的所有表现，以获得生命形式中符号活动的一般原则，然后考察人类物种中的延伸建模的源头和原理"（西比奥克，德尼西 2016：69）。

第三，"三级模塑"指的是一些"高度抽象、基于象征符号的建模行为"（西比奥克，德尼西 2016：101）。在《意义的形式：建模系统理论与符号学分析》一书中，西比奥克和德尼西坦率承认，这个层级的模塑研究是"从生物符号学的角度来关注象征性的本质"（西比奥克，德尼西 2016：101）。在他们看来，人类和动物在"三级模塑"的符号机制方面都具有较强的操作性，如自我描述的阶段是对符号域内多样化的必要反应，而符号系统或许会失去自身的统一性和意义界定；对语言、政治和文化来说，它们的符号系统运作机制是一样的。西比奥克的理论的贡献在于，它涉及了包括经验性的、生物性的认知，社会性的新科学以及更广泛的人文研究在内的"语言/符号"的意义形式研究。尤其值得注意的是，根据西比奥克的观点，三级（文化）模塑可以创新地运用各种形式来实现对事物的指称，而且形式和指称之间并不一定有明显的感知连接，这种指称甚至可以是抽象的。因此，与这个论述相关的观点，在某种程度上为模塑论文学批评模式的构建奠定了基础。

生态符号学家马伦的模塑论，是在洛特曼和西比奥克模塑论的基础上，进一步发展出来的一种模塑论的文化批评方法，该方法认为人类文化中有比较复杂的模塑形式，如"技术性模塑"（technical modelling）和"艺术模塑"：前者以严格的算法关系为基础，与原模型具有系统性的对应关系，如建筑图纸；后者则是以一套松散的代码来创造诗性构建的复杂形象，如为了舞台或电影改编的文学作品（Maran 2019：290-291）。其实在早些年他就已经提出"生物符号学文学批评"（Maran 2014），他把自己之前与"模塑"相关的观点整合成了一种文学批评模式。在他看来，"每一篇关于自然的书面文章，都能告诉我们一些人类与自然互动的方式，或者强调现有的关系（始于作者个人经历的散文）、需要避免的关系（带有一种批判性的环境作品）、目前没有但应该有的关系（如生态—乌托邦，环境虚构作品）"；理解这一类作品如何再现人与自然之间的关系，我们就应该"了解有多少种符号类型参与其中"（Maran 2020：62）。

马伦把自然文学作品中的不同模塑形式分为"动物符号模塑"、"语言模塑"和"艺术模塑"三个类型。

第一，"动物符号模塑"，这是一种以生物性为基础的符号过程，它主要涉及人的感知、神经系统反馈，并且通过环境模式将感知和行为联系起来，而且它还经常借助自然符号来展示它与环境之间的象似性、指示性关系。这种模塑形式在自然文学中，指的是通过描述作者的身体经验、由环境产生的综合感官印象，以及生物和环境情况来表达的一种形式；其他生物自我表达的表现也可以被视为这种动物符号模塑形式。这种模塑形式的运用有助于增加自然文学作品的可信度。

第二，"语言模塑"，指的是将语言作为工具来识别对象和现象并传递信息的符号过程。在自然文学中，语言模塑主要表现为对生物种类、特征和生态的描写，以及对地域和情境的描写。它是用来确定文学作品想象行为空间的构成要素，可以用来传达信息、增进读者对自然环境的了解，因此，它在某种程度上具有重要的教育作用和价值。

第三，"艺术模塑"，指的是呈现复杂的客体和现象，甚至相互矛盾的现象，如不同人的生活世界、地位、作用和命运，他们与其他人的关系，以及他们与环境之间的关系的符号过程。在自然文学中，艺术模塑为了凸显所要传达的信息，会采用选定的诗意表达手段、语言和代码的组合方式，进而生成一个艺术空间，这个空间是作者对历史、文化、生活和世界进行认知的一种形式，并通过一种特定类型的空间关系来表现。正如马伦所说的，"在艺术模塑层面上，作者运用诗学的、文体的和叙事的手法来表达自己抽象的思想、欣赏和价值判断。在自然文学中，艺术模塑往往被用来传达作者关于文化—自然关系的理想。艺术模塑是象征性的，因为它独立于任何特定的自然经历，通过它我们可以认识到特定文学作品的个性和身份"（Maran 2020：63）。

简言之，"模塑论"作为一种意义生成方式，无论是对非人类的生命体还是人类来说，都肯定了"人"之于"自然"的积极意义，这二者之间的信息交流方式构成了不同的模塑形式，因此，若要了解它们彼此存在的意义，就需要研究它们在信息交流过程中所使用的各种符号系统（语言符号系统、"前语言"符号系统等），去发掘其中关于"人"认识自然、看待自然的解释逻辑和解释方式。

三、文本：意义的形式论

生态符号学的意义论从根本上讲属于一种形式论，它把"自然"视为一种文本进行研究，如乌克斯库尔的"环境界"和"功能圈"是从生物性视角展开的"文本"研究，因为生命体用以完成生物信息（意义）交流的信息模式，如"发出者—信息—接受者"，其实可以被视为一种文本，而且这也是用来展示其符号过程最为简洁的符号学意义上的文本形式。

在文化生态符号学研究中，马伦提出了"自然—文本"这个概念，认为它作为一种"方法论上的概念"（Maran 2007：280），可以把所有的自然文学以及所有的以自然描写为中心的文学形式都包括进来。在他看来，对自然文本进行分析应该包括两个方面：一是关注描写自然、指向自然的文学文本自身；二是关注自然环境自身。文本内和文本外这两者之间的关系，恰如马伦认为的，是"文本性的"（textual），或者说至少是"文本化的"（textualizable），而基于这二者之间关系建立起来的意义关联单元就是"自然—文本"（Maran 2007：280）。

根据马伦和卡德里·图尔（Kadri Tüür）的观点，自然文学中的自然描写与文本外的自然环境之间的关系，就像两个文本或者文本与语境之间的关系，二者之间的互动决定了对这个文本的解释。它们之间相互联系的方式，至少包括了"再现的、模仿的、动因的和补充的"等机制关系（Maran, Tüür 2016：289），而这些意义关系可以同时作用于文本的意义构成：再现（representative）关系，主要指的是一定的文化环境借助自然描写和作者的解释重现；模仿（mimetic）关系，主要指的是文本的结构和叙事可以重复特定的环境或者物理性的秩序，如动物小说中对动物生活圈或每天的活动进行的描写；补充（complementary）关系，指的是读者在阅读过程中，环境和经历同时在其头脑中显现；动因（motivational）关系，主要是指在环境描写中，关于环境的解释或者文本知识会成为触动作者展开自然描写的根本原因。正如马伦和图尔认为的，自然文本是"多层次的，在特定的文化和时代的语境条件下对特殊作者的环境关系和特殊的文学习俗进行模塑"（Maran, Tüür 2016：290）。

但是与此同时，马伦也指出，自然文学中人与自然之间的关系，并不是全部一一对应式的直观反应，而是以一种部分凸显的方式，在结构上构成了对应。"文本和存在于被描述自然环境中的各种可能性结构与意义是相对立的，自然中会同时发生多种平行事件或故事，它们彼此并不会构成一种线性顺序（linear sequence），而是基于多种媒介或符号体系"（Maran 2007：281），如图 1-1 所示。

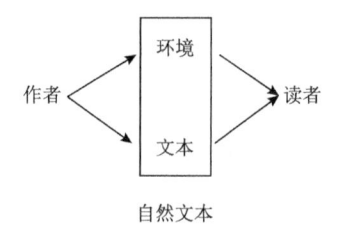

图 1-1　自然文本的四要素图

图 1-1 的这个自然文本的认识模式涉及四个方面：环境、文本、作者和读者。每一位参与者都拥有自身的符号体系，彼此之间的符号过程不是固定的，而是动态的。它们之间的互动关系就构成了自然文本，"自然客

体和结构就会通过意义过程,成为人类文本再现的表述或与之相关的东西"(Maran 2010：81)。彭佳等也认为,"马伦采取的是与文化生态符号学一致的立场,即,将自然文本视为经过语言调节的文本,它不一定是直接用语言来描述的,但在人类的认知、和人类的意义关系中,是以语言为基础的"(彭佳,蒋诗萍 2014：123)。相应地,自然的意义需要借助人类符号系统来展示。因此,自然文本作为对"地方性"的再现,必然表现为一种文化化的自然描写,其中包括了这个地方的气候和地理特点,还包括民间传说、宗教、生活方式、地方文化等内容,所有这些构成了这个小范围的、区域化的自然,我们可以把自然文本看作一种西比奥克意义上的"复合型模塑"文本。

从功能单元的构成来说,马伦提出的"自然—文本"概念作为一种批评方法,仍然属于一种静态的、文献印证式的意义论研究,而他后来又提出的"生态符号域"概念,则让文本的修辞过程研究在意义的生成方面具有了动态性,它把人与自然这二者之间抽象的符号关系呈现为多样性的、具象性的解释方式。"生态符号域"这个概念的提出和阐发,则主要得益于他对库尔的"符号域"和乌克斯库尔的"环境界"理论等相关知识的综合性运用,他把人类文化的各种符号过程都包括在这个概念之内。

库尔的"符号域"概念,是马伦的"生态符号域"这个概念的认识论基础。根据库尔的观点,自然界有各种各样的区域,是不同的生命体作为个体进行信息发送和接收的空间。"符号域是多样性的空间。也就是说,符号域是异质的空间(或者交流的媒介),它使得定性的变化出现、融合并保持。多样性也是一种关系间的现象,因此,它是建立在交流和能够区分的基础之上的。"(库尔 2013：174)从这个角度看,符号域作为各种符号存在的空间和运作机制,也必然蕴含了相应的符号关系,以展示人类与动物之间、人类与自然之间等许多复杂的关系,或者说,人类的符号活动和生命体的生命过程之间,人类、自然和其他非生命体的认识过程中,也有类似的符号关系,意义结构也可以由此显现。

库尔关于符号域的相关论述,把"符号域"视为一种具有差异性的多信息文本形式,这是从更宽泛的哲学认识论立场来看符号域,即我们对世界的理解从来都不是固定不变的,而是经常处于一个"符号域"中,我们对所有事物的经历也是符号学的。其实这一点类似于康德很早就提出的关于世界的论述,即世界是不可知的,我们能看到的只是一个表象世界。在用以认识世界、把握世界的时空观念中,时间和空间这二者并不是自然的属性,而是我们理解的形式。我们一旦审视自然,就会把时间和空间概念代入对自然界的认知过程中。但是，事实上，所有这些被时空化后的自然，并不是自然自身，而是我们投射出去的理解图像。因此，我们以"符号域"来构建人与自然之间的关系，就表现为我们对自然的经历过程都被包裹在我们自己所建构的时空符号域之中，或者说，所有的实在都以符号的形式显现，所有的意义都始于符号域。

马伦提出的"生态符号域"概念在延续库尔的认识论立场的基础上，更加突出了符号过程的"模塑性"，这显然是乌克斯库尔的"环境界"理论作为一种意义论在文化研究方面的延续。根据乌克斯库尔的观点，"环境界"即意义，每一个生命体都对其环境起着重要的生成作用。但是，这里的意义世界不是"主体"的经验世界，它既不是客观的也不是主观的，而是指向皮尔斯意义上的符号关系的三元论，即主体的可经验性、客体的被经验性和用以呈现经验过程的基础即符号关系。在这个功能论上，任何中性的客体都是意义载体，他们所在的环境界作为一个功能单元就是"生态位"，即任何生命体都有一个特定的生活环境，如空间、食物、温度；各种生命体的存在意义都需要置于特定环境界中进行审视。乌克斯库尔的"环境界"类似于一种"生物域"，这是一种最原始的生态符号域形态。各种生命体构建的环境界依赖于其他的生命体，唯有借助不同生命体的反应，整个自然界才能构成。

马伦将乌克斯库尔的生物性的符号过程研究进一步拓展为"人类符号过程"（anthroposemiosis）研究，认为人类符号过程是拥有语言特征，且以象征为基础的符号系统，而且语言可以生成复杂的再现方式和抽象模式，这些都有助于人类知识的扩散。或者说，生态符号学所发展出来的符号域概念，已经把人类文化视为与生态系统等相关的更高级别的范畴，作为这个元层次的模式，人类文化本身就已经包括了人类文化模式和"人—自然"的关系模式，人类文化的模塑能力实际上就意味着，我们对自然文学、自然文献、风景艺术等以描写人与自然之间关系为主的文学形式的研究，都可以基于这种认识模式来展开。

由此可以看出，符号域从"生物域"到"生态符号域"的发展趋势，意味着我们对文化的研究进入了新阶段，"生态符号域"这个概念作为一种批评视角，一方面是以"生物文本"为理解生命形式的基础，另一方面则以"信息文本"为轴心关注文本中"多样化空间的生态域形式"（Kull 2004：184），并在此基础上构建了以符号关系为主的"文化文本"。这个概念所展示出来的是一种基础性的符号域，它具有多层次、多层级的复杂性，涉及人类文化象征的符号过程和意义交流、人类与非人类之间的指示和象似符号过程等等，因此，它的作用和价值就表现为一种功能单元，这是在文化与自然的影响下，逐渐形成的一个稳定的环境界，或者说，生态符号域是文化与自然彼此存在的意义，而作为认知主体的"我"与作为"他者"的自然之间的对位性关系，是一个最为原初性的生态符号域，它是一种结构性的存在，但是，在生命体不断发展的过程中，这个结构性的存在又是动态的。

从以上关于生态符号学的意义论来看，"自然"、"模塑"和"文本"这三个方面构成了一个意义生成的综合体，"自然"作为符号是意义的存在形态，"模塑"是人与自然之间相互作用的符号过程，而"文本"是以形式化的方式把这个符号过程呈现出来。可以这样认为，生态符号学作为基于皮尔斯符号学构建起来的生态研究新方向，聚焦的并不仅仅是某个"符号"，更是各种符号及其"符号过程"的存在意义，这里的"意义"不再只是某个符号的特征，不仅仅存在于信息交流过程中，也不仅仅存在于解释者的心里，还存在于整个"符号过程"中，这种认识论特点充分展示了生态符号学作为一种批评方法在生物的、文化的和认知的进化论方面的优势。

第三节　生态符号学对现代自然文学研究的启示

从生态符号学视角研究现代自然文学的意义范式，是一种方法论上的更新，它不是对文本内外的文化与自然之间的关系作实证式对比，而是通过分析自然文学作品中的主要符号类型及其符号过程如何成为"意义因子"来研究文本的"文学性"问题。或者借用皮尔斯的符号关系三元论来讲，如果"客体"是文本外的环境，"符号"是文本，那么，"解释项"就是文本中的"自然描写"，而我们对"文学性"的研究，就是辨析这三者之间的"符号过程"，分析文本中的"自然描写"作为一种解释逻辑和解释方式的意义和价值。

基于这种考虑，我们尝试对生态符号学的意义论之于现代自然文学意义范式研究的启示，作如下三个方面的总结。

第一，生态符号学意义论中的"自然论"，如库尔的"多重自然论"，让读者对自然的形态有了更加形象、直观的认识。对现代自然文学创作来说，文本中的自然描写是作家对"自然"所展开的一种生态想象，即使是对同一个自然环境来说，它在不同的文本中也仍然会因为作家所采取的不同的文本修辞策略或者不同时代的创作手法而呈现出不同形态，因此，研究这些不同形态的自然描写，可以发现不同作家认识自然、看待自然的解释逻辑和解释方式。

因此，本书把现代自然文学中的自然描写类型分为四个不同的层级，即自然风景描写、"地方性"风景描写、文化风景描写和"混合性自然"描写。

一是，自然风景描写，这是第一层级的描写，主要指的是"人"通过观察对具有原初性的"自然"进行的客观描写。这一类自然描写所呈现出来的是"人"对自然的"零度介入"，常常被视为一种"非虚构"创作。它在现代自然文学作品中主要表现为，作家通过视觉、听觉等感官来体验自然，进而描写出自然界的各种生命体的存在形态。

二是，"地方性"风景描写，这是第二层级的描写，主要指的是"人"对特定时空条件下的山、水、树木、桥梁等具有某种"地方性"的自然进行的描写。这一类描写不仅仅是针对某一个地方的自然形态作地理学意义上的描写，还是一种基于"地方性"的自然之于"人"的影响，思考这个"生物性区域中的自然"在宗教、文化、道德等多个方面对于人的存在的意义。

三是，文化风景描写，这是第三层级的描写，主要指的是一种在作家"文化集体无意识"的影响下的自然描写。这一类描写在文本中主要表现为"自然的文化化"过程，反映出来的是某个群体对自然的文化解释。这里的"自然"不再以其自然性的形式存在，而是与人的文化行为和思想观念密切相关，它在文本中是以一种"文化解释"的方式出现的。

四是，"混合性自然"描写，这是第四层级的描写，主要指的是一种被"技术"所控制的自然描写，它在文本中主要表现为"技术"的发展给自然和人类社会带来的各种生态问题，如环境污染等生态危机。这一类描写中的"自然"是一种被改造后的、技术性的生存背景，文本中关于人类的技术化生存方式之于自然的疏离，凸显的是"技术化生存"与"自然性生存"之间的差异。

第二，生态符号学意义论中的"模塑论"，如西比奥克的意义形式论，扩展了现代自然文学研究中符号的研究类型，把各种动物/植物描写都包括在内；再例如，马伦的模塑论从某种程度上创新了现代自然文学的批评范式特征，让读者重新审视现代自然文学如何利用各种"模塑形式"，通过特定的时间、空间符号关系来再现其对这个世界特有的认识方式。

本书对现代自然文学意义范式的研究，是对模塑形式在不同文本中的不同表现形式所展开的研究，这些模塑形式研究主要包括以下三个方面的内容。

一是"语言模塑"研究，主要研究的是现代自然文学中各种语言表述方式，即不同的符号（符码）通过相互组合所生成的不同的"语言模塑"形式，它们是一种关于人与自然之间关系的诗性表述，其中所蕴含的是作家用来表达自己如何认识"自然"的解释逻辑和解释方式。

二是"动物/植物符号过程"（zoosemiosis/phytosemiosis）研究，主要研究的是不同动物/植物与其他动物/植物在符号过程中所表现出来的各种关系，这种符号过程研究的目的是分析文本中不同生命体在构建"环境界"的过程中所表现出来的彼此之间的作用和价值。例如，在以自然风景描写范式为主的作品中，大量的关于"植物""动物"的描写所要说明的是，这些自然现象作为"自然"中的一种存在，都是以其"自然性"的方式存在着的，它们的存在意义就体现在作为生态符号的动物/植物之间的符号过程/信息交流中。

三是"物质符号过程"研究（physiosemiosis），主要是从"物性"角度研究各种符号之间的关系，分析生命体作为符号之于伦理、历史乃至于哲学认识论意义上的存在问题。一旦谈及某个生命体作为符号，实际上就启动了皮尔斯的"符号—客体—解释项"三元论符号过程，也就是开启了这个符号的符号伦理之旅，即对作为符号的人与自然之间的关系性进行考察。在现代自然文学不同的描写范式中，这个过程主要表现为，作家会赋予不同的自然描写以不同的环境、认知等功能，并借此来评价这种"自然"之于生态的价值。

第三，生态符号学中的"文本论"，如马伦的"自然—文本"提出的再现的、模仿的、动因的和补充的关系，进一步细化了自然与文化之间的符号关系研究；再例如，洛特曼、库尔的"符号域"和马伦的"生态符号域"，对凝练出符号在不同文本中作为功能单元所表现出来的人对自然的解释逻辑和解释方式，都有着较大的参考价值。

因此，首先，本书根据不同的自然描写类型，分析不同的作家在文本中所采用的修辞策略，如自然风景描写中的"模仿修辞"，"地方性"风景描写中的符号修辞，文化风景描写中的生命认知修辞；其次，研究生态符号域在不同现代自然文学作品中的文本特点，如功能性、结构性、伦理性和物质性，目的是分析它在组织文本和意义生成方面的作用，进而对这一类作品中的符号机制做一个综合分析。

在现代自然文学中，"自然"作为一个所有关系交互的空间，并不是一个宏观的概念，而是一系列的"存在者"作为符号所构成的生态符号域。我们通过分析它们在文本中的表现可以帮助读者辨析不同的意义类型和符号过程，因此，研究现代自然文学的意义生成，就需要我们研究不同的作者在文本中关于生态符号域的设定，并对出现在这个空间中不同行为者之间的符号性交互行为加以区分。可以看出，生态符号域这个概念显然预设了一种他性逻辑，通过联想或对比将不同领域或不同符号系统连接起来，然后使用意象、隐喻等方式把单个符号的意义与其他符号的意义相连，把一个系统的符号意义与另一个系统的符号意义相连，从而赋予符号意义，尤其是"语言/符号"以形式上的多重逻辑、多重声音，让语言意义、符号意义具有可塑性、多义性，拥有不断发展变化的能力。

概言之，现代自然文学作为一种比较特殊的文学文本，是以它典型的语言模塑、动物/植物符号模塑、艺术模塑等形式，向读者呈现了"人"认识自然、看待自然的解释逻辑和解释方式。我们这里研究现代自然文学中不同的意义范式，就是为了通过整理和分析这一类作品中的各种符号类型以及它们之间的符号过程，辨析文本中作家所采用的不同的模塑形式及其所蕴含的认识论价值，并进一步研究这一类作品的意义生成机制。

第二章 自然风景描写的意义范式

自然风景（natural landscape）描写，是现代自然文学中最为常见的描写类型之一，这里的自然风景指的是一种纯粹的"自然"，是生态符号学家库尔所认为的"零度自然"，它作为绝对荒野是最原始的自然，这种人之于自然的"不介入"状态，保持了自然原有的形态，可以被视为一种"审美风景"，这是现代自然文学对自然形态在理论上的认识论还原。例如，美国作家约翰·巴勒斯（John Burroughs）的《醒来的森林》《冬日的阳光》《诗人与鸟》，美国作家约翰·缪尔的《加利福尼亚的山脉》《我们的国家公园》，这些作品中的自然描写所表现出来的自在性、原生性，似乎都来自作家的"非个性化"创作，几乎类似于自然科学的客观描写。

本章以贝斯顿的《遥远的房屋：在科德角海滩一年的生活经历》（简称《遥远的房屋》）、梭罗的《瓦尔登湖》、利奥波德的《像山那样思考》和华海的《静福山》组诗等为文本，第一节分析自然风景描写中的象似性，侧重研究山、水、树木等"非人类生命体"作为自然符号的意义，第二节分析自然风景描写中动物行为的符号性，侧重研究自然界的"动物"作为自然符号的意义，第三节分析自然风景描写中表现出来的自然伦理，第四节分析自然风景描写中的模仿修辞。

第一节 自然风景描写中的象似性

现代自然文学中的山、水、树木等风景描写，是作家对自然原始形态即"自然原初性"[①]的渴望，或者说，是作家通过对这些自然客观存在的象似性模仿，来呈现自然之"象"，这里的"模仿"作为一个概念，指的是一种生物性存在意义上的模拟，它是马伦从生物学借鉴过来用作生态符号学分析的，正如他所说的，"模仿在其本质上讲是一种符号过程"，"对生物学上的模仿的研究也经常是符号学的研究"（Maran 2001：326）。这

---

① 库尔的"荒野"是针对"文明"而言的一种自然形态。这一章我们采用文学现象学的研究思路，从哲学认识论上谈论自然的原始形态，因而选择使用自然的"原初性"等相关词汇，强调自然的"零度""零性"的根本形态。

一节我们对自然风景描写中"非人类生命体"的模仿描写展开研究，主要考察其中的象似符构建、语言模塑中的模拟和视觉模仿，旨在说明"象似性"作为一种共性特点是自然风景描写中文本内外的自然相互连接的方式。

一、复合型象似符的构建

现代自然文学对自然的描写，无论是"自然的"还是"非自然的"，展示出来的都是自然向"文化"转变后的形态，如果单纯地比照库尔"多重自然论"中的某一个方面的形态，会造成以偏概全的阅读模式。美国解构论者保罗·德·曼曾在关于尼采的一篇论文《起源和谱系》中这样写道，"在文学研究中，人们经常运用历史术语，而不是运用符号学术语或者修辞学术语来描述意义的结构，这在本质上是有点令人惊讶的"（de Man 1979：79）。德·曼是针对一些文学研究者经常借助"非语言的指称模式"来研究文学意义的问题而发出的一种惊呼。同理，探讨现代自然文学也应该有针对性地根据文本内的自然描写进行研究，去发现其"文学性"的表现形式，而不是仅仅以环境、伦理、文化、道德等非语言的指称话语来单向度地肢解文本。

那么，自然风景描写中的"自然"是如何来展示其自然的"本性"的，这里的自然描写与其他文类中的自然描写在功能上有何不同呢？

我们这里分别选取了两位作家的自然风景描写片段，加以对比分析。

（1）科德海岬（Cape）周围所有的树都让我沉迷其中，因为它们离得最远。海浪在叶子中呼啸穿梭。但其中有一种树让我着实着迷。当人们沿着高速路一路向南，便会看到西部才有的棉白杨散布在路两旁——三角叶杨树。在东北地区，这种树很少见，的确，这些树都很少见。我只在马萨诸塞州（Massachusetts）偶然看到过这种树。村民们说，过去那些移居到堪萨斯州（Kansas）的居民种下了这些树，但是他们思海情切，又搬了回来。这些树紧挨在道路两旁。在路的拐角处，靠近奥斯汀先生家，有一排长势很好的树。（Beston 1949：154）

（2）岩石、树木、流水、白雪。六个月之前，在圣诞节与新年之间的一天早上，这些始终不变的东西在火车窗外构成了一幅又一幅的景色。岩石很大，有时是嶙峋突兀的。有时则平滑得像块圆石，不是深灰色的便是黑色的。树木大抵是常绿树，松树、云杉，或是雪松。那些云杉——是黑云杉——老树的树尖上似乎还长出了新的小云杉，那是它自己的雏形。不是常绿的那些树便变得光秃秃的只剩下树干了——它们可能是杨树、柽柳或是桤木吧。有些树干上还结有斑疤。厚厚的雪层聚积在岩石的顶端，树干当风的一面上也粘结着冰雪。那些大大小小的湖已冻结的湖水上都铺有一层软软的雪。只是偶尔，在湍急、狭窄的暗流里。你才能见到完全不结冰的水。（门罗 2009：53-54）

上文两个选段的主要描写对象都是"树"，但是，它们在描写方法和功能上却截然不同。

选段（1）的描写依照的是一种自然顺序，它通过主人公的空间视角把不同的自然客体组织起来，整个关于树的描写因此就像一张地图，是依照观察者的视角和所处的位置展开的。这一段选自贝斯顿《遥远的房屋》第七章第二节，描写的是主人公从外海向科德海岬步行一圈所欣赏到的自然风景，他从诺斯特车站向西，到伊斯特村庄，再向南到达市政厅，再向东进入沼泽，作者称之为"一次春天里的内陆散步"。

从自然描写的方法来看，这里的"自然"显然属于一种视觉意义上的"复合型象似符"，作者是从观察者的视角来模仿自然风景的真实面貌的。起初，作者对科德海岬上的"树"进行的是一种原生态的荒野描写，从地理学意义上展示这种树的存在形态；随后，作者又以一种"地方性"风景式的描写告知读者，这些"西部"地区的树因为一些人的"思海心切"才被迁移到了"东北"地区。在这段人与自然之间关系的描写之中，"自然"不仅仅是作者呈现出来的审美意象，更是作者对自然的象似性模仿，用于说明在人与自然之间，存在着一种从"零度自然"到"一度自然"的形态上的过渡，反映的是"人"之于"自然"的视觉认知。

我们之所以认为这里的自然属于一种"复合型象似符"，是因为在贝斯顿的环境描写中，"树"的存在与不同的地理位置相关，自然结构之中还有结构，"树"的存在是整个地区自然生活的一部分，这是一种科学性的、客观的描写。而且这种对"树"的描写作为一种象似性模仿，类似于皮尔斯符号学意义上的象似符（icon），即"一种指向客体的符号，而且是在客体的影响下来标示"（Peirce 1955：102），它强调物与物之间的相似性，即能指和所指之间存在的自然关系，如照片、图画。这种象似符与所指物之间的联系，是依据它们结构上的对应性和象似性而存在的，这是一种绝对性的存在，并不向外指向任何其他事物（Peirce 1955：102），而且这种符号的存在意义就是象似符自身的特征。

选段（2）采取的是一种形象化、修辞性的描写手法，作者以"六个月前"这个时间标示语为接下来的环境描写引入了时间，然后再以"聚积""不结冰"等形式让雪和水都形象化，所有这些附属性的修辞性描写，让"树"以概念性的方式存在着，但是，这种存在形态的描写显然是断裂的、毫无层次感的，这是由于人的意识介入才导致的结果。在这一段环境描写里，加拿大小说家爱丽丝·门罗（Alice Munro）巧妙地把主人公朱丽叶收到信后的心理活动与环境描写糅合在一起。那些熟悉的树木一方面将主人公的思绪拉回到许久以前和发信人相识的场景中，另一方面为下文追溯往事和时空转移作铺垫，以环境来衬托人的心情。门罗借助对树的描写来映射人的生活：树叶落了又生，人则同样生死轮回；曾经相遇的人也一样会聚散分离。这个选段里的"树"作为自然的存在并不是独立的，它是故事人物的情感依托，是人与人之间关系的意义促动者，并且与人物的情感产生关联。

从自然描写的功能方面看，选段（1）（2）对树的描写也是以两种不同的形式呈现出来的：一种是纯粹的描写；另一种则是带有观察者审美介入的描写，它们的信息交流模式如图 2-1 所示。

人 ⟶ 树　　树是审美客体，人的意识介入，以实线表示。（门罗笔下的树）
人 ┄┄▶ 树　　树是自在客体，人的意识不介入，以虚线表示。（贝斯顿笔下的树）

图 2-1　文本信息交流对比图

选段（2）中，门罗笔下的"树"作为一种自然风景，在功能上与其他的文学作品中表现出来的是一样的，都是以一种审美客体的形式存在，它接收来自人感知的召唤，决定了人的主体意识介入的必然性。恰如美国有名的美学家阿诺德·贝林特（Arnold Berleant）所认为的，"人类的欣赏性介入"是整个环境综合因素中的一部分，我们对自然的审美是"以通感的方式把人的感知和认知模态融合进来"的（Berleant, Carlson 2007：16），而且这种介入性的风景模式会显示出它的诗学本质。正如贝林特所认为的，"介入美学"（aesthetics of engagement）倡导超越主体/客体的传统二分法立场，减少欣赏者与被欣赏者之间的距离，寻求一种整体的、多感官的模式。

然而，在选段（1）中，贝斯顿笔下的"树"作为一种象似符号是纯粹的自然存在，突出的是即刻性（immediacy）。"树"作为纯粹的自在客体，是无所谓因果的，而它们一旦作为信息进入我们的大脑，就成了现象性的，因为在信息处理的过程中，人成了信息处理器，构建了人与自然之间的关系，这种关系不是非因果的、非物质的，而是一种生物性的"信号"关系，而且除了关于"树"的信息外，还有诸多地质学、生物学和生态学等方面的相关知识，这种描写方式把自然的生物性审美与科学性的知识相关联，为我们的"自然"认知提供了一种方法论上的可信度，因为这种方法强调荒野作为"原始自然"的特质——"自然界就具有了如秩序、平衡、统一、和谐等特质"（Rolston 1988：28）。

通过对比选段（1）（2）可以看出，现代自然文学中的自然风景描写，如选段（1）中对"树"的描写，是"对指涉体的知觉或感知的性质"进行模塑（西比奥克，德尼西 2016：8），表现在作品中的"树"则成了一种纯粹的符号，它在人大脑中的模仿与自然界中的"自然"以一种象似性的方式呈现，并且以象似符的形式在自然文本内得以保存。这种象似不是对自然的复制，而是人的感知对客体的结构性的模仿。作者对各种自然现象的描写都是以一种内视角的形式展开，或者是从一个空间角度展开，这是对自然的一种感知性经历，这种象似性的产生属于一种经验性的象似。正如马伦所认为的，"从生物符号学角度看，生态符号学关注的是某个生物种类如智人的环境界和内环境"（Maran 2001：334）。法国现象学家莫里斯·梅洛-庞蒂（Maurice Merleau-Ponty）提出的"现象场"（phenomenal field）也有类似表述，认为自然作为客体没有外延，只能通过"内在的知觉"或"内省"来把握，"主体和客体混合在一起，知识是一种同时发生的行为"（Merleau-Ponty 2003：66）。

从类型学的角度看，现代自然文学作品中这一类自然风景描写并不以类比、拟人化的方式呈现，而是以意象或图画来展示纯粹的自然存在。"自然"是人与自然之间的重要话语角色，围绕这些自然展开的象似性模仿及其形成的不同意象，是研究这一类现代自然文学作品"文学性"的重要路径。例如，《延龄草》中"鸟"的意象，表达了作者巴勒斯对鸟的世界的向往；在他眼里，认识鸟的最令人满意的方法是从自然中学习，"一个人应该有关于鸟的最初的经历，书只是导引和邀请"（Burroughs 2017：86）。《夏日走过山间》中有一些关于"山"的意象，这是因为在作者缪尔看来，"在这山峰上，所有世界上的大奖都显得不足为奇"（转引自程虹 2013：137）。大自然中的山川流水、动物植物，都有其自身独特的魅力，可以"将所有自然现象融入它们那乐观、完美、不受人类干扰的自然图像之中"（Knott 2002：94-95）。《遥远的房屋》中主人公在海边建了一所小屋来亲近自然，因此，他从不同角度临摹出的大海的自然意象充分展示了他对海浪、海滩的依恋之情。

从模塑论角度看，现代自然文学以复合型象似符的形式把文本外的自然与文本内的自然风景连接起来，实际上靠的是"源域"和"抽象概念"之间的内在象似性连接，这有助于让读者辨识出其所感知到的事物类型。例如，西比奥克和德尼西认为，"图式将大量的感官信息约减为心理模型，从而为感知赋予了一种认知形式"（西比奥克，德尼西 2016：63），对自然风景描写来说，人的感知有一定的角度性，但通过某个角度人可以感知客体乃至其周围的整个环境，能够把原本不在场的东西呈现出来。这种存在是人与自然之间的一种关系性存在："自然"的可感知性显示出了它独立于人的意识的存在结构，它的形成必须要有"人"的参与；"人"的生物性深度感知带给读者的是自我与非自我（自然）的另一种相遇，读者通过嗅觉、触觉和听觉来感知非自我的神秘性。这个认识事物的过程就是"感官模塑的阶段"，即"我"作为感知主体，感知到了自然的存在，认识到世界是由差异性的存在构成的，而且这种差异性分属于不同的感知部位，它们共同构成了整个世界。这里的自然描写是为了让读者在每一个自然现象的有限性里，去感知"自然"的无限性，这是其重要的认识论意义。

二、语言模塑中的模拟

生态符号学家马伦曾指出，"在自然文学中，语言模塑主要表现为对生物物种、特征和生态的描述，以及对地点和情境的描述"（Maran 2014：8）。那么，自然文学作品中的语言模塑是如何实现对"自然"的描写的呢？

我们以《遥远的房屋》中的三段描写为例，分析自然风景描写中作家是如何通过语言的"模拟"方式来实现文本内外自然之间的相互连接的。

（1）峭壁脚下，一大片海滩由北向南延伸，没有任何中断，绵延数英里。这里的沙滩，孤单却是最本真的，洁净而遥远，外海常常光临，且拥有这片沙滩，这里或许就是世界的尽头或开始。年复一年，这里的大海与陆地进行着斗争；年复一年，这里的土地为自己的领地而奋斗，使出浑身的抵御力、能量和创造力，让植物牢牢扎根在海滩上，用草和树根形成一张大网，保护住了离海最近的沙滩，任由暴风雨自由地冲刷；自然中伟大的韵律，虽然如今变得如此枯燥，遭到了冷落，甚至受到了伤害，却在这里拥有广阔的空间和最原始的自由；云与云影，风与潮汐，夜以继日地颤动。栖息于此的候鸟再次飞走，全然不见踪影，成群的鱼儿在海浪下游动着，浪花将水花抛向太阳。（Beston 1949：2）

（2）遥远的峭壁与孤独的沙丘，朴实的大海与远处明亮的世界边缘，草地、沼泽与古老的旷野。（Beston 1949：5）

（3）潮涨潮落的海水，涌进来的海浪，聚集在一起的小鸟，海边朝圣的人们，冬天的风暴，秋天的壮丽和春天的神圣——所有这些都是伟大海滩的一部分。（Beston 1949：10）

从上面三个描写选段可以看出，这里的各种自然现象作为"自然"显然都是以物质客体的"零度自然"形式出现。这种描写的出发点是，让自然先于描写，通过对自然存在的直接命名，把任何自然物都看作"零符号"，让每一个自然物都以其本体自我存在，只展示出了它的能指而无所指，目的就是让每个自然物都成为"自然性"的保证。这里的"自然性"，指的是一种自然作为"物"的存在形式，它与其他物之间没有特定的因果关联，更没有认识论逻辑上的属性关联，物的存在如其所是。美国当代现象学家约翰·萨利斯（John Sallis）在《想象力的力量：元素的意义》中把这种"自然性"看作"元素性"（elementology），认为后者是每一个自然物存在的共性，它以"一种不可归约的非存在的存在"存在着（Sallis 2000：42）。

从语言模塑论的角度看，现代自然文学中的自然风景描写作为一种模塑过程并不是简单的复制，而是以一种"模拟"的方式展开的，即通过运用一些"语言学"的方式来模仿所指涉的客体的特征，把观察者的内在"感受结构"转换为语言领域中的"分析结构"。正如西比奥克和德尼西所认为的，对客观事物的模塑在很大程度上，"受到人们对尝试编码的指涉体可感知特征所做的有意识推理的指导"，这是一种"知觉推理假设"（Sense-Inference Hypothesis）（西比奥克，德尼西 2016：39）。或者说，上文三个选段的自然风景描写，是作者以语言模拟的方式对无限范围的所指进行编码，并且以各种方式将象似形式所再生出来的知觉推理特性加以延伸。

例如，选段（1）由四个句子组成，其主位（theme）分别是"海滩""沙滩""大海""陆地""自然的韵律""候鸟、鱼、浪花"，它们彼此之间没有明显的衔接手段，整个描写过程中的显性连贯性也因此消失了，而且像这样去连贯化的描写在整个文本内随处可见。选段（2）的描写同样存在连贯的问题，作者没有用任何动词，而是将多个短语并置，构成了一个句子。选段（3）的前半部分与选段（2）类似，"海水""海浪""鸟""冬天""风暴"等这些名词之间也没有衔接手段。但是在句子的后半部分，

"所有这些"这个词指出了这些罗列成分的归属,即它们都是"海滩"的构成部分。

作者通过这种拓展句子的语言模塑方式来进行自然描写,只是在句子层面上把与自然相关的知识都呈现给了读者,实际上,正是这些缺乏足够的衔接手段的自然描写,减缓了读者的阅读进程,但同时充分展示了语词自身的概念功能,其丰富的语词意义不断扩展读者的自然知识,让自然物在不同层级的概念递进中呈现。这种"资料功能"的写作手法,在法国文学批评家伊夫·勒特(Yves Reuter)看来,是作者有意识地融入一些学科领域的知识,"描写在叙事作品内部插入作者在资料阅读与调查过程中获得的知识",是对文本的资料补充(转引自张新木 2010:25)[①]。

借用德国哲学家马丁·海德格尔(Martin Heidegger)《在通向语言的途中》一书中的一句话,"作为说话者,人才是人"(海德格尔 2011:1)。同理,我们也可以说,"作为'模拟'者,自然才是自然"。尽管自然风景描写这一类直接命名式的描写中,缺少必要的衔接手段,拒绝逻辑思考,但是每一个自然描写中的语词都携带一个特殊的即刻性语境,构成了一个个微文本,强化了读者对自然存在的直观性感悟。美国修辞学家肯尼斯·伯克(Kenneth Burke)就认为,对物进行一种客体式的描写,就是赋予这个"物"一种本体论存在,这是一种"对复杂的非言语环境的命名"(Burke 1966:361)。例如,在选段(2)和(3)中,"孤独的沙丘""海边朝圣的人们",这些词语不仅丰富了"沙丘"和"人们"作为海德格尔意义上的存在者的意义;每个自然物语词自身的语义都构建了一个生物小世界,所增加的信息量又让每一个微文本都有机会附加到整个大的自然环境描写中,进一步扩大语词所涉及的各个向度。

再者,自然描写还经常借助另一种语言模塑的方法来强化即刻性语境的画面感和信息量。例如,"潮涨潮落的"(goings and incomings)海水、"聚集在一起的"(gathering)小鸟,在词性转换的过程中,这些动名词原有的动词义被内置了,动名词的语义描写只是其自身,并不向外指向其他东西,它在描写中只是与其他名词共同构成了关于海滩的一组画面。然而,从语言模塑的形式转换来看,动词首先具有时间范畴性,即动词须指向动作发生的外部时间点,而当动词转变成名词后,它们原有的时间范畴便不存在了,与外在的联系也就被淡化了。再者,动词转换成名词也会使得原

[①] 伊夫·勒特(又译伊夫·罗伊特)认为,小说描写在文本中有模仿、资料、叙事和美学四个方面的作用。

本只表现动作的词变成了具有离散性的名词，变成了个体。与此同时，动作被个体化了。换言之，一旦任何事物的发生和存在失去了历史性，切断了与外界的一切联系，只表现为当下的即刻性，单纯地表现为自然的"象"，就悬置了一切指向文本外的可能，让文本能指自我相互交替指称，构成一个微指称体系。

事实上，读者在阅读自然文学作品的时候，通常会把文本内的描写与文本外的现实世界相对应，把自然描写看作一种生态主题的相关物，这种阅读的洞见显然是批评者对自然的刻意解读，并将其锚定为生物域的重要因子，研究其中的生态之"相"，揭示其背后的本质。这种阅读模式醉心于文本内能指与文本外所指的对应，仍属于中国传统的"观相"理论[①]的研究思路，并没有把"自然性"归于自然本色，而是在寻找作者借助自然所召唤的那种所观看的怀念，同时也就遮蔽了自然的本性存在。自然之"象"若视为"相"，其自然性与人则相距较远，不可以眼观之，而且这种自然描写的意义也是不确定的，因为自然尚未被带入自然本色中。读者所观看到的自然，都只是作者借助自己的意向性把自然性带入某种固定模式，进而将其判断为一种事实。这个观看视角下所生成的自然，并不能将读者带入它隐蔽性的居所即自然之本性，那么，这些自然描写就是对自然的"自然性存在"的逃离。

对比中国《易经·系辞下传》中的"象也者，像也"，《周易略例·明象》中的"言生于象，故可寻言以观象；象生于意，故可寻象以观意"，以及《道德经》中的"大象无形"等等，从文本阐释的角度看，这些经典论著中传统象论的表述，都是把"象"作为从语言到意义的中介体，认为其是对宇宙间千差万别的具体事物的模拟，是非常灵活多样的，同样的象可以表达不同的意义，反过来也是如此，同一意义也可以借助不同的象来表达。在这种意义上，由于"象"自身具有形象性的特点，所以，我们对它的诠释空间是非常广阔的。"象"是天地有形外的一种存在，是表达天地万物之理的重要方式，它的直观性可以简洁、显豁地表达"意"，但是，它的隐蔽性往往需要调动解读者的想象力和洞察力才能"寻象以观意"。

可以发现，以中国的"象"论来看现代自然文学之"象"，实际上就是把自然之象进行"相"的确定，这种"立法式"阐释的运作是形而上的，

[①] 中国近代学者胡适在《中国哲学史大纲》中对"相"与"象"之间的关系已有清楚的论述（胡适 2004：60）。"象"字在古代一般用"相"，如，东汉许慎《说文解字》中，"相，省视也。从目从木"（许慎 2001：192）。所有可以仔细观察的对象都叫作"相"，后来，又借用同音的"象"字将其进一步引申，凡是象效之事与所仿效的原本，都叫作象。

缺少了对自然的本性的尊重。自然之"象"与"相"在文本阐释上的混乱，可以借用佛教经典《心经》中的一句话加以廓清，即"色即是空，空即是色"，"色"指的是现实世界的各种存在者，"空"代表的是一种本然性的存在，这里的"空"事实上就是一种本体论意义上的存在本身。当人们醉心于现实世界的时候，会扩张"自我"的欲望；当人们发现一切都是空的时候，会放下执着和欲望，远离贪嗔痴，回归"无我"（unselfing）。从存在论的角度看，"空"不是虚无，而是一种原初性的自在，也类似于老子的以"无"为始、为本的观点。"色"只是暂时性的"在"，也或者是海德格尔的"此在"，它被带到了观看者的眼前，表现为某种存在的形式，但这种存在是暂时的，不是本质性的，会随着观看者的境遇不同，发生变化。《心经》中蕴含的观点是，"在"一直都存在着，但"相"与"象"应都"断灭种姓"，因为一切都是幻相，这里显然就与道家的顺应万物的本性有了很大的区别。

从哲学认识论角度看，现代自然文学之"象"的思维模式，是前逻辑的、"前语言的"符号阶段，属于共时合构的世界本体论，而不是历时派生的生成论。这种思路的优势在于可以避免任何逻辑陷阱带来的意义过度阐释。自然风景描写中的意义生成不同于形而上的推理，因为形而上追求的是从现象到本质，寻求超验；它也不同于存在的推理，因为存在意味着阐释；这种自然描写属于一种面向自然的推理，它侧重对"此在"的描写，为朝向存在的阐释打开了大门，却又拒绝了朝向超验的抽象化。

三、视觉模仿

自然风景描写较为鲜明的特性之一是视觉模仿，它通过从空间和时间等多个维度来保证自然原初性的即刻性到场，进而来展示这种描写的意义和价值，我们也常称之为一种审美意义上的"视觉风景"（the visual landscape）。但是，对自然的视觉上的把握并不是一种真实的把握，而是在感知和接收这两者之间构建了一系列的模仿关系。

首先，自然描写中对"时间"的视觉模仿，可以给读者一种整体性的认识。例如，《遥远的房屋》中关于海浪声音的描写，就把这种自然存在的时间性发挥到了极致。

（1）多种声音："空洞的隆隆声，沉重的吼叫声，汹涌的波涛声和踏水声，长长的嘶嘶怒吼声，尖锐的枪声，浪花飞溅声，

飒飒风声，石头之间的低浅摩擦声，有时候听到断断续续的说话声，也许是人们在海里说话。"（Beston 1949：43）

（2）多种变化："一会儿是隆隆的轰鸣声，一会儿几乎安静无语，一会儿暴怒，一会儿深沉严肃，一会儿是简单地估量着，一会儿是带着目的和最初的意愿，具有节奏感。"（Beston 1949：44）

海浪声本身是单调的，唯有听者尊重海浪声的各种变化，承认它的"可然性"的存在方式，才会发现选段（1）中所列出的多种变化，也才会感受到选段（2）所呈现出的多种变化。不同的速度（tempo）、音调（pitch）、重音（accent）、节奏（rhythm）等所形成的一个个海浪个体，展现了海浪的共性，增加了海浪存在的质感。海浪声的符号化在文本内不是现实再现，而是以事物自身的形式直接向经验呈现。

例如，在选段（2）的复杂句中，"一会儿"（now）在这里是一个高频词，它并不是一种物理学意义上的时间刻度，而是一种即刻性在场的时间表达。作者首先以较短的短语叙述加快了阅读的频度，然后再转入较长的短语或句子，这种"由短转长"的处理方法，把人在听海浪前的心情引入了一种平静状态。而且这种语言听觉效果的展示，也传达了内心世界的情感，一连串的长短句排比所呈现出来的排列整齐的句式，又充分展示了作者在静心倾听海浪声时的心境。原本是空间的想象被转化为一种有序的时间旋律。这种时间观属于一种本真的呈现，它减少了逻辑思考的刻意分化，拒绝了直观带来的先验性，同时也拒绝了经验的和感性的一面。

根据西比奥克的语言模塑论，上述选文关于海浪声的描写显然属于一种"初级复合模塑"，它把各种形态的"海浪"以象似能指的方式组合在一起，进而对复杂的"指涉体"（自然）进行编码，所要传达的意义是，作者对自然的把握在时间维度上是非抽象性的，而且是一种具体的、素朴的原逻辑，尚未被语言概念化，同时也正是通过"象"的空间并置，让读者感受到不可见的时空之象。作者在《遥远的房屋》中对时间观的视觉模塑过程揭示出来的是，不同的自然物被叠放在同一个"象"之中，彼此似乎被平面化了，而不是再现性的。这种非再现性的名词罗列，让整个"象"脱离了既有的叙事逻辑轨迹，成为一种"象"的描写，透露出一种原始的、神秘的时间意识。此外，作者还在这部作品中以季节的变化为主线进行描写，如从"秋天的沙滩"到"隆冬"，再到"春天的内陆散步"，自然描写中的时间若隐若现地内置于不同地点、不同自然物的描写之中，这种时间观摒弃了物理时间的科学客观，把时间的本真归于一种自然表达，即一种非逻辑的、具象事物的排列。

可以这样认为，这一类自然风景描写通过视觉模仿生成的可视性的时间观，是通过展示自然的整体性来告知读者，各种自然现象的存在无论是运动的或者是静止的，都始终具有时间性，这是一种最为原初性的空间表象。这种时间的空间现象学，可以更早追溯到古希腊哲学家亚里士多德（Aristotle）在《物理学》中关于时间的论述，各种形式的时间都可以借助空间参照来实现，"时间是运动和运动存在的尺度"（亚里士多德 1982：129）。因此，现代自然文学排除物理时间，拒绝把现象学时间和物理学时间的本质性混用，真正实现了一种借助"可然性"模仿对现实世界的超越。

进一步看，作者贝斯特对海浪声的描写是一个独特的符号场，其中无行动者和无时间、无空间的状态充分呈现了海浪作为一种"象"的所有可能性的变体。或者借用美国学者弗洛伊德·梅里尔（Floyd Merrell）的观点，符号都是有生命的，是"关于持续变化、连续运动及符号生长的观念"（Merrell 1995：vii）。再例如《传习录》中"寂然不动"的观点，因为喜好美色、财利、名声都是从"心"的根源上兴起的念头，如果把这些念头都去掉，就剩下一个"心之本体"。这里的"寂"，指的是本然状态，或者如海德格尔所说的本真状态。但是，一旦有念头兴起，时间性就被融入了存在状态之中，人的存在方式也因此有了变化，不再是"未发之中"了（王阳明 2015：49）。北宋邵雍提出了三种观物的方式：目、心和理。前两者都是以"我"来观，唯有"理"是按照物的方式来认识事物，即"不以我观物者，以物观物之谓也"（邵雍 1992：23-24）。这些例子都说明了，现代自然文学中的自然风景描写一定程度上让逻辑语义显得毫无价值，这是为了对"自然"进行真实的"模仿"，即让事物显现，而且是以事物本身显现。

其次，自然描写中对"空间"的视觉模仿增强了自然符号存在的实在感和真实性。这种"可视性"作为一种象似性模塑方式，重在构建出能指与所指之间的可被感知的相似之处。例如，《瓦尔登湖》中有这样三段关于动物叫声的描写：

仓枭："呜—噜—噜"（u-lu-lu）
"噢—喔—喔—喔，我—从—没—有—出—生—过（Oh-o-o-o $that$ I $never$ had $been$ bor-r-r-$rn!$），我—从—没—有—出—生—过，

我—从—没—有—出—生—过，从—没—有—出—生—过。"

猫头鹰："呼—呼—呼—呼啦—呼"（Hoo hoo hoo, hoorer hoo）

青蛙："拖—尔—尔—龙克（tr-r-r-oonk），拖—尔—尔—龙克，拖—尔—尔—龙克，拖—尔—尔—龙克，……拖—尔、拖—尔。"

（Thoreau 2004：124-125）

从这些词语的发音来看，/u/（lu）这些发音都属于后元音，其特有的拉长的音色，让声音亮且低沉，因此用来描写仓枭的叫声是"悲凉的鸣叫"。同样，/u/（hoo）这样的发音可以营造出猫头鹰"音调悦耳的"叫声，引起一种"令人愉快的联想"（Thoreau 2004：125）。青蛙的叫声借助了/tr/（troonk）中爆破音和摩擦音的结合，产生了一种欢快的乐感。上文中的这些"拟音词"作为一种象似符，是一种言语型单性象似符号，作者梭罗正是通过一种语音模拟的方式，来呈现某些行为或运动中所发出的可以被人感知到的声音。

值得注意的是，词语的发音本属于纯粹的意义，但是，梭罗在文本中却把声音与人的情感，如悲凉和愉悦联系起来，又使得纯粹的意义融入了语言传统形成的概念。换言之，梭罗是通过发音来构造一种直观认识，其优势在于拒绝人与世界之间的意义预设，而且在信息传递中，也会相应地减少由语言介体的意义含混导致的意义失真或减色，同时也证明了，拟声词不能被定义或者概念化，其发音就是意义本身，是理解自然的意义发生的条件。从某种程度上讲，自然风景中的声音模拟描写，是对语言起源论中自然论的强有力的支持，名与物的一致必然让敞开的自然存在更直观。

根据西比奥克的观点，各种形式的意义都可以被视为语言模塑拓展的结果，因此，梭罗在这里对声音的描写，实际上就体现出一种"声音象似性"。尽管我们只是通过文字来"看"梭罗对"声音"的模仿，但是，这种模仿是对各种"声音"（自然）进行"象"的描写，去连贯化的手法忽略了语言自身逻辑的语义价值，却展示了自然存在的"原初性"。恰如古罗马哲学家提图斯·卢克莱修·卡鲁斯（Titus Lucretius Carus）所说，"从大地里面长出来的东西，也仍然不能彼此交混地长出来，它们每一种都按自己的方式生长，并且全都根据自然的一定规律而保持它们各自具有的特征"（卢克莱修 1981：320）。相对于各种文化实践中所蕴含的认识论意义，"可视性"模仿可以更客观地描写自然物，让读者通过阅读体验到自然性存在之于人类的意义。巴勒斯曾指出，"对于自然的生命，我们往往一知半解；它是害羞的、不语的，与广袤的中性背景混合在一起。我们必须主动；自然的生命是一种秩序，里面的秘密深藏不露"（Burroughs 1908：23）。因此，我们作为生命体如果想要认识自然，首要的条件就是学会观察，而确定自己的观察对象需要必要的知识，恰如巴勒斯所说的，"你在灌木丛中找到鸟前，你的心中必须有这个鸟的形象"（Burroughs 1908：43）。根据巴勒斯的观点，观察能力的培养不是一件容易完成的事情，因为在他看来，"他看与不看，所有的一切都在那儿。有些人天生脑袋上就长着一双慧眼，而其他人什么也看不见"（Burroughs 1908：1）。

由此可以看出，自然风景描写中"象"的视觉模仿，是以说明性思维为主导的，它并不强调叙事主体和叙事逻辑的重要性。然而，在现实主义文学或者其他类型的小说中，作者作为认识主体是一种双重性存在，即超验和经验的共存：前者是为了叙述一个故事，而后者则凝聚一个意义，用以指导整个故事的终极存在。对现代自然文学来说，尽管作为语言主体的作者仍然可以讲述一个故事，但却没有超验的成分，因为在整个故事里，"象"作为自然物表征自身和世界之间关系的符号，是以一种零符号显现的。这一类作品中的自然描写以对"自然"的直观和体验，让读者发现自然的构成，获得一种意义体验。根据赵宪章的观点，"图像的在场性绝非事实和实际的在场，只是由于那层'存在的薄皮'和视觉经验的吻合，才使我们感觉到它的在场"（赵宪章 2013：152）。从其本质上讲，客观事物的"图像"是借助我们的视觉进行自我叙事来实现的，这里的图像就是我们所谈的"象"，而不是"相"，因为这里的图像只是生活中的一种模型或理想，而不是符号指涉的现实本身。

从生态符号学来看，不同文本内的自然描写，并不只是一种自然形态的展示，还存在着一个从自然实体描写到符号认知的过程，其中蕴含了丰富的哲学认识论立场。"自然"在本体维度上具有客观实在性，这是唯物主义的基本立场。"自然"概念作为一个轴心，是对现代自然文学的创作理念进行反思和定位。阅读现代自然文学作品，关注不同的自然描写，其资料性功能可以丰富自然存在的知识向度，引导读者关注生态问题。但是，若忽略现代自然文学在"述行"功能方面的哲学思考，必然无法感受到自然的存在与生成带来的存在问题。从自然之"象"出发，研究现代自然文学的现象之"象"，可以发掘出其创作理念上的反思辨、反形而上学立场，拒绝把一切归为思辨性的概念和范畴，而把一切都归为经验的事实，这是一种方法论上的革新。

第二节 自然风景描写中的符号性

自然风景描写中关于各种动物的观察和记录，也是现代自然文学中的一个重要描写类别，这些动物描写同样可以作为一种自然符号，召唤出我们对自然的最原初的经历，并且能以其对"动物"的现象学描写，把读者自身和作者对自然的经历联系在一起。因此，在自然风景描写中，各种与动物相关的描写也是一个非常值得关注的对象。正如马伦指出的，"在自然文学中，动物符号模塑是通过作者的身体经验、由环境引发的综合性感官印象，以及对生物和环境情况的描写来实现的。其他生物自我表达的再现也可以被视为动物符号模塑。动物符号模塑的一个重要方面在于识别感知，并找到适当的语言和艺术表现手法来传达这些感知"（Maran 2014：8）。

这一节我们以利奥波德的《像山那样思考》和美国自然文学作家安妮·迪拉德（Annie Dillard）的《汀克溪的朝圣者》为例，通过分析这些文本中的一些动物行为的描写，研究这些行为的符号性，进一步展示这一类描写中自然符号的认识论意义和价值。

一、动物行为描写中的符号过程

一般而言，自然界中各种动物之间的信息交流，都是基于彼此对"信号"的反馈，在信号的"发出—接收"的过程中构建不同的环境界，这是一种生物性的、客观性的呈现；而人类则更多依赖于"符号"的构建，使得相互之间可以通过认知习惯的习得过程来延续这种交流。在利奥波德的散文《像山那样思考》中，作者就通过描写狼的"眼睛"和"叫声"，以"信号"转换为"符号"的模塑方式来展示其中所蕴含的认识论意义。

1. "狼"行为描写中的符号过程

《像山那样思考》这篇散文的素材源自利奥波德一次跟朋友出去打猎的经历，他们当时开枪打伤了一只母狼，而就在这只母狼快要死去的时候，利奥波德从狼的眼睛里悟到了一种意义，从此，他决定再也不打猎了。

在这篇散文中，利奥波德有这样两段描写。

（1）一声深沉的、发自肺腑的怒吼在悬崖之间回响，从山顶滚落下来，消失在遥远的黑夜中。那叫声所爆发出来的是带有狂野和反抗的悲愁，是对世上一切逆境的蔑视。……对鹿来说，它是所有肉体形成方式的提醒;对松林来说,它是雪地上半夜混战和流血的预言;对郊狼来说,是就要来临的拾遗的允诺;对牧场主来说,是银行里赤字的威胁;对猎人来说,是狼牙抵制弹丸的挑战。(Leopold 1949:129)

(2)我们及时赶到母狼身边,看到那凶猛的绿色火焰在她眼里消失,我然后意识到一些自此后才知道的新东西,在那双眼睛里有一些只有她和那座山才知道的东西。我那时还年轻,容易一触即发。我想,因为更少的狼意味着更多的鹿,没有狼便是猎人的天堂。但是,当看到绿色火焰熄灭后,我感到狼和山都不会同意这样的观点。(Leopold 1949:130)

这两段选文都来自这篇散文的开篇部分,选段(1)是作者关于狼的"叫声"(howl)的描写,选段(2)是对狼的"眼睛"的描写。这里的"狼"不只是被观察的对象,还是被观察过程中与作者相遇的另一个"主体",作者似乎通过"叫声"和"眼睛"听懂了狼的渴望,看懂了狼的需求。这种文学性的想象在生物学意义上一般是不可能实现的,因为"狼"和"人"并不共有类比性的记忆,所以无法对"猎物—捕猎者"这样的经验进行编码,也难以共建模塑系统,无法实现零距离的交流。但是,作者这里却能让读者充分理解这一类跨物种交流的描写方式,这主要得益于作者对各种符号关系的建构及其符号过程的呈现。

在选段(1)中,作者关于狼"叫声"的描写,至少为我们提供了三种符号过程来解释他对人与自然这二者之间关系的理解。

第一,"狼—鹿""狼—郊狼"之间的动物符号过程。如选文所写的,"对鹿来说,它是所有肉体形成方式的提醒";"对郊狼来说,是就要来临的拾遗的允诺"。这里的"狼""鹿""郊狼"都是根据自身的模塑系统来感知,并以其特有的生物性方式来对世界进行理解和模塑,如"狼—鹿"之间的关系中,作者用"肉"来表示它们之间的符号关系,作者认为狼的叫声是一种警示,所以他只用了"提醒"(reminder)这个词来暗示,即这里存在一种生物性的功能圈——"狼"与"鹿"这二者之间是一种(狼)信号的发出和(鹿)信号的接收关系。而"狼"与"郊狼"之间的"拾遗的允诺",不只是对"狼—鹿"之间符号关系的补充解释,更是以另一种符号关系来展示"叫声"的生态价值,并将其作为意义的启动者,通过动物符号过程的相互关联,呈现出一幅生态群落图。

第二,"狼—松林"之间的植物符号过程。选文中有这样的描写,"对松林来说，它是雪地上半夜混战和流血的预言"，"松林""雪"是认识狼的生活的重要逻辑见证，而"混战"和"流血"作为"狼"的符号过程，揭示出来的是"狼"在它的"环境界"构建过程中所表现出来的积极适应过程。这个符号过程对"松林"来说，是一种跨物种的信息交流过程，它不能依赖"松林"去感知，只能通过"狼"对内和对外的模塑过程，如在与其他动物搏斗中受伤，"血"会喷洒在松林某个地方，或者，"狼"以其自然性存在于松林中，来实现同一个生态群落中彼此之间的符号关系建构。

第三，"狼—人类"之间的人类符号过程。如选文中所写的，"对牧场主来说，是银行里赤字的威胁；对猎人来说，是狼牙抵制弹丸的挑战。"这里的"牧场主""猎人"是生态食物链中的另一个关系项，它们与"狼"之间的对位性关系，是以一种"猎物—捕猎者"的符号关系呈现出来的。作者是通过更为直观的形式，把读者的注意力引向了"生态"问题。

上述三种符号过程的并列式呈现，为读者展示的是作者对自然的理解，而作者如此安排的原因是，动物的各种行为和人类行为在广义符号学的意义上，可以被视为同处于一个更大的生态符号关系之中，尽管人类的符号性活动不能归约为动物性的行为，但是，各种生命体都共享着一种初级模塑行为，因此，人类与动物之间就具有了类比的可能性、可行性。在这篇文章中，作者利奥波德以"叫声"来展示其中的符号过程，就是想说明，人类与动物之间的相互理解，可以通过一种"自然符号"所蕴含的意义来展现，恰如他在这篇散文第二段的最后一句中所描写的，"只有这座山活了这么久，去客观地聆听狼的号叫"（Leopold 1949：129）。

在选段（2）中，作者利奥波德认为狼的"眼睛"里有"绿色火焰"，并且认为对"山"来说，"只有那些不可教育的初学者才会感觉不到狼的存在或不存在，或者感觉不到山对狼的一种神秘看法"（Leopold 1949：129）。显然，作者是想通过这样一种视觉模塑的方式，来完成"人""狼"这二者之间的跨物种的信息交流。

一方面，从动物符号过程来看，"眼睛"是狼用来构建环境界的基本条件之一，同时，它也是狼作为生命体天生就具备的一种符号。但是，对人类来说，"绿色火焰"显然是我们人类符号的既定的认知图示所建构出来的意义，或者说，是人类的生物性感知对狼的"眼睛"的一种信号反馈。生态符号学家马伦认为，"从宽泛意义上讲，动物符号模塑建基于我们的生理能力、身体感觉和多感官感知"（Maran 2020：63）。因此，在"狼"和"人"的双向符号活动中，他们共同参与的信号交换的系统类型就决定了所属物种的交流系统,人的"眼睛"和狼的"绿色火焰"都具有了符号功能,很显然,这里的双向符号活动,不仅包含了信号行为,也包含了所有种类的表征形式交换,"人"于是就共享了"狼"的初级模塑系统的某些特征,实现了彼此交流。因此,当作者让"狼"以一种隐喻的状态来凝视时,此刻的视觉体验对狼和人来说就都是一样的,这是一种共时性的凝视。

另一方面,"山"对"狼"所持有的"神秘看法",显然是不同于人类中那些"不可教育的初学者"的。或者说,根据作者利奥波德的观点,对"狼"的存在价值认知来说,这里有两种解释逻辑,如图 2-2 所示。

意义发出者	物性符号	社会符号	生态符号
不可教育的初学者	狼	需要被灭者	灭鹿者
山	绿色火焰	眼睛	自然

图 2-2 两种解释逻辑对比图

根据图 2-2 可以看出,"不可教育的初学者"和"山"这两个作为意义的逻辑起点所涉及的物质符号过程,都把读者的注意力引向生态问题,因为对前者来说,"狼"的数量过多就会破坏"鹿"的环境进而破坏生态,因此,"狼"被视为一种物性存在,而且就它对于人类和整个社会的存在价值而言,需要从数量上被定时地减少的。然而,对后者"山"来说,"狼"本身就是自然符号,是整个生态群落中的一员,"绿色火焰"只是狼的本然属性,"狼"的自然性存在本身就与"鹿"一样,都是"自然"的一部分。

作者利奥波德在这篇散文中,之所以能借助狼的"眼睛"来实现整个物质符号过程,就在于他以一种"归约式的类比"(reductive analogy)在"人"与"狼"之间建立了一个"无冗余信息模式",即"眼睛"此刻以一个信息模块(符号)的形式出现,为两个不同种属生命体之间的信息传递做了一次生物翻译,"人"的眼睛从"狼"的眼睛里接收到了一定量的信息,狼的"动物语言"也顺利过渡为"人类的语言"。

概言之,从生物修辞的角度看,这里所描写的狼的"叫声"和"凝视"原本都属于动物行为,但是在利奥波德的笔下,却都成了反映动物/植物对自然环境积极适应的符号过程。而且"人"和"狼"作为不同的生命体原本都拥有特别的感知器官,可以感知信息并构建自己的环境界。但是,作者在这些动物行为的描写中经过从信号到符号的转换,让"人"和"狼"之间的相互模塑成为可能,并以一种模拟的方式进行有意向性的形式制造。恰如生态符号学家库尔所认为的,"生命体系可以被解释为一种话语的类比,而不是语言的类比"(Kull 2001:697),因为在库尔看来,人和其他生命体在话语表达上都享有一种深层次的、广义上的修辞可比性,只是前者是有明确目的、意向性的,而后者则一般运作于"无意识劝说的层面",甚至是"无意识的语言学"(Kull 2001:698)。因此可以这样认为,作者利奥波德的目的是,充分利用动物/植物自身的生物性"话语"形成动物/植物符号过程,然后再借助人类符号过程转出并融入物质符号过程,以此来引出作者在这篇散文中所真正讨论的生态问题,进而指出我们人类也应该像"山"那样去客观地倾听和感知这里存在的一种生态关系,而且这也是《沙乡年鉴》这本书以艺术模塑形式来呈现"土地伦理"(the Land Ethic)的整体认识论所采用的重要修辞策略。

2. "狼"行为描写中的"认识差"

在《像山那样思考》中,作者利奥波德对狼的"叫声"和"眼睛"的描写,是在一种生物模塑的基础上,对自然所展开的认知推理,因此,"信号"转向"符号"的价值指向作者所设定的认识论问题。或者说,作者利奥波德对自然的描写仍然是先验的当下,而不是即刻性当下。他借助自然的非连续性,细致地刻画自然的本然存在,同时又借助其广延性,让它作为自然符号存在于整个自然界并且和人的存在联系起来,从而拓展了其存在意义。

那么,在"自然"的具象(源域)和作者的创作理念(抽象域)之间,是否存在一个"认识差"的问题呢?

其实在这篇散文的一开始,作者利奥波德就设定了这样一个认识差,他的目的是说明,正是这个"认识差"问题导致了现代社会严重的生态危机。例如,在选段(1)中,作者通过狼的叫声描写出一个充满生物多样性的符号结构,而不同的符号过程中的解释性关系,又给读者营造了一种现象学在场,即"在场""现在"的经历,它唤起的感觉类似于原初性的自然经历,让读者感知自然中各种生命体的存在。再者,狼的"叫声"从"信号"转化为"符号"揭示出了自然中的生态结构,因为这个叫声对不同的动物来说都具有不同的意义,"狼—鹿""狼—松林""狼—牧场主""狼—猎人"这几组关系项所表示的是这个生物域内的生态关系,这个生态关系的平衡一旦被打破,必然引起生态危机,恰如作者利奥波德所写的,当"鹿"的数量太多时,它们会因为食物不够而自然减少,山坡上的"草"会因为鹿过多而逐渐消失,绿地变得光秃秃的,而且"山"也会因为草的减少面临水土流失加剧等问题,等等。因此,"我们"作为人类的代表,是以人类现有的思维方式去决定这个自然界的存在模式的;在"狼"与"鹿"之间,我们倾向于认为,如果减少了"狼"的存在数量,我们就可以得到更多的"鹿"。但是,"狼"和"山"作为自然界的代言人以不同的行为拒绝了这种人类中心主义思维模式,如"狼"的眼睛中的"绿色火焰"熄灭了,"山"则是以沉默来彰显自己的态度。这是因为在这个生物域内,"狼—鹿—草—山"是一个食物链,其中的自然语言作为符号体系是荒野中的动物话语,存在于"狼"与"山"之间,同样也存在于"狼"与其他动物之间。

从语言模塑形式看,狼的"眼睛"这个词是物的符号,我们赋予客体"狼"一个名字,并不只是赋予它一个名字或者标签,更是赋予它一种特定的生态地位。这是基于我们人类的符号系统来说的,人的感知器官介入并重建了另一种形式,即"人—狼—鹿—草—山"这样一个非常规的认识模式,人以自身的认识方式控制了自然的节奏,"狼"作为其中的一环被强硬地去掉了,于是"人—鹿—草—山"的生态圈就失衡了。在这样一个生物学意义上的模式中,"狼"是自然符号,具有自在性,但同时它也是一个生态符号,服务于整个生物域;"人"也可以被视为自然符号,但是无法成为一个生态符号,因为人类仍然把自己看作自然界的征服者,在生态位的设定上是高于其他动物的,没有与其他动物处于同一个生态域内。在这篇散文的最后,作者把自己的观点作了进一步延伸,认为人类中心主义认识模式影响下所产生的观念是"非生态的",如"太多的安全似乎长远看来产生的只有危险"(Leopold 1949:133)。这里,作者把"鹿"、"牧场主"、"政治家"和"我们"共同置于一个认识序列,将这些角色视为自然界的生态符号,认为其都有责任重新反思自己的"安全"意识,因此也应该去荒野之中重新寻找启示。

作者发现了自然界的"狼"与"自然"之间的客观关系,并建立了一种符号三元关系来展开解释活动,这一类符号被称为"自然符号";作者主观地设立"人"与"狼"的关系,借助其中的符号来解释另一对象,并获得集体的认可,这一类符号则被称为"生态符号"(即一种"规约符号")。我们作为读者需要去做的,就是对这种"自然"符号及其动物符号模塑过程进行再认识。意大利符号学家苏珊·彼得里利(Susan Petrilli,也译苏珊·佩特丽莉)和奥古斯托·蓬齐奥(Augusto Ponzio)曾指出,"在我们能够将使得我们制造符号的某物视为动态对象、本体（noumenon）、固有之物（brute matter）之前，待定的某物已经引起了我们的注意，它先在于感知，早已是符号性的"（彼得里利，蓬齐奥 2015：335）。因此，"狼"及其所在的环境界，是没有被人类文化编码过的，它呈现出来的是单纯的生物性生命过程，因此，母狼的"叫声"和"眼睛"起到了一种宗教意义上的"自然"的作用，当作者与狼的行为共处一个符号过程中时，一种神秘的符号阐释也就同时完成了。

简言之，利奥波德的散文《像山那样思考》尽管篇幅短小，但是却通过这些符号过程为读者梳理出了人与自然之间的各种符号关系，而且各种符号过程的设置，超越了我们原有的对于"自然—文化"之间的区别的认知。作者借此想要说明的是，人的文化构建过程同样需要跨越不同的生物界限，同样依赖于生物过程来完成对外界的认知，任何文化都需要生物性的生命符号存在，这样，人与其他动物就可以处于同一个生态符号域中了。

二、动物行为描写中的"述行性"

动物行为自身具有符号结构，是因为它时刻都被置于一定的环境界中，拥有不同的符号关系。而动物行为的存在，不仅是对这些符号过程的展示，同时也是发现、理解它们彼此之间产生的一定"述行"价值的重要方法。

例如，在《汀克溪的朝圣者》中，迪拉德就通过一段关于"螳螂交配"的描写，生动地传达了动物行为描写中的"述行"价值，以及动物作为生命体（如"螳螂"）的存在意义。

> 这只雄性螳螂，陶醉在他最重要的表演（performance）中，紧紧地抱着一只雌性螳螂。但是这个可怜虫（wretch）没有头，没有脖子，甚至几乎连身体都没有了。而那只雌性螳螂一边吻着，一边扭转身体，继续非常平静地（placidly）啃（gnaw）着这位温柔情郎（the gentle swain）残余的身体。而自始至终，那具雄性身体（masculine stump）都紧紧地抱着雌性螳螂，继续着交配！（Dillard 2007：59）

从生物学视角看，上文选段中关于"雄性"和"雌性"两只螳螂的描写，属于一种"复合信号"的模塑形式，这两个生命体的视觉、听觉、触觉等各类器官共同作用，努力完成了它们生命中最重要的动物行为。它们的整个过程是无意识的，都只是一种生物性的"信号"反馈，因为动物的"交配"对它们本身来说只是为了繁衍后代，它们也只是借助多种身体器官来实现自身的生命行为，或者说，这种生物性的"交配"行为中没有人类的文化性意义。螳螂的这种行为和其他生命行为一样，都是基于外界的刺激所产生的一种生物性的、简单直接的信号反应，这种特定关联把它与外界相互结合起来，完成了螳螂的环境界构建过程。这一过程并不像人类生命体那样需要经过大脑意识层面的认知，而是尚处于一种无意识的本能中。或者说，"螳螂交配"作为环境界的一部分，它的生物性存在就是它的意义。

但是，如果从作家创作论的角度看，迪拉德经常把现代自然文学创作视为一种身体的朝圣，一种心灵的、精神的历程，她曾把自己的代表作《汀克溪的朝圣者》看作一种"自然神学"，她把自己在汀克溪的体验归为一种对自然、对神的反思，如"小溪是调解者（mediator），它慈爱、公正，包容我最龌龊的恶行进而把它们化解，变成田鼠、银鱼、桐叶和枫叶"（Dillard 2007：103）。那么，这一段"螳螂交配"的动物行为描写除了具有生物模塑的意义外，还具有了一定的"述行"意义。

根据西比奥克的模塑论，模塑过程所能再现的不是整体，而只是客体的一个部分，这个被模塑的部分拥有一个特别的特征，而且这个特征具有特定的符号意义。对作家迪拉德来说，"螳螂"与自然之间的符号关系，原本也可以通过多样化的模塑过程来展示，但是，他还是选择围绕螳螂的"交配"这个生物性特征展开自然描写，以此来呈现各种符号关系，或者说，这段描写中所隐含的意义同时也是作者迪拉德所要进行模塑的典型特征，如图2-3所示。

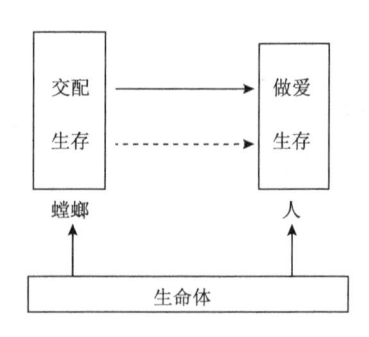

图2-3 行为模塑类比图

如果把动物（螳螂）行为类比为人类行为，那么，螳螂的交配就可以被视为人类的"做爱"行为,因为人类行为也是一种符号,人类自身也可以作为某种对象加以模塑,进而在认知自身行为的同时,也进行行为的反思,然后完成模塑过程。男女"做爱"的过程,是人赋予它以符号特征,人将其符号化、述行化了。有时候人类还会把这种做爱行为作为一种符号强加于动物的交配过程,如美国华裔人本主义地理学(humanistic geography)代表人物段义孚(Tuan Yi-fu)在《制造宠物:支配与感情》一书中所介绍的,人们给宠物狗进行有选择性的繁殖,甚至把动物之间的做爱(mate)也变得"政治化"了。狗与狗之间的交配成了人类的一个人为操控的过程,人们通过干预另一生命如宠物狗的做爱,来满足自己的欲望,"抓牢她的耳朵,另一人把手放到她身下,让她为了公狗能稳定下来。另一只手在恰当的时候在公狗后面轻推一下给点帮助,就会有很大不同。公狗靠着母狗时要稳住他;然后当你确实肯定已经连为一体了,轻轻地把公狗转过来,和母狗背靠背"(Tuan 1984:109)。相比迪拉德对螳螂的描写,段义孚所描写的人类之于动物的行为,展现了更强烈的"权力"欲望。尽管同样都是一种具有"述行性"的做爱行为,人类的行为作为一种符号结构就是"非生态的",而不是源自生命体自身行为的本性意义。

  从行为发生的角度看,螳螂作为一种动物符号模塑的行为主体,其"交配"原本属于信号过程,但是,一旦把人和螳螂都视为生态符号,那么,它们存在的意义就来自不同生命体之间的"话语",是各种生命体之间的话语交流让它们的行为符号化了。可以这样认为,迪拉德跟其他现代自然文学作家一样,常常借助自然符号之间的联结,自然符号与某种意象之间的映射,构成一个符号过程,进而以其自然符号的意象向读者传达一种意义。

  概言之,作家迪拉德以螳螂的自然行为来映射人的行为,是一种从自然跨越到人文的生物修辞,读者虽然看到的是自然现象的描写,但是感受到的却是人类的活动,因为这种描写中蕴含了一种修辞预设,让读者感受到了一种无形的存在力量,其目的是实现作家的创作意图,把每一个存在的自然之"象"作为逻辑起点,实现自然符号的"述行"功能。在迪拉德的描写中,螳螂以"自然符号"的形式出现,而且作者是通过对螳螂进行"本体论"意义上的描写来达到效果的。这种自然描写中作者对本体的直陈式描写,是对客观世界各种事物存在的最直接的展示,是对事物原初性在场的呈现,而且从更广义的层面看,自然风景描写中各种各样的"自然"描写自身都蕴含着这样一种"述行性"的意义。

第三节　自然风景描写中的自然伦理

现代自然文学作为一种能召唤"想象世界"的文本世界，它的自然风景描写无形之中就包含了与"自然"相关的伦理思考，因此，现代自然文学中的"自然伦理"作为这种文学想象的一部分，是"自然"整体性存在价值的一部分。庄子的《知北游》中，"天地有大美而不言，四时有明法而不议，万物有成理而不说。圣人者，原天地之美而达万物之理"（转引自崔钟雷 2011：277），就从哲学认识论角度肯定了自然的伦理价值。

我国诗人华海的《静福山》组诗是以"静福山"为主题展开的一种文学想象，它通过描写"人"与"静福山"（自然）之间的关系，来引导读者去关注"静福山"（自然），并进一步领悟其中所蕴含的自然伦理。恰如诗人华海在对诗歌的定义中所指出的，"生态诗歌正是通过回归自然的体验和想象，触摸生态悲剧的忧伤，实现在语言中复活和再造一个整体性的诗意世界（生态乌托邦）"（华海 2008：5）。那么，诗人华海是如何依靠"语言"来进行他的诗意世界想象的？其中的伦理世界又是怎样的呢？这一节我们以华海的《静福山》组诗为例，通过分析自然风景描写中的各种符号关系，探讨现代自然文学作品中自然伦理的意义生成及其伦理模塑过程。

一、《静福山》自然描写中的模塑形式

美国思想家拉尔夫·瓦尔多·爱默生（Ralph Waldo Emerson）在其代表作《论自然》中曾这样写道，"每一种自然事实都是某种精神事实的象征。自然中的每一种表象都与某种心理状态相呼应，而这些心理状态只能通过以图片描写自然的形式呈现出来"（Emerson 2009：10）。诗人华海在《静福山》组诗中同样善于把"自然表象"与人的主观感知和心理体验联系在一起，反思人与自然之间的伦理关系。

例如，在《静福山》组诗的第十七首中，诗人华海这样描写：

> 静福山伏在那里
> 你说他回忆或者等待
> 那是你的感觉
> 它只用风的嘴唇
> 和草木的手语说话

你想象它扑动双翼
盘旋或者高飞
那是你潜意识的躁动
你还没有安静下来
自然不会归于静福山

静福山只是一座
蹲伏着的不高的山岭
山里有许多植物昆虫
我只能说出少数的名字
但这丝毫不影响它们的存在

至今我还未能成为
其中一员　因为
还忘不掉人类的语言
许多人还没有来过静福山
也就无缘听到那句神谕——

静下来吧
静下来就会有福（华海 2011：16-17）

诗人华海在整首诗中对"静福山"的描写采用了两种模塑形式。

一是初级复合模塑形式。

诗人华海在这首诗歌中，通过一种"物质符号过程"把各种象似符作为"能指"组合起来，如"山里有许多植物昆虫"，然后再对这个复杂的指涉体（"静福山"）进行编码，向读者呈现一个复杂的生态群落，我们之所以认为这里的"静福山"是一个复杂的而非"单一性的"自然客体，是因为诗人在这首诗中采用了不同的符号过程来展示这个复杂的生态群落。

例如，在初级象似符模塑层级，诗人给读者呈现了诸多自然现象，如"风""草""植物""昆虫""山岭"，它们都以其自然性的形式存在于"静福山"中。然而，在这些象似符的能指组合中，诗人所采用的植物符号过程（如"只用风的嘴唇和草木的手语说话"）、动物符号过程（如"扑动双翼盘旋或者高飞"），都是隐喻性的模塑形式，这显然就是为了构成一个复合型的"静福山"（自然）。或者说，这些自然客体都是一个个的个体，拥有自身的存在，同时，它们又都是普遍的类型，共同组成了对静福山的象似性模仿。

因此，读者从这首诗中看到的是一个"生态群落"，其展示出来的是自然中相互关联的结构性多层级存在。而且这种关联是空间的、时间的或者结构性的：从天空到大地，从植物到动物，从生命体到非生命体。即使对同一种植物或者动物，仍然会有不同结构性的层级划分。这些自然客体的存在彰显了关于"静福山"的结构性差异，而这些差异也正是自然的存在意义，它们之间的相互关联构成了不同形态的生态位。

由此可以看出，对诗人来说，"静福山"并不是符号而是"自然"，因为通常意义上讲，唯有"山"成为符号时才会对人类产生意义，或者可以说，对"静福山"的理解，唯有依托于对这个自然环境进行阐释的文化符码，意义才能生成。但是对诗人华海来说，这种针对自然的文化解释都是基于人的"潜意识的躁动"。从这个角度看，"静福山"之所以能成为诗人华海所描写的禅意世界，关键在于它蕴含了作为"自然性"存在的伦理价值。

二是凝聚性模塑形式。

诗人华海不仅在自然描写的层次上以一种初级复合模塑形式来展示静福山的"自然性"，在表现诗歌主题的层次上，更是采用了一种凝聚性模塑形式，在更高层级的符号关系中，把动物/植物视为静福山的一部分，进而以各种能指的组合形成一种诗性表述，对"静福山"进行形象化描写，进一步凸显了动物/植物共同构成的自然之"象"。

从语言模塑的形式来看，诗人华海把人的语言和山的语言进行对比，采用不同的命名方式来构建"人"和"山"的环境界。

人："回忆""等待""盘旋""高飞"

山："风""草木""植物""昆虫"

诗人的目的就是要告诉读者，"我"作为世俗世界的一员，只会用人类的语言来"看"山的世界，因此，"我"无法成为静福山世界的"其中一员"；或者说，"我"努力构建的环境界并不是真正的"诗意世界"，所有的这些词汇都是一种主观表象，如"你的感觉""你想象""你潜意识的"，而这些并不是真正的自然。正如生态符号学家马伦所认为的，"人作为伦理主体与自然作为客体之间的每一种已知关系都是符号/意义关系。这就意味着，对自然界的每一种感知、认知和再现都是伦理主体的主体世界出现时的不可归约的部分"（Maran 2006：467）。或者说，"我"在努力构建与"静福山"(自然)的一种伦理关系。但是,诗人的"二度自然"与"静福山"的"零度自然"之间构成了一种认识论差。

这个"认识论差"的出现,主要是由于"我""忘不掉人类的语言",经常以"我"的方式去理解自然,这显然是"强制阐释"或者"武断命名",缺少了对自然在其特定空间中的存在方式的尊重。诸多自然客体其实是以"无言"的方式共在,如"我"能看到的那些"许多植物昆虫",其中有很多我都说不出名字,却能与"山"共建一个环境界。因此,诗人华海才倡导,"静下来就会有福",这样才就有机会认真感受"风的嘴唇"、"草木的手语"和"蹲伏着的山岭",而这些才是"静福山"作为一种自然性存在的内涵和特征。

从以上两种模塑形式来看,诗人华海所描绘出来的诗意世界,是一个典型的自然伦理世界,它肯定了自然客体中的伦理意义,这在某种程度上与我们现代人所理解的"文明"有着很大的认识论差。也如利奥波德所说的,"文明不是如历史学家们所经常假想的对稳定的、不变的地球的一种征服。它是人类动物、其他动物、植物、土地之间共同的、各自独立的合作状态,这个状态会因为任何一种合作的失败而随时被打破"(Leopold 1991:183)。或者说,诗人华海在这首诗歌中通过描写一种"自然性的存在",来呈现一种原始伦理、原始文明,这是把一种伦理思考从人类的"单一性"社会伦理构建,延伸并还原为包括各种非人类生命体的植物、动物,乃至土地在内的"环境界伦理"。

二、《静福山》自然描写中的符号过程

华海的诗旨在强调自然中所蕴含的伦理价值,目的是从哲学认识论意义上对自然("道")的现实化进行解释,而自然的实体本性之所以能转换为文本中的自然道德,正是因为自然自身就蕴含了道德思想。生态符号学家马伦曾指出,"文学作品的再现特征作为一个模塑系统,使得作品能够与环境相联系,模塑系统中表达方式的艺术性使用,使得作品具有改变我们对环境的感知和使用的创作潜力,参与作者、作品和读者的交流情境作为介体的一种功能,可以展示出这些关联"(Maran 2014:6)。那么,诗人华海是如何借助诗歌来展示人与自然之间关系中的各种关联的呢?

例如,《静福山》组诗的第十八首中,诗人这样描写:

　　那阴凉 那青苔 都染有静福山的
　　气息 嗅觉在瞬间便能分辨

"一座山与一个人的关联
一定有其说不出的因由"

无数次进山 让每一次的细节模糊
而鹅卵石铺就的甬道愈益清晰
行走与心灵只有一个指向
一枝灯笼花呼应着一声雀鸣

时光里的际遇偶然化为必然
遍地野花打开黄色花蕊——
溪流读出她灿然微笑或凄美
忧伤走向山谷 神秘的气流回荡

"回家 寻根 或者归宿
我们在虚幻的梦想里筑巢"（华海 2011：17-18）

在这首诗歌里，诗人以一种模拟的方式对"静福山"进行再现，或者说，诗人把情感结构转化为语言结构，让自然客体人性化了。在这个模拟过程中，诗人通过三种符号过程来实现这种意义的转换。

一是"人"与"山"之间的"物质符号过程"。"静福山"像"人"那样，可以赋予山上所有的生命体一种神圣的"气息"，让我们可以在山里"回家寻根或者归宿"。"人"与"山"之间是一种归属关系，可以是物质性的回归，即人走进山；也可以是精神性的回归，即人的心灵归属山。诗人相信，"我们在虚幻的梦想里筑巢"，"静福山"属于自然物质，这些自然物质也属于"静福山"，二者之间的关系就像"我"与"梦想"一样，展现出同纬度的伦理世界。

二是各种生命体之间的"植物/动物符号过程"。"阴凉"是"青苔"的属性，"鹅卵石"是"甬道"的存在形态，"灯笼花"是"雀"回家的指引，"黄色花蕊"是"溪流"的阴晴表，所有这些原本独立存在的植物/动物，在诗中都被赋予了一种主体认知的能力，整个"静福山"中的植物/动物构成了一个原始的自然界，而它们的自然性存在中有着诗人也说不出来的"因由"。

三是人与自然之间的"人类符号过程"。"阴凉""青苔""鹅卵石"这些自然客体都在诗中变成了审美符号，它们以一种象似符来暗示其所指，这个符号过程本身就具有原始伦理价值。而这些审美符号的物理性存在和人的主观感知之所以能实现认识论上的共享，就在于它们共有同一个审美过程。没有对这些个体性的符号过程的感知，就不会有共性的审美，而审美过程也是在这些自然客体的符号适宜性驱动下产生的。我们这里所说的"符号适宜性"，指的就是"阴凉"之于"青苔"、"鹅卵石"之于"甬道"、"灯笼花"之于"雀"的相互形成，同时也是环境界的构建过程。这些真实存在的自然客体不仅拥有一种生物性的、内在的适宜性，与此同时，它们又与环境界产生了一种"符号性的"适宜性。

正是自然的整体性赋予了静福山这种能力，而它作为一种符号模式，是所有关系的结构，每一种生命体都与身处其中的其他生命体相关联。诗人对这些非人类的自然客体的适宜性的呈现，并不是始于隐秘，而是基于一种较为简单的符号关系，它们都是生物性的、自动性的、公开性的符号过程的适宜。它们所组成的复合模塑形式构成了"静福山"的审美形式，而这个审美形式没有确定性的指涉体，也不见得静福山会与它们之间有"信息"的交流，但是，它们之间的符号适宜性赋予了它们自身一种内在价值。

可以这样认为，上述三种符号过程都反映了诗人构建伦理原则的目的，即揭示生命体之间的伦理责任。在这首诗里，"静福山"以一种无声的方式言说了我们对"山"（自然）的义务，这里的伦理前提就是，我们如果与山、与其他自然是一个共同体，那我们就负有不可推卸的责任。如果"人"与"自然"原本就隶属一个环境界，那么，我们关心自己是本性，我们关心"山"（自然）就是义务，因为它应该是我们环境界的一部分。一旦我们忽略了我们自身所应该坚持的认识论立场，就会忽略自然的内在价值，只强调它的工具性作用，也必然会导致充满悖论性的"自然的文化化"结局。

从意义论看，这首诗中人与自然（静福山）之间的意义关联，依赖于其他生命体如何来理解，这里的"静福山"更代表了一种现象，它拥有自身的存在，而人类无法控制，因为它这种"在"远远超越了我们可以用语言进行描述的范畴。因此，自然风景中的伦理逻辑是以"真实性"为基础的，因为它利用"道德"去实现对某个特定时空的想象，并辅之以身份、历史和生态等使之更加真实。这一自然描写的作品可以看作一种文化—教育实践，旨在通过充满自然伦理的故事来恢复特定时空的文学想象，在一种富有自然性存在的符号连接过程中，人与自然借助这个文学想象来唤醒集体感、激活生态潜能。

概言之，通过自然风景描写来传达对环境和社会之间共同进化的想象，有助于从时间、空间和人等多个层面来理解自然。这种自然风景描写的目的是，激活人们对这个特定时空的价值观和责任感；从伦理学角度看，自然描写不仅仅是为了给伦理赋形，还在于实现社会性和价值性的目的。换言之，自然风景描写本身就是一种富有伦理责任的创新性形式，作者也正是通过富有"自然性"的描写来实现道德价值渗透。

第四节　自然风景描写中的模仿修辞

本章前两节对自然风景描写中"象似性""符号性"的论述，都涉及了一个重要的关键词——"模仿"，而且这也是现在自然文学作品中自然风景描写范式呈现人与自然之间关系的重要方法。生态符号学家马伦和图尔也曾论及自然文本中的"模仿关系"，他们认为"文本的结构和叙事可以重复特定的环境或者物理性的秩序，如动物小说中对动物生活圈或每天的活动的描写"（Maran，Tüür 2016：289）。可以看出，马伦和图尔对"模仿关系"的界定显然仍然是基于一种生物性的、实证主义的视角，把文本内外的"对应""符合"（模仿论的本义）作为评判自然描写的理据。但是，对现代自然文学作品的"文学性"研究来说，它又是如何实现这种"模仿关系"的呢？事实上，自然风景描写中的"模仿关系"不仅仅是一种修辞手法，还是一种"人"对自然的解释逻辑和解释方式，倡导对自然风景进行一种"美文—认识论"认知。

一、自然风景描写中的"模仿"

自然风景描写中的"模仿"分为两种形式，一是客观的自然模仿，是对文本内外的自然在地理学意义上的物理性存在所进行的模仿；二是主观的语言模仿，它通过观察者的视角，以一种主体感知的方式来体验自然。

第一，客观的自然模仿。

我们这里以两段自然描写为例，分析这一类描写方式中的"模仿"。

（1）它从海洋蒸腾的水气中来，飘飘乎如凭虚御风，以雪的形式落下，化作冰，像洁白的精灵，广泛地覆盖于预定的大地上，在无尽的岁月里不知疲倦地工作着，直到历尽沧桑，塑造出了峰峦和山谷，为河流掘出了河道，为草原和湖泊造出了盆地，为人类和野兽赖以生存的森林与田野创造出了土壤。然后，它就

像浮云一样散尽，化作溪水，唱着歌儿回到大海的家。（缪尔 1999：64）

（2）一般来说，鸟儿们在环境的选择方面是非常聪明的；但是在这儿附近，恰恰相反，每个夏天都有实实在在的证据强有力地推翻了这个说法，在一个露天的地方有一个没有屋檐的房子，每年都有紫崖燕（martins）在窗户角筑巢。但是，这些窗户角太狭小了（窗户朝东南和西南），每次下大雨鸟巢都会被冲掉；这些鸟儿却仍然没有一点要改的意思，还是每年夏天都在老地方筑巢，不改方向也不换房子。看着刚筑了一半的巢被雨冲掉了，它们还在辛苦地干活、搬泥土，真是可怜……"*修复堕落种族的废墟*"。所以，本能真是一种非常美妙的不对等的能力。（White 2007：5-6）

选段（1）是美国现代自然文学作家缪尔的《我们的国家公园》中的一个描写片段。作者以地理学空间转换的方式逐步推进，引导读者去观察从河谷到山顶的自然风景；尤其在第二部分，缪尔采用大篇幅来描写公园山腰部分由冰川冲蚀形成的峡谷、湖泊、草地、花岗岩穹丘及冰蚀地表。这些对于冰蚀地表及穹丘等的形态特征和形成的描写，属于马伦所说的"模仿关系"，是一种对自然现象的记录或者描写，作者按照其对自然的观察顺序进行安排，整部作品所呈现出来的是对"自然"的一种客观模仿。

然而，除了这些客观描写外，作者还会借助不同的自然风景来抒发自己的情感，如这个选段中描写的"雪""冰""气"变成了使者，它们的存在本身就充满了人类无法解释、不能征服的神秘色彩。或者说，作者缪尔常常用陈述语言来描写人与自然之间的关系，而诗性的语言则属于诗化的，常被用来从审美的角度揭示"自然"中原始性的生物美学意义。正如学界所普遍认为的，在缪尔看来，约塞米蒂国家公园中的一切自然客体都可以被视为神秘大自然的恩赐，万物有灵的"神"造就了一切，人与自然也才有可能和谐共存。世界是"神"的神圣表达，是一种相互融合构成的整体性的存在。

由此可以看出，缪尔笔下的"自然"作为他对自然的解释，是基于一种生物美学的认知方式展开的：各种自然客体都是有生命的存在，无论是动物，还是岩石和树木，它们都有能力表达自己，而且是富有生命力的有声表达。这种自然风景描写所呈现出来的是一种真正的自然性存在的美，也如马伦对生物美学的看法，"美就表现为变成自然的正常状态和它的发展方向"（Maran 2022：2）。美的存在不在于主体的第一人称意义构建，而是来自生态系统中其他参与者对"我"与自然之间关系的认知。

选段（2）是 18 世纪英国作家吉尔伯特·怀特在《塞尔伯恩博物志》中的一段描写。在这个选段之前，作者怀特已经对紫崖燕筑巢做了长篇幅的介绍，充分展示了这种鸟在建造方面的能力。这充分显示了他作为第一个现代意义上的博物学家的专业能力，但是在这个选段中，作者却以讲故事的方式叙述了"紫崖燕"筑巢，尤其把鸟儿在雨中反复修补鸟巢的行为比喻为"修复堕落种族的废墟"，无形之中，这个自然事件就被转换成了一个富有美学意义的神话事件。随后，作者怀特又以科学观察和哲学认识论相结合的方式来讨论鸟儿筑巢的"本能"问题，他写信讲这个故事的本意是为了跟朋友进行信息交流，至于鸟为何坚持把那所房子作为筑巢的地方，如是否与鸟的基因和生活习惯有关，与天气等其他因素无关，作者并没有进行生物学分析，反而将这个自然界现象视为一种"不对等"的能力表现，即紫崖燕的非凡的筑巢能力与它们近似偏执的筑巢方式构成了一种强烈对比，于是，怀特就把这个生物学问题引向了具有悖论性的哲学认识论问题。

怀特的自然描写同样是一种事实描述和美学欣赏相结合的形式，这是作者有意识地把各种自然现象加以符号化的过程。或者说，作者通过符号系统构建方式的转换，来实现从生物学意义上的描写到审美意义上的符号建构的转变。他对自然的描写是以第一人称的科学实践方式展开的，但是，却并不是以这种书写方式引导读者返回对自然的原始崇拜，而是通过描写大自然中的山川河流等自然现象，唤醒人类对"自然"的认知。于是，自然风景描写中的这种写作方法让整个写作过程变成了第二人称的关联，而第一人称的科学实践就把情感和意义视为科学研究的另一个重要的入口。

从这个角度对以上两段选文进行审视可以发现，尽管它们分属不同的历史时期（18 世纪、20 世纪），却都反映了这一类自然风景描写最鲜明的二重性特点：一是文本内自然知识的客观性和可信度，所有这些文本内所记载的、描写的都是一些生物学意义上的自然生命体或者物理性的实体；二是文本内融入了作家们对自然的诸多主观体验。作家们的"主观体验"实际上指的是作家"我"把自然转化为自己的环境界，然后以一种诗性表述来呈现他对"自然"的文学想象，因此，我们对以自然风景描写范式为主的作品的阅读，就是要从根本上深入了解作家所遇到的认识论问题，也恰如意大利哲学家埃米利奥·贝蒂（Emilio Betti）所指出的，"解释过程总体上注定要解决理解的认识论难题"（Betti 2021：9）。现代自然文学作家贝斯顿在《遥远的房屋》的前言中也曾明确表示:"自然是我们人性的一部分,对这种神圣的神秘毫无意识和体验,人就不再是人了。"(Beston 1949: xxxv)

第二,主观的语言模仿。

以语言来呈现人对自然的感知和体验,往往依赖于作家对自然的象似性模仿,因为其是以直观的方式来展示自然之"象"的,但是,这里的象似性模仿不同于"仿象"的地方就在于,它作为非再现的拟象,是自然的存在符号,依靠与身体的相遇,以及感性去发现自然符号的意义。或者我们可以这样认为,自然风景描写中的"模仿"作为一种写作手法,除了马伦所说的客观存在的"模仿关系"外,还指一种心理过程方面的"模仿",即通过不同的语言模塑形式来展示它的符号过程。

首先,借助"模仿"关系,对海角地区的海滩、海浪、峭壁及其周围的土地、碎石、墙壁等进行了详尽的象似性模仿描写,为读者勾勒出一幅美丽的海边图景。然后,再借助"补充"关系,加入了诸多"我"的自然想象,这里的"我"是身处自然之外的读者或者观察者:

> 我径直朝鸟儿走去——它们感到恐惧,重新集合在一起,赶在我到来之前迅速地飞走了。站在海滩上,脚边有新鲜的爪痕,我看着(I watch)这群可爱的鸟瞬间变成了星群似的队伍,变成了一颗在逃的昴星团;我看着(I watch)鸟儿们螺旋状地飞行,白色的腹部瞬间倾斜,成群结队的灰色背部交替出现。(Beston 1949: 25)

在这个选段中,"我"作为叙述主体被弱化了,不再是认知主体,而是一系列陈述句的引导词,如"我看着"鸟群,而自然却是以一种叙述实体(narrative substance)的形式出现,变成了叙述者用身体感知到的"事物",它们共有一个特征,但这个特征却不是它们的一部分。例如 N 是 p,N 是 q,N 是 r······,N 是 p、q、r 等等这些事物的叙述实体,却不是它们的一部分。或者说,这些自然存在是"我"作为主体性构建起来的感性的"环境界"。而作为体验自然的"我",并没有对这个"事件"进行重述;故事也不是由一些因果相连的事件构成。

在《遥远的房屋》中,经常出现的句式有"they say""I heard",也有一些断言性句子,如"it is true that..."。这些文本内的指称凸显的是人自称的"我"以及一些第一人称的变体,这相对于自然物的存在来说都反映了一个认识论问题,"人自称相对于物被称所具有的优先性,普及到一切人称对（一切）物称的优先性，反映出人类在认识世界的过程中基本上都遵循着由己及人、由人及物的循序渐进的认知路径"（钱冠连 2010：3）。现代自然文学作家们对观察者"我"的使用比较谨慎，"我"（人）的出场是为明证"自然"的存在，当"我"所面对的某个物体具有某些较为明显的物理特性时，"我"则必然是依据这种"自然性"进行把握，此时的指称和物的相互对应比较明显。但是更多的时候，"我"是缺席的、隐在的；相对于观察者"我"，自然物作为被指称者，也是基于某种呈现方式及其所要被认知的内容发生变化的。但是在更多情况下，物与指称之间的关系会因为人的感知变化，出现多种多样的非对应性变化。"用以指称一个对象的语词，其变体越丰富，其（主动或被动）凸显度就越高。这可能是一条对人自称、人被称和物被称都适宜的规律：假如某物在特定语言中的指称方式有许多变体，该物的'存在和出场'比他物得到更多张扬"（钱冠连 2010：5）。

其次，采用不同的语词构建一个可供体验的生态符号域来实现模仿的真实性。如《遥远的房屋》开篇第二段关于海滩的描写："大海与陆地进行着斗争（battle）"，"土地为自己的领地而奋斗（struggle），使出浑身的抵御力、能量和创造力"（Beston 1949：2）。很显然，这里的"大海"和"土地"都以一种象似性模塑形式来展示它们的存在形态，彼此都需要经过斗争来获得生存权，为自己的生存进行辩护，如"斗争"和"奋斗"，这两个词语从功能上让自然描写更加形象化，同时也模拟出了人与自然之间的关系：一方是人类，另一方是自然。在这个人类符号过程中，人之于自然的关系就表现为一种"战争"意象，作者通过这种语言模塑形式，将谈论一种概念的各方面的词语用于另一概念，把自然行为和人类行为相类比，进而以这样的"战争"隐喻影响了人们对土地的认识和理解，因为这一类的自然描写强调的是各种自然客体之间的存在法则，彰显出来的是一种生存论范式的生态思想。

因此，理解现代自然文学中的"自然"，同样需要理解它是如何言说自身的存在的。句法层面的构式是自然符号表达意义的主要形式。在具体交际活动中，用某个特定的构式来表达现实的或可能世界的事实，这就构成了语言事实。然而，这种语言事实需要在认知事实之后才能表达它。换言之，我们对自然的描写作为一种表达方式，都必须经由我们的认知判断来权衡，因此，自然作为客观事实就变成了我们认知模式中的一个"语言事件"。在这个过程中，自然符号就承载了我们的认知状态，它就像索绪尔的能指，与"自然"保持着"物"的关系，同时它又是所指，与"人"

保持着"认知"的关系。简言之，认知是对事件的认知，表达是针对事件的语言事实。

最后，自然文本中的句式变化及其内置的认知角度，也可以使自然符号到场，完成对自然的模仿描写。例如《遥远的房屋》第二章开篇有这样的自然描写。

（3）海浪变（grows）大，……早上和晚上变（grows）冷，西北风也变（grows）冷；……比起在沼泽地和大坝上，秋天在海滩上成熟得（ripens）更快。（Beston 1949：19）

这种描写方式在整部小说中较为普遍，前半句的一般陈述话语是对象语言，而后半句则是一种解释性的语言，大致可以总结为"一般存现句描写+比喻式描写"。进一步看，在句式的变化中，作者借用"变"和"成熟"来使自然符号形象化。在现实的实体世界中，"变"和"成熟"通常与生物体的生理发展有关，前者表示生物个体的生命特征在一段时间内逐渐增长的过程，而后者表示生物个体的生命特征经过一段时间发育后达到完备状态。但是在这一段自然描写中，作者借助语言模塑形式进行认知推理，让"变"和"成熟"的语义通过隐喻得到进一步的拓展，如"变"在这里指向的是一种非生命体"海浪"，以及它在"早上和晚上"及"西北风"中的发展变化，即从一种状态变化成另一种状态。当"秋天"与"成熟"搭配构成主谓结构时，秋天作为一个自然符号就被模拟为一种具有生命力的存在。

从以上的分析可以看出，通过语言模塑的形式来增强对自然的模仿力度，在故事层面生成的是叙事的区段化，它打破了线性叙事的流畅性，观察者"我"也因此被置于自然环境中，与自然展开多维的空间接触，全部都被融入"我"的环境界中。"自然"的存在样态是文本叙述的对象，"我"只是以内视角展开，以空间位置为顺序，以身体感知为逻辑来组织叙述的。"我"与"自然"被置于文本世界的两端，自然可以具象为任何一种自然现象，却不是某一个自然个体。它们共有一个特征即"自然性"，彼此映照，构成一种共存、共性关系。恰如贝斯顿所说的，"这块土地和外环海的美丽和神秘如此让我着迷，把我迷住，以至于我无法离开。当今世界的稀薄血液让人厌恶，因为它缺少了根本性的东西，……这些根本性的存在拥有自己的生活和存在方式，在它们的穹顶之下，有一个无与伦比的自然和岁月的盛会"（Beston 1949：10）。这里，贝斯顿提出的自然的"根本性的"

存在，与美国当代现象学家萨利斯提出的"元素性"相近，都认为自然万物背后有一种本性存在，它是"一种不可归约的非存在的存在"（Sallis 2000：42）。萨利斯从存在现象学的角度把自然的存在看作"自然中的超自然"（Wirth 2014：241-242），这是对海德格尔存在论的继承和发展。理解存在依赖于对存在者的理解；经验存在需要借助感悟存在者在存在过程中表现出来的意义。换言之，当自然事物为我们所经验的时候，我们经验到的就是它们的存在，它超越了自然事物个体。

从意义论看，自然作为一种存在，独立于"我"的存在，二者构成了最原始、最简单的乌克斯库尔意义上的"对位性关系"。"我"作为一个生命体去经验自然，也是为了让自然被"我"的意识符号化，为读者呈现自然与人之间的可然性关系，构建一个意义世界。正如赵毅衡所认为的，自然物"原本不是为了'携带意义'而出现的，它们'落到'人的意识中，被意识符号化，才携带意义"（赵毅衡，2011a：28）。梁工也认为，自然无法言说自己，只能靠"身为人类的作者"以生态的名义来言说，这种言说"难以从根本上超越人类作为物种的自身利益和愿望，而依然受制于人类中心的逻辑，以某种形式将人类的话语霸权强加于自然的喉舌中"（梁工 2010：102），因此，研究自然风景描写，仍然需要考虑其中的另一种模塑形式，即"我"之于文本模仿关系的"补充"功能及意义。德国哲学家安德里斯·韦伯也曾把这种写作方法称为"诗学性的客观性"（poetic objectivity）（Weber 2016：118），它可以让我们重新思考自己与大地的关系，"它让我们正确地认识我们的生活，把它作为一个生活在生物域的具身问题，把物质性和意义融合在同一个共性基础系统内"（Weber 2016：119）。

二、自然模仿中的"动因"

自然风景描写中对各种自然现象的描写一般都是客观性的，这是为了确保自然现象的自然性存在到场，但是，正如乌克斯库尔的"环境界"理论所认为的，"环境界即意义"，任何自然的存在都需要一个环境界，环境界必然服从于生命体的生物性需要。因此，作家对自然风景的描写，在很大程度上也是基于个人的创作"动因"的，恰如马伦和图尔所说的，"关于环境的解释或者文本知识会成为触动作者展开自然描写的根本原因"（Maran，Tüür 2016：289）。

在《遥远的房屋》中，作家贝斯顿关于"太阳"的描写，就充分展示了这种动因模式对自然风景描写的意义：

在市内待一年,是沿着纸质日历旅行;在外边自然过一年,是完成了一项巨大的仪式。要想分享这个仪式,就必须对太阳的朝圣有一定的知识,对它的自然性懂一些,对它有感情,甚至可以让最原始的人们记下它前进的夏天的界限和它去年十二月衰落的低潮(Beston 1949:59)。

在上文这个选段中,"太阳"作为一个自然客体,是一种特定时空下的自然客体,是作为一种指示符或者象似符的形式在起作用。但与此同时,"太阳"在这里却不是物质性的,而是各种动因综合作用下的"生物写实",它反映出来的是"人"与"自然"所共享的一种"仪式",而"知识""自然性""感情"是这二者之间相互关联的不同方式。

首先,"太阳"是科恩角的太阳,它的存在与科恩角有着紧密的联系,作者对"太阳"的描写采用的是一种自然风景的写实手法。"太阳"作为一种客体(以指示符或象似符的形式存在)限制了解释的空间,因为作者对太阳的描写主要表现为他的环境经历对文本创造的影响。贝斯顿以外位性视角来看待"太阳",实际上是以一种生物性感知来体验它作为物质文化的存在,他对太阳的生物性感知,或许不是完全凭借他自己的主观认识,而是尽可能从即刻性存在的"人"的视角去理解的。因此,接下来,作者对"隆冬"(midwinter)的太阳作了进一步的描写:

太阳是有生命的,
太阳是圆盘(great disk),
太阳去朝圣,
太阳是苍白的神(the pale god)。
太阳……(Beston 1949: 59)

这里的"太阳"被赋予了生命,作者以"他"来指称它,把太阳每天的运行轨迹称为一种"朝圣"(Beston 1949:59),认为这是"伟大的自然戏剧"(the great natural drama)。同时,太阳还被称为"苍白的神"。这里的太阳已不是普通认识论意义上的太阳,而是一个具有生命力的个体。此外,作者用了与白色相关的词:奥尔良浅滩是"白色的愤怒"(white fury),天空是"皮肤苍白的"(pallor),沙丘的长长的墙是"苍白的"(blanched)。

我们可以对比作者对太阳形象的其他描写:

太阳在十二月的早晨，已经到达了旅程的南端，他朝南爬上发白的天空，高悬在奥尔良暴怒的发白的鱼群上空，并在苍白的天空中换上了银色。在这样一个早晨，古老的民族爬上山，向这个苍白的神叫喊着归还他们的植物和土地；也许已消失了的Nausets 在这些内陆沼泽上跳过仪式舞，同样的西北风给这些沙丘带来了平稳的鼓声。一个清晨，外出来到沙丘，并对冬天进行研究。（Beston 1949：62-63）

　　在这段引文中，作者把太阳比作一个神，检查大自然每一天是否如期变化，古代人和西北风等是否都依照惯例做着应该做的工作。这段引文描写的表层是拟人化的太阳等自然物，深层则是各种自然物作为一个整体在不同时间呈现出来的不同存在方式，引导读者去思考自然符号的物性。自然符号的语言化让自然到场具象化为一种生命存在。然而，作者对描写语言进行思考，旨在激发读者对自然符号的思考。因此，在作者贝斯顿的笔下，太阳被描写成"有生命的"、"圆盘"和"苍白的神"（the pale god）等等。而他通过"看""听"来获得的当时条件下的科恩角的"太阳"，作为自然符号的意象，也正是基于不同时空条件所产生的自然选择，因此，"太阳"就成了一个合成结构，而且作为一种时空合成结构，时刻反映着它作为功能单元与周围环境之间的意义。

　　从这个角度看，贝斯顿所描写的"太阳"在功能上是以目的论、意向性为根本指向的。这主要是因为，"太阳"作为客体，其所有的自然过程都朝向宇宙自身的一些内在的理性、内在的秩序，这个过程的意向性是自然的、不受法则约束的，所以呈现了一种生物美学意义上的自然性。但是，"太阳"作为客体进化的意向性其实一开始就受到了限制，受到了"人"的限制，是作者贝斯顿的认知给予了自然一定的自由，因此可以说，生物性的意向是人与自然之间关系的内在特质。自然作为客体不是传统意义上的客观存在着的客体，它是生成性的，自然内在的意向性和人的认知的意向性，在更大程度上决定了自然的发展。因此，贝斯顿对"太阳"的描写，展示出来的是一种感知结构，它不仅仅是物理性的实在界的反映，更是一种生物性的现实，是包含了各种自然实在存在形态的多重宇宙。

　　再者，"太阳"作为一种自然符号，它是不可叙述的，只能描写；即使是描写，也必须是非语言式的，如贝特森所说的，任何事物的存在只能以"物"的形式，如名字、属性、关系进入语境（Tredinnick 2005：60）。贝斯顿把"太阳"与"朝圣"、"旅行"等人性化的词语联系在一起，或者说，用于描写太阳的语言是隐喻化的，太阳作为一个意象，其构成元素可以被用来区分其意象表达中的外指成分与内指成分。因此，这部作品中"太阳"的意义主要来自人的符号性解释。

"太阳"作为符号有其外在的、公开的一面，也有其内在的、现象学的方面，我们只能从可观察效果方面来解读符号的意义，但是一个不争的事实是，太阳作为自然的实在界永远高于可观察的"太阳"现象；符号行为可以借助形式的、逻辑的方法审视，但也可以用质性来考量。我们作为读者将"太阳"作为符号的起源，追溯到它的原初性存在是无意义的，因为自然界中的各种符号之间并不存在可以为我们所理解的"关系"，唯有借助了康德的时空观我们才开始进入"现象界"，符号才开始具有意义，或者可以说，符号属于物质世界，唯象征属于人文世界。也如芬兰符号学家埃罗·塔拉斯蒂（Eero Tarasti）所认为的，自然描写是一种"表现的"自然景观，它可以被看作两个层面的符号，"（1）表现的层面，即以物理形式表现出来的景观。（2）表现的内容层面，即美学形象或情感状态层面"（塔拉斯蒂 2012：312）。因此，自然描写与外在的现实之间的关系，就建立在地理意义上的和文化意义上的双重动因的联系之上。

但是，从另一个角度看，作为"动因"生成的自然描写也会产生另一种作用，那就是它通过作者的描写迫使读者同样以这种方式去观察并解释自然。换言之，作者贝斯顿与太阳之间的符号关系，为读者提供的是一种符号理想主义，读者可以发现的是一种模仿性的意识和模仿性的真理，也或者说是伽达默尔意义上的效果历史。由此可以说，文本阐释来自文本反思，反思模仿性之下的本质。现代自然文学中的"实在界"[①]作为生命体的归属地，并不是外位于自然的一个独立的空间，也并不是内在于我们称之为事物表象之下的本质，它是以自身进行显现，围绕所有生命体构成的环境界，或者说，当所有的其他事物都可以用符号来解释，那这些符号就成了真正的实在，而符号及其符号过程的规则就变成了自然法则，因为大脑活动是唯一直接为我们所知的自然，所以大脑运行的法则有权利被我们认作是自然法则。

概言之，根据我们这里对自然风景描写中模仿修辞的讨论，可以看出现代自然文学构建的人与自然之间的关系，是作者预设出来的"我"之于自然的"对位性的"存在，而不是现实再现。根据符号学家皮尔斯的观点，

[①] 这里的"实在界"泛指一切生命体构建的环境界，既可以指称人类社会，也可以指称非人类的自然界。

"一个再现，在不存在本质的像似性的情况下与其对象相一致，这种再现是一个符号。我把符号的真相称为'真确性'（veracity）"（皮尔斯 2014：133）。换言之，符号与物本身之间的关系，不存在模仿或虚构问题，因为我们无法客观再现物的本质，只能以完全一致的外形来创造一个符号，本质和所要表达的意义之间的关系，无法直接实现。因此，符号对于物本体的再现，无所谓虚构一说。同理，现代自然文学中的各种符号，一方面可以被视为以模仿关系的方式"再现"，它所再现的是"人"与"自然"之间客观存在的关系，另一方面也可以被视为"虚构"，因为任何关于"人"与"自然"之间关系的描写都只能是一个"不完全的"再现，是以"部分"代替整体。因此，我们谈论现代自然文学的模仿性，就不能将是否"真实"与"客观存在"混为一谈。

从认识论的角度看，自然风景描写中内置了一个"试推法"（abduction）模式，其运作向度表现如下：其一，关注事实，以事实材料为起点；其二，朝向假设，用假设的理论解释，并且证明假设的可信度。正如皮尔斯所认为的，试推法是"对假设的一种检验性采用"，"它是原初性的、唯一的一种以新概念为开端的辩论"（Peirce 1931：313）。同样，从亚里士多德的自然论也可以看到在自然风景描写中的这种试推法认识论的模式理据，如"在存在着的事物中，有些是由于自然而存在，有些则是由于其他原因而存在"；"所谓自然，就是一种由于自身而不是由于偶性地存在于事物之中的运动和静止的最初本原和原因"（亚里士多德 1990：30）。根据亚里士多德的观点，自然论其实暗含了两个要素：自然物是最初的存在者；这种最初的存在是基于某种自身的原因而存在的。在关于"可然性"的判断中，模态判断所反映的可然性、必然性等，都是客观事物本身实际具有的；模态所陈述的，是事物发展的可能性。由此可以发现，现代自然文学中的模仿修辞对自然和人的存在所进行的诗性想象，在于创设一个新的"自然"概念来预示人与自然这二者之间的理想关系。

第三章 "地方性"风景描写的意义范式

"地方性"风景（local landscape）描写是现代自然文学中一个重要的描写类型，它指的是对特定时空条件下的山、水、树木等富有"地方性"的自然现象所进行的风景描写，如梭罗的瓦尔登湖、缪尔的美国西部群山、阿尔比的犹他州沙漠、贝斯顿的科恩角、威廉斯的盐湖、迪拉德的汀克溪和华海的静福山，但是，这种描写不仅仅是针对某一个地方的"自然"做地理学意义上的描写，还是以这个生物性区域的自然描写为核心，从宗教、文化、道德等多个方面思考意义的生成。因此，我们所讨论的"地方性"风景可以是小到某一个山丘的区域性描写，也可以是大到一个地区、一个国家的"民族性"书写，这里的"地方性"是一种具有他性逻辑的符号，是某个群体对某个地方特有的认知模式和理解方式，整个符号过程不断向外开放，向他人和周遭世界持续开放，把分布在各个角落、具有不同特色的"生命体"连接起来，使之成为一个整体（共同体）。从认识论的逻辑起点来看，在"地方性"风景描写中，应该是"地方性"风景（自然）在某种程度上对文化（人）构成了影响，而作家也正是借助这种情感依托，在文本中再现了人与自然这二者之间的关系。

本章以我国彝族诗人吉狄马加的诗歌和诗意舞蹈《只此青绿》《洛神水赋》以及洛佩兹的《北极梦：对遥远北方的想象与渴望》（下文简称《北极梦》）为文本，分析"地方性"风景描写的意义范式。第一节辨析"地方性"风景描写中的民族性，第二节分析"地方性"风景描写中的艺术模塑，第三节分析"地方性"风景描写中的 IP 符号[①]模塑，第四节分析"地方性"风景描写中的"前语言"符号及其符号伦理。

第一节 "地方性"风景描写中的民族性

现代自然文学作家对于自然、对于人与自然之间关系的了解，更多始

[①] IP（Intellectual Property），即知识产权，可以被应用于经济、文化、新闻等诸多行业。它主要指的是一种"有着高辨识度、自带流量、强变现穿透能力、长变现周期"的符号（《2018中国文化 IP 产业发展报告》），这里主要指的是在人与自然关系中的富有区域性特色的 IP 符号。

于自己的故乡，因此，富有地方特色的区域描写就成了理解作家创作论的重要路径。"地方性"风景作为一个生态符号学概念，与地理学、生物学意义上的"区域性风景"（regional landscape）在内涵和特征上有相似的一面，都可以指作家对某个特定地方的描写，但是，对现代自然文学作家来说，"地方性"风景特指一种特定时空下的自然、文化、风俗习惯等具有民族性的风景，其中所反映出来的是富有典型地方特色的伦理世界。

在我国众多的诗人中，彝族诗人吉狄马加无疑是一位比较典型的"地方性"书写作家，他的诗歌把自己的生命（人）和故乡（自然）紧密地结合在一起，以典型的富有民族性的自然描写来展示他的"故乡情结"，如口弦、岩羊、荞麦、斗牛、鹰爪杯、獐哨、火镰、蜜蜡珠、英雄结、泸沽湖、沙罗河、达基沙洛、邛海、锅庄石、瓦板屋、月琴、占卜的羊骨、马布，等等，这些带有故乡特色的"民族符号"不只作为彝族的"自然"向读者展示了它们的物理属性，还以其相关的自然属性的文化化符号过程，构成了吉狄马加诗歌的民族文本。这一节我们以吉狄马加的《星回节的祝愿》和《苦荞麦》两首诗为例，通过分析"地方性"风景描写中的符号过程和模塑形式，研究这一类自然描写中的意义生成方式。

一、《星回节的祝愿》中的符号过程

《星回节的祝愿》这首诗是诗人众多诗歌中比较典型的一首，它以直抒胸臆的方式把"我"与故乡紧密相连，这里的"星回节"又称"火把节"，是我国彝族等为数不多的几个少数民族特有的节日，因此，诗人是以"星回节"为民族符号来构建整首诗中的各种符号关系，进而来传达这个民族对自然、生活乃至整个宇宙的形象化理解。

例如，在《星回节的祝愿》一诗中，诗人这样描写：

我祝愿蜜蜂
我祝愿金竹，我祝愿大山
我祝愿活着的人们
避开不幸的灾难
长眠的祖先
到另一个世界平安
我祝愿这片土地
它是母亲的身躯
哪怕是烂醉如泥

我也无法忘记

我祝愿凡是种下的玉米
都能生出美丽的珍珠
我祝愿每一头绵羊
都象呷哈且那样勇敢
我祝愿每一只公鸡
都象瓦补多几那样雄健
我祝愿每一匹赛马
都象达里阿左那样驰名
我祝愿太阳永远不灭
火塘更加温暖
我祝愿森林中的獐子
我祝愿江河里的游鱼
神灵啊，我祝愿
因为你不会不知道
这是彝人最真实的情感（吉狄马加 1989：4-5）

在这首诗中，诗人吉狄马加以一种特有的敏感去体验自己民族的各种符号，把自己生活的世界中的自然景观与人文景观都融进了自己的诗歌创作中。这些民族符号之间的关系在诗中所呈现出来的各种符号过程，可以大致分为解释性的、交流性的和感知性的三类。

第一，"解释性的"符号过程，这里指的是"地方性"语境借助自然描写和诗人的解释所进行的再现过程，这个过程中呈现出来的自然是库尔的"一度自然"，它依赖于作者的解释，生成于植物/动物符号过程。

例如，在这首诗的第一小节中，诗人把祝愿送给"蜜蜂"、"金竹"、"活着的人"和"祖先"，是因为这些都属于"这片土地"。在这个复合型的能指组合中，这些自然现象原本都是广义上的"能指"，但是，在经过诗人的"地方性"语境的特指后，它们就变成了地理学意义上特定的大凉山地区的"人"和"自然"，充分展示了它们与自然的物质性环境之间的意义关联，构成了富有"地方性"的特定的"生物区域"。正如霍夫梅耶尔所认为的，"生物区域的存在就像空气一样，渗透于生活的各个角落，包括各种交流方式，如声音、气味、活动、颜色、形状、电磁场、热辐射、波浪、化学成分等，简言之，就是各式各样的生命符号"（Hoffmeyer 1996：vii）。

因此，诗人把这些自然现象作为民族符号来描写，是为接下来的关于"生命符号"的解释做铺垫。在这首诗中，"蜜蜂"、"金竹"、"活着的人"和"祖先"都是诗人刻意凸显的生命符号，它们都在"这片土地上"生老病死，这个生物性区域就像"母亲的身躯"一样是彝族人"无法忘记"的符号空间，诗人于是以"母亲"这个隐喻化的模塑形式来实现诗中各种符号关系的构建，进一步彰显"地方性"生态符号域中的民族情感。人本主义地理学家段义孚称这种富有地方特色的情感为"地方感"，它是"人"与"地方"之间的重要联系，其中蕴含了人类的情感因素、经历体验，从而成了人类自我的有机组成部分（Tuan 1974：93）。

第二，"交流性的"符号过程，主要指的是各种自然符号、生命符号等符号类型所构成的不同的信息结构,以及这些符号之间的信息传递过程。这一类符号过程的目的是展示符号与意义之间的关系在"地方性"方面的表现。

在这首诗的第二小节，作者列出了一系列的自然客体，如"玉米""绵羊""公鸡""赛马""火塘""獐子""游鱼"，这些自然客体作为民族符号的信息结构是双重性的：其一，它们是一般意义上的所指，如"绵羊"、"公鸡"和"赛马"等并没有特别的指称；其二，它们成为一种特指，如"绵羊"、"公鸡"和"赛马"相应地变成了"呷哈且"、"瓦补多几"和"达里阿左"，于是就成了彝族人生活中富有神圣意义的民族符号。这种民族符号自身信息结构的双重性决定了信息交流中符号过程的层级性，其中生物性的层级用来传递符号类别，而民族符号的层级则用来彰显不同的文化身份，因此，这些民族符号所承载的"文化身份"就决定了这首诗中符号空间的价值。

例如，诗人把"绵羊"比作"呷哈且"，因为后者指的是一种领头的羊，比较有理智；把"公鸡"比作"瓦补多几"，是想让它们都成为雄健的公鸡；把"赛马"比作"达里阿左"，是因为后者是有名的赛马。它们共同构成的能指组合实际上就形成了一个生态符号域，而运作于其中的"地方性"就起到了文化轴心的作用，可以让读者借助这些特指的"地方性"进入一个文学与现实重叠的时空，同时，也让一些寻找归属的彝族人得以在这个坚实的符号时空中营造出熟悉的地方感。

第三，"感知性的"符号过程，指的是符号空间中用以凸显文学主题的模塑形式，它在语言形式上常以主观感知描写为主。

在这首诗第二小节的后半部分，诗人由衷地直抒胸臆，"祝愿太阳永远不灭""火塘更加温暖""神灵啊，我祝愿"。诗人通过主观感知的表述方式来完成这首诗在心理上的"地方性"的构建,还以"这是彝人最真实的情感"强调这个符号过程的发生语境。

这个情感空间的营造,源自诗人对生物修辞的巧妙运用,每一个广义上的自然现象都变成了包含各种符号关系的复合型模塑形式。"火塘"之于彝族人的重要意义,不只在于它呈现了彝族人的生活形式,还在于它是彝族人集体无意识中关于"地方性"的持存性关联。一个诗人的真正任务就是创造一个新的诗性空间,让笔下的"地方性"深入读者内心。"土著的(aboriginal)生活方式是我们与景观交往的最鲜明的形式。在里面,你可以看到对这个地方的知识的具身性、即刻性的感知,就像它触碰到人们和所有的事物,你可以找到一种仪式实践,它庆祝、记忆讲述那些真理"(Tredinnick 2005:55)。

从这个角度看,展示民族符号中人与自然之间的关系才是诗人吉狄马加真正的创作目的。例如,在吉狄马加这首诗的"诗性空间"中,"太阳"光照、"火塘"氛围和"母亲"感知等,这些都是诗人对"地方性"的命名,在这个以"地方性"描写为主的符号空间中,"地方性"是一个元符号(protosemiotic),即整个符号过程中最基础的过程,因此,"地方性"风景描写并不是为了突出这种区域性独特的、客观的物理空间,而是为了以其民族符号在人类历史长河中镌刻他们民族的自身形象,唯有在这些诗性空间里,一切才可以实现。因为相比于现实生活中的物质性空间,符号空间的构建对诗人来说才更重要,吉狄马加正是以具有典型性的民族符号来标明自己所描写的某个地方,让自己的诗词与其"地方性"发生重要的关联,使"地方性"成为一种鲜明的标记,展示民族符号与彝族人之间的物质关联和精神关联。

二、《苦荞麦》中的模塑形式

根据我们上文对吉狄马加诗歌的分析,可以看出,"地方性"风景描写中的民族符号不仅是地理学意义上的自然表征,还是一种"三级模塑"形式,它依赖于心理学意义上的符号适宜性,正如西比奥克和德尼西所认为的,"三级模塑"主要指的是"高度抽象、基于象征符号的建模行为"(西比奥克,德尼西 2016:101),这是一个包含了各种符号、文本、密码和其他有关联性形式在内的符号系统,它创新地运用各种形式来实现对事物的指称,而且这种指称甚至都是抽象的,形式和指称之间并不一定有明显的实际上的感知连接。因此,客观审视诗歌中以象征为基础的模塑形式,可以更深入地理解吉狄马加诗歌中的"地方性"风景描写的认识论意义。

例如，在《苦荞麦》一诗中，诗人吉狄马加这样描写：

荞麦啊，你无声无息
你是大地的容器
你在吮吸星辰的乳汁
你在回忆白昼炽热的光
荞麦啊，你把自己植根于
土地生殖力最强的部位
你是原始的隐喻和象征
你是高原上滚动不安的太阳
荞麦啊，你充满了灵性
你是我们命运中注定的方向
你是古老的语言
你的倦意是徐徐来临的梦想
只有通过你的祈祷
我们才能把祝愿之辞
送到神灵和先辈的身边
荞麦啊，你看不见的手臂
温柔而修长，我们
渴望你的抚摸，我们歌唱你
就如同歌唱自己的母亲一样（吉狄马加 2010：114-115）

在这首诗中，诗人借助不同的模塑形式来展示"荞麦"（自然）与彝族人之间的关系，不仅把它视为大凉山地区典型的自然符号，还将其作为彝族人的民族符号，充分展示了"自然"之于"人"的影响和作用。

第一，自然符号中的自然模塑。

"荞麦"是凉山彝族人在古代乃至当今最为重要的粮食作物，这是由凉山地区独特的地形、地表、气候、水文与气象条件决定的，对这里的时空条件下的"自然"进行描写，首要考虑的就是地理学意义上的、类似于动植物生态系统的自然，以及一些可以识别的地区自身所携带的特质的自然，因此，"荞麦"作为凉山地区的一种重要的农业物种，就成了彝族人相关的民间传说和生活中不可或缺的自然符号。美国风景建筑研究的创始人罗伯特·L. 泰耶尔（Robert L. Thayer Jr.）认为，这种生物学意义上的"地方性"实际上是一种"生命之地"（Lifeplace）（Thayer 2003：3），它是由自然边界（而不是政治的）来界定的，地理上的、气候的、水文学的（hydrological）和生态的特质都可以用来标示这个特定的人类区域（Thayer 2003：16）。

因此，在对凉山地区这个特定时空条件下的自然进行描写时，与荞麦相关的彝族知识和经验也就变成了各种艺术作品中的地方性知识，或者说，关于荞麦的各种叙事可以被用来作为对特定时空的重建，这是对主体的身份、历史和生态的再认识。例如，古老的彝族诗歌《撒荞歌》《荞麦的来源》中就有许多关于荞麦的记载，"人间社会，母亲位至尊；各类庄稼，荞麦位至上"（转引自杨晓敏 2002：125），这些诗歌充分展示了这种农作物在彝族人生活中的重要性，而且彝族人在各种节日或者婚丧嫁娶时，都会将荞麦作为重要的祭祀供品。

由此可以看出，任何自然客体都是一种具有潜势的符号，总是有可能被某个人用来意指某个其他的事物，但是在未被解释之前，它在自然界的各种符号过程中，都只是"植物符号过程"，传达出来的也只是一种生物性的信号信息。使之从信号转为"符号"，则主要依赖于某种解释性的"机缘"，而这里的机缘就是它作为符号的"第二性"，即自然客体与其他事物所能产生的一种意义关联。或者说，诗人以地理学意义上的自然表征对"荞麦"进行生物模塑，进而把意义赋予了"荞麦"这个无意义的客体（零符号），然后使之成为"地方性"环境界中的意义载体，"荞麦"同时也被赋予了二重性特质，即自然性和"物性"。

一是自然性。根据生态符号学家库尔的"多重自然论"，"荞麦"可以被视为一种零符号，它以"绝对荒野"（零度自然）的方式存在于整个凉山地区；但是，一旦"荞麦（田）"成为彝族人的田园风景，就成了"一度自然"，彝族人用它来解释"人"与"自然"之间的关系，那么，这种"荞麦+"的符号结构就被赋予了彝族人（尤其是诗人）的情感，"荞麦"就变成了一个隐喻（食物+地方性），充分利用了各种其他的感知经验，如视觉的、听觉的，来直接显示自身的存在，隐喻着人（彝族）与自然（凉山地区）之间理想的环境界，因此，自然的隐喻从来都不是中性的、天真的，而是以其"自然性"来明证人与自然之间的某种意义关联。

二是"物性"。在围绕"荞麦"构建的生态符号域中，"荞麦"所携带的意义，并非我们普通人所能轻易识别的，而是需要"彝族人"特有的感知能力才能领悟和解读，因此，"荞麦"—"彝族人"构成的符号关系，是以"物性"逻辑把感知和行为联系在一起。尽管诗人作为"我"（"人"）在诗歌里并没有出现，但是，他（人）与故乡（自然）之间的关系全都在他对风景的展示与意象的刻画中呈现了出来。

我们这里谈的关于"荞麦"的"物性",主要借鉴的是海德格尔在《物的追问》中关于物之"物性"的相关论述。根据海德格尔的观点,使物成为物的东西不是"一个有条件的东西",而是"某种非-有条件的东西"(海德格尔 2016:8)。梵高画中农妇的"鞋"是一个有条件的东西,然而,使鞋成为鞋的"非-有条件的东西",才是油画中隐蔽的意义。吉狄马加诗歌中的"荞麦"作为"物"的存在指的是在独特的生物区域长成的一种农作物,然而,它的存在意义却是"物性",即那种内置于荞麦符号中的、与彝族人相关的"非-有条件的东西",这是因为它超越了特定的"时空条件",可以随着生物性个体的存在(如彝族人),在任何即刻性的符号空间中生成。

可以看出,在《苦荞麦》这首诗中,"荞麦"作为一种农作物的"自然性"和作为彝族民族符号的"物性"这二者之间,在从"所指"到"能指"的转换过程中原本是不固定的,但是,"荞麦"在这首诗中却能与"地方性"相关联,被诗人吉狄马加解释为"大地的容器""原始的隐喻和象征",就在于它作为符号的"第二性",或者说,诗歌中的"荞麦"作为自然符号和现实中的荞麦之间的关系建构,有赖于"物性"这种解释机缘的产生,而这里的"民族性"就成了"荞麦"意义生成的锚定点,"荞麦"独特的民族特质和潜势也就成了它作为一种生物性客体的存在意义。正如美国文学达尔文主义创始人约瑟夫·卡罗尔(Joseph Carroll)在《进化论与文学理论》中所指出的,"知识是一个生物学的现象,文学是知识的一种形式,因此文学本身是一个生物学的现象"(Carroll 1995:1)。根据卡罗尔的观点,我们人类的知识都可以被视为一种"生物性产品",是人类作为生命体在生存、繁衍和交往等过程中逐渐积累起来的,"地方性"风景的自然描写中,注定包含关于生命体进化论的原理,以及关于人的"生物性知识"。

第二,民族符号中的文化模塑。

荞麦在彝族人的生活中不只是具有民族特色的食物,还是彝族人典型的民族符号。吉狄马加在《苦荞麦》中关于"荞麦"的"地方性"描写,实际上是一种符号认知,因为对彝族人来说,"荞麦"作为民族符号是彝族人在与自然的交流过程中形成的,是在生活中养成的一种符号性基因习惯,"荞麦"先是在彝族人的同一个村之中使用,随后又扩展到另一个村之中,用于彝族人整个群体之间的交流,进而整个地区的生命体(彝族人和彝族周围的其他人)也都逐渐形成了这种符号习惯,构成了特有的"荞麦"生态符号域,而"荞麦"被赋予了一种符号性价值,成了一种连接天地人神的存在，实现了从"物"的事实性存在向"符号"的精神性存在的转向。正如诗人在诗中所写的，"荞麦啊，你充满了灵性/你是我们命运中注定的方向/你是古老的语言"。

从诗人吉狄马加所营造的诗性空间来看，"荞麦"所指引的一个世界，对于彝族人来说是真实的，这是物质性实在界，它作为"物"被置放于内心是一种内在化的过程；这里的"物质性的"实在界，指的是围绕这种农作物所产生的地方性的行为、感知或环境界，既属于诗人吉狄马加，也属于彝族所有人，这个地方性对于这个生物区域的所有人（生命体）来说，都是触手可及的，不需要任何科学建构来感知。

但是，"荞麦"所代表的"环境界"却又是一种符号性实在界，它作为民族符号，使得整个凉山地区作为故乡这个"符号实在"的知识成为可能，因此"荞麦"作为"客体"的存在模式就又是公众性的。"荞麦"在"符号性的"实在界中是一种符号性的存在，它是由人类的符号行为产生的，各种解释过程不可能是单一的，而且由于参与个体的差异，这个交流过程也必然是多重性的编码—解码过程，因此，符号实在界作为环境界又必然是多元的，或者说，符号过程使得实在界多元化了。我们因为解释的需要，不得不借助物质性的、符号性的实在来建构意义，尽管物质性的实在没边界，符号性的实在对于个体也是不同的，但是，从客体存在的角度来看它们都是一样的，因此，任何符号性边界都具有多元化区分的特点，构成了边界范畴。

《苦荞麦》一诗中对"荞麦"的描写，就是这种"边界"的代表，"荞麦"是彝族人的民族"地方性"的代表，它包含了这个民族长久以来的生活情绪、情感认知、信仰方式，甚至包括血统传承和灵魂源泉。所以，这些彝族的民族符号不只是彝族人客观的、物理性的存在条件，还是连接"人"（彝族）和"自然"（现实世界）的重要符号，是生命体存在的"地方"的明证，是彝族区域性的质性，更是诗人吉狄马加的价值书写。因此可以说，"荞麦"作为符号既有地理学意义上的所指，也有生物学上的认知，构成了一种生物学意义上的民族认同。吉狄马加的诗歌在对地方性风景的描写的基础上，寻求一种民族生命价值观的认同。

概言之，根据上文我们对吉狄马加两首诗歌的分析，可以看出，"地方性"风景在他的诗歌中，首先指的是物理性、地质学意义上的地方，如动物、河流、高山和树木，但更重要的是，他以这些自然现象来把读者"带入"这个地方性空间的历史、地理和人类学中，让读者感受其中所蕴含的生物学认知，它暗含了一种影响力，一种植根于自我生活世界和日常行为中的民族性。对于诗人来说，这种"地方性"风景描写的目的是描写故乡地方性的本质和生活，"自然史、地理学和人类学是他理解世界的方法"（Tredinnick 2005：54），吉狄马加的诗歌也正是通过关注自然中的"地方性"，探讨"我"与自然之间的关系，寻找一种充满地方性的"空间"，一种甚至对整个彝族或者整个人类来说的未来的"家"。因此，"地方性"可以被视为包含了伦理的、政治的、经济的、信息的、文化的、宗教的等各种成分的社会状态，但是，它"是一种高度灵活的主观性的、社会性的、道德的维度的构造物，却并不能归约于其中任何一个维度"（Buell 2001：60），"地方性"风景描写中的自然，应该包含了地理学意义上的"位置"、文化意义上的"地方"和认知意义上的"地方感"，这样就可以把自然、社会和文化等意义成分融合在一起。

需要指出的是，现代自然文学中"地方性"风景描写的创作理念就在于培养一种创造性的表达，引导读者产生一种区域性的在场经验，即围绕某个地区的某个自然现象展开描写，关注这个地区的生态系统或者景观生态，促使读者把自然文本与人们的生活、居住的地方和进行的实践联系在一起，以便于他们从语词进入现实，而且无论这个过程是物理上的还是想象性的。或者说，从哲学认识论看，传统的二元论无法解释现代科学发展过程中出现的"身—心"问题，现代自然文学中关于"地方性"风景的描写作为一种生物学意义上的区域认知，实际上解决了当前现代技术社会人类伦理困境中无"家"可归的问题。也如美国环境伦理学家罗尔斯顿所认为的，"环境伦理学需要扎根在地方性和对自然种类的特别的欣赏中"（Rolston 1988：352）。现代自然文学中的"地方性"在意义的生成方面，通过拒绝二元论，拒绝物质和理想二者之间的分歧，在生物学意义上满足了读者对这个特定空间的期待和依赖。

第二节　"地方性"风景描写中的艺术模塑

学界对现代自然文学这一类文学形式的普遍认知是，游记、生态散文、生态诗歌等这些以描写人与自然关系为主的作品可以被视为自然文本；但是，近些年随着"自然"概念的内涵不断扩大，原有的自然文学在形式上的限制已经被打破，也如生态符号学家马伦所认为的，"一些艺术品（artefacts），如民族服装、绘画或者音乐都可以算作文本，是鉴于这些都被解释、评价为重要的东西"（Maran 2010：80）；永贝里也认为，在富有地方特色的本土艺术和手工艺术品中，如木雕、石雕或者桦树皮卷和面具上的绘画，同样反映了自然与文化、精神与物质之间的综合性的关系（Ljungberg 2001：174）。

20世纪50年代在我国兴起的"中国舞蹈"中，涌现出一种以山水为主题的"诗意舞蹈"，它之所以成了备受国内外关注的艺术形式，不仅是因为它汲取了古典舞和民族舞等特色来实现舞蹈形式上的创新，更是因为它通过一种"地方性"风景描写再现了自然与文化之间的关系。这一节我们以近些年诗意舞蹈的经典作品《只此青绿》[①]为例，分析它如何以艺术模塑的方式，借助古典舞中的服装、服饰、色彩、舞美等，突出"地方性"风景描写中人与自然之间的关系。

一、凝聚性模塑形式中的"历史性"

诗意舞蹈《只此青绿》的完整版是以叙事的方式展开的，先有一个"展卷人"引领观众进入故事，再辅以如诗如画的舞蹈美景，让观众在故事人物的各类舞蹈中感受中国传统文化中的伦理意蕴。在舞蹈的开篇，一位对《千里江山图》潜心钻研的现代故宫研究员，即"展卷人"，通过穿越的方式回到北宋，目睹了18岁天才画家王希孟创作这幅画的过程，整部舞蹈作品分为"展卷、问篆、唱丝、寻石、习笔、淬墨、入画"七个部分，也正是对应着绘画创作的整个过程。

从舞蹈文本的结构安排来看，《只此青绿》作为诗意舞蹈这一类艺术形式的代表作，它所表现出来的是一种"凝聚性模塑形式"，我们这里之所以认为诗意舞蹈《只此青绿》不是一种"单性模塑"，是因为正如西比奥克所认为的，单一性质的模塑形式只能为感知某一个物体、事件或情感提供一个可知的形式，而诗意舞蹈作为一种自然文学形式，把各种符号和代码，如音乐、颜色，编入了创作中，这些符号和代码进而就会以一种"解释性的"符号关系组合起来，表征一种复杂的指涉体。

对于诗意舞蹈《只此青绿》来说，整个艺术文本都是围绕"历史性"构建起来的不同的符号关系。我们这里所说的符号关系是"历史性的"，是因为它作为一种"元语言"包含于各种代码和符号中，我们只能看到它在符号关系中表现出来的"指示符"作用，而它的功能也就在于保证整个符号过程能顺利进行，以及不同符号体系之间能相互翻译。

[①] 诗意舞蹈《只此青绿》的完整版是一部"舞蹈诗剧"，它改编自宋朝18岁天才画家王希孟的《千里江山图》，这部舞蹈诗剧原本包括七个部分。由于中央广播电视总台主办的春节联欢晚会对节目播出时长的要求，这个舞蹈最后只展示了其中关于"山"青绿的意象部分，表现了人与自然之间的和谐统一。

首先，从表意方式看，符号过程中的"历史代码"借助强势还原的方法把各种繁杂多样的社会现象进行"凝聚性的"统一，如舞蹈过程中的问篆、唱丝、寻石、习笔、淬墨，这些环节展示了当时宋朝的各种技术，如篆刻、织绢、磨石、制笔、制墨。这些"技术形式"在这里是以不同的能指形式出现的，它们结构性地组合在一起指向"历史"；这些符号与符号之间又相互架构，就凝聚成了一个关于绘画的生态符号域。因此，在这个符号域中，篆刻人、织绢人、磨石人、制笔人、制墨人的存在首先是历史性的，而且是以一种历史人物的类型化的方式展示出来。

然而，诗意舞蹈将"历史代码"呈现出来的方式却是符号过程，而且从这些"历史代码"作为符号域的意义构成因子来看，对这种代码的能指与制作的文本的理解仅仅能够通过象征性的方式来实现，因为它们的表征特性源自约定俗成的实践，必须在文化的语境中被学习。这些代码在文化中是相互关联的，理解舞蹈文本涉及其他机制代码的知识。或者说，理解诗意舞蹈需要关注历史代码的"物性"在符号过程中的作用和价值，即"人类行为如何改变符号特征和物质的意指"，这是一种物质的符号化（semiotization）（Iovino，Oppermann 2014：141）。而"物质的符号化"在文本中主要表现为一种归约式的还原，它把对事物的描写转换为一种物性符号模塑，进而来展示其中所蕴含的历史性意义。

从另一个角度看，与原作《千里江山图》重视对"自然"的审美相比，诗意舞蹈《只此青绿》则在源文本的基础上增加了历史厚重感，以至于显得更倾向于一种符号文本。从符号修辞的角度看，这两种文本形式都由重"选择"的聚合轴和重"连接"的组合轴构成。《千里江山图》中聚合轴的宽窄度完全依据文学形式自身的目的论设定：它的窄幅式处理作用于"人"与"历史"之间的关系，各种历史细节，如渔村、亭台、草舍、水磨和捕鱼、游玩、赶集等等，都以点缀的形式出现；它的宽幅式处理，则是为了凸显"人"与"自然"这二者之间的关系，因此，整个绘画倾向于自然审美。但是，诗意舞蹈《只此青绿》则采取了相反的方式，它的宽幅用以展示宋朝的文明形态，而它的窄幅则用来展示人与自然之间的关系，因而，整体上让舞蹈显得更具人文性。简言之，《千里江山图》的绘画方式是诗化的，重在一种感性认知；《只此青绿》的舞蹈方式则是历史性的，它以极其简洁的舞美设计展示了宋朝的文明形态。在当前大力提倡生态文明建设的时代，诗意舞蹈《只此青绿》之所以备受观众的青睐，不只是因为它凸显了一种人与自然的和谐，更多的是因为其中所展示出来的对于当前社会来说的一种文明理想，恰如法国社会学家马塞尔·莫斯（Marcel Mauss）所说的，任何技艺的生成"在一定程度上普遍存在于创建并维持着这种文明的特定社会群体的思想、实践及产物等具体方面的总和"（莫斯等 2010：64）。

其次，从模塑形式来看，诗意舞蹈《只此青绿》的符号关系是多层级的，观众需要对这个舞蹈中不同层级的符号关系进行重构并加以解释，才能真正欣赏这一富有民族特色和历史性的舞蹈所表达的形而上的主题。

层级一，历史模塑。

诗意舞蹈《只此青绿》中的历史作为一种"物性"，表现为一种相对于历史事实而言的历史之"象"。关于绘画的各种"历史代码"可以是我们作为观众的感知和联想，也可以是通过考古发掘出来的文物自身等等，它们共同构成了这个舞蹈作品的历史性。但是通过这些历史碎片去获取历史完整的真实性是不可能的，而且，这种历史的真实性也是有待考证的。这些物性客体的存在是作为一种历史符号形式被保存下来的，因此其中就包含了宋朝的美学的、认知的、伦理的、语言学的各种信息，它们的"隐在"变成了先在的"原型"或"模式"供作者选择，整个艺术品的创作也都是以这个"历史性"来设定作品的文本价值和意义的。

因此，诗意舞蹈《只此青绿》这种非叙述性的文本，正是利用这些历史代码的符号关系之间的往返来展示我们作为"现代人"无法去重现的那段历史，而符号过程的发生则依赖于我们像考古那样对这些物性客体进行"强势还原"，寻求其中的本质意义上的统一性，这就需要借助文本中的关于绘画的"生态符号域"来审视这些历史代码在不同阶段的价值。

我们这里所说的"强势还原"，在具体的形式上，并不是以"此"来取代"彼"，因为在德国学者拉斐尔·范·里尔（Raphael van Riel）看来，这种还原论强调的"强势的统一"，实际上是一种"本体上的统一"（Riel 2014：2），因而，从方法论上讲，它具有一种"形而上的中性"特质（Riel 2014：16）。美国学者威廉·C. 威姆萨特（William. C. Wimsatt）也曾指出，还原论实际上指向某一事物与其组成部分之间存在的因果解释，而且还原功能自身早已预设了一种目的性，进而也预设了各种选择的指向性。这种组织层次本身就暗含了一个观点，即"较高一级层次的实体是由低一级层次的实体构成的"（Wimsatt 1976：674）。或者说，不同层级中的物之间，有相互解释的空间。

对于诗意舞蹈《只此青绿》来说，历史模塑是一个基础性的模塑过程，位于这个层级之上的是文明和文化；我们以历史来解释文明和文化，借助的是由历史构成的代码，因此，这个"历史代码"的意义生成是基于一种认识论意义上的回归，它以历史模塑的形式来关注当前文明和文化形态下的人们，这是对"历史"中传统伦理价值以及中华文化和文明的历史性反思。换言之，艺术还原论原本就是一种艺术社会学研究。尽管英国文化社会学家詹尼特·沃尔芙（Janet Wolff）认为，"美学价值不可还原为社会的、政治的或者意识形态的对等物"（Wolff 1993a：11），但是，她也不得不承认，艺术不能还原为意识形态的原因之一就是，"意识形态从来没有直接地在绘画或小说中传达，它总是以审美符码为中介"（Wolff 1993b：120）。因此，艺术形式本身作为一种历史模塑，重在通过历史重构实践，在各种符号关系的意义建构中形成一种构成性的实践；我们欣赏艺术作品，就是反思它的历史认知模式，思考文化就是反思它的艺术形式以及其中各种符号元素之间的符号过程。从这个角度看，诗意舞蹈《只此青绿》中历史的各种表意过程对读者的激发，仍然属于一种社会学意义上的美学，它将美学纳入其中，却仍然坚持以伦理构建为轴心。

层级二，认知模塑。

从认识论意义上说，任何舞蹈文本的生成不仅受到本地区、国家、民族传统的文化风俗、礼仪道德、宗教信仰、审美趣味甚至政治哲学的深刻影响，还会随着社会现实和时代审美观念的变化而发生相应的变化，这一切变化必然会影响艺术形式作为符号媒介的作用和价值。

例如，诗意舞蹈《只此青绿》是用元符号体系决定文化方式的模式作用的，在舞蹈文本中，读者可以感受到的是一定的符号体系的规律，这种意义实践的完成依赖于读者自觉的文化意识，以及对各种舞蹈代码的认知。人是通过舞蹈的中间作用来认识和发现历史的，而舞蹈则是通过各种舞美设计来建构人们的历史。舞蹈空间是对历史及历史中曾经的日常空间的美学创造，或者说，这是一种还原论意义上的解释关系，它的目的不是以一种对称性来展示现实与虚构之间的关系，而是以一种话语触媒的方式引导我们去关注这些符号背后的人与人、人与社会之间的关系。

从艺术模塑的媒介作用看，诗意舞蹈《只此青绿》并不能真正改变人们的认知，而是会帮助人们从媒介信息中获取一些符合他们认知的信息，也就是说，媒介可以被视为一种符号调节（mediation），影响文本的建构和解释，甚至它自身就可以形成一种"媒介域"（Mediasphere），替代之前传统的认知方式。正如加拿大传播学家马歇尔·麦克鲁汉（Marshall McLuhan）所认为的，媒介作为人类认知方式的延伸，以工具—物的形式延伸人的感知空间，它的变化必然会导致社会结构和知识体系的改变，"所有的媒介作为我们自己的延伸，是用以提供新的转换视野和意识的"（McLuhan 2013：85）。

从这个角度看，诗意舞蹈《只此青绿》作为一种艺术文本，它所呈现出来的是一个开放性的诗性空间，它需要观众持有批判性的态度和具有共识性的文化背景，而观众首先需要对这些在认识论上进行还原，通过各种符号过程认知历史，重回传统的文化价值观，这样才能重新认识"舞蹈"作为一种艺术介体的意义和作用。

二、视觉模塑中的符号过程切换

诗意舞蹈《只此青绿》作为传播媒介革新后的文化产品，之所以能在很大程度上超越之前的众多版本，就在于它运用了各种代码形式等非言语模塑形式，让不同媒介元素共同参与传播，以突出某种舞美代码的方式来达到视觉模塑的目的，为"人"与"自然"之间的关系提供了新的生态想象空间。它一方面借用各种历史人物，让历史在人们的生活中进行还原，另一方面也让一切历史文本实现艺术化。

例如，诗意舞蹈《只此青绿》以一种形式直观的方式，即将舞者作为自然符号来模拟"山""水"，进而展示"山""水"的自然性存在。舞蹈一开始，几位舞者双袖垂落，看起来就像山间的瀑布。随后，全部舞者作为一个整体缓慢转身，像一座山在移动。此后，舞者们不断地以个体或者整体的形式展示出不同的山势或者水流的样子，通过不同的造型、动作和站位，模拟出层峦叠嶂的自然景象。

舞蹈的符号化并不仅仅表现为模仿，更是以其所代替的"所指"来显示意义，或者说，诗意舞蹈《只此青绿》中的舞者们的服饰和舞蹈的全部过程都是以一种符号过程来展示的，是以一种"象似复合"形式即 A 对 B 的全方位临摹来呈现的，如"舞者"（人）以富有诗意的薄纱来模仿"山水"，人与薄纱之间时刻显示出来的是人与自然之间的和谐关系。

诗意舞蹈《只此青绿》以人类符号过程来类比自然符号过程，并由这二者之间的相互转换为观众塑造了一个新的诗性空间——符号空间。各种影像技术的运用让舞蹈动作有了全新的表现，虚实相结合的视觉模式对整个舞蹈进行了再叙事，同时也让诗意舞蹈中的伦理轴心更为突出。而诗意舞蹈《只此青绿》之所以能以自然符号模塑来实现它的创作目的，主要得益于服装舞美设计与舞蹈主题之间的一致性。或者说，这里存在着一种从自然符号到文化符号的符号过程切换，有效地拉近了人与自然之间的距离。

例如，在舞蹈服饰上，"展卷人"在舞蹈的开始，以穿越者的身份出现，他的现代服饰瞬间拉近了与观众之间的距离；随后，舞者又更换了中国的古风服饰，给观众营造了身处古代的时空错位感。舞者的"古风"服饰是聚合轴上的窄幅，呈现出统一的古代风格；"现代"服饰的出现则拓宽了聚合轴的宽幅，产生了截然不同的风格效果。这样的舞美设计，相对于当前的现代服饰来说，同样具有重要的符号价值。

从"中国舞蹈"在服饰的还原方面来说，其视觉和行为上的冲击让大多数人在现实生活中反思古风服饰作为符号的价值，尽管我们无法就这种服饰的实用性与现代服饰作对比，但是，很多人支持"穿汉服"的行为，认可中国古代服饰对文化建设的重要性。从总体上来看，喜爱"中国舞蹈"的思想中所潜在的文化意识，已经让服装成为文化符号（"地方性"符号同样可行）变成了一种趋势，新闻或者纪录片以"中国舞蹈"为选题进行报道或创作，进一步弥补了文化符号在现代社会中缺失的话语权，诗意舞蹈《只此青绿》作为一种"软话语"[①]，不仅可以让我们重新感知事物，而且还通过使用技术（技术产品、工具）让我们发现事物、变革事物。

"中国舞蹈"以其典型的"地方性"符号及其符号过程来展示中国社会文明在特定时期的形态，而且诗意舞蹈作为一个文本，它所采用的各种舞蹈技术，也是我国社会文明所特有的，它足以表示我国社会文明的独特性，因此，国内外很多人都认可了"中国舞蹈"就是中华文明的象征。舞蹈作为中华文明的一种表现形式，在生成自身的同时也塑造了中华儿女，换言之，不同社会的艺术作品"创造自己的生活方式，……但是他的思想又深刻嵌入这些造物中"（莫斯等 2010：54）。

同样，从舞者造型来看，舞者的发型代表高山，着装的青绿色代表自然；在舞蹈背景的颜色方面，山的青绿色在舞蹈过程的"颜色互动"中与舞者的着装颜色实现了融合，带给观众一种流动的视觉冲击力。这不仅表现为人与自然的和谐，还从哲学认识论角度，肯定了在一定的时空环境之中人自身、人与人、人与社会、人与自然界达成一种和谐共生的平衡状态的意义，这与我们中国传统的文化价值观是一致的。简言之，"山"的形象在微观层面上或许只是整个舞蹈过程中的一个动作的体现，但是，在主

---

① 我们这里的"软话语"作为一个概念，从构词法来说，在很大程度上是依照美国学者约瑟夫·奈（Joseph S. Nye）提出的"软实力"创造出来的一个词语，因为这里的"软"相对于"硬"，主要指的是它在言说上更倾向于采取"吸引"的方式来达到目的。可以看出，"软话语"是相对于"硬话语"而言的，这是近些年关于话语的两种言说方式。它们的不同在于言说者在面对不同的语境时，分别采用不同的话语方式来传达不同的立场。在人们的日常生活中，"硬话语"更多的是使用一种命令的或者富有责任感的祈使句，来完成所要传达的意义，如"禁止吸烟！"；"软话语"则更多是以委婉语、讲故事的方式传达意义，如大人可以抽烟，未成年被禁止吸烟，未成年劝说大人戒烟的方式可以是"关爱你，就像爱护我一样"。尽管话语言说方式不同，但二者都是为了完成道德使命。

题方面，它却能让观众在舞蹈欣赏过程中领悟到整体认识论意义上"天人合一"的生态意蕴。《只此青绿》一方面通过运用独特的、鲜明的外部形象和样式，为观众带来丰富的感官享受，从形式上拉近审美距离，实现了它的内符号过程模塑；另一方面，通过服饰美学以外在的"形式美"来展现舞者的"内在美"，进而与观众产生文化共情，达到其外符号过程模塑的目的。

英国人类学家玛丽·道格拉斯（Mary Douglas）提出的"两个身体"（the two bodies），一个指的是人的物理性存在的身体（the physical body）；另一个是社会性的身体（the social body）。"社会性的身体约束着人的物理性身体的感知方式。身体的物理性经验，总是通过已知的社会类别来改变，进而维持着一种特殊的社会观。两种身体经验之间有着持续不断的意义交换，进而使得彼此的类别得以相互强化。"（Douglas 2003：103）而且"文化"是将这二者联系起来的重要介体，"将一个群体的价值观标准化，它在个人经验间起仲裁和调和的作用"（道格拉斯 2008：49）。这是因为在道格拉斯看来，"人"的身体原本就是以一种"完整性"的整体形式存在的，而"文化"是这两种身体属性之间相互转化的根本条件，即人的自然属性可以在"模塑"的符号过程作用下向人的社会属性转化，这在某种程度上为艺术欣赏，为反思身体与文化之间的关系提供了理论基础。

具体地说，在舞蹈《只此青绿》的诗性空间中，"文化"就借助舞蹈技术将人的"自然属性"和"社会属性"联系起来，舞者的每一个动作都恰如一个"仪式"兼有了这二者的意义，如服饰与"山""水"之间的契合，既可以看作人身体的物理存在的极端美的呈现，也可以看作人身体的社会性存在的和谐画卷；整个舞蹈过程中，舞蹈动作的"仪式"变成了一种拥有两套符号系统的意义关系，舞者的"身体"则变成了隐喻，旨在通过舞蹈欣赏唤起观众的一种文化共情的集体无意识。德国文化记忆研究专家扬·阿斯曼（Jan Assmann）认为，"仪式作为一种交流方式，自身就具有形成性的影响力，它通过文本、舞蹈、意象等来影响记忆的发展"（Assmann 2011：38）。从其现实价值看，具有我国典型传统特色的诗意舞蹈重视在诗性话语的表达中坚守伦理轴心，并将它转化为受众与艺术在具体情境中的互动过程。我们作为观众关注其中的物性逻辑，就是要发掘出符号在受众（"人"）与物（"自然"）之间的情感互动，以及各种舞蹈动作作为符号所能反映出来的人与自然之间的"物性"关系，而这正是诗意舞蹈的生态价值。

由此可以看出，诗意舞蹈《只此青绿》以简洁的色彩和舞美，让舞蹈回归文化和文明,是因为舞蹈首先是为了表达一种意义,突出舞蹈行为在整个故事中的表现,实际上就是为了达到我们倡导的要消除文化制品的"伪自然性"目的。文化与自然之间的关系原本就是两种形态,"自然的文化化"是先前的文化实践,而现在则是要回归"自然",让人回到自然之中,回到一个有机的系统之中。生物符号学家西比奥克曾从动物符号学的角度指出,人在利用言语进行交流之外,还会和其他动物一样,充分利用非言语的方式进行交流,而"舞蹈是借助身体在多种形态和文化中表现出的工具性,来表达人类思想和情感的复杂艺术形式"(Cobley 2001:20)。尽管西比奥克注重从生物学的角度肯定"非言语"交流的意义,但也恰好说明,舞蹈作为一种"非言语"符号,也是人和动物用来进行感知和交流的重要方式之一。

概言之,诗意舞蹈《只此青绿》作为一种艺术形式,它自身的表意模式是诗性的,但它的轴心却是以伦理为中心的;再者,诗意舞蹈作为当代人类社会的文化实践形式之一,借助"融媒体"形式消弭了故事与观众之间的历史距离,弱化了事实和虚构之间的区别,让艺术走进生活,把艺术还原为生活的一部分。从这个角度看,我国近些年出现的众多"中国舞蹈"作品,一方面避免了将舞蹈视为社会文本的客观化呈现模式的庸俗马克思主义反应论倾向,另一方面也避免了将舞蹈视为创作者个人的情绪化表达的主观主义倾向。就此而言,它是以一种相似的方式容纳另一种形式的理论,即以艺术的社会学方式融纳文化研究,有助于分析艺术作品中的意识形态性质,同时这也是一个关于信息与物质之间互相转化的诗学问题,即认识论中事实和虚构之间关系的问题。

第三节 "地方性"风景描写中的 IP 符号模塑

"地方性"风景描写,除了可以对一个地方做地理学意义上的描写外,还可以对这个特定时空条件下的"自然"进行历史重构和审美想象,如"地方性"风景描写中的 IP 符号是一种具有高辨识度的"智识型符号"(intellectual sign),它以"亲社会性"为主要特征,在存在形态上兼有"地方性"在自然与文化两个方面的特色,因此,更容易成为各种艺术作品的原材料,而且会随着各种媒介形式的更新不断创新。恰如生态符号学家马伦和图尔所认为的,"文本的地方性"不仅仅表现为一种特定时空条件下的某个地方,还可以是"民间传说、物种和地方的方言名称、当地居民和他们的实践活动,这些常常是小区域性的"(Maran,Tüür 2016:289)。德国哲学家、社会学家马克斯·韦伯（Max Weber）也认为，地方性可以是一种"历史实体"，即"在历史真实当中的各种关联的复合体"（韦伯 2007：23）。因此，深入了解现代自然文学中"地方性"的建构语境、书写机制等因素，以及这些因素与一个国家和地区之间的关系就显得尤为重要，而这些都依赖于地方性的环境、地方性的历史和艺术形式之间的相互明证。

"诗意舞蹈"之所以能成为 20 世纪"中国舞蹈"中最受欢迎的艺术形式之一，就是因为它借助了我国传统的历史文化背景，塑造了一系列的 IP 符号来传达"人"对自然的解释方式，如河南广播电视台制作的特别节目《端午奇妙游》中的诗意舞蹈《洛神水赋》，它已成为近些年的经典作品，不仅刻画出人和自然之间关系的"自然性"存在状态，还通过 IP 符号模塑中不同的物质符号过程解释了我国传统文化价值观中的"天人合一"等观点，并从这个模式中生发出一种特定的艺术模塑形式，进而产生了特定空间，并赋予它一定的自然价值和艺术价值。这一节我们以《洛神水赋》为例，分析"地方性"风景描写中 IP 符号的模塑过程及其意义生成机制。

一、物质符号过程的三重性

"地方性" IP 符号作为一种"智识型符号"，包含了人类活动中的各种言语符号或非言语符号，它的符号过程最终是要以象征形式来呈现并为读者所理解的。例如，舞蹈《洛神水赋》作为一个 IP 符号，以"洛水神"为作品的人物原型，以女性的"水中舞"为艺术表现形式，突出"人"与"水"（自然）之间的物质符号关系，构成了一个复杂的多层级信息传递过程。

层级一，自然模塑过程。

诗意舞蹈《洛神水赋》的表现形式是"水中舞"，即一个女性舞蹈演员在水中翩翩起舞，观众所能看到的是"女性"、"水"和"颜色"，这些元素都以皮尔斯意义上的符号"第一性"（firstness）的方式存在，即不论是否被人知觉，都是存在的，没有时间或地点的规定，因此，整个舞蹈最为明显的模塑形式，就是以直观的方式来呈现人与自然之间的关系。

从模塑论看，《洛神水赋》中的"女性"、"水"和"颜色"都是以一种象似符的形式存在，它们作为能指组合共同构成了一幅自然生态图，以此来实现作品中的图像模塑指向。或者说，舞蹈演员是大写的"人"（或生命体），而"水"作为背景成了大写的"自然"。在整个舞蹈的过程中，人与自然在"水"中互动，即时即地融为一体，表现出"人在水中游"的"自然性"存在形态。

再者，这一层级的模塑过程所呈现出来的符号关系，是一种物性关系。因为舞蹈演员是"女性"，象征"阴"，而"水"又是背景，二者强化了一种"女人如水"的阴柔之美，以及"徜徉于虚无"的状态；而观众欣赏舞蹈演员，实际上是领略女性（或曰"自然"）作为"物性"存在的生命符号之美。由此可以看出，诗意舞蹈《洛神水赋》借助"人"与"水"之间的互动，赋予"水"以文化价值，从而构建出一种结构性模塑来映射人与自然之间理想的生态关系。

层级二，文化模塑过程。

诗意舞蹈《洛神水赋》中，女性舞蹈演员身上的彩带有红、黄、绿等不同颜色，象征端午节粽子的颜色，很显然，这是以颜色作为代码对现实构成的一种时间上的映射；再例如，舞蹈演员以肢体动作作为指示符号来指向敦煌莫高窟的"飞天"景象，这是一种文化映射。这两者作为舞蹈文本的组成部分，借助"人"（观众）的视觉模塑，把各种代码结合起来，构成了一种广义上的"复合型象似符"，或者说，整个舞蹈是一种典型的凝聚性模塑形式，它利用各种能指组合（如颜色、姿势）来表征一个复杂的指涉体（如文化）。正如马伦在谈及"艺术模塑"时所指出的，"为了创造或凸显它的信息，艺术模塑会采用一些选定的诗意表达手段、语言和代码的组合方式。艺术模塑会产出一个包含特定作品和作家的艺术空间"（Maran 2014：8）。

这种艺术空间的塑造，打破了传统的人作为主体与水作为客体的二元论思想，展示的是中国儒家、道家文化思想中的"天人合一"的观念，"天"是大自然，"人"主要指人类，也包括所有的其他生命体。也就是说，诗意舞蹈《洛神水赋》作为第二层的文化符号（象征）正在进行的是一场富有地方性的文化模塑，它的原名《祈》，更是凸显了其中蕴含的文化仪式意义。正如皮尔斯所认为的，"象征通过一种法则指称客体，这种法则一般是普通观念的联想，进而使得象征被解释为指称那个客体"（Innis 1985：8）。余红兵也指出，"文化记忆通过外在的象征系统和内在的符号活动机制，引发了一系列既基于文化又基于主体的意义生成、身份塑造等持续创造的过程"（余红兵 2020：180）。

层级三，艺术模塑过程。

诗意舞蹈《洛神水赋》的典型特色就在于，它作为一种舞蹈文本不仅承袭、发展了《洛神赋》《洛神赋图》两种传统媒介（诗和绘画）的表现形式，还融入了现代舞美灯光、洛水等背景元素进行创新。它借助媒介形态展示了人与自然之间的关系，更新了神话原有的隐性意义，整体上表现出不同于以往的"媒介地方"符号，如口口相传的文化碎片、河南人的自媒体所言说的伴随性文化形态。

根据西比奥克的观点，艺术空间中的代码组合往往会因为媒介形式的不同而需要不同的"知觉比例"（sense ratios），而艺术形式的编码解码都会受到这种知觉比例的模塑，如文字性的文本中，视觉比例占主导地位，而口头文化中，听觉比例主导整个过程。对诗意舞蹈来说，其艺术模塑不是固定的，而是创新性的，具有一定的自由度和游戏成分，诗意舞蹈是一个复杂的、多层面的实体，为多种解释提供了一个丰富的空间，如美国符号学家苏珊·朗格（Susanne Langer）所认为的，舞蹈作为一种符号所产生的美学力量，就在于观众可以从"虚幻的姿势"（virtual gestures）中发现一种解释力。这些舞姿是"意志的象征"（symbols of will）（Langer 1953：175），它代表的是一种情感，既可以是主观的，也可以是客观的；既可以是个体的，也可以是共性的。

但是，这些情感都是经由物质性姿势的转换，然后变为一种虚构领域中的力量关系，它们共同构成了一个虚幻的力的世界，打破了原有的现实关系，重构了一个新的理想型世界。但即使如此，诗意舞蹈中的艺术模塑仍然保持了一种特别的象似关系，可以替代实体进行思考、交流，这种关系具有很多符号意义。或者说，原型和模塑之间的关系会因为文化传统、规则和作家的个人理解产生不同，但这些都是艺术模塑下产生的时空体验。如女舞蹈演员是"宓妃"，受众则可以化身为"曹操""曹丕""曹植"等等，演员与受众共同构建了和谐的环境界，彼此成就了对方；与此同时，在这个看似有点"服装表演+配对"（Costume Play+coupling）的修辞模式下，舞者为观舞者翩翩起舞，观舞者则为有如此的待遇而倍感高雅。

从以上三个层级的模塑过程来看，它们在存在关系上是递进的，第三层级的模塑过程包含第二层级的，而第二层级的又包含第一层级的，或者说，第三层级的模塑过程同时兼有三种存在形态。换言之，第三层级的模塑过程同时具有了"物"的特质、文化意义上的表现和个性化的体验特征这些属性。而"自然"、"文化"和"艺术"作为不同的意义逻辑起点，丰富了观众对于"端午节"乃至我国传统文化的认知。诗意舞蹈《洛神水赋》之所以能产生这种文化人类学意义上的模塑过程，主要就在于其中涉及了自然模塑、文化模塑和艺术模塑等形式，以及这种艺术形式对自然的文化解释逻辑和解释方式。

二、IP 符号结构的三重性

诗意舞蹈《洛神水赋》之所以能成为黄河文化乃至中华文化的一种 IP 符号，主要在于它表现出来的是中原地区乃至全国构建理想环境界的发展趋势。"洛水神"作为一种宏观代码，是由各种其他相关的符号、代码等符号关系构成进而呈现出来的文化意象，而这种基于"习惯"、"记忆"、"再现"和"交流"等抽象范畴建立起来的文化符号关系，构成的是"第三性"（thirdness）的符号，它可以使 A 转换为 B，进而携带新的时空经验，获得新的存在形态。尽管存在形态不一样，但是，基于同一种观念的符号性，这些符号仍然具有同样的交流效果。

诗意舞蹈《洛神水赋》作为 IP 符号所承载的，不只是物理性的、客观存在的自然现象，还有诸多历史事件和文化现象，它们也是重要的"地方性"表现，更是一个国家和地区的文明模式的一部分，其中也蕴含了舞蹈对历史、文化、生活和世界的理解。

第一，IP 符号的历史性。

在诗意舞蹈《洛神水赋》中，"洛水神"作为一个"地方性"的 IP 符号，它的神性存在可以被还原为一个历史人物，即三国时期的甄宓，她原本是袁绍次子袁熙的妻子，由于战乱兵败，被曹丕所俘，后被追封为皇后，魏国才子曹植在《洛神赋》中对她进行了理想化的描写："古人有言，斯水之神，名曰宓妃""翩若惊鸿，婉若游龙。"（转引自高智 2010：68）然而，"洛水神"从历史人物到 IP 符号的转换至少需要两个条件。首先是历史学和地理学上的条件。观众对这个历史人物的了解，主要来源于她与三国时期帝王之间的故事，以及洛阳作为繁华城市的背景等等，所有这些历史材料都作为一种伴随文本，在舞蹈中以审美想象的方式被展现出来。其次是语境上的条件。"宓妃"对于曹植来说，除了具有可见性的女神之美之外，在当时的社会语境之中，还表达了一种对现实（如曹丕的压制）的不满，想要寻找一种审美化的逃离。因此，对当代观众来说，"洛水神"此刻就变成了一个元符号，可以由不同主体在不同语境下对它进行对位式解释，如表 3-1 所示。

表 3-1 "洛水神"符号三分解释表

历史语境	符号三分法		
	客体	符号	解释项
魏国	宓妃	女人	美
河南	洛阳	中原 IP	故乡
中国	中国	天人合一	理想

在这个列表中，"宓妃"、"洛阳"和"中国"都是"洛水神"的次一级符号，是具体语境中的客体。这些客体同时也是"能指"，它们作为符号的意义会随着客体所处的语境发生变化，因为不同的观众会赋予它们不同的解释项，如"美""故乡""理想"。"洛水神"，对曹植来说，是一种"美"；对洛阳来说，是一种中原 IP；对中华儿女来说，是一种神性的、理想性的状态。"洛水神"作为 IP 符号具有生成作用是显而易见的，如岳国法所认为的，"生态文本内不存在只有物质性而没有符号性的零度自然物，因为自然的实用性是为了显示其现实价值和现实意义，其符号性是实现其从文本到现实的表意过程"（岳国法 2021：97），因此，"洛水神"在从舞蹈的文本向社会现实转换的过程中，作为 IP 符号的意义生成逻辑起点就在于它的"地方性"，而观众对舞蹈的理解过程，暗含了"从美学文本到地方性知识"的符号过程。美国人类学家克利福德·吉尔兹（Clifford Geertz）指出，"地方性知识"（local knowledge）其实就是一种"符号系统"，"人将自身围于一套富有意义的形式之中"，或者说，是"他自己编制的含义之网"之中（吉尔兹 2000：240），而"网"在这里指的就是这个"地方性"的网。某个特定区域的人经常用特定符号来明示或特指某些物体、行为、事件、关系等，因此，总是能够给人们带来一种地域情境性。这种处于地域性、时空性交叉映射下的"人"，可以将自我与他人对接起来，准确地辨识自己的身份。或者说，"我们其实都是持不同文化的土著，每一个不与我们直接一样的人都是异己、外来的"（吉尔兹 2000：204）。"洛水神"作为一个"地方性"IP 符号，是中原地区的文化载体，其中蕴含着中原人对"地方性"的认知，因此，我们可以借助这个符号中所包含的认知结构，来认识富有地方性的社会现象，进而达成一种地方性认同。

段义孚认为，人与地方之间有一种情感联系即"恋地情结"（topophilia），既可以是"视觉享受"，也可以是"感官愉悦"，更有可能是"进入某种特定环境所带来的欣喜"（段义孚 2018：370）。这种情结实质上是一种具有普遍意义的情感符号，"地理思维必然会造就这样一种同源性"（段义孚 2018：371），因为人们的情感都来自对同一片大地的认识；而携带这种情结的文化符号，事实上就是人类为了逃避自然和人类自然本性而创造出来的一种产物。段义孚这里所说的"逃避"从社会发展史角度看，是一种肯定意义上的逃避。对观看舞蹈的受众来说，暂时放下一切压力进行审美观赏，是一种"逃避"；对更多身在异乡或者即使仍然留在故乡的人来说，寻求一种认同，暂时摆脱充满差异性的世界的压力，也是一种"逃避"。这两种"逃避"之中都包含了观众对于舞蹈的感受力。

第二，IP 符号中的民族性。

诗意舞蹈《洛神水赋》中的"洛水神"作为关键词，经常用来指"中原"和"文化"这二者之间进行关联时所产生的 IP 符号，这是用来模塑自然环境和居住者之间关系的根基，类似于一种与主体文化之间的隐喻关系。此中有多种语言和符号被用以模塑过程，其中的"复合能指"就提供了一种位于文学和社会之间的符号关系。

"洛水神"作为中原地区文化中的一个重要的 IP 符号，在唐代民间广为流传，重要的原因在于武则天为帮助自己登基伪造神石并藏匿于洛水之下，随后又命人挖掘出来，借此封洛水神为显圣侯，"洛水神"因此被中原人奉为上神，这种心理上的情感认同，为这个 IP 符号的形成奠定了基础。这是先前中原人把握人与自然世界关系的方式之一，后世的艺术家们通过文化化的过程，把各种有关洛水神的故事都转换成了文本，并通过解释文本进一步将其翻译成了文化语言。在这个过程中，文本与原生文化环境之间的符号关系是多种多样的，而且文本与环境作为不同的符号系统和语言，它们之间是以互补和对话的方式相互模塑的，它们共同作用于一种解释，就变成了 IP 符号创新的一种核心。美国社会学家保罗·康纳顿（Paul Connerton）在《社会如何记忆》中曾指出，"任何社会秩序下的参与者必须具有一个共同的记忆"（康纳顿 2000：3）。

"洛水神"之所以能从神话故事转换为中原地区的"地方性"IP 符号，继而在舞蹈中成为一个强势民族文化 IP，这主要得益于，诗意舞蹈《洛神水赋》借助正式媒体，以崭新的舞蹈形式赋予中原文化新的特色，进而书写进了河南人的集体记忆中，引发了强烈的地方性认同，同时也成功塑造了新的地方形象。正如德国历史人类学研究学家阿斯曼所说，人与地方性之间的互动循环，可以生成一种"经过共同的语言、共同的知识和共同的回忆编码形成的'文化意义'"，进而是一个社会的"'象征意义体系'和'世界观'"（阿斯曼 2015：145-146）。

诗意舞蹈《洛神水赋》的成功在于借助神话中的原始思维来构建一种深层意识中潜存着的文化情感。德国哲学家恩斯特·卡西尔（Ernst Cassirer）曾指出，神话的基质应该是一种情感性，"神话和原始宗教决不是完全无条理性的，它们并不是没有道理或没有原因。但是它们的条理性更多地依赖于情感的统一性而不是依赖于逻辑的法则。这种情感的统一性是原始思维最强烈、最深刻的推动力之一"（卡西尔 2003：133）。或者说，"洛水神"作为"地方性"的 IP 符号在文化化的生成过程中，并不是一种宏大叙事，而是在媒介的作用下，被赋予了一种生态符号的形象，它迎合了现实的需求，因此就被重新还原为带有情感的、富有地方文化性的生命体形象。

但是，"洛水神"作为IP符号不只属于中原地区，更属于整个中华民族，它与女娲、盘古等中国其他神话人物一样，都以故事的形式来传达中华民族关于人与自然之间的道德主题。诗意舞蹈《洛神水赋》突出的是"水赋"和"水神"，或者说，《洛神水赋》给观众描绘的女性形象，除了可以是"宓妃"之外，也可以是中国道教的女神云华夫人，她的原型是巫山神女。据战国宋玉的《高唐赋》记载，巫山神女是巫山可以布云施雨的女神。据考证，曹植的《洛神赋》在某种程度上仿造了宋玉《神女赋》中的故事，虚构了他在洛水边与洛水神相遇的情节。可以这样认为，舞蹈中的"洛水神"是所有"水神"的代表，对诗意舞蹈《洛神水赋》的观众来说，尽管他们的身份是多重的，所处的地理位置也不同，但是在欣赏舞蹈时，所有观众都被还原为生物性的个体，成为中华儿女的一员，享有中华民族中的"水神"符号所带来的意义。

IP符号的民族性价值，在某种程度上具有意识形态功能，它能对整个社会的价值观产生一种仪式化的作用。例如，"龙"作为中华民族的象征，是一个强势IP符号，它对于海外的游子来说有着很强的"祖国"的意义。在进入后工业社会之后，技术发展对于"符号"的传播起到了非常大的推动作用，但与此同时，很多国家和地区富有特色的符号，都被简约为一种技术化的、平面化的认知模式，在内涵的传播方面不尽如人意。在这种单向度发展趋势下，观众对地方性IP符号的欣赏只能停留在表面，难以从摄影、VR等"现成艺术品"（伪艺术品）中感悟其人文价值。因此，新时代背景下的IP符号所承载的意识形态功能愈发重要。

《2018中国文化IP产业发展报告》指出，文化IP是"一种文化创意产品之间的连接融合，是有着高辨识度、自带流量、强变现穿透能力、长变现周期的文化符号"①。2019年9月18日习近平总书记在黄河流域生态保护和高质量发展座谈会上强调，"要推进黄河文化遗产的系统保护，守好老祖宗留给我们的宝贵遗产。要深入挖掘黄河文化蕴含的时代价值，讲好'黄河故事'，延续历史文脉，坚定文化自信，为实现中华民族伟大复

---

① 《2018中国文化IP产业发展报告》，https://www.sohu.com/a/271243722_100208138，2024年6月20日。

兴的中国梦凝聚精神力量"①。《河南省"十四五"文化旅游融合发展规划》也大力强调，"实施文旅文创融合战略，通过创意激活和科技赋能，我省得天独厚的历史文化资源将加速转化为文化旅游产品，成为坚定文化自信、讲好中国故事的重要载体"②。在大力推动文化发展的趋势下，河南广播电视台推出的诗意舞蹈《洛神水赋》成了"黄河文化 IP 孵化计划"的重要代表作品，率先塑造了一种典型的地方文化 IP，突出展示了中原文化作为一种生态符号的文化价值。

第三，IP 符号的情感性。

"洛水神"作为中原地区"地方性"的一部分，是区别于其他地区的重要特色，在新媒体形态的互动过程中，它成功地实现了特纳意义上情感社会对自我需求的作用，让所有受众接受自我识别，进而激发出他们在情境中的自我情感潜力，将"洛水神"视为一种"地方性"的再现、一种理想环境界的莅临，反映了地方 IP 对观者自我情感的唤醒能力。美国情感社会研究学者乔纳森·特纳（Jonathan Turner）就认为，人类总是在不同情境下试图证明自我，无论是跨情境下的"核心自我感受"，还是一般情境下（如工作、家庭、学校等）的自我"亚身份"，抑或特殊情境下的自我"角色身份"；每一个情境中的自我都具有一种情感互动力，相遇时都具有一种"唤起情感的潜力"（Turner, Stets 2005：165）。简言之，情感归属是个体和地方之间关系的根本意义，观众不再把 IP 产品当作简单的消费对象，而是从生命体的自身感受出发，将其视为理想的"环境界"。

诗意舞蹈《洛神水赋》中"洛水神"的故事在文学和基于文学改编的艺术形式上经历了一系列的演变：从民间的"洛水神"传说、三国曹植的辞赋《洛神赋》，到东晋顾恺之的绘画《洛神赋图》，再到当今的舞蹈《洛神水赋》。《洛神水赋》的故事本体是"洛水神"，是依托原生 IP 符号"洛水神"衍生出的新产品，这些艺术形式让"洛水神"的现实化过程更加立体，使得原有的 IP 内容变得更加具象化，受众以可感知的方式获得构建命运共同体的可投射对象，进而使得构建理想的环境界的过程也更加形象化。恰如马伦所说的，在当前的大众媒介时代，"地方性文化和地方性自然环境正在被文化同质性（cultural homogeneity）逐步弱化，主体相关的和环

---

① 习近平：《在黄河流域生态保护和高质量发展座谈会上的讲话》，https://www.chinanews.com.cn/gn/2019/10-15/8979481.shtml，2019 年 9 月 18 日。
② 《河南省"十四五"文化旅游融合发展规划公布》，https://hct.henan.gov.cn/2022/01-15/2383201.html，2022 年 1 月 15 日。

境相关的信息之间的交流被阻碍,或者简单地说,人们不再知道如何在自然中自处"(Maran 2022：78),而在"地方性"风景描写中突出对"地方性"IP符号的描写,是发现人与自然之间关系的新思路。

诗意舞蹈《洛神水赋》作为一种艺术文本,是动态的符号统一体,是各种信息的凝聚性模塑形式,它们彼此之间都需要通过"符号转换"(semiotic transformation)的形式来跨越符号域界限(Tamm, Torop 2022：479)。在这个IP符号文本化的过程中,观众不仅能在内心深处产生一种认同感,而且还能提升认知高度,因此,舞蹈《洛神水赋》的"原真性"艺术价值就在即时即地产生了。这种情感上的生物性还原,对人作为生命体的存在意义来说,不是任何制度、任何语言所能说服产生的。人们只有从生物性自身出发,从深层意识上反思,才能获取"地方性知识"中的这种知识结构,才能找到此之于彼的异同,并在此基础上发现重叠性共识,构成一个命运共同体。换言之,生命体的符号特质其实就隐匿于人们习惯的形成过程中,这是一种符号性基因的习惯,它在不断的使用中形成了符号,然后再用于不同群体之间的交流,进而全球各地都默认了各自独特的符号(习惯),形成了各自的地方IP符号。

西比奥克和德尼西认为,"文化(culture)可以被定义为一种'连接式宏观代码'(connective macrocode),由不同种类的代码(语言、手势、音乐等等)以及各种符号、文本和连接形式所组成,人们在各种社会情境中塑造和使用这些代码、符号、文本和连接形式"(西比奥克,德尼西 2016：34)。《洛神水赋》是对中原地区的地方性,以及中华民族文化价值的生态想象。尽管舞蹈的观众缺少相应的文字或文本材料,但他们在深层次的文化情感驱使下产生了一种认同的欲望,因而借助文化舞蹈或仪式,来达到美与精神的合二为一。这种作用类似于布达拉宫之于西藏等,人们凭借自己的想象力将圣地,如高原、森林和沙漠,视为一种生命的开始。诗意舞蹈《洛神水赋》所想象出来的世界,处于一种"天人合一"的状态,这是中国传统文化价值观的具象表现,也是重构中国传统文化理想的文学创新。因此,观众欣赏这个舞蹈的过程,是自我的一种环境界构建或地方性认同过程。从生物学角度来看,这一过程也可以被视为生命体的识别过程,只不过这里更强调的是一种文化价值。诚如英国人类学家格雷戈里·贝特森(Gregory Bateson)所认为的,生命体唯有"改变自己来适应变化",或者"将持续的变化融合进自己的生存中"(Bateson 1979：103),才会成为有价值的存在。

第四节　"地方性"风景描写中的"前语言"符号及其符号伦理

"地方性"风景描写的认识论起点，仍然是地理学意义上的特定时空，它与以"地方性"为基础的人的行为相关联，因此，它又是一种非常鲜明的生物性的区域风景，其中所涉及的不同人和群体都必然生活在"地方性"符号作用下的环境界中。这里的"地方性"符号不仅包括人的语言符号，还包括诸多的"前语言"符号，而且后者先于语言或者与语言同时存在，并在人与自然之间的符号过程中起着重要的模塑作用。例如，美国现代自然文学家洛佩兹的代表作《北极梦》就通过描写北极地区独特的自然现象和人文景观，刻画出了以爱斯基摩人为代表的一些土著人的生活方式，同时也批判了现代西方人的物质欲望和价值观。

一、《北极梦》中的"前语言"符号

"前语言"符号或"非言语"符号作为一种模塑形式，存在于各个物种的意指系统和符号过程中，它主要通过其"指示性"来完成信息的交流。西比奥克和德尼西在《意义的形式：建模系统理论与符号学分析》中曾指出，"指示建模是二级的，因为它使得用事物彼此间的时空关系来指涉事物成为可能"（西比奥克，德尼西 2016：70）。也就是说，这一类符号是一种"指示符号"，它可以通过将物体与语境相关联，进而把意义具体化，实现包括人类在内的各种生命体之间的信息传递。例如，《北极梦》中的土著人就通过在初级单性模塑形式的基础上构建二级的模塑形式，完成了他们之间的符号认知过程。

在《北极梦》这本书中，洛佩兹把书名的副标题定为"北部地区风景"（A Northern Landscape）中的想象和渴望，同时又对北极地区爱斯基摩人生活中的诸多"前语言"符号展开描写，旨在借此呈现出"自然"如何作为初级模塑系统存在于土著人特有的认知模式中。

例如，洛佩兹在描写爱斯基摩人的"心中的乡土"时，这样写道：

(1) 衣服。"一个孩子的出生，以及出生后一段时间内所穿服装的类型——北极野兔毛皮帽子，鸟的羽毛做的内衣，带耳朵外皮的小驯鹿毛皮做的风帽。这位母亲的巨大努力给人留下了

深刻印象，尤其是，她的努力证明，孩子一出生就与'这片土地'产生了错综复杂的联系；这片土地是孩子未来精神健康、心理健康和身体健康的基础。"（洛佩兹 2017：228）

（2）宗教。"狩猎民族宗教信仰的核心观念是，自然景观中蕴含着一种精神景观。也就是说，人们偶尔会看到，大地上有某种转瞬即逝的东西，或者说，有那么一个瞬间，线条、颜色、动作的效果大大强化，好像有某种神圣的东西显现了，这就让人相信，存在着另一种与有形世界相对应却不相同的实在领域。"（洛佩兹 2017：236）

（3）动物。"他们对动物的尊重，对这片土地上细微事物的关注并非绝对的或彻底的，实际上离理想化的和谐还有一些距离。没有人懂那么多。也没有人会说他们懂那么多。他们面对大自然时怀着恐惧，怀着敬畏（ilira）和忧惧（kappia）；还怀着热忱。"（洛佩兹 2017：172-173）

（4）语言。"爱斯基摩语言具有季节性特征——表示多种多样的雪的词在冬季使用，而那些与捕鲸有关的词在春天用。"（洛佩兹 2017：239）

上文四个选段都是洛佩兹在《北极梦》中对北极生活的描写，这里的"地方性"风景以一种"被解释性的风景"的形式出现，每一种解释逻辑都依赖于人类符号过程在其中所起的作用，进而产生了特定的意义。

在选段（1）中，小孩子的服饰有"北极野兔毛皮帽子，鸟的羽毛做的内衣，带耳朵外皮的小驯鹿毛皮做的风帽"，其实在爱斯基摩人的心里，"北极野兔"、"鸟"、"驯鹿"和他们的"孩子"都是他们生活的土地上的生命体，都属于北极地区这个生态圈，作为"符号"的存在功能都是指示性的，而且是人与自然之间符号关系的最好的证明，就像我们在离开故土时会选择随身带家乡的"土"，它作为符号时刻明证了我们与家乡之间不可分割的物性关联。

在选段（2）中，作者把自然景观和精神景观并置在一起，以某种神秘符号来"指示"另一种意义的存在，如"某种转瞬即逝的东西"形象地描写出了在土著人心里的一种借助指示符来实现的模塑过程，他们从事物的时空方位或者它们与"神圣的"关系的角度来指涉，显然爱斯基摩人是通过朴素的宗教观把"物"与"本质"直接联系起来，将"指示符"的功能运用到了极致。

在选段（3）中，作者以"动物"、"土地"和"大自然"等关键词来解释爱斯基摩人对待"自然"的态度，这也体现了爱斯基摩人特有的、习惯性的、日常化的行为模式。爱斯基摩人（人）与北极地区（自然）之间是一种简单的、直接的物性关联，他们认为人类的认知机制与其他动物乃至非生命体并无二致。

在选段（4）中，爱斯基摩人的语言不是概念性的，而是一种"季节性的"、受特定时空条件限制的语言。他们描写"雪"的词汇多种多样，但是这些词却只能在冬天使用，因为在他们的词汇里没有"雪"的上义词，一旦脱离了"语境"就会失去原有的意义。此外，这些土著人对风的命名也是多种多样，他们可以为不同类型的风命名。他们也可以命名各种有生命的和无生命的。他们的这些命名都与他们的文化功能有关。在爱斯基摩人看来，只有这些具象词汇，才能确保自然现象的物理性存在与他们的意向性存在保持统一。

从语言模塑的视角看，以上四个选段中爱斯基摩人的这些"行为"都可以被视为一种"前语言"符号，都是非概念化的语言形式。"北极地区"爱斯基摩人的"前语言"符号的存在，是基于"符号"与"物"在本性上的天然一体，而且这种"命名"方式中所蕴含的是他们认识自然、看待自然的解释逻辑和方式。根据西比奥克的观点，这些"前语言"符号是他们适应性的交流能力的"再现体"（符号），它们作为一种信息（符号）存在，显示了爱斯基摩人内心深处与自然（"这片土地"）构建命运共同体的认识论立场。然而事实上，爱斯基摩人所使用的"前语言"符号及其信息交流过程，与我们现在的认识方式迥然不同，而且很多都是我们现代人不能全部理解的，因为它们的符号过程表现出来的是客体从"物"到"意义"的直接生成，不需要其他各种介体的"解释"，这无形之中也构成了生命体之间的各种生物性的或者物质性的关系。

二、《北极梦》中的符号伦理

洛佩兹在《北极梦》中突出对比了"语言符号"（现代人的思维方式）与"前语言符号"（爱斯基摩人的思维方式）之间的差异，他的目的是反思后者的存在意义。那么，前语言符号对于揭示爱斯基摩人的自然观有何意义呢？我们针对这部作品中关于"技术"的问题展开分析。

在《北极梦》中，洛佩兹描写了现代技术对于北极地区的破坏，并与爱斯基摩人的生活形成了对比。"现在去北极地区，你一定会为那儿最近发生的变化而震惊。在滨海现代化野营地，你会发现许多外来技术似乎从天而降——当地人已开始使用新工具，开始过一种新生活。刚开始时，适应这些变化还相当容易，然而，变化在持续加速。现在，巨大变化让人困惑不已。新工具带来了种种更为复杂的信仰体系。从圣劳伦斯岛到格陵兰岛，本土文化处于这样的状态：经济迅速重组，社会内部结构分崩离析"（洛佩兹 2017：xxii-xxiii）。这些变化，诸如石油管道建设、石油勘探基地设立、铅锌矿开采、新道路铺设、海运增加等等，对北极地区产生的经济、心理、社会影响，都是巨大而严重的。

相比之下，爱斯基摩人的生活仍然是原生态的，"一些人仍然选择靠近大地，坚守着已被我们摒弃的、与大地和解的古代哲学的基本原则"（洛佩兹 2017：33）。相比于现代人"船坚炮利"的现代化的捕猎工具，爱斯基摩人用的则是十分原始的工具，如他们用来射杀麝牛的箭头是"铜头"或者"铁头"，但箭杆却是"用精选柳枝做的，用少许肌腱捆在一起"（洛佩兹 2017：39）。洛佩兹对捕猎工具的对比，实质上揭示了人们对"技术"使用的不同的认识方式，因为"技术"作为一种符号，具有普遍性，一旦与特定的区域相遇，就会与本土的生物特殊性相结合或者相背离，如爱斯基摩人选择的是顺从这个区域的技术生态体系，而现代人则是以暴力的形式让自然与人顺从了技术。爱斯基摩人以一种特有的方式来认识北极，认识这个"自然"，他们所发明的捕猎方式作为一种认识方式，在某种程度上优于现代人的认识方式，因为他们的符号认知方式更接近自然，具有原始伦理的发生学意义。从现代人的知识论角度来说，物可以独立存在，也可以作为符号存在，但是，这二者之间需要依赖"规约"关系，才能成为一种复合体。

通过以上对比可以看出，在人与自然之间关系的人类符号过程描写中，现代人与爱斯基摩人在对待动物方面所采用的捕猎工具和方式是完全不同的。"技术"作为人类看待自然、理解自然的方式之一，显示出来的是作家对"符号伦理学"（semioethics）的深刻理解。正如符号伦理学家佩特丽莉所指出的，人作为一种"符号动物"，"是一个负责任的行为者，不仅具有符号能力，而且具有符号的符号这种能力，具有和整个星球上的符号活动都相关的调适、反映、意识这种能力"（佩特丽莉 2014：16-17），因此，我们必须在符号认知的基础上，重新把洛佩兹的"技术符号"问题置于伦理中去思考。

对爱斯基摩人来说，他们在北极地区的生物域中生成了自己特有的符号伦理观，这种地理学意义上的价值观跟地域有着很大的关系，但跟技术无关。这基于他们对"符号"的不同反应。爱斯基摩人的"生物域"不是自我组织性的、生成自我一部分的，但其特性与功能却可由其内部某些部分来体现或归约，生物域并不是由地球决定的，并不是为了一种善意，而是为了它自身。有价值的东西都被置于生物域之中，生物域的这些体系对保存生物而言是必要的。但是，这并不会赋予生物域或者它的体系以某种内在价值。就像爱斯基摩人生活的北极地区，这个生物域自身并不是一个具有目的性的存在，而是一个拥有自然存在的集体（collective）。地球上诸多有机体相互影响，它们合起来可以称为生物域，然而，"这只是集体性的而不是目的性的体系，因而不能看作具有自身目的性的（an end-in-itself）"（Coyne 2021：106），因此，这些存在之间的关系是符号性的、非因果的，或者说，在人与自然这二者之间不断进行着的符号过程中，述行为将人与自然融合在一起，构建一种"非对象性"的关系；语言则将人与自然之间的关系客观化，构建一种对象性关系。或者说，自然界中的"前语言"作为一种生态符号，具有专有功能的结构，也具有意向性，它是一种生物现象和文化现象，因此也具有认识逻辑，那么，也就具备了模塑的可能；而且它的意向性不是其内在的关系，而是外在的、唯有与自然才会发生联系的符号关系。

但是，对现代人来说，价值观是"利益"，捕猎或者贸易都是为了获得一种金钱上的满足，因此，他们作为符号的执行主体是符号使用者，他们也都是本体论主体，是现象世界的主体，都有潜在的"因果"关系。这作为一种文化性的人性观，不可能消失或者不再存在，这是一种历史性的文化现象。例如，现代人捕猎鲸鱼需要用现代化的装备，这些装备作为有机体存在的构成部分，是基于自身的一种安排，各个部分之间形成了形式上的高度衔接，它们自身的价值是因果性地相互依靠的。从这个角度看，现代人与自然之间的关系中，"技术"是因，生态危机是"果"，因此，我们当前的环境污染、生态失衡都是这种"技术"作用于人与自然之间的关系所导致的"果"。

从写作模式也可以看出，洛佩兹在每一章只陈述一件事，而且在陈述过程中，他以一种叙事中断的形式插入了自己的反思，或者是关于自己的旅程的，又或者是关于风景的。洛佩兹的写作目的不是单向度地展示自然，而是让读者跟随自己的陈述，与自然相遇。换言之，唯有当人类把自己置于自然中，而不是让自己以上帝式视野去命名自然时，才能寻求到与自然的相处方式，这在很大程度上就是让读者了解其中的伦理问题，进而呈现出现代社会中的生态危机所带来的各种问题。可以这样认为，《北极梦》作为一部经典的现代自然文学作品的价值在于，它指出了当前生态危机出现的重要原因,一方面是人类没有利用好现代自然科学新成果,另一方面则是人们对未来伦理的不作为,这显然是从另一个角度更新了人们对文明的认知方式,涉及的是技术与文明之间的"符号性因果",即一切事物都必然受到因果律的影响。

根据生态符号学的观点,所有的生命体系都值得被视为"道德主体",只是有些道德责任感更强一些而已,如人类,因此,我们应该把世界上的所有生命体都视为共同环境界的制造者,它们通过整合各种因素来构建适合自身的生态位条件,进而创造出理想的环境界。换言之,爱斯基摩人的"自然共同体"与现代人的"文化共同体"相比,前者更清楚自身的"符号定位",因此,才构建出了一个理想的、共同的环境界。《北极梦》的创作理念彰显了一种对于符号使用的反思,而这些符号决定了我们环境界构建的本质,因此,从这个角度看,洛佩兹的现代自然文学的创作,无论是对北极地区自然的风景描写,还是借助技术所展开的生态危机描写,都是一种伦理书写,是以另一种文学方式来反思人与自然的关系所反映出来的文明形态。

第四章　文化风景描写的意义范式

文化风景（cultural landscape）描写是现代自然文学中比较重要的一种描写类型，我们之所以把一部分自然描写定义为"文化性的"，是因为这一类风景描写受作家"文化集体无意识"的影响，在文本中呈现出了作家不同的看待自然、解释自然的方式，而这都与作家的文化行为和思想观念密切相关。生态符号学家马伦和库尔曾指出，"没有生态维度的文化概念是不完整的；没有生态符号学的文化理论是不完整的"。"人类文化是一种生命形式；它是符号域中各种特别的符号类型的复杂组合。文化是诸多象征关系的生命，是语言能力和元描写的生命。文化总是生态系统的一部分，没有非语言学的符号系统，它不会起任何作用，也就是说，没有符号域和生态系统中非文化的诸方面，它就不会起作用"（Maran，Kull 2014：46）。很显然，根据马伦和库尔的观点，"文化"是由各种符号及其符号关系构成的，它以不同的模塑形式来呈现，如"生命形式""符号组合""象征关系""语言能力""元描写"，尤其需要注意的是，"非语言的"或"非文化的"符号系统也是文化研究的重要内容。

本章结合我国剧作家过士行、诗人华海和美国剧作家阿尔比、诗人斯奈德的作品对文化风景描写中的意义生成机制展开分析。首先，研究过士行作品中的"鱼"作为文化符号的多维度构建；其次，研究华海诗歌中环境描写中的"符号三性"，即自然作为"文化—环境"符号的意义；再次，分析美国剧作家阿尔比作品中不同的生命形式及其环境界的构建；最后，研究斯奈德的诗歌如何以自然来传达一种文化观念，如存在之"道"。本章的主要目的是研究符号是如何作为一种文化符码被置于整个文本的意指体系之中的，或者说，自然在文化化的过程中是如何被修辞化的。

第一节　文化风景描写中的符号构建

文化风景一般可以分为两类，一是基于空间安排的物质性客体构成的"物质性的"文化风景，二是由精神性的和象征性的客体构成的"非物质的"文化风景。这二者之间的共性在于，这些"客体"的功能是符号性的，他们以一种文化符号的形式显示，并成为理解自然的重要认识论起点，而作家也同样需要借助"自然"来传达他的文化思想、伦理观和价值观，文本中的符号及其符号关系都取决于这些先前设定的文化观。正如克利福德·格尔茨（Clifford Geertz）所认为的，"文化概念实质上是一个符号学（semiotic）的概念"，"文化就是这样一张由人自己编织的意义之网"，这是一种"探讨意义的解释科学"（格尔茨 2008：5）。赵毅衡在《文学符号学》同样指出，"文化是一个社会中所有与社会生活相关的符号活动的总集合"（赵毅衡 1990：89）。

我国有名的剧作家过士行的作品"闲人三部曲"，描写的是一些关于养鱼、养鸟和下棋之类的人类休闲活动，作者把这些活动视为一种闲人闲事，就是为了从文化角度来解释人与自然之间的关系。这一节我们以过士行的《鱼人》为例，分析作者如何把"钓鱼"构建成了一个符号世界，同时又是如何借助相关的符号关系来解释人与自然之间的关系的。

一、《鱼人》中的"非言语"符号模塑

生态符号学家马伦认为，"我们至少拥有两个相互支持的模塑系统：人类特有的人类符号学语言系统，以及将我们与其他动物世界联系在一起的动物符号学非言语系统"（Maran 2014：264）。动物符号学"非言语系统"的构建一般都依赖于信息发出者和接受者之间的"信号"过程，而我们人类对这些信号过程的理解，则主要依赖于动物行为中"可能性"的意指和我们的推理。例如，对于钓鱼来说，"人—鱼"之间的"非言语系统"依赖于信号和反馈的同时发生。钓鱼时，鱼开始咬钩进而晃动钓鱼线，这个信号（反馈）过程就开始了：人根据鱼游动的力度和方向进行调整，这是推理过程；而鱼尽力逃离这种困境时的"晃动钓鱼线"就产生了一种机械性的信号（反馈）。"钓鱼—咬钩"在这里就成了一种信息代码，它生成于"非言语系统"的即时性信息发送和准确的位置同频中，钓鱼者和鱼共享了此刻的经历，而这也是"钓鱼爱好者"的乐趣。

例如，故事《鱼人》的开篇描写的就是一群钓鱼爱好者在南湾子一起钓鱼的场景。南湾子是三面环山一面朝向大青湖的理想钓鱼场所，这里湖水清澈，鱼多、钓鱼爱好者也多。作者过士行通过一段人物之间简洁的对话，刻画出了一幅动态的众生钓鱼图。

[成群水鸟突然鸣叫起来。]
三儿　看！远处怎么那么多水鸟？

  侯子　把太阳都遮住了！那儿准有一条大鱼。
  万司令　你怎么知道？
  侯子　这大鱼一动，小鱼就吓得乱蹦，水鸟儿就跟着追，一个猛子下去，百发百中。
  ……
  侯子　鲤鱼！把竿儿立起来，绷住！鲤鱼就是三撞，绷住了就跑不了。
  ……
  侯子　快把竿儿横过来。
  钓鱼甲　嘿，还真灵。
  侯子　别往上拉，现在一露脑袋准跑。哎，慢慢遛"8"字。对把嘴拉出来，灌它两口水，好，翻肚了，抄吧。（过士行 1999：5-6）

  在这一选段中，作者过士行描写的是一群有经验的钓鱼者是如何成功地把鱼钓上来的过程。这里，作者先后采用了动物符号过程和人类符号过程两种描写方式，来生动展示"非言语系统"在钓鱼描写过程中的作用和意义。

  首先，在动物符号过程中，作者过士行突出描写了"水鸟"、"大鱼"和"小鱼"之间的关系，即"水鸟"是"大鱼"的天敌，而"大鱼"又是"小鱼"的克星，它们彼此之间构成了一组生态群落，作者通过对它们之间的生态关系的描写，呈现出来的是一种"自然性"的存在。

  其次，在人类符号过程中，作者过士行借助人与人之间的对话来描写钓鱼过程，突出展示人之于"鱼"的解释逻辑。这些钓鱼爱好者可以通过周围的自然环境变化和动物们的行为做出合理判断，如水鸟的出现、鱼的游动方式，可以用来判断鱼的方位和种类；他们可以调整鱼竿的方向来模仿鱼的游动，"立"、"横"和"拉"等不同的操控鱼竿方式可以帮助他们控制鱼，进而成功地把鱼钓上来。在钓鱼过程的描写中，"钓鱼者"和"鱼"之间的关系是一种信号关系，而且在构建这种关系的过程中，钓鱼者对鱼的认知方式是一种生物性的模拟。

  从上述两种符号过程所表现出来的"非言语系统"的信息交流模式看，自然界中不同生命体之间的关系是"生态性的"，如水鸟叫、大鱼游，是水鸟、大鱼基于一种生物性关联形成的对自然的物质性解释过程。对自然界的其他生命体来说，水鸟的叫声或大鱼的游动，是一种生物性的信号发出和接收过程,呈现出来的是一种生物性功能圈,彼此的解释方式就是食物链中的自然法则。

然而,对这些钓鱼爱好者来说,钓鱼是一种符号活动,他们与鱼之间的关系表现为一种物质符号模塑过程,因为他们是一群被武装到牙齿的"坏人",他们的钓鱼设备都是"西德线"、"日本钩"和"美国的碳素钢竿子",这些人又被养鱼工称为"祸害鱼的国际组织"(过士行 1999:8)。换言之,"西德线"、"日本钩"和"美国的碳素钢竿子",这些"技术符号"之于钓鱼的意义是"非生态的",因为在"人—鱼"的关系中,"技术符号"以一种外在介体的形式来解释人与自然之间的关系,它所呈现出来的是非自然性的、技术性的符号关系。或者说,"长枪短炮"并不是"鱼"所构建的环境界中的任何符号,只不过是"钓鱼爱好者"对鱼的存在意义的文化解释。他们的解释逻辑是人类中心主义的认识论立场,因为他们对于钓鱼工具的使用功能的技术性强化,目的是更好地服务"人"的欲望或需求,因此,钓鱼工具是他们对"鱼"的最好的解释方式。由此可以说,作者过士行把"鱼"作为动物符号,把"钓鱼爱好者"和其他生命体这二者之于"鱼"的不同关系呈现出来,是为了把不同的解释逻辑和解释方式加以对比。

不同于钓鱼爱好者与鱼之间"非言语系统"的信息交流模式,作者过士行还在《鱼人》这个故事中呈现了另外一种存在于"钓神"和鱼之间的"象征性"的符号关系,而且最能表现"钓神"认知模式的是他的钓鱼工具——"空钩","钓神"钓鱼全靠感觉,他能感知到"大青鱼"什么时候会出现。

"钓神"已经 70 多岁了,对钓鱼有着独特的理解。他年轻的时候曾因为过于专注于钓鱼而忘了看好孩子,结果孩子掉水里淹死了,他的老婆也因此跟他离了婚。对"钓神"来说,他最大的梦想是,"死了以后,烧成灰,撒在大青湖里",因为在他看来,"生前我钓它们,死后喂它们"(过士行 1999:62),他的命运原本就"属于这山……这水……这鱼"(过士行 1999:67)。

对"钓神"来说,他与鱼之间的"非言语系统"的信息交流模式是以生命形式为基础构建起来的,因为"鱼"对他来说是一种生命符号,可以用来解释他与"鱼"(自然)之间的关系。恰如他所默认的,"老天爷让鱼来磨炼我,也让我来磨炼鱼"(过士行 1999:57)。此刻的"大青鱼"是一种生命符号,它作为湖水深处的鱼,具有了特定的"生命形式",也可以通过身体感知"钓神"的存在。"钓神"与"大青鱼"之间不是"捕猎者—被捕猎者"的信息模式，而是一种隐喻化的象征模式。

　　故事里的"钓神"一生钟爱钓鱼，正如他所说的，"人思水里事，鱼想岸上边。我陪它耍，它陪我玩"（过士行 1999：41）。尽管他在经历了丧子之痛后暂时不钓鱼了，但是，同时他也认为，钓鱼需要合适的时机，因为他坚信自己和"大青鱼"之间有这样一个神秘的约定，"一根线，一头是你，一头是它"（过士行 1999：10）。在"钓神"看来，钓鱼行为属于一种象征性行为，他与"大青鱼"的相遇更像一种精神经历、一种仪式，需要等待机缘巧合。故事里的另一个热爱鱼的人是养鱼工老于头，他的行为也佐证了"钓神"的认知模式，他相信"人"和"鱼"之间能产生同感效应，恰如他所说的，"人是从鱼一点儿一点儿变来的"（过士行 1999：9）。而且在故事的最后，他为了满足"钓神"的愿望，假装成"大青鱼"自愿上钩，了却了"钓神"的心愿。

　　从故事的结尾也可以看出，"人—鱼"中"人"的结局从反相位说明了这二者之间的象征性符号关系。"钓神"死了，"鱼"活了；这里的人—鱼之间的争斗中，"鱼"成了一个神话语境下的象征符号。这就像《老人与海》的另一种版本的描写，只是两位"钓神"的结局不同，正如老于头所说的，"不是人钓鱼，鱼也钓你啊。本事小的鱼，你钓它，本事大的鱼，它钓你"。"虽说是一根线拴着你们俩，可线是你的，是你扔进去的，你本事大！鱼呢？它没有线，可它能勾引你把线扔进去，它拽着你玩儿，这就得说它本事大"（过士行 1999：10）。可以这样认为，《鱼人》在描写方式上就已经把鱼的"主体性"置于人作为主体的对立面，这二者是以"对位性"的形式存在的，但这二者的存在原本应该是生物性的，应相互构成对方的环境界。

　　《鱼人》中有不同的符号过程，钓鱼过程作为一种"非言语"符号模塑形式，其中就包括了信号、象征，以及它们之间的符号关系。不同种类的生命体构建世界所用的感知器官和信息发送渠道都不尽相同，人类和自然之间的信息交流依赖于各种感知系统，如视觉、听觉等，这可以为"人—鱼"交流提供一种共享平台，让人或者鱼构建的主观性的时空世界成为一种可以互动的意义世界，而这二者之间意义的生成情况取决于"人"对"非言语"符号系统的认知程度的高低，如"钓鱼爱好者""钓神"这二者之间的认知差，就是对这种符号过程的最好解释。

二、《鱼人》中的文化模塑

　　根据生态符号学家马伦和图尔的观点，自然文学中的再现关系，必然受限于作者特定的时间、地方、生物性、文化性等条件，"是一定的文化环境借助于自然描写和作者的解释重现"（Maran，Tüür 2016：289）。对《鱼人》这一部"闲人"故事来说，作者对钓鱼的再现，依赖于钓鱼模式的符号化设定，也唯有作者与读者之间保持着意义的解释方式的稳定性，才能保证"鱼"文化的表意方式与解释方式的顺利实现。那么，"鱼"作为文化符号在这部作品中是怎样来实现意义的生成的呢？

方式一，自然描写中的伦理重构。

对作者过士行来说，"钓神"和"鱼"之间的相遇，就相当于人与自然的相遇，二者之间有一种最为原初的伦理适应性。但是，"人"与"自然"之间这种原始伦理的生成，需要通过自然的文化化来识别并认可它的价值。

例如，作者在这个故事里塑造了另一个人物"教授"，他也是一个钓鱼爱好者。在他看来，任何事物都有科学性的逻辑因果，因此，他以一种较为直接的、科学的方法来描述鱼的生活，"大马哈鱼在大海里发育成熟后，便开始长途跋涉，游向内陆江河的源头，拦也拦不住。它们要到江河里恋爱、成亲、生子"（过士行 1999：47）。可以看出，关于"鱼"的动物符号过程在这里就被转换为一种人类符号过程，如"交配"之于"恋爱、成亲"，"产卵"之于"生子"，这些生物事件也被转化为一种文化事实，或者说，一切自然现象必须经过文化化才能被我们所接受。就像在生活中，如果我们不认可"鱼儿戏水"这样的事情，那么，"鱼"和"水"之间的关系就只是一种物质符号过程，并不会具有文化价值，"鱼"和"水"只是在环境界的彼此关系之中保存了各自的自然价值。

可以这样认为，这里的自然文化化所表现出来的原初性的伦理，实际上是基于一种生物性模塑产生的相互适应。"人"作为个体的生命体，在这样一个符号活动中，对"鱼"所特有的环境进行感知并作出生物性反应，进而在"人"（主体）与"自然"（"鱼"）之间，建构出一种以生物性为基础的交流模式，这种交流模式在进化论意义上是生态适应，在主体认识论意义上则默认了生命体及其环境之间在符号方面的一致性。人之所以能成功地适应"鱼"所在的环境，是因为在信息交流过程（符号过程）中，人能把生命体自身和自然这二者之间的信息连接在一起，并成功地进行互译，这就具有了生态符号学强调的生命体之间在符号上的适应性。

同样，从其他人物对"钓神"的钓鱼行为的态度，我们也可以看出作者过士行在对人与自然关系的描写之中所蕴含的伦理态度。例如，钓神的儿子三儿这样说，"我爸说等他把这湖里那条最大的青鱼钓上来，他就再也不钓鱼啦"（过士行 1999：5）；老于头的女儿刘晓燕也说，"只有钓上那条大青鱼，才能结束这一切"（过士行 1999：46）。因此，"鱼"在这里就被置于"人类"的对位性关系之中，它是"钓神"存在的意义，或者说，"大青鱼"理解"钓神"，这二者作为一种生物性的存在彼此所构成的是一种生态适应，二者首先在生理上与周围的环境具有适应性，而且也通过这种适应性成功地构建了属于它们的环境界，所谓的"大青鱼"可以把"钓神"的生活、生命都钓走，也是作者刻意凸显出来的"人—鱼"之间的生态适应或符号性适宜的表现。

方式二，自然描写中的文化解释。

"鱼"是自然性的存在，它的自身价值并不是文化性的，但是，它作为人类符号过程中的关系项之一，会被我们以各种代码等模塑形式变成文化符号进而产生新的意义，这个符号过程就是"人"对"鱼"（自然）的文化解释逻辑和解释方式。

例如，对"钓神"来说，他三十年如一日地守着一条竟然不知其是否真实存在的大青鱼，尽管这个个人爱好从表面上看只是一种"闲"来无事的生活表现，但其实这是他作为"闲人"生活的全部，"鱼"变成了一种文化价值的表现，在人的存在问题上个人爱好等同于生命价值，因而，人作为生命符号成了被物化、异化的符号。人与社会之间的关系，被简化为一种"人—爱好"的对应关系，人作为符号关系中重要的一项，是以"文化"为显性层面，基于对文化的执着实现了对传统文化的崇拜和坚守。从这个层面看，故事里的"鱼"因此被升级为一个文化客体、价值客体，而围绕钓鱼所展开的各种符号过程，就是文化重构的过程，其中的各种符号关系是影响着人们生态位取向的重要因素；而文化生态位的构建又把我们引向了"人"与"自然"在符号过程中所表现出来的生物性，以及自然的属性在其文化化过程中所展示出来的符号本质和运作机制。

从更广义的角度来看，我们能接受作者过士行塑造出来的关于"人—鱼"的原始伦理状态，根本原因也在于，"鱼"作为文化符号中所蕴含的伦理取向是以我国传统社会认知为基础建构起来的文化风景，它受限于社会机制，并且后者也常常被群体所改变。因此，当我们认为自己属于一个群体时，这个认识论基础就是文化性的。作者的目的是说明钓鱼人和钓鱼之间的符号关系，"钓神"把钓鱼看作一种仪式般的实践，可以实现人与鱼的对话，此刻的鱼被赋予了主体性。然而事实上，钓鱼不是同一性的人类活动，它受到诸多因素如环境、经济和文化等的影响。在《鱼人》故事的结局中，"钓神"酷爱钓鱼，却因此赔上了自己的性命以及两个儿子生命。而且"闲人"文化作为整个民族长期积淀形成的生活方式的一种体现，在现代社会发展过程中也受到了各种外界因素的影响，如《鱼人》中各种渔具的现代化，就反映了现代工业对当前人类生活乃至文明形态的介入和影响。

在我国传统文学作品中，有关于"闲人"文化的不同版本。例如，东晋时期的陶渊明作为田园诗人代表，他的诗句"采菊东篱下，悠然见南山"早已为天下人所熟知，他陶醉于"自然"，不只是因为他那不为五斗米折腰的品性，更是因为自然赋予他一种悠然自得的"闲"。再例如，先秦时期庄子的《逍遥游》中，"若夫乘天地之正，而御六气之辩，以游无穷者"，同样传达了"闲人"闲适自得、无拘无束的生活形态。"闲人"的执着是对"自然"的尊重，"闲人"文化的根本就在于拥有"天人合一"的怡然自得。

基于这种解释逻辑，我们从动物符号到人类文化符号这个符号过程的转换中可以看出，"鱼"作为符号的构建在这部作品中所反映出来的是一个很现实的文化问题，"人"作为认知主体在整个生态适应过程中，似乎总与动物处于一种紧张状态（不是"人"死，就是"鱼"亡）中。或者说，在作者过士行的作品中，文化模塑让读者看到的是文化生态位构建中的各种科学、艺术、神话和历史之间的复杂关系，乃至日常生活中的再生隐喻，以及我们如何用文化模塑的符号机制来解释人与自然之间的关系。

第二节 文化风景描写中的"符号三性"

现代自然文学中的许多"自然"描写，在很大程度上都属于"环境"描写，自然符号也因此就变成了混合性的"文化—环境"符号，这是因为"文化"在这一类风景描写中是以一种多层的或者半透明的符号现象出现的，而各种环境模式、其他生命体的符号活动和人类的解释活动则以一种较为宽松的形式联系在一起。生态符号学家马伦和图尔就把生态符号学等同于"环境符号学"，认为它主要研究的是"文化现象和环境之间的符号关系或者符号过程，分析它们的种类、层级、结果和动态"（Maran，Tüür 2016：289）。

这一节我们以我国诗人华海的《你砍最后一棵树》《受伤》《奢华》三首诗为文本，将"文化—环境"符号与其所要表现的对象之间的关系，分为指示性的、解释性的和象征性的符号关系，旨在通过这三种符号关系研究文化风景描写的意义生成过程。

一、指示性

自然界中有诸多符号都可以被视为环境符号，如动物的痕迹，表示季节变化的雪结冰、融化现象。这一类符号的最大特点就是它的"指示性"，因为这些"痕迹"或"现象"表现为一种严格意义上的"环境"和符号的关联，人和动物都把物理性环境作为交流介体。这些环境只与客体在物理性意义上相关，共同构成了一个有机体；但是，这些环境同时又是开放性的，可以为新出现的符号提供一种开放性的解释空间，并通过人与环境符号之间的符号过程来呈现一种动态的意义生成过程。

例如，华海的诗《你砍最后一棵树》这样描写：

你砍最后一棵树的时候
我受伤的肉体在流血

你不知道
我是什么时候藏在一棵树里的

最后一棵树倒下的时候
我也倒下了，鸟飞走了，一窝鸟蛋碎了

你不知道我把最后种树的梦
都存放在鸟巢里

我是个虚构的人，用一支笔
种树，在一棵树里写诗

现在，我蹲在倒伏的树影里
影子越来越低，快要贴着夜晚

你，成了你们，把自己伐倒的树木
我，成了我们，从树里发出的声音

我在用影子说话：你最后斫瞎的
除了光，还有自己的眼睛（华海 2012：84）

在这首诗里，"树"是一种"文化—环境"符号，它不仅是自然环境的一部分，具有自身的结构和外形，还以其"指示性"的方式存在，成为文化风景中的重要部分。

从语言模塑形式看，在这首诗的第一小节中，"树""我"这二者之间的关系是一种象似关系，"树"身即"我"的肉体，这是一种初级模塑形式，诗人通过"象似性模塑"的方式，来呈现"砍树"行为在"我"与"树"之间建立的符号关系。尤其是这首诗的第二小节中诗人让"我"藏在树里，以及第三小节中"树"倒下的同时"我"也倒下，都直接以一种"单性模塑"的方式，为读者提供了一种"树被砍"的模塑形式，诗人以"树"作为符号来代替"我"的存在，让读者在阅读过程中形成同样的体验，即当"树"被置于"砍"的行为中时，"我"也同样遭受这样的境遇，因为"你"在砍树的同时，也在砍"我"，"我"与自然是一体的。

在这首诗的第四和第五小节中，诗人以一种二级模塑的形式把前面三节的初级模塑形式进行延伸，将物理性的符号关系转化为象征性的符号关系，如"种树的梦"和"用一支笔种树"，这样就构成了一种凝聚性模塑形式。在整个过程中，诗人以"鸟巢"的标识功能，来进一步提高其在诗中的模塑过程层级，进而构成一种整体性的诗性空间。或者说，这首诗的前三小节是在具体的、物理性的源域中形成的初级模塑形式，而第四、五小节则是在这个源域的基础上构建起来的更高层级的模塑形式（"目的域"），其中的"梦"和"虚构"都是诗人华海对既有的存在进行的生态想象的关联。诗人在这里进一步深化了将"树"作为环境符号的描写，把"树"视为一种"生物性"的载体，认为其自身也具有一种生命力，并且以一种生态文化的视角来审视"树"的价值。

在这首诗的第七小节中，诗人运用创造性的想象和语言模塑出了"我"（我们）与"树"（它们）在特定时空下的符号关系。正如诗中前面三个小节所描写的，"你"是跟"我"和"树"相对立的另一方，你的行为是对人、对自然、对未来缺乏伦理责任的表现，因为"我"、"鸟"和"鸟蛋"都让"你"毁掉了。而诗歌的第七节中，诗人把"你"进一步扩大为"你们"，"你们"最终必然也会成为"树"，因为你砍掉的是"你""我"共有的未来，而"我"终将会成为"我们"。这样，"树"作为环境符号被隐喻化和神话化，诗人进一步强化了它的文学价值。或者说，诗人在这里是以一种艺术模塑的形式赋予作为环境符号的"树"以描写价值，并以此来判断当前"树"的世界乃至"人"的世界。

在这首诗的最后一小节中，"我"只能用"影子"说话，因为无论是

"我"还是"树"都早已不存在,"你"也将因为没有"光"以及失去"眼睛"而无法欣赏这个世界。诗人在这里再次以一种初级复合模塑的形式,把两种能指形式组合起来,以其象似性来展示"树/我"被砍后的命运。这样就让整首诗的意义阐释方向重新指向生命体的个体存在,突出了"砍树"作为人类符号过程中的关系项和对构建整个生态群落的重要性。

可以这样认为,这首诗中的"树"作为环境符号是一种复杂符号,它以象似性模塑的形式把"人"和"树"的存在方式联系起来,然后再以指示性的方式,把"树"的命运指向"人"的未来,最后又以象似性再次把"树""人"构建为同一性的存在。这首诗中的自然描写方式,之所以不同于其他一些田园诗歌,就是因为后者追求一种"无功利性的"(disinterested)美,认为"自然"拥有自身的本性,无须向外攀附以求价值,而诗人在这首诗中,通过"树"在"文化—环境"符号的不同模塑形式间的转换,完成了一种文化风景描写,诗人的目的显然是突出生态诗的"述行性"价值。也如美国诗人约翰·肖托(John Shoptaw)所认为的,生态诗是"对我们有所设计(designs)的,想要改变我们思考、感知、居住和行动的自然诗";它不只是关于"环境的",更是"环保人士"的诗歌(Shoptaw 2016),它应该直接参与到环境或生态问题的叙述当中,起到生态政治的作用。

二、解释性

"文化—环境"符号的"解释性",指的是"自然"之于"人"的感官印象作用中所产生的一种意义。从更宽泛的意义上看,生命体在环境界的构建过程中,会根据自己的内部需要对环境做出反应,这里的内部需要就是一种欲望状态,即主体如何为自己创造一个可感知的、可运作的空间,在这些空间中,乌克斯库尔意义上的"功能圈"发挥作用,认知主体通过改造环境来改造内在状态。因此,这些经过了内部需要改造的各种生命体作为符号,就具有了符号的"解释性",可以用来呈现各种感知信息。

在《受伤》一诗中,诗人华海以一种具身性的体验和认知方式告知读者,当前的生态危机作为一种"本体论生态位"的失败,是人与自然、人与人之间对位性关系的失败,因而必然导致一种情感上的"痛"。诗人这样写道:

> 在天空疼痛的蓝色底下
> 鸟儿落得很慢 失衡的双翅
> 慢慢收紧受伤的美

如血的夕阳 比鸟落得更慢

一朵野花变色
一座丛林 弥漫疼痛的气息
树缝里漏下的光斑
不再旋转 野毛桃停止生长

与一只蝴蝶交谈
就是与所有蝴蝶交谈
它扑动翅膀的疼痛
在你血管深处 掀起一场风暴

林中路 它是谁遗落的
目光 穿过一场山火的遗址
裸露的树根 炭黑的岩石
弥漫巨大的隐痛和空虚

乌亮乌亮的铁轨凌空而起
像两支箭射向自然的深处
飕飕地 突然寒气袭来
最后被射穿的却是我们的后背

……疼，在这个从城里还乡的
冬夜 突然听到开矿的后山
喊疼 疼得满山冈的石头
在呼叫 打滚

今夜风雨袭来
天下苍生的苦难都聚涌而来
一座静福山的受伤
就是所有山河的疼痛

月亮升上那断崖的缺口
遍地闪烁细碎的银子

  触目的伤口　如羊皮书的预言
  在天地更大的悲剧暗示中显现

  十二月的静福山
  捂着伤口喊叫
  一个失聪的人听不到
  但他一定看到　枫林里的红色都在燃烧（华海 2015：216）

  在这首诗里，诗人并没有直接描写环境，而是以"痛"这种情感符号构建了一个生态符号域，其他自然客体都变成了一种环境符号来反映这种"痛"的来源，或者说，诗人用"痛"的宏观代码来连接各种模塑形式，在本质上是将不同的"源域"和单一的"目标域"（"痛"）进行关联，进而产生一个具有稳定性的"环境界"目标域模型。

  首先，诗人以"痛"为高频词来创造一种凝聚性的模塑形式，把各种符号过程凝聚在一起，如植物符号过程（"一座丛林　弥漫疼痛的气息""裸露的树根"）、动物符号过程（"扑动翅膀的疼痛"）等，通过符号过程的转换，把人的情感，如"隐痛"，移就给了各种生命体，以"共情"的方式让生态危机转化为一种生物性感知。而所有这些符号过程又是在一开始的物质符号过程描写（如"天空疼痛"）中开启的，诗人华海的"生态"认识论定位表明，"天空"（自然）作为一个非单一性的指涉体，其中就包括了各种各样的对位性关系，而这些复杂的关系网也就构成了我们所说的自然，"在这个复杂又精细的生命体之网、符号过程之网和世界之网中，我们占据一个本体论生态位"（Tønnessen 2003：288）；而且"每一个存在的本体论生态位都指向自然历史的既定点和所参与的一套对位性关系"（Tønnessen 2003：288）。

  华海以"痛"来解释当前人与自然之间的关系，尤其在第六节，诗人用"疼"字来描写山上滚动的石头达三次之多。这里诗人忽然用"疼"来代替"痛"，是因为这二者在表示人的感知方面有明显的程度上的不同："痛"一般是主观性的、时间比较短暂，但感受比较明显的受伤引起的感觉；"疼"则是感受不明显，但持续时间较长的感觉。在这首诗的最后一节中，诗人用"喊叫"来进一步突出生物学的感受。很显然，只要"喊叫"，就有被"听"的价值，这是一个生物学意义上的对位性逻辑，但是，诗人却以"失聪"来告知读者，这里的生物性对位关系已经丧失了，因此可以说，在诗人看来，或许唯有转换感受方向，如"看"才可以让我们重新认识和发现当前的生态危机。

其次，诗人在诗歌里将"铁轨"和"我们"、"箭"和"自然"作为关系项，直面批判当前的技术发展对生态环境的破坏，同时，以"静福山"来代表所有的自然，这样，"受伤"就从个体感觉切换为一种集体良知的认知方式，而情感就成了贯穿整首诗的认识逻辑。这样的符号过程发生于这些符号的复杂网络连接过程中，这是诗人所刻意展示出来的"受伤"的心灵图示，这种指示模塑过程的描写，把内在的和可经历的知识、一些标志性的意象、各种生命体的位置都集合在一起。这里的心灵图示是一种"痛"的游走路线图，它不同于人类文化中诸多的"技术性模塑"，后者具有系统性，也不同于"艺术模塑"，后者把诸多散乱的环境信息整合起来以构成一个意象。或者说，整首诗的符号过程并不是建立在一个叙事逻辑上，即不是以人类为中心的。心灵图示依靠符号过程中的"因果"，让我们感受到了自然环境中人类为了理解而需要寄托的一种共情。我们这里说的认识逻辑，实际上就是指一种解释性的关系，它是以"情"为源域的特定性构成催生了"生态"这个概念的环境模型，其他相关项共同形成了一个抽象意义的符号系统，而且包容了这个模型中的所有相关意义网。

最后，诗人以"情"为语言模塑形式中的关键词来构建诗中的各种符号关系，它实际上就是通过自然描写的"软话语"方式来达到道德言说的目的，以情感认同来获得在道德认识上的一致。根据生态符号学家马伦的观点，"自然写作的每一部作品都构成了一种价值判断。自然的每一个表现形式本身就承认了这样一个事实，即自然或其特定部分是值得谈论或写作的……然而，对作者价值观的宣告式的陈述（declarative statements）在自然写作中并不常见。究其原因，可以说在于艺术模塑与审美价值归属的关系"，"自然写作中的价值归属往往采取为读者重建而设计的隐含形式，它需要读者解码，需要读者使用那些用于艺术模塑的表达手段，并寻求适应这种手段的方式"（Maran 2014：9）。

在这首诗中，各种生命体的经历都是符号性的，人类把"自然"的价值视为一种"事实符号"进行占有，这种行为包含了两种伦理取向趋势：一是向原始文明中的"捕猎式"文化行为的还原，人与自然之间的关系变成了一种用以获得某种价值的方法，这明显受到了西方实证主义认识论方式的影响，刻意规避、忽略了文化行为中的伦理责任；二是向西方现代技术伦理困境中机器文明影响下的认知方式的靠拢，以契约的形式来强硬规约"我"与"环境"的权力，把"环境"的存在弱化为一种事实，这是对"责任"伦理的中性解读。

很显然，华海在整首诗里采用的是一种"软话语"的方式，充分利用了信息交流双方的情感，来实现模塑过程，诗人并不仅仅是为了描述一个事实，更是对各种所谓的"文化"行为的恶化趋势做价值判断。

三、象征性

"文化—环境"符号的"象征性"，指的是一种依靠任意性建构起来的"象征"关系。例如，鸟和植物都是真实存在的生命形式，是世界中的自然存在，但是，它们与其他动植物之间的信息交流又构成了一种新的自然存在，而由符号关系建构起来的新的自然存在关系就成了对原符号的象征性解释。这种符号过程是相异于物质世界的，会在某种程度上对物质过程造成一种曲解，因此，解释者只有在符号过程中才能对自然符号进行解释，但却始终不能决定这个过程的条件和内容，唯有象征关系的显现才能实现意义的生成。

例如，在《奢华》这首诗中，诗人华海这样描写：

> 只要一份果腹的口粮
> 却备了一桌酒席
> 相当于用一百份口粮中的九十九份
> 喂饱一晚食欲的狂欢
>
> 只要一套蔽体的衣衫
> 却买了一橱时装
> 相当于用一百套衣衫中的九十九套
> 迎合街头时尚的眼球
>
> 只要一间栖身的房子
> 却盖了一座别墅
> 相当于用一百间房子中的九十九间
> 供给自己的虚荣心居住（华海 2011：82）

在这首诗里，诗人先采用了一种高度抽象的三级复合模塑形式，把不同的象征系统组合在一起，然后再用一种"智识型符号"来解释我们理解世界的心理模式，进而批判了不同的文化行为。

首先，"口粮""衣衫""房子"这三个方面的符号系统，是一种三级复合模塑形式，即一种文化模塑。例如，"口粮"针对的是人的生物性需求，而"酒席"则针对的是文化需求，这二者之间的符号对应，是作家创造的单性模型的模塑过程，这一过程的象征性区分了人（酒席）与动物（口粮）的模塑活动，使得人能够独立于"刺激—回应"的信号反馈式情境，因而，也可以被视为对"吃"的形态进行符号表征。

诗人把"口粮""衣衫""房子"三个方面并置在一起，就构成了人的最基本的需求，而且它们作为类似的能指，同样可以被视为人类环境中的文化符号，它们在符号过程中的作用是一种"动因"的显现，是人类文化和环境符号的混合化。诗人在认识论逻辑方面，设定了自然与现实之间类比的可能性，这种类比的可能性是基于某种象似性的，其默认的预设就为自然设定了一个限制，即这些环境符号一旦越过了象似性，就会产生一种意义推动力，迫使这些符号以某种人为介入的形式出现，从而变成了一种象征性符号即图征（emblem）。这显然不同于自然符号中能指与所指之间的物理性连接，如烟作为火的符号，体现了可见物与不可见物之间的一种物理性的关系。

在这首诗中，诗人将"口粮—酒席""衣衫—时装""房子—别墅"进行对比，以近乎夸张的方式来对这个"非生态"世界加以构想，尽管"口粮""衣衫""房子"这些语词本身在诗歌里可能并没有明显的意义驱动力，但是，一旦把这些语词置于一定的伦理语境下，就构成了一种象征模塑形式，而这些象征系统又以执行伦理规范的话语形式在诗歌中呈现出来，变成了一种社会中的伦理规范，进而对人的行为进行考量，读者因此就会发掘出诗人寻找这些语词来驱动道德意义生成的方向。

其次，在"智识型符号"的运用中，诗人以其"亲社会性"属性反思这些"文化—环境"符号在构建符号系统中的作用。例如，诗人反复用包含"一""一百""九十九"的多重复句，来揭示当前人们的文化行为中的"奢华"心理模式。诗中看不到客观化的描写，在饱含讥讽色彩的字里行间充斥着的是人的各种"奢侈"行为，这些行为涉及了人的饮食、服装、房屋、人际关系，同时，这些也是现实社会中某些地方的文化行为。很显然，诗人通过一种诗性语言营造了一种"第二自然"，以一种道德视角来审视人们的各种社会行为，对读者进行道德模塑。我们这里所说的"第二自然"，指的是存在于人类社会中的"规范"。根据美国哲学家约翰·麦克道威尔（John McDowell）的"第二自然"观点，在我们经验感知构成的"自然"之外，还有一种"思想与行为的结果性习惯"（McDowell 1996:

84）①，这些"习惯"是我们的各种文化行为的认识论基础，文化行为就成了在这些习惯基础上建构起来的"符号体系"，即人们长期以来的行为和习惯所构成的经验世界。

最后，在华海的诗《奢华》中，"一"和"九十九"是一项明显的对比，诗歌对这两个数字的使用，并不是单纯地进行数学统计，而是进行数量上的对比，强调二者之间的差距非常大。从另一个角度看，诗歌中关于"口粮""衣衫""房子"的描写，与当前诸多的社会现象构成了一种对称性的罗列对比，并且诗人以日常化的生态叙事，力图构建出"以繁化简"的生态道德。可以这样认为，这首诗是一种生态伦理叙事，它以一种具有强势文化特色的言语行为向读者宣示了它的价值导向，试图将读者引向诗人设定的伦理价值目标。

由此可以看出，华海的诗歌对"文化—环境"符号的运用，实际上是针对生态危机问题在自然文学创作上的反应。读者对华海诗歌的理解，更多的是来自对诗中各种行为作为符号的意指及其模塑过程的推理，而且从"符号三性"的角度来看，诗人华海是把各种自然的存在文化化了。生态符号学家诺特曾指出，在人类文化史中，人类与自然环境之间的符号是无处不在的，而且对一些泛符号主义（pansemiotism）来说，"所有的环境现象在本质上都是符号性的"（Nöth 1998：334），它们都是一种信息。当自然界生命体多样化开始丧失，"人"开始意识到共同体中的"另一半"（自然）的危机时，就必然涉及人的情感问题。美国现代自然文学作家洛佩兹也认为，我们把人类命运与非人类世界分割开来，于是开始直面生物性实在（biological reality），"我们的问题不再是如何利用自然界来让我们享受并有所收获，而是我们如何相互合作，确保我们在这世界中有一个合适的而不是主导性的位置"（Lopez 2019：36）。

第三节　文化风景描写中的生命认知

文化风景中的"生命符号"，狭义上指的是人类作为一种生命形式的

---

① 麦克道威尔关于"第二自然"的论述是基于社会学研究的，主要指的是社会习俗或者生活习惯的共同性特点，这一部分的社会规范，"部分始于概念能力，它们之间的相关性归属于理性的逻辑空间"（McDowell 1996：xx），但因为它是从我们的经验推论而来的，所以也应该属于自然。麦克道威尔的观点，不同于意大利画家列奥纳多·达·芬奇（Lenonardo da Vinci）和德国文学家约翰·沃尔夫冈·冯·歌德（Johann Wolfgang von Goethe）的艺术观点（如艺术中的自然源于自然，但更高于自然），也不同于英国政治哲学家托马斯·霍布斯（Thomas Hobbes）的观点（如人们通过契约关系形成的一种稳定的社会关系）。

文化意义，而广义上则是指包括各种非人类的生命体在内的生命形式所传达的一种文化观念。例如，美国20世纪有名的剧作家阿尔比在他的作品《海景》中将"城市""海滩""海底"三个自然环境作为故事场景，通过查理夫妇（人类）和蜥蜴夫妻（非人类）之间的对话，来反映他们（它们）作为不同的"生命形式"对文化的理解，以及对文化所具有的"元描写能力"的解释。这一节以阿尔比的《海景》为文本展开分析，研究文本中关于生命符号的描写，以及它们所构建的环境界中所蕴含的关于"语言符号"和"非语言符号"的认识论对比。

一、《海景》中的生命符号

《海景》中关于"生命"的最为直接的讨论，是故事男主人公查理对人与动物起源的理解：

> 当某个黏黏的生物从泥水里探出头，四周看看，然后决定上来待一段时间……来到空气中，决定待下去。时间久了，它开始分裂、进化，变成了老虎、羚羊、豪猪和这儿的南茜……它又回到水下，部分原因是它不喜欢待在陆地上，回到水下后，变成海豚、鲨鱼、长出鳍的鱼、鲸鱼和……你。（Albee 2008：46-47）

在这个选段中，查理先后列出了三种"生命形式"：一是"黏黏的生物"，二是"老虎、羚羊、豪猪和南茜"，三是"海豚、鲨鱼、长出鳍的鱼、鲸鱼"。如果把查理视为作者阿尔比的代言人，那么，查理在这里对"生命形式"的理解，就具有了重要的认识论意义，或者说，作者阿尔比借助查理夫妇的故事来阐发他对生命形式的认知。例如，查理（作者阿尔比）关于"生命形式"的划分与空间相关，第一类是"泥水空间"（未知领域），第二类是陆地，第三类是大海；而这部作品中故事的发生地点也有相应的安排，如"城市"（第一幕）对应人类生存空间、"海滩"（第二幕）对应"泥水空间"、"海底"（第三幕）对应非人类生命空间。那么，基于此，我们可以对这部作品做大致的推理，即查理夫妇代表的是人类的生命形式，而蜥蜴夫妻代表的是非人类的生命形式。而且从整部剧作原来设定的戏剧发展结构来看，"城市—海滩—海底"的空间位置的转移，揭示出来的也正是"生命形式"的不同存在形态，以及他们（它们）作为符号对世界的认知。

如果小说中这些不同的生物代表了不同的生命形式，那么，他们（它们）作为生命体符号对作者阿尔比来说，意味着什么呢？我们作如下对比分析。

第一类，人类生命形式。

在《海景》中，查理和南茜拥有"很好的生活"（Albee 2008：20），但是查理却说，这种美好的生活只是"一种说辞"（Albee 2008：21），他期待像"老家伙"那样做个背包客去加利福尼亚，或者去沙漠像埃及的骆驼那样悠闲（Albee 2008：12）。南茜也这样表示，"我爱这儿的海水，我爱这儿的空气、海滩、沙丘和岸边的草，以及沐浴这一切的阳光和飘过的白云，这儿的落日和贝壳在海浪中的声音，噢，我爱这里的一点一滴"（Albee 2008：10）。她甚至梦想自己能住在海边，或者像海边的游牧人一样沿着海岸线欣赏美景，永远不离开海滩。查理则把对原来生活的反感推向了极端，认为最好的方式是"什么都不做"（Albee 2008：11）。

读者从查理夫妇的谈话中所读到的是，"自然"是被正统的文化价值观排斥在外的，因为在他们的梦想中，如做个"背包客"，其中所包含的人类符号过程涉及的是"人"对物性世界的再解释，如像"骆驼"那样悠闲，其中所包含的动物符号过程涉及的是"动物"之于环境的自然表征。这些都与他们的现实生活迥然不同，因为他们要尽心尽力把三个孩子养大，努力做好自己的工作，尽到作为社会公民和父母的责任。而且对他们所拥有的这种"很好"的生活来说，"自然"在人类符号过程中显然是缺席的，所以，唯有在"海滩"他们才能感悟到"生命形式"的原有责任。这种生存困境在阿尔比研究专家安妮·保卢奇（Anne Paolucci）看来是一种"幻影"，"除非人类意识到，只有不断调整自己的生活状态，才能找回真正的真实，否则对他们来说，真实就如同'镜中'的幻影，毫无意义"（Paolucci 2010：52-53）。

再例如，第二幕中，查理夫妇与蜥蜴夫妻无所不谈，他们（它们）从各种生活琐碎谈到了哲学意义上的存在、生死等问题，当南茜告知女性蜥蜴莎拉飞机就像"鸟"，而莎拉却说飞机更像"光"，二人都无法相互说服导致无法继续交流下去。南茜自嘲这些交流都显得不真实，像睡前故事，进而又引出了关于"我"是否存在的话题，直到查理点出这句话的出处，即笛卡儿的"我思，故我在"（Albee 2008：42），才终止了这场争论。

故事表层的争论是人类和动物之间的认识论差异的问题，但是事实上，作者阿尔比所要说明的是，"鸟"作为一种初级模塑形式，是蜥蜴夫妻对事物的理解，而查理夫妇对蜥蜴夫妻的文化符号灌输过程，如对"飞机"的讲述，是一种三级模塑，是对蜥蜴夫妻"非人类生命形式"的单向度控制，反映出来的是文化与自然之间的冲突。恰如生态符号学家诺特曾指出的，生态危机的根源在于文化与自然之间的二元论，"它把人类和自然世界的其他部分设定为对比的状态"（Nöth 2001：76）。人类生命形式作为认知主体对世界思考，其思考逻辑的开端决定了各种逻辑关系和结果。

换言之，无论是查理夫妇还是蜥蜴夫妻，他们（它们）作为生命形式对事物的识别过程都是基于对另一种存在所产生的反应，只不过对后者来说是一种本能的、自然性的存在反应，而对前者来说，在这个识别过程中，生命形式会经过宗教、文化、朋友等的识别，是对生命形式的二级、三级模塑。因此，作者阿尔比实际上想要告诉读者，我们永远都不应该把任何生命体或者生命世界作为满足"我"生存下去的手段。任何生命体都有其自身的内在价值，"在想到人类价值之前，应该总是让优先权有一个生态基础"（Rothenberg 1993：138）。

第二类，非人类生命形式。

"蜥蜴夫妻"作为非人类生命形式的代表，它们的存在是"自然性的"，这与人类生命形式的存在构成了一种反相位映照。作者阿尔比借助"喷气飞机"这样一个技术符号来说明，人类符号过程中的"技术性"活动促成了人类的"技术性存在"的可能性，同时也对其他生命形式的自然性存在构成了威胁。

在《海景》中，"喷气飞机"一共出现了四次：第一次出现在故事的开始（第10页），第二次出现在南茜和查理畅想美好未来生活时（第13页），第三次出现在第一幕结束前蜥蜴夫妻上场时（第25页），第四次是查理夫妇和蜥蜴夫妻相互交谈时（第41页）。"喷气飞机"对蜥蜴夫妻来说简直就是一种令它们恐惧的存在，它们完全被吓坏了，从岩石前被挤到岩石后，瑟瑟发抖、渴望逃离。也如挪威深层生态学家纳什所说的，世界上没有纯粹靠自我发展起来的科技，科技改变也会带动文化改变，因此，"科技不得不经过文化测试"（Nass 1989：94）。那么，作者这里所描写的"喷气飞机"之于蜥蜴夫妻的意义，就是以一种"提喻"的方式来暗示人类文化对其他生命形式的影响，这显然是对人类中心主义认识论的一种批判。

进一步看，作者阿尔比还采用了一种回忆的方式，来模拟"非人类生命形式"的存在形态。故事里有这样一段描写，"我过去常躺在温暖的鹅卵石上，脱掉衣服……认识我自己的身体；没有人看到我；十二三岁。我会下到海水里，拿起两块我能拿得动的石头，游一会、踏会水，向上看看天……放松……开始潜水。……你不再是一个入侵者,最后,就像一个下到水底的东西,或者有生命的生物,伴随着海水的涌动和平静。感觉很好"(Albee 2008:15)。这一段描写的是查理对自己十二三岁下海玩耍时的感觉的回忆,作者阿尔比让作为自然的大海与裸体的小男孩同时出现,二者浑然天成相处融洽。"裸体"小孩与长大后的查理想做个悠闲的"骆驼",这二者之间的能指构成了一种凝聚性模塑形式,它所呈现出来的是"人"与自然之间的生态关系。或者说,人类在海水中的"裸体"形象是一种隐喻,它以一种"非人类"的生命形式来意指被还原为生命体自身的"人",此刻和自然构建了一个共性环境界。或者说,在阿尔比看来,应把各种生命形式都还原为一种"生态性"的存在,他们(它们)都拥有各自的本体论生态位,只不过他们(它们)参与的是自然历史中特定形式的对位性关系,他们(它们)为自己定位,同时与其他生态位交融,和其他现象主体的社会相互融合。

第三类,"海滩"上的"生命形式"。

阿尔比关于海滩的描写,是这部作品中文化风景描写的重要部分,但是从生命形式的存在形态看,"海滩"上生存着的却是一种未知的生命形式,它被作者设定为生命形式的起点,它的未来走向也是未知的:或者是"人类",或者是"非人类"。所以可以这样认为,作者让查理夫妇和蜥蜴夫妻在"海滩"上谈话,一方面是为了展示人类/非人类生命形式之间的认识论差异,另一方面也是通过他们(它们)之间的冲突来反思生命形式的存在意义。

从符号关系的构建过程看,"海滩"作为一个重要的符号空间,变成了两对夫妻之间强烈的文化冲突的舞台,因为人类/非人类的"文化"存在于各自的生命形式中,个体使用的符号一旦运用于符号域之中,并被用于交流,那么,用来控制所有修辞成分的必然只有文化,也唯有文化是高于各种生命体修辞过程的元符号领域。对查理夫妇来说,"海滩"是一种充满"绿色"的自然景观,但是对蜥蜴夫妻来说,这却又是带有"非绿色"的文化景观,充满了危险。正如芬兰符号学家塔拉斯蒂所认为的,"景观"可以被解释为一种"文化事实""景观的文化概念与自然和文化范围的边界相连""景观是自然/文化的一部分,是其边缘区域"(塔拉斯蒂 2012:310-311)。由此可以看出,这里的"海滩"其实就是各种生命体"看到的、识别出来的、描述的和解释的"自然(Kull 1998:335),它在文本中作为一种背景让各种文化(生命形式)相互对比。

从符号性质看,"海滩"处于自然与文化中间,可以被视为表现生命体之间相互交流的特定空间,是人类与动物、自然与文化构成的共性环境界。但是可惜的是,在阿尔比看来,这只能是一个"未知空间",是暂时性的被人类和非人类生命形式共同拥有的"自然"。美国地理学家爱德华·W. 索亚(Edward W. Soja)也曾这样评价,海滩属于一种"第三空间","真实的又是想象的而且又是亦此亦彼的空间,对这一空间的探索可被描述和写进通向'真实—和—想象'地方的旅程"(Soja 1996:6)。

从存在论的角度看,"海滩"以它的"泥水"作为它的本性,以它的自然性来兼容自然和文化,显然是一种极具神秘性的符号空间,如果把它的存在简单地归为生态空间,那么这就是对"绿色"的一种递归认识论立场。事实上,从古希腊哲学家阿那克西曼德(Anaximander)那里,我们就已经知道,万物的生成不是来自某一特定的物质,如"水"或者"气",也不是来自某一物体的特质,如水能生万物的特性。各种抽象化的推论都无法掩盖各种事物存在本原的"无定"一说。古希腊原始的唯心主义者如毕达哥拉斯(Pythagoras)曾提出了蕴含"绿色人"的思想,他把神秘宗教和哲学思辨融合在一起,倡导"数学关系"是世间万物存在的规定,如一和多、直线和曲线。"数"先于存在,把一切都内置于某种规定性关系之中,一旦脱离了这种规定,物的存在就没有意义。同样,如《周易》所述,"天地氤氲,万物化醇",事物的存在最初都是"混沌"在一起的,彼此呈现出来的是"无定"的状态;佛教的"金刚说"对藏传念经方法的运用,也把某种原初性存在进一步推向神秘,其认识模式是对存在关系的神秘化运用。

简言之,世间万物的存在是相互共生的,因此我们不能以某一种特性来判定其存在,而唯有让他们(它们)以其神秘性存在。对比作者阿尔比对三种"生命形式"的存在形态的理解,可以发现,"海滩"被设定为一个"始代码",即生命符号的最始端,而各种生命形式之间的冲突,在这里更多地表现为一种彼此可适应的动态过程,或许这才是这部作品中文化风景描写的意义所在。

二、《海景》中的环境界

谈论生命认知,就需要了解不同生命形式的"语言/非语言"符号系统,同时,这也是理解阿尔比《海景》中所展示出来的"文化"意义的另一个重要入口。作者通过对比查理夫妇和蜥蜴夫妻关于"语言"的讨论,反思了他们(它们)对各自的生活世界(环境界)的理解。正如托内森在《环境界与语言》中所说的,"环境界"也可以分为三个层次:"核心环境界"

(core Umwelt)指的是一个生命体与其他生命体进行直接的、即刻性的相互交流的环境界；"调节性的环境界"（mediated Umwelt）指的是客体经由一些调节才能相遇的环境界，这些调节方式就包括了记忆、幻觉、想象和大众媒介等；"概念性环境界"（conceptual Umwelt）指的是人在环境界客体中间以一种广义上的或者特别是人类语言方面的说明性推理方式成功地相互应对的环境界（Tønnessen 2015：81）。

在《海景》这部小说中，查理夫妇和蜥蜴夫妻原本有着各自的环境界，他们（它们）在相遇伊始，都分别依照自身生命体的行为模式进行交流，而且他们（它们）的话语结构也反映了他们（它们）各自的与其行动相关的语言背景。根据托内森的"环境界层次论"，查理夫妇作为人类的代表所构建的明显是一种"概念性环境界"，而蜥蜴夫妻的环境界是"核心环境界"。

第一，"概念性环境界"。

在《海景》这个故事中查理夫妇与蜥蜴夫妻之间的交流涉及了诸多人类社会的问题，如文明、生活和科技以及人类的教育、宗教等，但是，对查理夫妇来说，他们的世界明显属于一种"概念性环境界"。

例如，南茜向女性蜥蜴莎拉展示自己的乳房，引导它了解人类身体和动物身体之间的不同；介绍人类穿的"衬衫"，"可以保暖、穿得漂亮，看着正式"；介绍人类如何养育子女，解释什么是"爱"，还教它认识鸟、飞机等等。南茜竭力通过各种语言描述来告知莎拉人类的世界，而她所采用的语言明显是概念化的，每一件物品都是被人类文化命名了的。因此可以这样认为，查理夫妇在与蜥蜴夫妻进行交流时，不是简单地告知后者，而是通过改变、重释与重新定义，让各种文化符号成为一种话语形式，并借助语言或者更确切地说借助命名，来达到文化模塑的目的。正如美国文化生态学家大卫·阿布拉姆（David Abram）所说的，"我们开始都是含蓄地以一种特别的模式与我们周围的大地构建一种感官联系，关注特别的现象而忽视其他的现象，并根据语言中包含的言语差异区分质地、味道和音调"（Abram 1997：255）。

故事里南茜对于莎拉的模塑过程，既可以是行为上的，也可以是心理上的，而所表现出来的则是一种语言模塑下的文化共建，恰如段义孚所说的，"我们忽视语言在场所构建中最关键的作用，没有人类言说就根本不可能有思想，也不会有争论以及行动。语言带来了场所的构建"（Tuan 1991：695-696）。这里的"场所"就变成了一种以生物域为基础构建的文化生态空间，而且是一种泰耶尔意义上的"生命—地方文化"（Thayer 2003：68）。因此，"海滩"无论是对查理夫妇还是蜥蜴夫妻来说，都是展示"概念化"

世界的重要"场所",它是人类文化对自然进行解释的一个符号空间。

对蜥蜴夫妻来说,在与查理夫妇相遇之初,它们始终是以其"自然性"的视角来看待一切。然而在后继的交流过程中,它们不再那么坚持自己的原有认知,而是尽可能地从南茜的视角去理解文化,通过听取她提供的各种解释来理解现代人对事物的认识和观点,进而与人类文化认可的认识论规则相一致,所以,"蜥蜴"需要通过观察最终获得与南茜一样的符位建构的规则,实现一种"认识论建构",完成一种环境界认识的转换。因此,《海景》的第三幕是蜥蜴夫妻欢迎查理夫妻去它们海底的家里做客,这就意味着,蜥蜴夫妻想要让双方增进了解,同时这也是让它们自己的感觉和行为文化化,以便于与人类所产生的社会性和生态再生相一致。或者对非人类的生命形式来说,文化或者文化同位体必然存在,因为"文明"(文化)是群体进行生命活动的重要基础。"通过思想和语言,每一个人都不可避免变成了符号域中的参与者(a player),在现代社会中,文化是人文符号生态位占主导地位的特质"(Hoffmeyer 1996:130)。文化符号就是海德格尔意义上的使物"敞亮"的一种存在,符号的规约化或现实化,才能让蜥蜴夫妻真正进入环境界,进而开启其社会性存在。

第二,"核心环境界"。

从语言/非语言符号系统的角度来看,通过人类语言所构建的世界是文化性的,而通过非人类语言构建的世界,如蜥蜴夫妻的世界,仍然停留于"物质"层面,是自然性的。尤其对蜥蜴夫妻来说,环境界的建构都来自一种"直接的、即刻性的"信息交流,即一种"核心环境界"的认知模式。因此,当女性蜥蜴莎拉与南茜谈论"飞机"时,它更愿意相信自己的直觉,认为飞机更像"光"。可以这样认为,对蜥蜴夫妻来说,自然界中的各种物质很少是十分明显的再现性的,也很少是修辞性的。或者说,所有客体对它们来说很少是逻辑性的,更多是一种即刻性的、受制于特定语境之下的。这就类似于猎人所设下的捕猎的符号,它并不具有历史意义,而更多的是与特定的环境有着密切的联系。蜥蜴夫妻所能观察到的"物质"所构成的文化形态,应被视为一种"非言语符号",其中有一种抽象的密码,可以显示出建构物质世界的方式。

根据西比奥克的语言模塑论,自然语言是基础性的初级模塑系统,服务于所有的人类符号系统;而语言作为二级模塑系统本身就包含了特定的交流功能。人类可以制造三级模塑系统,可以再现所有的语言表征,这可以被视为非人类文化的对应一面。"正是在这个再次界定为第三级的层面上,言语符号和非言语符号的集合相互融合,才形成了迄今为止自然所进化成的最具创造性的模塑过程"（Sebeok 2001a：146）。

在《海景》中，作者阿尔比设定蜥蜴夫妻会说英语，也就是让"英语"成为生命体原有的自然语言，而查理和南茜代表的人类文化概念，则成了他们共建环境界的"二级语言"内容，未来的共性环境界中出现的交流符号将是人类和动物共同使用的"三级"语言，而这或许就是作者对未来"绿色语言/绿色文化"的想象。可以这样认为，作家阿尔比以"语言"审视"人"与"自然"之间的关系，实际上是为了让这个被生态危机遮蔽的"关系"重新显现，展示了蜥蜴夫妻代表的"自然"与查理夫妇代表的"人"这二者共同构建环境界的不可或缺的交流过程，二者作为主体彼此参与不同的共性环境界，如文化或次文化，构成特别的共性功能圈。或者说，自然与文化的对立只是阿尔比想要叙述的故事，而自然与文化在海滩上的结合才是未来的方向，我们迫切需要这样的一个地理空间，来实现真正的生态和谐。文化得以自然化，是因为每一个有机体都与自己所处的世界相对立，文化则加强了这种对立性。文化中的人具有对自然的主导性，他们让一块陌生的土地变成了城市，但是关系是辩证性的，正题是自然，反题是文化，二者的合成是居于自然中的文化，而且二者共同构成的是一个生态意义上的"家"。

由此可以看出，《海景》所反映出来的关于"语言"符号系统和环境界构建的讨论，强调的是各种生命体在空间中的关系，即一旦出生，就生活在这个带有意义结构的地方。艾克称这种关系为"文化单位"（Eco 1976：67），其目的也是说明文化可以作为一个重要的因素，参与人类社会的建构。从原始的"无"到文化世界的"有"，人们经历的这个过程是一种对原始神秘的"除魅"过程，也就是说，人从自然状态转到恩典状态的"除魅"，体现在其每一时刻每一行为里（韦伯 2007：101）。在《海景》中，"海滩"作为一个特殊的平台让自然变成了一种文化文本，这里的自然表现出双重性特点，一方面是"海滩"自身展现的自然意义，另一方面则是它指涉的文化语境意义，即马伦意义上的"语境特征"。换言之，自然属性的文化化是我们理解自然、把握自然最重要的符号过程，文化需要从自然视角来鉴别其人文性，自然则需要从文化角度来审视其自然性，自然与文化之间的相互融合是"绿色文化"的发展走向。

第四节　文化风景描写中的存在之"道"

"道"，作为文化风景描写中一种人对自然的哲学解释，主要表现为以我们生活中的一些自然现象来映射一种文化观念或思想。生态符号学家马伦认为，"自然的那部分已经被包含在文化记忆之中的作为地方性的实体，仍然属于自然环境，当描写自然的时候，文化也必然是重要内容之一"（Maran 2022：78）。丹麦学者克劳斯·埃美柯（Claus Emmeche）也认为，我们作为人类与自然之间的关系，"被深深地嵌入符号过程中了，这一符号过程的特征就是自然符号类型和文化的符号解释类型相互接续着"（Emmeche 2001：237-238），我们甚至在很大程度上无法区分"自然"和"文化"，而且这种自然形态现状已经成了我们须臾不可分离的生活环境。

美国著名诗人斯奈德就经常把他对社会和文化的理解融入自然描写之中，进而以自然描写来说明一种存在之"道"。在他看来，自然之"道"是"真理的本质和门径"，他的散文集《禅定荒野》在学界备受推崇，而《道之上，径之外》更是被评论界誉为"来自美国禅宗式道士的佛法之音"（Gonnerman 2004：307）。这一节我们对斯奈德诗歌中的"道"进行释义，分析它作为一种存在符号，如何把自然和文化融合在一起，目的是对自然描写中的一些具有哲学认识论意义的"文化"概念进行重新审视，从而将其纳入生态符号学的文化批评、文本理论中。

一、自然描写中的"道"

一般而言，"道"主要指的是"道路"，是通向"径外之道"，根据斯奈德的理解，"汉字的'道'本身就意指'路、道、径或引领/遵循'"，因此，在他的诗歌中，读者常可以发现如 road、path、trail、way 等词语，它们分别用来指涉不同含义的道路。但是与此同时，斯奈德也指出，"从哲学层面来看，'道'指的是真理的本质和门径"（斯奈德 2014：165）。因此，"道"作为"道路"这个含义本身是一种符号性的理解，而且从根本上讲，它作为一种自然符号，是以它的自然描写的方式把意义引向关于真理的讨论的。

例如，在《道非道》一诗中，斯奈特这样描写：

scattered leaves	散落的叶子
sheets of running water.	一片片流淌的水。
unbound hair. loose planks on shed roofs.	松散的头发。松动的单坡屋顶上的木板。

> stumbling down wood stairs　　摇摇摆摆向下的木梯
> shirts un done.　　　　　　　敞开的衬衣。
> children pissing in the roadside　在路边草丛中撒尿的孩子们
> grass（Snyder 1970:51）

在这首诗中，诗人斯奈德至少借助了两种符号过程来描写这些自然现象和人类活动，进而展示了它们是如何以其自然性的存在形式存在着的。

首先，诗人借助植物符号过程来展示这些非人类生命体自然现象与其他存在物之间的原始的自然关系，如"叶子"是"散落的"，"水"是"流淌的"，这些非逻辑性、非因果性的展示是为了告知读者，所有这些自然的存在形态都是原初性的、自然性的。

其次，诗人借助人类符号过程来展示与人类生命活动相关的"不及物"关系，如"头发"是"松散的"，是因为头发需要从固定的模式中解放出来；"木板"是"松动的"，"木梯"是"摇摇摆摆"的，是因为它们需要从人类符号过程中解放出来；"衬衣"是"敞开的"，是为了解除"衬衣"与"肉体"之间的仪式关系；"孩子们"也回归本真的天性，直接"在路边草丛中撒尿"，这里所要呈现出来的是让人回归自然。可以看出，这些符号过程所反映出来的观点是，唯有让各种自然从一些所谓的规则中释放出原有的天性，我们才可以观察到其更为本真的存在。或者说，诗人斯奈德所要反映的是，有生命的与无生命的自然万物，都是自然性的，都应以其自然性存在，这才是真正的存在之"道"。

从这首诗的题目也可以看出，"the Way"与"a way"这两个词语之间有着本质的区别：诗中的自然描写都是对某种存在关系的描写，是"a way"的意思，它们意指"道路"或者像路一样的线性之物，具有约束性和限制性。而所有的自然描写都有一种共性，即有一种"道"存在于所有这些关系之中，即"the Way"，它表示存在于万物之中的普遍法则。这首诗之所以命名为《道非道》（*The Way is Not a Way*），就是为了说明，"道"（the Way）不能局限于像特定道路一样的线形图像之中，"道"是自然法则，它在"叶子"上、在"水"中、在"头发"里、在"木板"上、在"木梯"上、在"衬衣"上，在孩子们的"尿"里；斯奈德在自然描写中对"道"的理解，是庄子思想的诗性表述，如后者所言，"在蝼蚁""在稊稗""在瓦甓""在屎溺"（郭象 2011：399）。尽管诗人并没有用任何一个表示"道"的词语，却通过这些物质符号模塑过程展示了"道"在自然中的存在状态，或者说，斯奈德借助老庄思想来传达一个道理，即"道"存在于"自然"中，而所有这些自然符号呈现出的"道"，是一种无时不在、无处不在的普遍规律。

不同于这首诗的自然描写，斯奈德在另一首诗中，以另一种自然描写的方式对"道"做了更为清晰的描述。例如，诗人在《路非路》一诗中这样描写：

I drove down the Freeway	我从高速公路驶下
And turned off at an exit	在出口处拐弯
And went along a highway	沿着公路继续前行
Til it came to a sideroad	一直开到一条岔路
Drove up the sideroad	沿岔路而上
Til it turned to a dirt road	最后转入一条泥路
Full of bumps, and stopped.	到处坑坑洼洼，然后停下。
Walked up a trail	顺着小径走上去
But the trail got rough	而小径崎岖不平
And it faded away—	直至消失不见——
Out in the open,	出来走到旷野上，
Everywhere to go.	处处可行。

（Snyder 2005: 127）

首先，从自然风景的描写手法看，这里所描写的自然显然是以一种视觉上的复合型象似符形式出现的，诗人是从观察者的视角来模仿自然风景的真实面貌，例如，"高速公路""出口处""公路""岔路""泥路""小径""旷野"，这一系列的地点的存在与不同的地理位置相关，诗人的目的是说明自然结构之中还有结构，而这些不同的"道路"都是指示符，它们之间的相互关联构成了一幅"荒野"路线图，标志着走向荒野的方向；而且这一段关于弯弯绕绕的"道路"描写，更是以象似符的形式给读者以地图式展示。

其次，在这首诗中，诗人还采用了一系列动词来描写人类符号过程，如"拐弯""前行""开""走"，展示出来的是人与自然之间的物理性关联，唯有"小径"是人迹罕至、崎岖不平的路，它是通向旷野之道，而之前的几段关于路的描写，都指向的是车辆可以开行的地方。诗人的本意应该是为了说明，"旷野"作为自然符号，兼有具体的"荒野"与抽象的"野性"双重含义。"荒野"与"野性"均有"未被驯服"之意，但"荒野"

指的是一个空间的概念,而"野性"描述的是一种特质。因此,"车辆"作为一种技术符号,无法在这样的自然中构建一种符号关系,而唯有人作为一种生命体形式借助步行的方式才能实现人与自然之间的本真关联,如斯奈德所说,"没有环境,就不会有道路;没有道路,就不会有自由"(斯奈德 2014:65),回归荒野是斯奈德毕生的追求,荒野是自由的象征,而道路是修行之所,也是通向荒野的必经之地,因此,道路是通向自由的捷径。

由此可以看出,"道"作为自然符号,是指有迹可循的、具体意义上的"道路"(path),这是用于行走、具有线性的实际存在之物。道路无处不在,遍布世界的每个角落,"整个人类世界就是一个密织交错的道路之网"(斯奈德 2014:163)。作者在这里突出了"道"作为一种环境指示符的意义,它以物理性的存在来指向自然,实际上是以"行"的过程,以象似性模塑的方式来体验自然,正如斯奈德所说的,我们应像小孩一样,"通过步行和想象来了解一个地方,了解如何构思空间关系"(斯奈德 2014:109);一个地方需要我们用双脚来丈量它的空间位置,从而感知其环境。对斯奈德而言,"步行"(walk)与"行"(work)之间的界限较为模糊,在一定程度上,"步行"也是"行"的一种方式。斯奈德每天会做些体力活动,步行就是他生活中的一部分。对他而言,"步行更多的是纯粹的身体力行的过程,在此过程中,身体与环境相互作用,并且开始对环境产生认知"(Gilbert 1991:197),而在步行的过程中,道路是不可或缺的。

从这首诗也可以看出,荒野作为人类的家园,能使诗人的心灵得到彻底的释放,回归本真的状态,从而达到内在荒野与外在荒野的统一,而心灵也由此变得无羁无绊、"处处可行"。正如斯奈德所评述的,"'荒野'这种地方能让潜在的野性充分发挥,各种生物和非生物在这里依其自性,繁衍生息"(斯奈德 2014:11),"荒野可能会暂时缩小,但野性绝不会消失无踪"(斯奈德 2014:15)。这里的"道非道"实际上指的是一种径外之道,而"处处可行"则是对"道"的"述行性"解释,因此,斯奈德这首诗的标题强调的是一种具体的"道"(trail)。

二、文化符号中的"道"

斯奈德对"道"的理解,有着独特的解释逻辑和解释方式,他通过采用不同的词语来描写不同的"道",充分展示了他思想中的"道"作为一种文化观念的价值。例如在《径之外》一诗中,诗人这样描写:

Recall how the *Dao De*	忆起《道德经》
Jing puts it: the trail's not the way.	如是说：道非道。
No path will get you there,	无路引你入道，
we're off the trail,	我们在径之外，
You and I, and we chose it!	你与我，共选此处！
Our trips out of doors	远足野外
Through the years have been practice	年复一年皆在行
For this ramble together,	为此携手漫游，
Deep in the mountains	深入大山
Side by side,	肩并肩，
Over rocks, through the trees.	越过岩石，穿过树林。

（Snyder 1992: 369-370）

在这首诗中，诗人分别用了 trail、path、way、practice 来描写"道路"，path 是所有实词中出现频次最高的，出现了 28 次；work、way、trail、practice 出现的频次依次为 27、23、13、11，而 road 在文中出现的频次较低，仅为 6 次。我们这里参考生态符号学家库尔的"多重自然论"来分析，可以深入理解诗人斯奈德在诗中对"道"的描写，以及对"自然"的文化解释。

trail 通常表示人与动物踩出来的小径、小路，是人迹罕至、通向荒野的道路，因此，我们可以把它看作库尔所说的"零度自然"，即纯粹的自然。而且这首诗中的 off the trail 显然也是为了告知读者，唯有离开小路才能走向荒野，因此，这个短语的含义所突出的正是人对自然原初性的渴望。

path 常表示一般的道路，或表示人类和其他生命体走出来的小径、小道。相比而言，path 一词中的自然层级不及 trail，因此，这是库尔理解的"一度自然"，它所标示出来的是人经常经由此路往返，而这条"路"以其"物性"展示了人与自然之间的物质符号过程，这是诗人赋予这条路的解释，以及对我们生活的世界的一种评价和解释，因此，诗人才会说 on the path。进一步看，诗人也把这条路隐喻化了，人从文明世界走向荒野之前，必定已经往返于这里多次，这是人所必经的地方，所以可以这样认为，这也正是"道之上，径之外"（"On the Path, Off the Trail"）的含义所在。

road 这个词常表示人类文明社会中的"马路"或"公路"，这是库尔意义上的"二度自然"，它已经不再是纯粹的荒野，而是指一定程度上被人改变后的自然。way 是一个通常用来表示汉语"道"的英语高频词，在斯奈德的诗作中具有深刻而广泛的含义，正如前一节我们所讨论的，小写的way是指一种具体道路或者规则，而大写的Way指涉哲学意义上的"道"，是库尔理解的"三度自然"，它表示的是一个无所不包的哲学范畴，既是自然之道，也是精神之道。

practice指的是现实中的"修行"，一旦达到最高精神境界，"行"就是"道"。斯奈德认为，人类现在的文化是一种与外界荒野隔离、与内在野性隔离的文化，我们所在的"道"（trail）并不能帮助我们建立人与荒野自然之间的深层联系，如诗中所说的："道非道"（the trail's not the way）；然而，正因为"无路"（no path）引人入"道"（way），我们只有携手而"行"（practice），走向"径之外"（off the trail），在荒野中漫游，才能达到内在荒野与外在荒野的统一。在《道之上，径之外》一文中，斯奈德对道元禅师的至理名言"行即道"的英译及诠释包含两层意思：一是"行之过程"（"practice *is* the path"）；二是行的终极目标（"It *is* the Way"）（斯奈德 2014：173-174）。前者实现的必要条件是"on the path"（"道之上"），而后者实现的最佳场所则是"off the trail"（"径之外"）。

诗人斯奈德青睐"荒野"中的"道"，强调"道路"是通向荒野的必经之地。而且诗人在实际生活中酷爱爬山，山就是荒野的代名词，"山（或荒野）完全是精神自由和政治自由的避风港"（斯奈德 2014：112），他沉醉于荒野自然，号召人类走向荒野，在荒野中实践，而人们在走向荒野、融入自然万物之前，首先必须途经有迹可循的道路，这样才能到达无迹可寻的荒野。正如斯奈德明确表示的，"在你转而走向荒野前，首先你必须'在道上'（on the path）"（斯奈德 2014：174）。因此，诗人的《径之外》一诗并不是纯粹的自然描写，其中关于"道"作为文化观念的思考引人深思，因为"径之外"本身意味着一种符号潜势，即一种对自然作为零符号的认识论价值。

首先，"径之外"是荒野，是"零度自然"的存在。

"荒野"作为库尔意义上的"零度自然"，其本身就是一种意义潜势，任何自然在经过了人类的解释之后，都会走向其他层级如一度、二度、三度自然形态的存在。对诗人斯奈德来说，以一种诗性表述来展示对自然的思考，最好办法就是构建一种符号关系，让"小径"作为符号轴心对"自然"形态进行划分。例如，根据斯奈德的观点，"与道路相对的词"是"无路"（no path），"故有'道之外'（off the path）、'径之外'（off the trail）这样的说法"（斯奈德 2014：164）。此处的"径之外"是指"远离人类或动物的任何踪迹"的地方（斯奈德 2014：173）。在斯奈德看来，世界上既存在着有迹可循之道，也存在着无迹可寻之道，但后者不能称为道路，只能是荒野，因为这里的自然作为"零度自然"是绝对荒野。因此，此处的"径之外"是与有迹可循之道相对的地方，即无迹可寻之道，这条"道"并非表示实际存在的"道路"，而是表示另一种具体的存在形式，即荒野。

从乌克斯库尔的环境界理论看，"环境界"的存在即意义。"径之外"的"荒野"，是道路之外的荒野，它自然性存在本身就是意义。例如，斯奈德在《自由法则》一文中，对 wild、wilderness 和 wildness 几个词进行了有意识的甄别，他用 wilderness 与 the wild 表示客观存在的"荒野"，这二者之间的区别值得辨析，前者表示一个充满原始力量的地方，既能使人得到启迪，又会让人面临挑战（斯奈德 2014：11），后者也是指"荒野"，但该词更加强调荒野中的"野性"（wildness）。斯奈德认为，真正丰富多彩的世界并非存在于道路之上，而荒野作为具有自然性的自然符号，它具有无限的可能性，"人在荒野中"才是人类真正的存在意义。

另外，斯奈德把对"荒野"的认识融入其内在化的"野性"境界之中，因此，"野"（wild）也成为"径外之道"的代名词。他倡导本真自然的野性状态，而这种"野"不仅是外在世界顺其自然、保持野性的本真状态，同时，也是内在世界应具有的精神。对他而言，"野"并非传统意义上的贬义词，相反，"野"即原初性自然的"零性状态"，是自然符号的代表，具体地说，动物的"野"或原初性状态指的是"每一个个体都具有殊异禀赋，生活在自然系统中"，而人类行为的"野"指的是"单纯的、自由的、自然的、绝对的……"等（斯奈德 2014：9）。

可以这样认为，斯奈德对荒野的"零度自然"状态的认知，也是对自然符号的本然形式的认知，他重视荒野中的野性，对荒野中的一切生物，如花草树木、虫鱼鸟兽，甚至是真菌、苔藓这类细小之物，都采用了象似性模塑的方式进行描写。也如美国学者伦纳德·西格杰（Leonard Scigaj）所认为的，"野"也是一种对自然的自由而直接的体验，不受人类意图或先见的干涉与影响，故它与道家的"道"，抑或与无羁无绊、自由畅通之路相类似（Scigaj 1999：258）。斯奈德所提倡的"荒野"是一种内心自在、物我合一的忘我境界。他时常走进深山，亲身体验那充满野性的荒野自然，使内心的"野"与荒野的"野"达到和谐统一，这也就意味着，斯奈德关于"道"的理解，在这里是一种对"野"的自然伦理或原始伦理的思考。

其次，"径之外"还指的是一种"大地僧伽"（great earth sangha），这是一种生物性意义上的生态群落解释，它把一切存在都视为生命符号。

根据斯奈德的观点，"大地僧伽"是一个包容大地上所有的生命体与非生命体的概念，人类、荒野自然中的虫鱼鸟兽等一切生命体，以及为这一切生命体提供栖身之所的大地都是"僧伽"，或者说，"僧伽就是地球生物圈"（Barnhill 1997：187）。这显然是一种对生态群落概念的人文版解释，这在某种程度上与生态符号学的观点具有契合之处，因为他们都关注有机体与其环境（无生命物质）之间的联系，并且都认为世界在本质上是一个相互关联的动态关系网即生态符号域。例如，在《啊，水》这首诗中，诗人斯奈德以一种物质符号过程来展示生命形式的存在意义，如水在冲洗、诗人在酣睡、山峦在轰鸣、碎石在滚落、雪原在融化、花苞在绽放（Snyder 1974：73），一切存在都被归约为自身存在的必然生命形式，如"水"的存在必须是在"冲洗"过程中、诗人的存在必须是在"酣睡"中、"花苞"的存在必须是在"绽放"中才能实现，自然存在形式的变化都要依照自身的生物性发展来进行才能实现自己的生态符号域构建。

进一步看，斯奈德的"大地僧伽"实际上是建立在尊重"自然性"存在基础上的一种文化观念，他意在通过其作品以一种诗性表述来倡导深层生态学的生活方式，在某种意义上推动这个领域的认知深化。他提倡的"生存与圣餐"（survival and sacrament）的理念，体现了尊重自然规律、顺应自然趋势的道家思想。在斯奈德看来，任何生命体的存在都应该是"生态性的"，都应该遵循一种生物性的规律。或者说，自然界中的"食物链"是不同生命体存在的解释形式之一，而这个"食物链"作为意义形式就表现为一种生态符号域，"自然"中包括人类在内的一切生命体形式之间都存在着一种符号关系，它们都要遵守这种"契约"性的符号关系，进而在生态群落中实现各自的环境界构建价值。

斯奈德把这些"大地僧伽"中各种生命体的存在方式定义为一种"述行性"的行为，认为自然界中的一切生命体与非生命体无时无刻不在"行"，一切生命体形式和非生命体形式，如各种动植物、花草树木和山川河流，都有着"行"的内在符号过程，这是自然界的一个普遍规律。或者说，斯奈德的关于"行"的解释是对"道"的生物性翻译，他把"人"重新置于自然中，而又在"生态符号域"中重新思考人与自然之间的关系，因此，从这个角度看，斯奈德号召人们回归荒野，在荒野中实践，因为"没有什么比远离道路，走向分水岭这一新领地更重要。这并非为了猎新，而是为了寻觅一种回归家园，入住我们整个领地的感觉。'径之外'（off the trail）其实就是'道'的另一种称谓。故而，径外漫步就是禅定荒野的体现，实际也是指我们应在所处之地竭尽全力地工作"（斯奈德 2014：174）。可以看出，斯奈德的"行之道"的思想汲取了佛教的"出家"与道家的"道"

的思想,将"出家"置于"大地僧伽"之中,从而使之成为精神上、生态上的"无家",意即"在整个宇宙的大家之中"(斯奈德 2014:115)。

因此可以这样认为,斯奈德的"行"始于"道",是在自然描写中传达一种文化观念,正如斯奈德所认为的,人类在一个地方扎根,为了人类栖居且具有生物连接器功能的生物廊道而"行"(practice)(Snyder 1995:250),为了"重新栖居"(reinhabitation)而"行"(practice)。在斯奈德看来,修行(practice)的自然单位是家庭(family),而修行能产生一定作用的自然单位则是社区(community),因此,一个"僧伽"就指一个"社区"(Snyder 1980:136)。也如道元禅师所言:"山无处不参学"(A mountain always practices in every place)(斯奈德 2014:117)。

概言之,斯奈德倡导人们以"道"为存在法则,合力构建生物间的符号关系,顺应自然规律来认识自然,进而构建一个"生态性"的生态符号域。他诗歌中的"道"的观点作为对中国"道学"的一种诗性表述,是他将东方"道"之思想与西方生态思想进行文化融合的意义所在。

第五章 "混合性自然"描写的意义范式

"混合性自然"（Hybrid Nature），指的是"人类文化和社会行为方面被技术性进步所控制的自然"（Mäekivi，Magnus 2020：3），这一类自然描写是现代自然文学中的又一个重要范式，它在文本中主要揭示"技术"的发展给人类社会带来的各种生态问题，如全球变暖、环境污染和基因编辑问题。20世纪，现代自然文学创作在整体上出现了明显的"生态危机"转向，一些作家开始把批判的矛头指向现代科学技术，认为我们以"技术"的方式终结了自然，进而取得了类似于"上帝"的位置。这里所说的"自然的终结"，显然并不是指这个世界的"自然"在存在论意义上的终结，而是指"人类关于世界以及自身位置的一套观念"（Mckibben 2006：18），已经不再适用于解释当前的人与自然之间的关系了，这在现代自然文学作品中就表现为技术发展的"脱域"（disembeding）[①]或对自然的疏离。

本章主要以梭罗的《瓦尔登湖》（1845年）、阿特伍德的《浮现》（1972年）和《羚羊与秧鸡》（2003年）等作品为例，从历时性视角分析这三部作品的"混合性自然"描写中的各种符号关系。如《瓦尔登湖》中的"非对位性"关系，指的是人对自然的技术性改造开始出现"非生态性"表现；《浮现》中的"仪式性关系"，指的是技术造成的固化思维模式对人乃至人类社会的破坏引发了"生态危机"；《羚羊与秧鸡》中的"信息性"关系，指的是技术对人类及其生存环境的基因改造，一切关系都被置换为一种"信息结构"。本章通过分析这三种符号关系在不同时期的自然文学作品中的表现，旨在揭示由于"技术"介入程度的不断加强，"自然"逐步形成了一种技术化生存背景，进而造成了人与自然之间关系的"非生态化"趋势。

第一节 "混合性自然"描写中的"非对位性"关系

"对位性"这个概念来自生物符号学家乌克斯库尔，主要指的是生命

[①] 这里的"脱域"实际上是借用了英国社会学家安东尼·吉登斯（Anthony Giddens）在《现代性的后果》中的相关论述，如"社会关系从彼此互动的地域性关联中，从通过对不确定的时间的无限穿越而被重构的关联中'脱离出来'"（吉登斯 2011：18）。

体在构建环境界的过程中，以特别的方式来识别不同的存在物、客体或者事件，它以"对位"的形式和其他生命单元进行功能性对应。但是在《瓦尔登湖》中，作者通过对人类各种活动的描写展示自然与文化的对比，目的却是说明，这些人类活动都是以人类为中心展开的，所建立起来的都是一种"非对位性"关系。这一节我们从三个方面来说明"技术"在《瓦尔登湖》中的文化解释作用。

一、技术符号描写中的非对位性

"技术"作为一种符号在《瓦尔登湖》中的表现随处可见，但它更多的是以一种隐性的方式，隐含在自然与文化之间的对比描写中；而对于"火车""铁路"作为技术符号的描写，作者常常采用一些直接的、显性的方式。

第一，隐性的描写方式。

根据作者梭罗的观点，《瓦尔登湖》中关于人与自然之间关系的各种描写是基于他"想只是面对着生活的实质性的事实""把生活的一切精髓都汲取出来"（梭罗 2011：69），但是，读者所能感受到的却并不是一种"写实"的风景描写，而是以"混合性自然"的描写方式来凸显自然与文化之间的对比，"技术化"的生存方式在一开始就被隐含在关于人的衣食住行等各个方面的描写中，这里的"混合性"在文本中指的是自然与文化的融合在人类生活方式中的表现，即以文化的方式来看待和解释自然，并改造自然。

例如，在"节俭"一章中，作者反复思量人的生活方式，认为"芸芸众生过的生活是既安静又绝望。所谓的听天由命，是一种得到证实的绝望。你从绝望的城市，进入绝望的乡下，并且不得不用水貂和麝鼠的勇敢来安慰自己。一种刻板但又潜意识的绝望，甚至被掩饰在人类的所谓游戏和娱乐的下面。在它们当中并没有玩耍，因为那是工作之后的事情。但智慧的一个特色，就是做不顾一切的事情"（梭罗 2011：5）。这里，作者是以一种动物符号过程来展示"城市—乡下"的对比，认为来自乡下的各种动物，如水貂和麝鼠，作为"自然"可以安慰人类。这是因为动物的欲望满足是以其生物性为基础的，人类的文化性的欲望都是对自然需求的"掩饰"。

再例如，在解释"生活的必需品"时，梭罗认为，"尽管是在表面的文明中生活，但如果能过上一种原始而蛮荒的生活，也未尝不是好事"（梭罗 2011：8）。可以看出，作者是以一种生物性的认知方式对文明进行反相位的解释，首先，自然界的其他动物，比如"野牛"，需要"青草"和"水"，那么，它们之间的关系就是一种信息模式，即动物发出信息，然后再从自然界获得反馈，进而完成从动物到自然的动物符号过程。但是对人类来说，他们不仅需要食物、房子、衣服和燃料等，而且由于人类的"发明"，他们对这些生活必需品的需求还呈现出一种"奢侈"模式，例如，人类需要设计和建造精美的房屋，需要缝制款式时尚的衣服，需要借助更快的交通工具走遍世界，这些欲望都是"非自然性的"需求。这里的"奢侈品"则是一种文化符号，是人对自然的文化解释，其中所蕴含的是一种典型的人类符号过程。因此，作者这样认为，"大多数奢侈品，以及许多所谓的生活的舒适之处，不仅并非不可少，而且还是人类的思想崇高的确凿障碍"（梭罗 2011：10）。

可以看出，从"生活的必需品"中的"奢侈品"，到衣服制作中的"款式"，再到房屋建筑中的"设计"，所有这些讨论所涉及的共性问题都是自然与文化的冲突，而它的核心却是关于"技术"的问题。或者说，"技术"在社会各个方面的应用，改变了人们的生活方式，同时也改变了人们的生活态度和目的，因此，"文化"实际上是一种人对自然的解释，人类各种活动都是这种文化解释的表征。

第二，直观性的描写。

作者梭罗对"技术性"生存方式的最为直观的呈现，主要出现在对"铁路"及其相关状况的描写中。例如，在"声音"这一章中，作者梭罗对自己的居住环境做了详细的描写：这个建在山坡上的房子周围都是树林，附近还有池塘，前院还种了各种瓜果蔬菜和花朵。夏天的时候，窗外有苍鹰、野鸽子飞过，有水貂、青蛙等，还有"火车车厢发出的哐啷哐啷声"（梭罗 2011：87），随后作者用了大量篇幅来描写"火车"：

> 菲奇堡铁路与池塘毗连，在我居住的地方以南大约一百杆处。我经常沿着路轨到村子里去，好像它是我与社会连接的纽带。……不论是在夏天还是在冬天，机车的汽笛声都穿透了我的树林，那声音听起来就像一只飞过某个农夫院子的苍鹰的尖鸣，汽笛声告诉我，许多焦躁不安的城市商人正进入这个镇子的范围之内，要不然就是富于冒险精神的乡下商人从另外的一边到来。（梭罗 2011：88）。

从这段选文我们可以看出，首先，作者把火车的"汽笛声"与自然的

"声音"作了对比,又将"苍鹰"、"野鸽子"和"水貂"等代表的自然界与火车作进一步的共时呈现,进而让它们共同构成一个环境界,凸显"火车"的技术性存在与其他"自然性存在"之间的差异;其次,以"商人"与"农夫"作对比,目的是显示出社会中各种类型的人对自己的定位,"生意经"之于"商人"是他们用以谋生的手段,而"自然"之于"农夫"是人与自然之间关系的再现,这二者之间的不同就在于,这些"商人"之类的人在选择他们与自然之间的关系时,选用了"技术"(谋生手段)。换言之,对于商人来说,自然(他者)在现代社会里的存在价值显然是根据它是否能满足人的经济需要来判定的,恰如法国哲学家让·鲍德里亚(Jean Baudrillard)所认为的,"物远不仅是一种实用的东西,它具有一种符号的社会价值,正是这种符号的交换价值才是更为根本的"(鲍德里亚 2009:5)。

其实,《瓦尔登湖》从一开始就有关于"火车""铁路"等技术符号的描写,我们这里选择三段比较典型的关于铁路的描写。

(1)不是我们在铁路上旅行,是铁路在我们身上旅行。你是否想过,在铁路下面的那些枕木是什么?每一根枕木都是一个人,是一个爱尔兰人,或者一个新英格兰人。铁轨就铺在他们的身上,他们被沙子覆盖,火车车厢在他们的上面平稳地驶过。(梭罗 2011:70)

(2)不过我穿越铁路,就像穿越在林中的手推车车道一般。我将不让铁路上的烟雾、蒸汽以及嘶嘶的声音把我眼睛弄瞎,毁坏我的耳朵。(梭罗 2011:90)

(3)现在列车过去了,焦躁不安的世界也全都随同列车过去了,池塘里的鱼儿不再感觉到列车的隆隆声,因而我比任何时候都更孤独。……在顺风的时候,我听见有钟声,那是从林肯、阿克顿、贝德福德或康科德传来的钟声,那是一种模糊、甜蜜的旋律,就像天籁之音,值得被传到荒野之中。(梭罗 2011:94)

在以上三段关于铁路的描写中,作者把"火车"作为人类符号过程的重要指涉体,进而营造出不同的符号过程,充分展示了"铁路"作为"技术符号"对人和自然之间关系的"非生态性"介入,如选段(1)批判了"铁路"对人性的泯灭,指出其具有压榨人致死的残酷性;选段(2)批判了"铁路"对人的身体的危害；选段（3）通过对比"钟声"和列车的"隆隆声"，批判后者所带来的噪声污染，反思现代技术所构成的人类"技术性"生存背景的价值。

从人类符号过程来看，人类以"技术性的"关系所造就的人与自然之间的"非对位性"，是对其他生命体存在的利用或者剥夺，让一个特定区域内的自然变成一种毫无生命色彩的人化自然，失去了原有的人与自然之间的和谐关系。例如，上文选段中所揭示出来的"把我眼睛弄瞎"、"毁坏我的耳朵"和"焦躁不安的世界"等，都是技术对人类生活造成的影响，一切原本具有原初性、自然性的存在都消失了，相应地，人在现代社会中的自我定位，在这种主体哲学的认识论视野下也被"技术化"了。

此外，作者梭罗在"我的栖身之处与我的生活目的"一章中更是直接这样写道："人们以为，国家必须拥有商业，出口冰块，用电报来交谈，开车一个小时行驶三十英里，而毫不怀疑它们是否合适；但我们究竟应该像狒狒一样生活，还是像人一样生活，却有点搞不清楚。"（梭罗 2011：70）很显然，这里的"人"与"狒狒"，是以是否具有"技术性"为标准来划分的，而从符号过程来看，梭罗的区分标准实际上反映出来的是他对人和自然之间关系的一种解释逻辑和方式。

从以上的分析可以看出，梭罗在人与自然之间关系的描写中，把自然价值赋予环境描写，通过自然的物质符号过程来突出文化作为解释方式的意义，而各种超越了"自然需求"的文化逻辑推理，会在很大程度上给人与自然之间的关系带来危机。换言之，人对自然的文化解释只是一种"技术性妄想"，是人类为了自己专门针对自然设定的"谋生关系"，并不是自然界中生命体彼此之间的真实存在关系。从这里可以看出，梭罗批评现代人把技术简化为一种狭义上的工具论，他的靶向所在仍然是"人"，因为工具只是技术在不同社会领域内的具体表现，根本问题仍然是我们要慎重界定技术在人与自然关系中的位置。对梭罗来说，"技术"作为科学的实践形式，不只是要推动我们的生产工具升级换代，更应该是开启一种重新认识世界的方式。

二、动物符号过程中的非对位性

作者梭罗在《瓦尔登湖》中对各种生命体的描写，更多的是始于一种生物性的层次，即把人类和其他生命体置于同一个生态群落中去反思。我们在这里选择三段比较典型的关于"吃"的行为的描写展开分析。

（1）人类是一种肉食动物，这难道不是一种指责吗？确实，在很大程度上，人类能够通过捕食别的动物而生存，而且也确实这样生存着；但这是一种可悲的方式——任何一个用罗网捕捉兔子或者屠宰羊羔的人都可能明白这一点——而那个将教育人类把自己局限于一种更为清白、更为有益于健康的饮食的人，将会被认为是他的种族的恩人。不论我本人的实践可能会是什么样子，我都毫不怀疑，不再吃动物，是在人类的逐渐改善的过程中人类命运的一个部分，就像野蛮部落一样，当他们与更文明的人接触的时候，也就毫无疑问不再彼此相食。（梭罗 2011：170）

（2）一到吃午饭的时候那只老鼠就出来，拣起我的脚旁边的面包屑。大概它以前从未见过人，很快就和我熟悉了，经常跑过我的鞋子，爬上我的衣服。……它爬上了我的衣服，在我的袖子上爬，围着我用来盛饭的纸转圈，我紧抓着纸，躲避着它，和它玩起了猫躲猫的游戏。而当我最后用拇指和食指举起一片奶酪不动的时候，它爬了过来一点一点地咬着，就坐在我的手上，吃完之后就像苍蝇那样洗干净脸和爪子，然后走开了。（梭罗 2011：178）

（3）鲈鱼吞下了蜻蜓，狗鱼吞下了鲈鱼，渔夫又吞下了狗鱼；就这样，在生物的天平上的所有的空隙都被填满了。（梭罗 2011：225）

从广义认识论角度来看，以上三段选文都是围绕"吃"展开的描写，其中都涉及了"动物符号过程"，而且作者梭罗还通过探讨生命体身体结构的问题，将"人"与其他动物之间的意义关系，延伸到了更宽泛的伦理文化层面。

选段（1）出自"节俭"一章，作者梭罗想要说明的一个问题是，吃肉并不是人类生活的必要条件，因为肉比较昂贵，不仅脏（filth），处理起来也比较麻烦，浪费时间和资源，而一些"更无罪的、更有营养的食物"，如蔬菜，更容易清洗，可以帮助我们过上一种健康的生活。

可以看出，对人来说，"吃"作为意指的意义类似于"人"作为生态符号为自己的主体地位进行的定位，而人们为了生存的"吃"是一种文化实践，是文化和象征体系的一部分，如果这个符号的运作是非对称的，那么，它的存在就变得更意识形态化了，而且"吃"的行为就不在它的实用价值，而在于它的交换价值。这必然涉及一种思考方式，因为"吃"这个行为是动态的，是一种物质文化，而不是一种简单的反应。它作为社会代码的一种，生成于各种文化元素的相互关联中，创造出了各种基于象征性的人际规约系统；与此同时，它作为一种结构性象征，还展示出了人与自然之间的关系，如从动物符号过程来看，"人"与兔子、羊羔和其他动物的关系，是以"捕猎者—猎物"的符号关系形式呈现的，这里的其他动物不只是我们需要生存而进食的食物，还在文化层面上表现为一种生命符号，是物质文化的不同方面之间、物质文化与社会之间多样化的变体。

进一步讲，梭罗赋予这里的自然描写以文化价值，认为"肉"（食物）不能被"时尚地"消费。这里关于"人"与其他动物之间的"吃"，显然不只是简单直接的人与自然之间的生物行为，更是一种文化行为，所以梭罗警示我们，应该"去掉吃肉"的习惯，就像"去掉人吃人"的习惯那样，人作为生命体也应该由此体验、理解和把握自然界，并进行相应的调节以做出合适的反应。正如马伦所认为的，"人类象征性的符号过程是当前人类引发的环境破坏的基础"（Maran 2020：19-25）。这里的"吃肉"的习惯作为一种文化实践，并不是人类生活的必要条件，而是现代社会的一个特征，它受限于我们的社会，同样也出现在这样的社会。

选段（2）出自"野兽邻居"一章，梭罗选用了一连串的动词，如"跑""咬""坐""吃""走"，将"我"与老鼠之间的抽象关系具象化为一连串的动作，这个表意行为所产生的即刻性表意效果，让读者很直观地看到了"我"与老鼠之间的关系。

在这个符号过程中，对"人"和"老鼠"来说，尽管人"喂"动物和老鼠"吃"东西，这两个特征是人与老鼠两个范畴内的必然特征，但是，人"喂"老鼠吃东西只是一种可能性特征，属于"强制共现"式的描写。老鼠吃东西，但这些东西不是它们自己创造出来的，只能"偷吃"；人创造食物，并用这些食物来喂养其他小动物，但是，"喂老鼠"吃东西显然不属于传统的认识论范围。因此，梭罗的强制共现式描写把不可能的特征赋予了人与老鼠的关系，通过修改"喂"的词义构成，使人与老鼠达到了认识论上的契合性共现，让读者从生物学的角度接受了生态和谐中可能存在的理性化状态。

梭罗这里想要通过上述动物符号过程，呈现出一种人与动物和谐相处的情景，这是为"人—鼠"的关系构建了一种"生物假设"（the biotic hypothesis），因为基于生命体群落之间的关系，人类和非人类生命体之间存在着一种隐性的关系，它显示出了人类和非人类生命体之间的一种"特定的生态适应"（Thayer 2003：33）。再者，梭罗关于"人""鼠"之间关系的假设,实际上是一种以生物还原论为基础的文化假设,即各种社会文化现象都可以被还原为一些简单的生物性行为。这里的关于"吃"的文化行为,在资源和有机体需要之间起着符号接面的作用。或者说,每一个有机体从自然获得信号并转化为符号用来传递意义,同时仍然借助自身的符号过程来保持其内部的平衡。信号并不是仅仅与特定的客体相关联,还是客体的解释过程。

从生态符号学的意义论来看,梭罗这一段的描写更是为了证明一个道理,在人与自然之间,"人"经常试图去确定那些用于维持当前符号过程的条件和因素,但是,人类的选择和生活方式,似乎总是与自然在"生物学"意义上的实际状况不相关。然而,其他动物存在则与自然展现出一种对位性,如鸽子的翅膀与天空之间的关系,体现了环境的需要和生命体的回应,而且鸽子翅膀的大小、运动的方式和发出的声音,都是鸽子基于对空气的生物性反应所生成的对位性。由此可以看出,"人"与"自然"之间的非对位性关系,主要受限于不同生命体彼此之间"符号性"的存在关联。

选段(3)出自"冬天的池塘"一章,作者梭罗赞赏渔夫的生活,肯定了自然世界中有机的、层级式的生物域的存在。在"鲈鱼"与"蜉蝣"、"狗鱼"与"鲈鱼"、"渔夫"与"狗鱼"这些对位性关系中,人和其他动物一样,都成了"生态符号",并以代码的形式构成了自然界。

从动物符号过程看,"鲈鱼"与"蜉蝣","狗鱼"与"鲈鱼","渔夫"与"狗鱼"作为生命体的代码,被梭罗定义为拥有共同特征的指涉体的表征,它们的生命代码中包含了互动的元素,形成了一个凝聚性模塑形式。梭罗用来把它们连接起来的模塑形式类似于隐喻。这显然是梭罗关于"吃"的一种基于生物性的想象。或者说,在整个意指顺序中,人与其他动物之间的关系其实可以被视为过去文化的痕迹。这既不是环境界构成了主体,也不是后者以一种纯粹的方式建构了前者,而是在彼此的认知行为中,二者以一种生物性逻辑实现了生态关系。这里不是指相互关系可以作为符号来映射,而是指主体与环境之间关于存在的可能性,这是身体与世界通过自我创生的形式,形成了一种共享。在选段(3)中,作者梭罗利用这些生命符号来象征"自然",进而推知事物之间可能的内在联系。

概言之,在上文的三个选段中,梭罗把"吃"的行为定义为一种文化模因(meme),进而以一种生物性还原的方法,通过对简单的、较低的层次或结构进行研究,来解释复杂的、系统的高级层次或结构,因为"文化形式是模因(文化基因、观念和故事)所携带的,模因类似于基因。模因之于个体在构成文化主体中的作用,就像基因之于生命体构成物种身体方面的作用"(Oelschlaeger 2001：227）。由此可以看出,梭罗的目的是用动物符号过程中的类比来展示一种可能性,即通过缓解文化中的非对位性的影响,进而促使文化范式发生改变,至少我们通过这些关于动物符号过程的描写可以看出,梭罗应该可以被视为较早反思文化的伦理适宜性问题的作家之一。

三、物质符号过程中的对位性/非对位性

梭罗在《瓦尔登湖》中对"自然"的描写,在很多情况下都是基于自然与文化这二者之间的对比,而作者"我"作为一个生命体产生了各种反思,充分说明了人在"自然文化化"过程中的重要性。尽管《瓦尔登湖》中的物质符号过程在"混合性自然"描写中所占的比重较小,但是,这却是整部作品的立论之根。这种物质符号过程主要表现在作者梭罗对各种自然客体或者现象的描写中,即以人与自然之间的"对位性"关系来反思当前人类活动所导致的"非对位性"的生态危机。

例如,在"节俭"这一章中,梭罗写道,"我每每认为,与其说人们是牛群的饲养者,毋宁说牛群要比人们自由得多。……我永远也不会驯服一匹马或者一头公牛,并强制它做它可能为我做的任何工作,因为我害怕我由此而变成一个马夫或者牧人"(梭罗 2011：41-42）。在描写"我"与"马"和"牛"之间的关系时,梭罗反对把自己从"人"转换为"马夫"或"牧人",因为"马夫"或"牧人"所蕴含的关系是一种社会劳动关系,而不是一种生态关系。鲍德里亚也曾说过,意义从来不存在于被预设的主体之中,也不存在于"那些依据理性的目的而被生产出来的客体之中,而是向来存在于有差异的、被体系化了的一种符码之中"（鲍德里亚 2009：59）。对梭罗来说,人作为一个符号个体在自己的环境界中解释客体,后者也因此被改变或者再塑造,直至变成一个意义载体。"马"和"牛"之于"我"是一种工具;从反相位看,"我"对它们来说就是个"马夫"或者"牧人",尽管"我"作为人的结构仍然相同,但"马"和"牛"作为意义载体的内容却不同,"我"与"牛"和"马"之间的对话性质,决定了双方之间符号过程的本质和认识模式,即用于联系人和自然的符号过程是有意识的选择过程。

在这个物质符号过程中,"大地"作为符号过程的一方,是自然自身的存在形态,或者说,它的存在是环境的符号潜势,需要借助"人"或者"马"和"牛"来实现。显然,作者梭罗更青睐于"马"和"牛"这样的动

物符号过程,并不愿意把"人"及其人类符号过程置于环境之上。从认识论上看,梭罗的观点是,"人"、"马"和"牛"都属于独立的存在。

再例如,在"豆田"这一章中,梭罗这样描写自己种土豆的过程:

> 由于我得不到马或者牛、雇工或者当地人的帮助,也得不到改良了的农业工具的帮助,所以我比通常慢了许多,也比通常更与我的豆子亲密。……我的那块土地,就像野地和耕地之间的一个连接环节;就像有的国家是文明的,有的国家是半文明的,还有的国家是野蛮或者未开化的一样,我的那块地就是一块半耕地,尽管这个说法并非贬义。我栽培的豆子正在快乐地返回它们的野生、原始的状态,而我的锄头则为它们吟唱一首瑞士牧歌。……当我的锄头碰到石头叮当作响的时候,那种音乐在树林和天空中回响,是给我的劳动伴奏,这种伴奏产生出了一种立即的而又是无可估量的收成。(梭罗 2011:121-124)

这一段描写中,作者采用了两种形式的物质符号过程来展示人与自然之间的关系。

第一,在以人类符号过程为主的种土豆过程中,"人"与"豆子"之间的关系所反映出来的是一种人与自然的亲近关系,这里的"锄头"以其特有的"带出"方式,让人的努力融入了土地的"隐藏—带出"的变化之中,这是一种典型的物质符号过程,或者说,"锄头"是"土地"的生态性对位选择,二者之间的符号关系表现为人对自然的关心和照料,这是一种海德格尔式的上手关系的呈现,充分展示了人与土地之间合理的对位关系。

第二,在以植物符号过程为主的自然描写中,作者把"锄头"视为"土豆""石头"的合理、合法的生态位选项,以及人用来解释自然的"文化工具",作者借助对自然的描写赋予"锄头"以自然价值,并借此对生活世界进行评价,这是一种正相位的描写方式。而且在这段描写中,作者让"锄头"和"石头"相遇,二者相互碰撞产生"叮当作响"的声音,作者一方面是以一种声音模塑的方式给读者模拟出自然的存在形态,另一方面也是以象似性模仿展示了自然界应该有的对位性关系。

同样,在"孤独"一章的开篇,作者通过人与自然之间的同构共建,倡导了一种新型的生命体关联方式。"这是一个怡人的夜晚,此刻整个身体都是一种感觉,并通过每一个毛孔吸入快乐。我带着在大自然当中获得的一种奇怪的自由来来往往，成了大自然本身的一个部分。尽管阴天有风，天气凉爽，……沿着池塘的石头岸边走去，这时天地万物都是非同寻常地令我感到愉快。牛蛙好像吹喇叭一般发出叫声，宣告夜晚的来临，而三声夜鹰的音调，则被微风从水面上携带了过来。我对桤木和杨树的飘动的树叶所产生的共鸣，几乎使我无法呼吸；然而就像这个湖一样，我的安详也被激起了涟漪，但却没有被扰乱。"（梭罗 2011：100）

在这一段描写中，作者梭罗将人类符号过程转换为物质符号过程，呈现出其对环境伦理问题的思考。对"人"来说，"我"在湖边散步，"夜晚""风"都是环境符号，它们以指示符的形式指向意义，显示此时此刻环境的生态性，因为在"我"与自然的交流过程中，这一切自然现象都"与我相合"。从生态符号学的意义论来看，人类和非人类生命体的存在都依赖于"意义"，其中特别的符号过程显示了人与自然界其他客体在存在属性方面是相通的、"关系性的"，而不是以主客体性的二元对立形式存在。

进一步看，自然和"我"是作为两种实体存在的，但自然并不是与人分离的客体，而是与自我一样的主体，文本中的自然描写以"夜晚"为核心，把"我"、"自然"、"物质"和"精神"合成一个新的存在形式呈现了出来。这种现象性共存的观点，与海德格尔存在主义现象学中的"天地神人四方游戏"的观点不谋而合。海德格尔说道："有四种声音在鸣响：天空、大地、人、神。在这四种声音中，命运把整个无限的关系聚集起来。但是四方中的任何一方都不是片面地自为地持立和运行的。在这个意义上，就没有任何一方是有限的。若没有其他三方，任何一方都不存在。它们无限地相互保持，成为它们之所是，根据无限的关系而成为这个整体本身。"（Heidegger 2000：192）从存在模式来看，海德格尔倡导的是一种神秘的生态关系，即人与世界相融合。

从上述关于自然描写的分析可以看出，梭罗并不是对人与自然之间的关系进行纯粹的审美化描写，这里的自然风景是文化化的；而且从动物符号过程和物质符号过程等模塑形式来看，梭罗想要说明的是，在人与自然之间关系的符号认知过程中，把自然还原为伦理，同时也把伦理还原为自然，忽略生命体的物质化存在形式，关注相互间的关系，才能体验和理解整个环境界构建的价值，进而领悟"自然"存在的意义。这一点类似于道家的认识论，如"道生一，一生二，二生三，三生万物"，其中关于"生"的意义认识论，充分体现了对所有生命存在的阴阳共存特性的尊重。

第二节 "混合性自然"描写中的"仪式性"关系

"仪式性"关系,是"混合性自然"描写中比较常见的类型,它与"非对位性"关系不同,因为后者仍然主要指向一种"能指组合"式样的自然描写,而"仪式性"关系则主要突出人类借助各种"技术"来改造自然,甚至把这种"仪式性"作为一种行为规范或者标准来衡量人与自然之间的关系。例如,在加拿大自然文学作家阿特伍德的小说《浮现》中,女主人公逃离城市,决定返乡去寻找旧时的记忆,进而想要摆脱各种"仪式性"关系给她带来的束缚,重新反思生活的意义。这一节我们以《浮现》为例,分析"混合性自然"描写方式中人与自然之间的关系,以及这种方式作为模塑形式的意义生成价值。

一、环境符号中的仪式性关系

环境符号主要指的是一种严格意义上的"环境"和符号的关联,各种自然客体都可以借助"环境"这一交流介体来传达意义。在《浮现》中,环境符号不仅预设了一种地理学意义上的"地方",还巧妙地揭示了技术介入环境后所导致的人与自然之间的一种"仪式性"关系。

第一,环境符号在地理学意义上的作用。

在这部小说的第一部分,作者阿特伍德通过地理符号的设定,来描写女主人公面对被"技术"改变后的自然环境的无奈。例如,在距离城市不远处,一个原本很小的地方已经被改建了很多次,但是在女主人公看来,这个地方不是现代文明意义上的城市,它依然承载着女主人公对原有环境的心理印记,而且也是她即将开始的返乡之旅中"最初的和最后一个边塞村落"。后来,她与朋友驱车行驶了一段路后,又发现以前路过的一个锯木厂小镇的旧路不通了,于是他们不得不换条新路。女主人公的反应十分强烈:"为什么道路都不同了呢?"(阿特伍德 1999:9)而且她为此感到十分担心。相比之下,她原来离开时走的老路现在也变成了另一个样子,"从前的老路不时地横陈在我们面前,路面很脏,到处都坑坑洼洼"(阿特伍德 1999:11)。

这里的"很小的地方""锯木厂""老路"都是一种地理学意义上的符号,它们在小说中的作用是对女主人公所熟悉的生物性区域进行"仪式性"的标注。但是,现代社会的发展改变了原来的环境,"木桥"改成了"混凝土桥","土路"换成了"砂砾路"。这就意味着,原来的特定的地理符号消失了，这个地方原有的故事也都趋于湮没，一旦人们与这个地方的环境之间熟悉的纽带不存在了，强烈的心理孤独感便会袭来。因此，作者不断采用内心独白或者对话来说明女主人公返乡"路"上的心理变化，尽管故事的表层是诸多环境描写，但故事深层反映的却是女主人公对重要地理参照点的感知的变化，她离开故乡时记忆中的"自然"已经消失了。

第二，环境符号在生态意义上的作用。

作者阿特伍德在《浮现》中，通过对女主人公一路上所看所想的描写，给读者展示出来的是一种环境图示，直接呈现了环境的存在状态。但是，当女主人公回到家时，环境符号的作用就开始发生变化，"文化—环境"的符号结构开始显示它的生态意义。作者阿特伍德借助女主人公的视角，以一种视觉模塑形式呈现了一幅生态危机图。

(1) 许多浸在水里且有些腐烂的树木漂浮在湖面，它们好多是砍伐原木和提高水位时留下来的。（阿特伍德 1999：30）

(2) 房子建造在一个沙丘上，那是冰川时期留下来的山岭的一部分，上面几寸厚的土壤和稀稀落落的树木还在顽强地守卫着它。湖边的沙地裸露荒凉，沙土一直在流失。（阿特伍德 1999：32-33）

(3) 她把人类对自然环境的破坏，如乱扔垃圾、到处砍伐、滥杀动物等等行为视为人对动物的"侵犯"，因为"我们这么做只不过是为了运动或高兴"。（阿特伍德 1999：130）

上述三段选文中的"腐烂的树木""沙地裸露""滥杀动物"等等都是生态符号，它们借助"环境"描写把故事的意义引向了对生态问题的揭露，而且这个故事的现实意义之一，就是表达了女主人公对儿时赖以生存的土地遭到破坏的担心，尽管她并没有脱离文化奔向理想的、自由的自然，但是，她带着全新的环境意识重回了文明世界。也如墨菲所评价的，《浮现》小说所呈现的是一个"神奇的、环境的性格改变过程"（Murphy 2000：32）。

因此，故事后半部分涉及的内容（第 23 章到第 26 章），充分展示了女主人公对一种原初性的生活方式的渴望，这种"原初性"的生活方式指向她的儿时生活，同时也体现了人与自然之间的"自然性"关系，这里的"自然"在小说中就表现为女主人公所说的"菜园""树""动物"。

例如，女主人公回到自己原来居住的小屋之后，发现之前的菜园已经很久没有人收拾,她十分感慨,"园子是花招和诡计,没有栅栏,它便无法存在"(阿特伍德 1999:198)。这里,"人"是环境界的构建者,是"我"基于我的主观愿望才扎上栅栏,"菜园"才得以出现,"人—自然"之间的生态关系才得以生成。后来,她绕着小屋漫步时,发现原来的小路都已不存在了,于是她又感慨,"我不是一个动物,也不是一棵树,我是树和动物活动和生长在上面的什么,我是一个地方……"(阿特伍德 1999:199)。作者阿特伍德借助人类符号过程,让"我"与菜园以及这里的植物和动物产生了一种物性关联。女主人公的目的是要说明,唯有当"我"重新回到小屋时,故乡的小屋、这些植物和动物才会真正存在,因为在她的心里,"我"的意识才是这些植物、动物可以生成的"地方"。在女人公的主观意识里,"我"、动物和植物这三者共同构成了"家"或"故乡"的生态符号域。返乡后的"我"不是主体性的、带有侵入性的存在者,而是为了实现动物和植物存在意义的次一级的存在,这不是对"我"的功能性的降级,而是一种认识论上的生态还原。恰如女主人公所说的:

> 动物不需要语言交流,当你是一个词时,你为什么要说话
> 我靠在一棵树上,我便成了一棵倾斜的树
> 我再次分裂,进入灿烂的阳光中,全身好似崩溃一般,头抵大地。(阿特伍德 1999:199)

这里的动物自身拥有意义,它们不需要交流;"人"也富有意义,当然也不需要交流。"彼此相忘于生态"是一种理想境界,于是,女主人公靠在树上,心有感悟,感觉自己可以与"光"同在。直到此时,这部小说中关于"故乡"的生态符号域正式生成,"我"与"自然"融为一体。因为当阳光照射到人时,人感受到的应该是阳光射入人体,人体则好像被阳光洞穿的肉体。作者这里的描写原本是为了说明阳光之于"我"的存在意义,或者说,作者采用反式修辞,更好地显示了"我"的存在与包括太阳在内的自然界之间的正相位生态关系,这就需要"我"去认清自我,放弃自我的存在,进入与动物、植物共存的环境界。

二、指示符号中的仪式性关系

指示符号的作用主要在于将意义指向它所指示的"物"的存在价值,如果之前相对重要的环境中的一些符号,如一些原生态的环境元素,被一些人工制品所替代,那么,这就割裂了"物"与"人"之间的伦理关联,

或者说，诸如此类的有意识地去改变原有"符号"存在方式的社会行为，就造成了当前人类社会中的"符号灭绝"（semiocide）现象，因此，生态符号学家马伦认为，反思符号的社会文化意义其实是符号学所应承担的伦理责任（Maran 2013：148）。在《浮现》这部小说中，作者阿特伍德就通过对指示符的运用，来揭示"技术性的"社会所导致的人对自然的疏离。

例如，女主人公发现原来的加油站增加了一些动物标本来吸引顾客，并且还添加了"从前没有的这些东西"："它们披着人的衣服，后腿用金属丝支撑固定着。雄驼鹿披着军用雨衣，嘴里叼着一根烟斗，雌驼鹿身穿印花女装，戴了顶花帽，旁边的小雄驼鹿穿着一条短裤和一件条纹运动衫，头上一顶棒球帽，手擎一面美国国旗。"（阿特伍德 1999：10）

"驼鹿标本"作为指示符，其本身在这里并不具有特别的意义，而是指向加油站并成为其文化特征，或者说，加油站是借用"驼鹿标本"来增进"人"与"自然"之间的亲密关系，这显然是西比奥克意义上的"三级模塑"，是一种体现日常生活互动特点的象征性社会行为的基础，它作为一种社会代码提供了象征资源，传递了"社会性"信息，规约了人际活动。

在女主人公的心里，这个指示符已经被转换成了象似符，驼鹿标本成了人与驼鹿之间共有的一种符号。对"人"来说，驼鹿具有与人相似的外在形象，或许也具有与人相似的内在心灵，所以，把雄性和雌性的驼鹿做成人的模样，这是基于人类假设的一种文化展示，其中透露出了更多的游戏性、空无性。驼鹿标本作为一种符号，有其文化凝固性的特点，也展示了其脆弱性的一面。它不是用来展示模仿性的，而是用来指代某一种人及其观念姿态。驼鹿标本依赖符号元素的配合来显示其真实性的一面：它的认知特性是对驼鹿死去的标示，而它的修辞性的特征则是为了告知读者，技术时代的存在是为了"展示"，与本体论意义上的"存在即意义"关联性不大。

从这个角度看，"驼鹿标本"作为符号是技术时代的产物，它的生成与实在之间的关系在现代社会里已经变得非常复杂，甚至模糊了想象的、虚构的和客观的、真实的之间的界限。这里的"混合性自然"描写是以一个"伪自然"代替自然，消解了"人"构建真实环境界的可能性。

再例如，故事里的"女性"作为类似"驼鹿标本"的存在，同样具有指示符的作用。女主人公是从乡村走出来的，天真和淳朴是她原有的属性，但是，她所渴望的现代生活在城市里表现为一种刻板教条的"仪式"，她的存在于是就变成了一种指示符,她的存在意义只是指向性的,而不是本体论的。

《浮现》中女主人公的情人乔多次向女主人公求婚,她都拒绝了,她不想结婚,也不想要孩子,因为婚姻对她来说就像枷锁,让她心生恐惧,"那会成为使他满足的根源,那将是我勉强的,不情愿的牺牲"(阿特伍德 1999:93)。她拒绝结婚,或许是因为她从男性身上找不到安全感,因为她的前男友曾经强迫她堕胎,她为此深感内疚不能释怀,感觉自己就是杀人犯;故事里的安娜也常被丈夫大卫暴虐,有一次大卫强迫安娜脱掉衣服供他拍照,来满足自己的私欲,等等。《浮现》中的"女性"描写和"自然"描写一样,都显示出了一种生态危机,作者阿特伍德在故事里这样描写:

> 此时此刻,真正的危险来自医院或动物园。当我们不再有能力应付的时候,我们就会作为不同的类别和个体被送往那里。他们永远不会相信这是一个自然的女人,一个自然状态下的女人:他们会把它看成是沙滩上一个晒得黝黑的肉体,被湖水浸湿的头发像围巾一样在摆动。(阿特伍德 1999:209)

在这个描写男人和女人之间关系的选段中,自然的、零符号的女人作为一种自然的存在,失去了原有的女性属性,女人被非性别化、符号化了,变成了不能与"男性"构成对位性关系的客观存在物,这从下面关于两种女性形态的描写也可以看出:

> 自然状态的女人:女人胴体,头发
> 非自然状态的女人:一个晒得黝黑的肉体,围巾

作者以语言模塑的形式进行刻意对比,原有的语义构成变成了一种比喻修辞,如"女性胴体"变成了黝黑的、没有任何韵味的"肉体",乌黑漂亮的"秀发"变成了毫无生命的"围巾"。女性作为男性的"对位性"存在者,被排除出了男性构建的环境界。换言之,作者阿特伍德借助语言层面上的语义构成,变相削弱了女性世界中"女人"的各种属性,"女人"在存在层面上的缺席,直接导致了现实世界中男女关系之间生态和谐的缺席,或者被弱化。

三、社会符号中的仪式性关系

从社会符号学的角度看，物质性客体作为社会语境中的产品，它的意义涉及的是它在社会群体中的使用及功能性归属的问题。例如，"雨伞"作为一种客体，它的主要功能是遮风挡雨，但是，它的次要功能，如样式，则属于社会文化的范畴。而且这种文化功能是在"技术"的加持下的进一步强化。或者说，任何客体作为重要的社会符号在社会群体中获得一致性的统一，都依赖于其在"技术社会"中所表现出的"符号性"。但是，《浮现》中的女主人公所表现出来的，则是对这些"技术性"社会符号的排斥，因为这一切都是"仪式性的"。

最为明显的例子就是，女主人公把衣服视为"桎梏"（阿特伍德 1999：52），因为她不知道穿什么衣服与人会面，衣服样式只会让她迷失自己。同样，另一位女性安娜因为忘带化妆品而发出恐惧的叫声，因为她丈夫不喜欢看她不化妆的样子（阿特伍德 1999：44），等等。在这部小说里，"婚姻""化妆""运动"都是仪式，是现代人的技术性"伪装"，因此，女主人公养成了一种"寄居蟹式的逃避习惯"（阿特伍德 1999：74），后来这种"习惯"就变成了真正的逃离，因为"这些年来我一直努力使自己文明化，但是我没能做到，我一直生活在假象之中"（阿特伍德 1999：185）。

《浮现》中的女主人公所认为的"假象"，实际上指的是原事物的意义在技术时代已经失去了原有的价值，变成了一种形式化的存在，如"语言"和"宗教"。女主人公不信任语言，这是因为她感觉自己无法通过语言来向情人乔表达自己的内心感受。正如女主人公所认为的，"我们使用的语言是错误的，我们不应该使用不同名称来称呼它们"（阿特伍德 1999：81）；"对这种语言的使用无能为力，因为它不是我的语言"（阿特伍德 1999：115）。在她看来，"物"自身可以独立存在，但是，人们却用一种形式化的"语言"来命名它，这就导致了命名与被命名的事物这二者之间的关系呈现为一种"仪式化"的符号关系，即人们以某种"名"来使事物存在，人们需要借助"语言"形成的映射、翻译和转换来完成解释，她因此感到自己对语言"无能为力"，后来她不得不选择做个书本插画师，因为画面能更好地满足她传达信息的需要。

再例如，女主人公质疑现代社会中的宗教形式，正如作者阿特伍德在小说中所写的：

(1) 神力会保护我的，但它不见了，它已经精疲力竭，此时此刻，它就像战时发行的公债和画十字一样不起作用。（阿特伍德 1999：190）

(2) 不管他们是怎么回来的，他们不是从前的那些人了，他们应该回来，这合乎逻辑，但逻辑是一堵墙，是我建造的墙，墙的另一面是恐惧。（阿特伍德 1999：191）

在选段（1）中，作者借助人类符号过程来揭示人与"神"之间的存在关系问题：女主人公需要"神"，但宗教已今非昔比。这里的"神"并不仅仅是宗教意义上的上帝，更是一种形式上的"符号"，它承载的是人与自然之间的解释性关系。传统认识论视角下的"神"是无处不在、能力无限的存在，是一种存在意义上的"道"的缘起，是一切存在的解释逻辑的认识论起点。但是，现在的"神"已经成为一种生物学意义上"人"的"象似符"，表现出来的也是普通人和人类社会的各种状态。我们可以通过如下对比来审视"神"之于"我"的意义：

存在状态：无处不在（神）⟶ 不见了（非神）
能力状态：能力无限（神）⟶ 筋疲力竭（非神）
能力指示：画十字（神出现）⟶ 不起作用（非神）

这里"人"与"神"之间原有的正相位关系消失了，宗教的生态失衡逼迫人去反思自身存在的意义。

在选段（2）中，作者把人对"神"的解释视为一种逻辑障碍。在"我"与"神"之间的符号关系中，"我"需要"神"这样的符号为我解释一切，"神"需要回到人类的生活中，这是西方宗教观对上帝位置的先验设定。但是，在这个故事里，正如女主人公所认为的，"我"与"神"之间的符号关系是"非生态的"，而且在整个生态话语的表意过程中，作者对"神"的描写是一种弱化的描写，神原本属于人的认识逻辑中的一项，但现在的"逻辑"却变成了"墙"，阻碍了"人"与"神"的交流，而且"恐惧"成了最为显眼的认识论关键词，或者说，作者以一种情感体验过程来直观反映现代社会中的宗教关系。

由此可以看出，对女主人公来说，人类社会如城市中的一切"仪式"都作为一种感知符号存在于物质性的层面，她的世界也是由这些"技术性"

的社会符号构成的，它们代表着一种社会现实，现代化的城市和家乡，代表婚姻的情人，代表人的本性和社会之间张力的宗教、职业等等，都构成了这种符号关系的一端，迫使她去接受这种社会现实。这些现代社会的"符号"构成技术时代的一种象征性的符号空间，尽管它并没有如仪式那样让人类拥有不同的文化特色，但是，它同样成了人类必须面对且又无法摆脱的重要因素。它作为符号的存在意义类似于一种意识形态，是一种无意识的象征，可以改变人对世界的看法。

因此，从符号学的角度来看，女主人公以"符号+"的表意结构形式出现，她的返乡，不仅仅是一种地理学意义上的还原，更是在对"自然"的渴望中展现出的对"人"的存在的还原，如向语言的还原、向生活经验（如婚姻、环境、职业）的还原、向人与存在之间的关系（如宗教）的还原（岳国法 2021：100），这些都证明了现代技术社会人与自然之间的关系中的"混合性"状态，但是，人已经无法再进行调和，向原有空间的还原几乎是不可能的，恰如这个故事里女主人公所说的一句话，"一切都与从前不一样了，我竟然记不起路了"（阿特伍德 1999：9）。故事的最后，她把画笔扔掉，把戒指扔掉，终于逃离了这个"仪式化"的世界：她回到故乡，脱光衣服，跳进湖里洗干净自己，住进了洞穴，试图以一种近乎原始的生活方式重回"自然"，以一种新的方式来重新解释"自然"。

需要说明的是，阿特伍德在文化层面上呈现出来的是典型的"符号+"的意指体系，这是对罗兰·巴尔特（Roland Barthes）符号学原理的应用，"文本是一种意指实践，符号学赋予其特权，因为主体和整体语言产生遇合，在符号学中是典范的工作：以这样的方式使其剧场化，恰为文本的功能"（巴尔特 2010：129-130）。在巴尔特看来，文本写作作为一种由书写所固定下来的话语，必定受限于符号之间的关系，或者说，文本即一种用以表达作家思想的符号系统。然而，它却违背了皮尔斯符号的意义三角之中的符号之符号之符号……的推演规律。作者把一个原本隐喻化的符号设定为认识逻辑的固定起点，就难免会为了文本阐释而阐释，无法真正发掘出符号之为符号性的零性存在形态。因此，我们对阿特伍德小说中"社会符号"的阐释，应该立足于把零符号作为各种意义生成的原初性存在。而且文本内修辞符号的"符号+"的表意结构是一种结构主义的认识方法，一旦运用于文学阐释中，就会促成符号的概念化、历史化，片面夸大它对现实社会中人的存在意义。尽管这种方法会丰富文本符号的内容，扩大其向文本外、向现实世界发展的空间，但却同时无形地压缩了其审美表意空间。

四、技术符号中的仪式性关系

作者阿特伍德创作小说《浮现》的目的之一，就是批判现代社会中科技的快速发展对人们生活造成的影响，原有的生活模式被现代模式化的城市所代替，而我们借助"技术"来创造可能世界，主要源自一种对"机器文明"的新的生态想象。新的文明形态也的确改变了自然环境，改变了文化状态，在人与自然之间的关系中留下了诸多的"技术"痕迹。例如，女主人公发现人们原来吃冰淇淋时，只要把外面的包装纸撕掉就可以了，现在却改用铁勺从硬纸筒里挖着吃。这里的"铁勺"作为一个技术符号，是介入"人"与"冰淇淋"之间的一个现代文明的标志，尽管这种饮食方式的改变对人的"吃冰淇淋"这个行为并没有多大影响，但是，它却直接取消了"人"可以亲近"冰淇淋"的权利，或者说，取消了人与自然之间的直面关系。

与"铁勺"相比，"相机"是《浮现》中最为明显的技术符号，它不仅取消了"人—自然"之间的联系，还借助"镜头"的作用，催生了一种仪式性关系，让女性成为男性的理想存在物，丁林棚认为，在拍摄过程中，男人让女人摆各种姿势，这种行为"是一种权力手段而非纯粹的审美"（丁林棚 2010：125）。

《浮现》中有多处关于相机和拍照的描写，这里我们选择两段描写为例。

(1) "我们最好把它拍下来，与鱼内脏剪接在一起。"

"胡说，"乔回答，"它太臭了。"

"在电影里可看不出，"大卫说，"你只须忍受五分钟。它看上去太棒了，你不得不承认这一点。"于是他们开始安装摄影机，安娜和我坐在行李上等着。（阿特伍德 1999：125）

(2) 被拍摄的看不见的影像有如蝌蚪游进湖水中——乔和大卫站在被征服的原木旁，手持利斧，抱着肩膀；安娜一丝不挂地从船坞上往下跳，手指上举，千百个微小的裸体安娜不再被困，不再被搁置某处。（阿特伍德 1999：182）

在上述两段选文中，选段（1）的发生语境是，当时女主人公和朋友发现了一只死去的苍鹭，于是，大卫想让他们摆拍一张表现"人与自然"之间和谐关系的生活照。很显然，看照片的人无法通过照片看到被拍者的真实性，被拍者所摆出来的姿势，也是经过镜片的透视，才能进入观看者的视野。这个过程中所产生的视觉形象并不是真实的，而是一种修辞化的、虚构出来的"仪式化"的形象。作者阿特伍德在这里想要说明的是，人与自然之间的关系在这里是"符号性的"，而非真实性的。这里的拍照行为不是为了创造意义，而是为了意义的书写，这些意义在文本内表现为一种围绕拍照所展示出来的形式欲望。人和自然之间的关系在照片中让位于一种拍照姿势。换言之，作者在这里借助这个虚假的意义过程，让我们领悟到，相机作为技术符号对意义的阐释，距离物的真实的存在形态更远，毕竟拍照姿势所直接呈现的视觉阐释，只能是一种具有更高层级的符号性的符号。

选段（2）的发生语境是，大卫等人要拍摄一些男女在一起的裸体照片，借此来展示人与自然之间的完美融合，但是，女主人公却无法接受这种拍照方式，于是就把已经拍出来的照片都扔到了水里。对男性人物来说，他们利用相机等视觉工具所要达到的目的是，借助镜头揭露被掩盖的身体之下的女性，即以一种"男性"的镜头来观察"女性"的存在，但是很显然，他们想要的"自然性"存在并不是真正的存在，而是一种相机作用下的"技术性的"存在。

对作者阿特伍德来说，"相机"是拍照者对被拍者施行"暴力"行为的工具，而安娜的行为则无情地剥去了男性的视觉外衣，直视其男性化的视角。女性被迫通过镜像来表现自己，对女性来说，她们动作的意义是空无的，也不是自我的展示。男性作为拍照者代替了一种本质性的回归，但是作为主体却不再是形而上的主体，而是经验的主体，表现出对女性身体的直接欲望，拍照过程中表现出来的行为是生物性欲望的直接展示，摒除了一切符号性的干预。

由此可以看出，"相机"作为技术符号，在故事里是表现人物内心世界的一种方式，而拍照行为作为一种符号则消解了一切被构建出来的男女之间的社会关系，将一切归于纯粹的生物行为。正如美国社会哲学家刘易斯·芒福德（Lewis Mumford）所认为的，"在自身发展惯性的作用下，技术成为一种创造性的推动力量；它迅速地构建了一种新的环境——介于自然和人类艺术之间的第三种状态"。技术所建构的新人类社会状态，成了一种新的生活模式，这种模式"连极力推进机器发展的人们也完全没有想到"（芒福德 2009：282）。故事里的"相机"作为技术符号对女性存在的审视所创造的"第三种状态"仍然指向一种主客体关系，而且是把女性和自然置于同样的位置，以固定的仪式化关系来加以审视。

第三节 "混合性自然"描写中的"信息性"关系

"信息性"关系描写，是现代自然文学中一种比较特殊的描写类型[①]，它主要指的是，人类通过改良自己的生理特征来适应环境，或者通过发展科技来改造环境。在这一类描写中，人与自然之间的关系并不是写实性的，而是一种虚构出来的"信息性关系"，整个社会的结构也以"信息模式"来展示。恰如生态符号学家马伦所说的，这一类描写所呈现的是"目前没有但应该有的关系（如生态—乌托邦，环境虚构作品）"，理解这一类描写中的符号关系，"需要了解有多少种符号类型参与其中"（Maran 2020：62）。

现代自然文学代表作家阿特伍德的小说《羚羊与秧鸡》是描写末世科幻世界的经典作品，小说中的故事发生在一个科技高度发达的社会中，人与人、人与自然之间的关系被生物技术所控制，最终导致了整个社会的混乱乃至人类社会的毁灭。这一节我们以《羚羊与秧鸡》为文本，通过分析"混合性自然"描写中的各种"信息性"关系及其意义生成机制，揭露出人的"技术性存在"以及人对自然的疏离。

一、科技符号中的信息性关系

科技符号是《羚羊与秧鸡》这部小说中比较常见的符号类型，小说中出现了诸多的科技产品，如"器官猪""喜福多""秧鸡人"等，这些科技产品作为一种科技符号，一方面是基于人类社会的现实描写，生成于人们的现实需求，另一方面，却又以其"信息性"把人与自然、人与人之间的关系单一化，最终把人类社会引向了科技幻想的境地。科技符号的存在本身就依赖于它与"现实"和"未来"之间在存在关联方面的"可能性"。

第一，科技符号的功能性对位。

这部小说中出现了多种关于"猪"的描写，阿特伍德赋予"猪"不同的"身份"，而且不同的身份之间可以转换，例如：

[①] 现代自然文学中这一类"信息性"关系描写的特别之处就在于，它与后人类文学（post-humanistic literature）把"仿生技术"应用于人与自然之间关系的描写较为相似，它们都把"技术"看作人适应自然环境的新的手段。不同的是，后人类文学中所描写的"人"，不再是传统意义上的生命体，而是一种以生物性为基础的"赛博格"（cyborg），他从"去"肉身到"再具"新物理存在，实现了人的生物学意义上的突破，而且由于"技术"的介入，他与周围环境（赛博空间）的信息交流方式也被改变了。这一类描写的共性特点是，"人"与"自然"的关系所涉及的生态危机，进一步把批评视角引向了现代技术伦理困境等问题。

猪（自然状态）⟶器官猪（非自然状态）⟶三明治（死亡状态）

可以看出，作者在小说中对"猪"的存在状态的描写，是随着主人公的主观体验不断变化的。或者说，"猪"的存在形态的变化，折射出作者阿特伍德在不断打破与重建"猪"这一概念范畴的过程中，对人与自然关系的深刻反思，如图5-1所示。

动物名称	自然状态	名与物	语义表述关系
猪	零度自然	无所指	无意指
三明治	一度自然	猪与人	解释性关系
器官猪	二度自然	猪与科技	述行关系

图5-1 符号形态释义图

通过分析"猪"的存在形态的转换，可以看出"猪"作为不同的符号所涉及的不同符号关系，以及由此反映出来的作者对末世科技世界中的"技术性"存在的批判。

第一种形态，"猪"作为一种"零度自然"下的生命体，是一种自然性的存在，而且它的存在本身就是意义，因此，作为自然符号的"猪"不具有向外指向的意指关系。

第二种形态，"三明治（猪）"作为一种"一度自然"中被改变后的形态，反映的是"猪"（自然）之于人类的价值，是"人"对"猪"的一种解释逻辑和解释方式，构建的是一种人类中心认识论模式。

第三种形态，"器官猪"作为一种"二度自然"中的"技术性存在"，不同于第二种形态，这是因为"猪"作为科技符号出现在故事中时，经常呈现出一种"脱域"性的描写现象，服务于"人"对未来社会的技术性想象。

作者阿特伍德对科技符号的理解，以及对各种生命体的"技术性"存在的描写，也依赖于一种"脱域"式的假定方式，因此，各种生命体的不同的存在形态与不同的社会关系之间是一种功能性对位关系，而与真实的生活之间却是非对称性关系，因此，作者在描写"科技世界"与"现实世界"时，主要通过一些特定的设置，如"密封舱"，来实现在这二者之间往返的可能性。唯有在故事的最后，科技符号"秧鸡人"被吉米从密封的

"天塘"里放了出来,被带到了海滩上,去面对真正的"自然"。这部小说所反映的是,在末世科幻世界中,科技符号的运用与社会处于一种"脱域"状态,而重构人与自然之间的关系,就需要重新认识当前的科技发展趋势。

第二,科技符号的悖论性。

在小说里,所有的生活都被生物技术和基因控制,基因专家、器官移植拼接专家、微生物专家研发了各种免疫和抗病毒药物,对各种动物进行基因试验,他们一方面是为人类培育可以移植的器官,但另一方面也靠这些转基因药品牟取暴利。例如,"喜福多"是众多药品中的一种,这种药品作为科技符号原本是为现实社会中的"人"服务的,它有着强大的功效,如"保护使用者,抵御所有已知的性传播疾病""提供无限量的性欲和性能力""延长青春"(阿特伍德 2004:305)。正如这个药物的发明者"秧鸡"所说的,"对人类的恰当研究就是人本身"(阿特伍德 2004:305)。然而事与愿违,这种药品不仅没有提供相应的便利,还导致一些实验者出现了一系列的身体问题。

科技天才"秧鸡"为了卖出自己研发的疫苗,就把其研制的病毒掺入保健药品中,最终导致病毒肆虐,殃及整个社会。故事里的"喜福多"作为科技符号,是一种充满悖论性的符号,它一方面是服务人类生活的科学产品,另一方面却又是威胁人类存在的病毒。而问题的根源就在于,科技天才"秧鸡"是以信息性关系来审视"药"之于人的作用的,从某种程度上讲他把意义简单化了。尽管作者阿特伍德给读者呈现的是不同于我们传统意义上的科学,它不再是现实世界中某一领域的知识的客观化总结,但是,作者经由这个科技符号传达的,却是其对科技介入人生活的思考,以及对人的技术性存在之于自然性存在的反思。

第三,科技符号中的认识论差。

故事里的"秧鸡人"是一种"类生命体",他们"漂亮得让人吃惊""每一个都赤身露体,每一个都很完美,每一个都有一种不同的肤色"(阿特伍德 2004:8);但是,他们却是现代科技发展中人们滥用基因改造出来的产物,阿特伍德塑造这种科技生命体,意在表明科技的发展可以改变一切,甚至是人类自己。相比之下,"雪人"吉米是作为现实的、真正的人存在于这样一个科技世界中的。作者通过"秧鸡人"和"雪人"之间的对比,来说明与科技人类相比,人类的诸多不足之处,作者描写如下:

"雪人"原本是只鸟,但他忘记怎么飞了,他其余的羽毛也脱落了,所以他感到冷,需要另一层皮肤把自己裹起来。不:他觉得冷是因为他吃鱼,而鱼是冷的。不:他把自己裹起来是因为他丢掉了男人的东西,他不想让咱们看见。这就是为什么他不去游泳的原因。"雪人"生了皱纹是因为他以前住在水里,水弄皱了他的皮肤。"雪人"很悲伤是因为其余像他那样的人都飞过大海去了,现在就剩他一人了。(阿特伍德 2004:9)

在这段关于两种不同形态"人"的描写中,"秧鸡人"力图为人的存在找出合理的逻辑,例如,人不会飞是因为羽毛会脱落;人怕冷是因为吃了鱼;人穿衣服是因为丢了男人的东西;人长皱纹是水导致的;人会悲伤是因为孤独。"秧鸡人"所找的理由也属于对人类存在的一种阐释,是人作为科技符号在进化到一定程度后,对之前人类的存在形态的重新审视。如果我们把故事里的"雪人"和"秧鸡人"分别看作现实的人和未来的人,那么,他们自身的属性就会呈现出明显的对比,如图 5-2 所示。

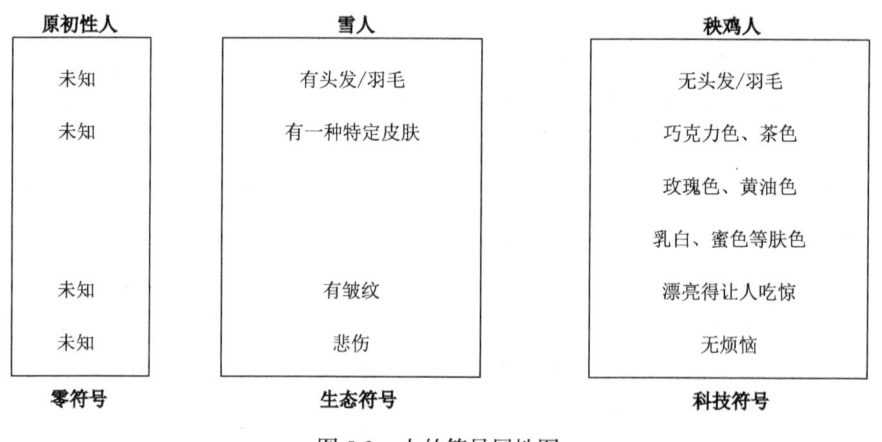

原初性人	雪人	秧鸡人
未知	有头发/羽毛	无头发/羽毛
未知	有一种特定皮肤	巧克力色、茶色
		玫瑰色、黄油色
		乳白、蜜色等肤色
未知	有皱纹	漂亮得让人吃惊
未知	悲伤	无烦恼
零符号	生态符号	科技符号

图 5-2 人的符号属性图

我们可以根据库尔的"多重自然论"来审视这部小说中作者阿特伍德对"人"的认识论定位。

首先,"雪人"作为生态符号。"雪人"作为现实中的人,"有头发""有衣服""有皱纹""有孤独和悲伤",等等,这是库尔意义上的人的"一度"状态,因为这些都是构成人的社会性的不同成分,我们就是用这些"属性"来定义人的存在形态的,同时,这也是我们对现实生活中的"人"的理解和定位。

其次,"秧鸡人"作为科技符号。"秧鸡人"是生活在一个科技高度发达的未来社会中的科技人类,他们替代了现在的人类或者说是人的"技术化"后的升级版。作者阿特伍德用来描写"秧鸡人"的语词都是去社会化的/非社会性的,如"无头发"(没有物理性存在)、"无烦恼"(没有精神性存在),等等,因为"人"一旦成为科技符号,与之相关的各个语词就难以再承载人类原有的情感,"人"成为从生态符号向科技符号进化的"新人类"。

最后,原初性人作为"零符号"。作者阿特伍德在小说中并没有直接描写这种原初性状态下的"人",因此,我们以"未知"来标注他的属性。读者只能反向推理人的本性存在或者人作为零符号的存在形态。或者说,用于构成零符号的人的各个语词都是未知的,是非社会性的、非科技的。或者说,人们总是假设在动态过程中有这样一个起点,它是"相对性的零","尽管这个'零性状态'在可经验的实在界从来都是不可得的"(Tamm 2019:95),但是,我们仍然愿意为我们的存在设立一个"符号性的、基础性的零点,而这个零点和动物世界是相对应的",它是一种"最初的状态","没有任何特征"(Tamm 2019:96)。

可以看出,阿特伍德在文本内采用了不同的语词来构成不同的"人"的表意结构。作为真正的"人",我们需要去掉"现实人"和"科技人"等语词中的标注属性的词语,如呈现各种社会性色彩的用以传达现实人与世界的关系的语词,如各种无审美的、无生命的用以呈现科技人状态的词语。这两种符号的"人"的存在都是概念化的,都是对"零符号"原初性人所作的"符号+"描写。

如果把"喜福多""秧鸡人"这两种科技符号的属性并置在一起进行审视,就可以发现,它们的存在形式都是基于一种生物信息模式设计的,它们是为了克服现实中的人的问题而生成的一种新存在。由科技符号所构成的转基因世界是一个不同于人类现实世界的符号系统,作者阿特伍德在符号先行的创作理念下塑造了一群科学符号,它们不是现实中存在的"物",也不是人们所能认识的对象,而是对人类未来生活的一种预设,因此,科技符号世界成了文本意义的逻辑出发点,对各种存在形态的描写,也都是基于概念/非概念的设定。

正如故事里"羚羊"对"秧鸡"的评价,"'秧鸡'生活在一个更高的世界里""他活在概念的世界里"(阿特伍德 2004:324)。阿特伍德自己也坦率地承认,"我几乎一生都在思考跟随'假如……'而来的故事情节"(阿特伍德 2003:13)。《羚羊与秧鸡》是"推测性小说,而不是一部严格意义上的科幻小说","所虚构的内容都是我们曾经发明过的或者已经开始发明的事物。每一部小说都会以一种假设开始,然后阐明原理"

（阿特伍德 2003：14）。

因此，《羚羊与秧鸡》中，作者基于"技术性存在"的理解所推测出来的是一种生态危机，因为自然一旦变成了一种"技术性的"自然，一切就都技术化了，那么，"人"跟自然互动的机会就被取消了，各种"技术化"的产品会构成一个"居间性的"环境界，来代替"人"与"自然"之间的真正关系。这里所涉及的问题，显然已经超越了传统意义上的自然的生态问题，而是"技术化"世界的未来问题。或者说，技术化世界中的"信息性关系"，是阿特伍德对未来世界中以技术为基础的人与自然之间关系的反乌托邦幻想。

二、环境描写中的信息性关系

《羚羊与秧鸡》是一部经典的生态文学作品，故事中随处可见的是生物技术对人和自然环境的影响，几乎涉及了人的衣食住行各个方面。例如，人吃的鸡肉来自一只可以长十二条腿的改良鸡，住的是被称作"杂市"的破旧城市，看到的是各种塑料瓶和石生植物混合而成的假岩石、奇异基因嫁接出来的灌木丛。这些自然描写中的"环境"作为一种"符号结构"不仅指向了技术，同时也指向了人与自然之间关系中的一种技术性想象。我们在这里选取了三段自然环境描写。

（1）那些孩子成群地走在白色的沙滩、碾碎的珊瑚以及残破的骨头上。（阿特伍德 2004：6）

（2）海岸附近的地下蓄水层变咸了，北部的永久冻土层开始融化，辽阔的苔原泛出沼气，大陆中部平原地区的干旱不见结束，中亚地区的大草原变成了沙丘。（阿特伍德 2004：26）

（3）入夜时他们最终达到了海岸。树叶沙沙作响，水波轻轻摇晃，海面反射着落日的光芒，一片粉色和红色。沙滩是白色的，离海岸很远处的塔楼上到处都是鸟儿。（阿特伍德 2004：366）

以上三段选文都是对自然环境的描写，作者分别采用了三种不同的符号过程来呈现人与自然之间关系的变化。

选段（1）出自"漂浮残骸"一节，它的发生语境是灾难刚过去，"雪人"醒来后看到了那些"秧鸡人"，这些新培育的小孩子在沙滩上捡到了钢琴键、汽水瓶玻璃片、喜福多塑料瓶、电脑鼠标等。这些东西对刚逃离实验室的"秧鸡人"来说，是一种指示符，指向灾难未发生前的社会，因为这些新培育出来的科技人之前一直被关在实验室里。这里的自然描写是间接的、隐性的，作者所描写的人类符号过程中的"符号"，向文本外延伸时指向现实价值，进而暗示了未来科技幻想的悲剧性。

选段（2）出自"奥根农场"一节，这是对"雪人"仍然在农场生活的情景的描写。他们需要生产"器官猪"做各种科学实验，所以导致了当地自然环境的破坏。作者借助地理符号来指向生态危机，如"地下蓄水层""冻土层""沼气""大草原"，这些地理符号原本只具有地理学意义，但是，作者通过环境变化的描写来突出并赋予它们生态价值，进而来展示科技影响下的生活世界变化趋势。在这里的自然描写中，"环境"作为客体符号，在阅读过程中与读者的心理或行为模式符号产生联系，构成了生态符号的第二层面表意结构，文本的符号表意由读者的心理或行为模式（能指）以及该行为模式的意义（所指）构成。

选段（3）出自"残余"一节，发生语境是灾难过后，"秧鸡"和"羚羊"都死了，"雪人"带着一群秧鸡人逃离了实验室来到海滩上，"雪人"称海滩为"家"。这里的自然描写明显是一种凝聚性模塑形式，作者把各种能指组合在一起，如"树叶""水波""海面""落日""塔楼""鸟"，以及将不同的颜色进行对比，如"粉色""红色""白色"，这就构成了一个整体的环境意象，意指一种理想自然环境。在这里的自然描写中，第一层面表意结构的能指和所指构成中，各种自然客体都是"零符号"，是原初性的，是所指；而"家"作为"原初的形态"是自然符号，是能指。这二者是同一性的。

在以上三个选段中，自然作为环境符号，从反相位讽刺"技术化"世界的存在意义。故事里唯一一处正相位的自然描写是对"羚羊"和"鸟叫"之间关系的描写：

> 随着太阳越落越低，鸟儿开始鸣唱起来。看不见它们，它们都躲在林子的枝叶和藤蔓里：嘶哑的呱呱声和鸣啭，还有一串四个清脆的声音，如银铃一般。在黄昏来临及旭日初升之前，总是同一种鸟在这样叫，给了"羚羊"莫大的安慰。这些鸟叫是熟悉的，都属于她所知道的东西。她想象着其中一只——叫起来如银铃的——是她妈妈的精灵，化作鸟儿来看护她，她想象着它在说你会回来。（阿特伍德 2004：127-128）

"羚羊"还是小孩子的时候，就被她妈妈卖掉，面对陌生的世界和未来，她只能把"鸟"作为熟悉的过去来依靠。在这一段动物模塑过程描写中，一开始出现的鸟叫声，只是鸟之于人的一种符号性存在，具有指示功能，然而，一旦其中一只鸟的叫声与"妈妈的精灵"有了关系，并且可以传达信息，此时的鸟叫就从零符号变为指示符，将意义指向家乡和母亲。作者阿特伍德在这里以自然符号来解释"鸟叫"，后者于是就成了一种"生物隐喻"。

可以这样认为，在整个末世科幻世界的描写中，这一段自然描写的价值非常值得思考，正如洛特曼所认为的，"谈论文本的物质表现时，我们脑海中有一个非常特别的符号体系特征。它不是'物'自身，而是物之间的关系，这就是符号体系中的物质本质"（Lotman 1977：53）。这一段描写中的"鸟叫"作为自然符号和人在文本中的符号关系是相互生成的，生态的属性中原有的语义域原本是被人的意识所占据的，显然现在被新的意义取代并且以错置形式出现，其目的是使人与自然构成一个社会共同体。

三、人类符号过程中的信息性关系

《羚羊与秧鸡》是针对生物技术的未来所展开的文学设想，因此，大量的文本细节都以信息对比的方式，让各种人类活动向过去和未来这两个方向延伸。或者说，这部小说中的人类符号过程不是以现实为基础的，不具有通常意义上的因果性、线性的特点，各种符号之间的联系都是创作理念的指挥棒下的认知预设。例如，在这个故事里关于男女性爱方面的描写中，作者阿特伍德就充分展示了人的技术性存在中的"信息性关系"。

第一，"羚羊"作为现实中的人。

"羚羊"是一个真实的女人，她从不拒绝与"秧鸡"和"雪人"这两个人做爱，但是，她在性爱方面所表现出来的矛盾态度，以及对这两个男人的评价，同样反映了她对技术性符号的反感，正如"羚羊"所说的，"不管怎样反正'秧鸡'是我的老板，而你是能和我玩儿的"（阿特伍德 2004：324）。

"秧鸡"是一个科技天才，因此，他的世界是技术性的，他的感知方式是"信息性的"，例如，"秧鸡"爱"羚羊"，他喜欢通过各种感觉来感知她的存在，"摸她的肩，她的胳膊，她的纤腰，她完美的屁股。我的，我的。那只手在说"（阿特伍德 2004：325）。作者这里的描写所反映的是，"摸"作为一种行为在表意方式方面倾向于"信息传递"，而不是心灵的感知，因此，"秧鸡"的"信息性"感知只是为了满足一种生物学欲望，也如"羚羊"对他的评价，"性需求直接而简单"（阿特伍德

2004：326）。

"秧鸡"在科技理念的影响下，不停地通过发明新的技术产品来重置人与自然之间的关系，其结果就是，我们所熟悉的世界变成了新的技术性的世界，我们用以感知世界和相互交流的方式都被技术化了，就像他本人一样，他的"生物体"器官也不断被改变以适应新的变化，即首先是以一种生物性的、自然化的形式出现，但是却以技术性的、信息化的形式来建构。

然而，对于"雪人"，"羚羊"总是充满感情，愿意和他交流自己以前所有的经历，他们之间的做爱，"让她神魂颠倒"（阿特伍德 2004：326）。而对"雪人"来说，"羚羊"是"装满了奥秘的宝库""随时都会将自身打开，向他揭示最本质的东西，藏在生活核心处的隐秘之物，或是她的生活，或是他的——他渴望知晓的东西"（阿特伍德 2004：326）。这里的描写方式，明显是以一种生命符号的形式进行的直观呈现，"雪人"和"羚羊"之间的性爱，是对人的自然性存在的最为原始的展示。而且他们的性爱关系是"经验性的"，发生于我们生活世界中的可经验空间，所具有的也仍然是生活世界中的情感真实性。

第二，"秧鸡人"作为未来人。

我们在这里以两段对比描写为例，分别展示现实中的"人"与科技产品"秧鸡人"的性爱方式。

> （1）标准形式是五人组合，即处于热烈情绪中的四男一女。她的状态对所有人都一目了然，因为她的臀部和小腹会呈现蔚蓝色——这种变换肤色的招数是从狒狒那里学来的，同时也借鉴了章鱼的可扩张发色团。（阿特伍德 2004：169）

> （2）在旧的制度中，性竞争是残酷无情的：每一对快乐的情侣旁边都有一个沮丧的旁观者，一个被排斥在外的人。爱情存在于自己的透明气泡房里：你能看见里面的两人，可你自己却不能进去。（阿特伍德 2004：170）

以上两个选段都出自"蓝"一节，其中选段（1）主要描写"秧鸡人"的男女性爱过程。女性身体结构被赋予了一种典型的信号，即"蔚蓝色"，它作为指示符指向性爱，故事里的秧鸡也称之为一种"适应机制"，即"只有那蓝色的机体组织及其释放出的外激素能够刺激男性"（阿特伍德 2004：169）。这是用以表示女性存在的一个"技术符号"，旨在消除因为需要性爱而发生的各种问题：不再矫情、不再神秘、不再有各种性犯罪。这些"秧鸡人"作为一种新人类形象的存在意义，是构建一个更有利于其自身的环境界，但是，他们为了自己的生存让人的生物性被技术化的同时，却忽略了生命体（如男性和女性之间）最基本的生物性情感需要。

可以看出，"秧鸡人"是人根据"生物"法则展开的想象，是在破碎的具身性基础上建立起来的，把"人"的各种行为置于一种技术性的象征秩序之中。此刻的"秧鸡人"作为一种生命体的新的物理存在，实现了人的生物学意义上的突破。也如美国哲学家唐·伊德（Don Ihde）所认为的，这是"以一种特殊的方式将技术融入我的经验中：我通过这些技术以及通过我的知觉和身体感觉的自反性转化来感知"（Ihde 1990：72）。尽管"秧鸡人"之间的交流不再依赖"身体"的在场，但生物性的现实交流依然存在。"技术"作为一种改变人类身体的工具被透明化处理了，这是一个已知项，因此，这些"秧鸡人"作为技术的使用者，沉浸在其所创造的现实中，尽可能显现出所有的可能性。

选段（2）是对"旧制度"中的性爱的描写，可以看出，旧时代的爱情是情感性的，是符号性的过程；而新技术时代的男欢女爱则是一种信号过程，其中蕴含了一种新的认识论模式，即"秧鸡人"对性爱的理解，这是对这种原始的自然行为施加的一种暴力，但是，这种行为者原有的浪漫主义的属性仍然存在，或者说，信号性的性爱模式以原有模式的技术翻版来保持原有的方式，这是他们的文化和技术发展在这种技术性世界中最为融洽的结构，正如"雪人"所说的，他们都是"有荷尔蒙的机械人"（阿特伍德 2004：171）。

尽管阿特伍德是通过讽刺的方式来揭示人对"性爱"所做的科学实验导致的恶果，但是，她也指出人作为认知主体对于"性"的定义，决定了男人与女人这二者之间语义共享的部分，实现了符号的语义域共享，"性"从一个符号变成一个信号。当"性"作为符号时，男人需要借助情感认知，通过高位的认知差来判断，这时的"性"作为一种事实符号存在；但是，"性"一旦作为信号，其意义就取决于生物域的语境对性的定位，以及人对性的存在的理解，其属于技术化的信息性的符号世界。所有这些必然导致"男—女"构成中意义生成的临时性，"性"把意义让渡给了女人存在的表意成分，从一个符号变成了各种符号元素共同设定的性信号。"性"的意义差异在于"性"自身的意义并不存在，至少在社会群体的交流中不是必需的，但一旦"性"作为信号来表示男人和女人之间的关系，就具有了生物性意义。整个过程中构成某一种生物类比的行为构建了一个"性"的信号网，男人与女人之间的存在关系，被简化为信号的"发出—接收"的相互映射，男女之间的情感（人性）被弱化甚至被消除了。

从以上关于《羚羊与秧鸡》的分析可以看出，"信息性"关系在科技符号、环境描写以及人类符号过程这些方面的表现，反映了作者阿特伍德对人类"技术性存在"的担忧，因为对于人与自然之间的关系来说，这种存在形态明显属于一种"脱域"状态下的科技妄想，而且"信息性"关系是对"人"和"自然"的自然性存在的一种简单化的符号想象，这是作者对当前现代社会重视技术的反思。换言之，在作者看来，我们实际上根本无法区分技术是否都受制于它的社会价值，或者反过来说，我们无法真正把技术吸纳进我们的社会共同体。技术与社会之间出现的裂缝，必然导致伦理与技术的非对应性存在。技术与社会共同体的分离，意味着技术以一种对立面的形式出现，那么，它的伦理内涵也必然被排除在外，成了窄式认识论意义上的技术工具。一旦这种情况出现，伦理从物质实体中被剥离出来，技术就会脱离社会共同体的控制而变成个人利益竞相追逐的产品，进而失去生态身份、生态意义。正如德国伦理学家汉斯·乔纳斯（Hans Jonas）所说，"现代技术已经引入了先前伦理学框架无法再涵盖的这些新的规模、客体、效果行为"（Jonas 1984：6），面对技术给人类带来的各种生态危机，我们应该寻求一种能够让人类延续、让人类走向未来的"责任伦理学"。唯有如此，才能化解人类在技术文明时代所遭遇的前所未有的道德危机。或者说，这里所谈的不仅仅是为了达成一种伦理意义上的共识，更是寻求一种解决人与自然之间的正义问题的方法。

进一步看，与《瓦尔登湖》中的"非对位性"关系和《浮现》中的"仪式性关系"相比，《羚羊与秧鸡》中的"信息性"关系，更加突出地揭露了社会发展过程中，"技术"作为一种对人和自然的解释逻辑和解释方式，对人与自然之间的关系的深刻影响。因此，现代自然文学中的"混合性自然"描写，是用以解释世界的一种诗性表述。这种自然描写的意义生成是实体物质的产出，同时也是一种新的理解方式的生成，刻画出来的是"技术"作为人类调适自己与自然之间关系的方式，应该具有的现实意义和伦理价值。正如丁帆所认为的，"倘若需要厘清文学中对自然描写的历史逻辑，首要的问题可能就在于作家和批评家必须搞清楚自身所处的历史现场是什么，以及面对复杂而巨大的人类生存悖论，我们应该站在什么样的价值立场来书写自然"（丁帆 2022）。

对此问题，许煜（Yuk Hui）在《论中国的技术问题：宇宙技术初论》中提出了一个新的概念"宇宙技术"（cosmotechnics），用以重新思考自然和技术的关系，认为不同文化中的技术必然会受到"这些文化对宇宙的理解的影响，而且只是在一定宇宙背景下才具有自主性"（Hui 2016：19）。"宇宙技术"概念突破了当前国内外对"技术"的狭义上的理解，因为现代科学发展影响下的"技术"概念是理性化、工具化的，消除了古希腊以来把"技术"理解为"技艺"的内涵，转而肯定了"自然"与"文化"之间的对立。许煜则在我国"道"和"器"的基础上倡导"宇宙技术"，实际上就是为了消除人与自然、自然与文化之间的对立。

从这个意义上看，我们对"技术"的认知首先需要有一个高于现实的视角，这样才能超脱"人—技术—自然"的虚假意识控制，因为这种认识论立场仍然蕴含了一种自我（技术执行者）与他者的对立，现在的人类社会是"技术性的世界"，人是一种"技术性的存在"，而技术可以用来审视环境条件对人的行为的影响。因此，现代技术困境中关于"技术"的问题，显然从一开始就不是纯粹技术的表征问题，因此，我们应通过生态位视角审视"人—技术—世界"这三者之间的关系，审视其中身体性与行为性转换过程中的一种观念性链接。因此，面对现代自然文学作品中的"技术"所引发的问题，我们应重新关注我国传统的"天人合一"的伦理思想，寻求认识论还原，这样才能真正读懂现代自然文学中所反映的"技术"问题。

第六章　生态符号域：现代自然文学意义范式的符号机制

本书的第二、三、四和五章，对现代自然文学中的自然描写进行了类型学划分，研究它们在意义范式方面的不同特点。本章以"生态符号域"[①]为视角，研究现代自然文学意义范式中的符号机制，目的是对现代自然文学作品的意义生成机制做一个综合性的符号分析，进一步阐明生态符号域在组织文本和构建意义方面的重要作用；其实在前面章节的一些相关分析中，我们已经涉及了作家如何构建"生态符号域"来传达意义的内容，因为现代自然文学中人与自然这二者之间的关系，以及自然与文化之间的符号过程等等，都依赖于文本内各种符号关系交织构成的生态符号域。

本章以美国剧作家阿尔比的《动物园的故事》[②]和《山羊或谁是西尔维娅》、威廉斯的《心灵的慰藉》、利奥波德的《沙乡年鉴》和卡尔森的《寂静的春天》为例，分析生态符号域在现代自然文学作品中的作用，如功能性、结构性、伦理性和物质性，研究它如何被作家用来构建文本中的符号关系及其意义生成过程。

第一节　生态符号域的功能性

在现代自然文学作品中，"人"与"自然"作为生态符号是文本意义生成的基础，它们与其他文本符号（既包括语言符号，也包括非语言符号）共同构成了一个生态符号域，而运作于其中的"功能"，是识别这些符号相互联结方式的重要标志。恰如生态符号学家温莎所认为的，"在生态学

[①] 学界相关研究中出现了"生态符号域""生态场""生态域"等术语，它们作为意义相近的概念，主要指的是生命体共同构成的一种"物理性和文化性""精神的和物质的"交流空间。本书主要根据马伦关于"生态符号域"的论述展开分析，为了行文方便，统一采用了"生态符号域"这个术语。

[②] 《动物园的故事》创作于1958年，当时还只是独幕剧；后来作者阿尔比在这个故事之前，增加了彼得与妻子之间的谈话内容，于是这个故事就变成了两幕剧。阿尔比改编这个故事的目的，是让彼得这个人物形象更加丰满，故事结构更平衡，因此，这个故事的名字后来改成了《在家，在动物园》（Albee 2011：6）。

方法中，符号必须以功能性来进入文本，以它们为人类有机体提供的信息，而不是以它们描写静态的事件或者客体的方法来描写"（Windsor 2004：183）。埃美柯和库尔也提出过类似观点，"符号学不只是描写的事，也主要是一种机制的事——符号性的机制"（Emmeche, Kull 2011：15）。因此，这一节我们以阿尔比的两部作品《动物园的故事》和《山羊或谁是西尔维娅》为例，分析生态符号域是如何作为意义的功能单元，在整个文本的符号系统中起作用的。选择这两部作品来展示生态符号域的功能性，是因为它们在组织文本和构建意义方面有着比较鲜明的特征。

一、《动物园的故事》中生态符号域的文化功能

阿尔比在《动物园的故事》中塑造了杰利和彼得两个男性人物，故事的一开始，他们在公园相遇，然后坐到长凳上聊天，尽管两个人刚开始并不认识，但是，杰利却以老熟人的方式连续说了三次"我去过动物园了"，成功地吸引了彼得的注意力（Albee 2011：39），随后，杰利告诉了彼得他自己生活中的各种烦恼和不幸。故事的最后，两人因在诸多问题上存在分歧，矛盾激化，冲动之下动了手，最后杰利被彼得打死了。从这两个人物的交流中，读者很容易感受到作家阿尔比刻意构建的一种生态符号域，即故事中的"栅栏"和"动物园"作为人类的文化认知方式是对"动物"存在的解释逻辑和解释方式，同时，与其他现代自然文学作品相比，这里的"动物园"意象也是人类中心主义对"动物"（自然）的较为形象化的把握。

1. "栅栏"作为一种文化认知方式

在《动物园的故事》中，"栅栏"作为一个重要的符号边界，是杰利对人与自然之间关系的重要认知方式，也如他自己所说的，他去动物园的目的是，"了解更多人和动物共同生存的方式，动物和动物、和人共同生存的方式"（Albee 2011：52）。或者说，栅栏内的"动物"与栅栏外的"人"是作者阿尔比以象似性模仿的方式所刻意描绘出来的世界，如下面列出的一些描写片段：

（1）每个人都和其他人被栅栏隔开，大多数的动物也都被隔开，人和动物也被隔开；

（2）所有的动物都在那儿，所有的人都在那儿，这是星期天，所有的孩子也都在那儿；

（3）天气很热，因此那儿到处都是臭气，还有所有卖气球的、卖冰淇淋的也都在那儿。所有的海豹都在叫，所有的鸟儿都在尖叫；

（4）看管狮子的人到狮笼里，到其中一个狮笼里，去喂其中的一只狮子。（Albee 2011：52）

从以上选文的内容可以看出，作者阿尔比在故事中围绕"栅栏"构建的生态符号域，并不是为了描写一个具体的、物理性的存在，而是通过杰利的视角，以一种视觉模塑的方式来突出一种文化认知，进而为读者展示一幅"动物园"众生图。

我们在这里借鉴洛特曼关于"符号域"的一些概念进行分析，从三个方面来考察这个故事中的文化认知是如何借助生态符号域的文化功能来实现的。

一是符号空间。一般来说，符号域指的是符号过程所存在的符号空间，而位于符号域外的其他人或者物则相应地处于一个"非符号空间"。从某种程度上讲，尽管人和自然都处于一个空间中，但并不一定都处于同一个生态符号域内。这个故事里的"栅栏"作为一种符号边界，把"动物"和"人"分割为两个不同的符号域。但是，对杰利来说，"栅栏"却恰恰是构建一个良好生态符号域的不可逾越的障碍。例如，选段（2）、（3）所描写的是"符号域"，人与人、人与动物共处同一个符号空间，把他们（它们）彼此联系在一起的是"人—动物"之间的关系；然而选段（1）、（4）中，作者刻意呈现出来的是一种"非生态性的"符号域，因为选段中人与人、人与动物之间的关系表现为一种物理空间上的隔离，例如，"人"去动物园是为了"看"动物，"看管狮子的人"需要打开狮笼走进去才能给狮子喂食，而对狮子来说，它们也被分别关在不同的笼子里。因此，在这个符号空间的构建过程中，作者给读者描绘出来的是一个符号域，突出了"栅栏"之于人类的存在意义，以及这些动物之于人类的文化价值，但是，这却不是一个生态符号域，因为动物和人类之间的符号交流必然受限于"栅栏"的存在，动物的存在是非自然性的，因此，一切都以"非生态性的"方式来呈现。

具体地说，整个动物园的"非生态性"主要表现为：第一，动物园中环境状况是非生态性的，如天气"热"、空气"臭"、海豹"叫"、鸟儿"尖叫"，而"卖气球的、卖冰淇淋的"则完全是为了谋生，各种生命体（包括人在内）都混杂在一起，彼此之间所共享的不是一种"绿色的"生态环境；第二，动物与动物、动物与人类（如大人、孩子）之间也是非生态性的，各种生命体都被"栅栏"分隔开了，彼此之间缺少了亲近的可能性，取而代之的是由多种文化符号构成的关系，如"人"与"动物"、"文明"与"野蛮"。

二是符号边界。这里的"栅栏"是用来区分不同的人和动物的，但同时，也是用来把不同的人和动物联系起来的方式。只是这种方式对杰利来说，是无法忍受的。从这个角度看，故事里"栅栏"的符号边界意象反映了人类对动物（自然）的文化认知层次，即人在处理与自然的关系的过程中，是以"划地为限"的方式来界定生态空间的。但是，"栅栏"和"笼子"之类的符号作为人类的认知方式之一，不仅在杰利看来是失败的，即使对我们来说，它在生态认识论意义上表现出来的也是生态符号域构建的失败，反相位地揭示了与现代人的身体、心灵和文化相关的符号关系。恰如西比奥克曾指出的，生物域是"包容所有生命符号的地球的包裹（parcel）""生物域是我们所居住的地方和我们所存在的状况；但是，尽管这是我们至今所拥有的唯一住所，我们却不是它唯一的居住者或者这个多元体构成东西的占有者——更不是终身性的"（Sebeok 2001b：113）。作者阿尔比借助杰利的"看"对人与自然之间的文化认知困境进行了批判和反思。

三是中心和边缘。在"人—栅栏—动物"这个符号域中，"动物"是被剥夺了部分生存权利的存在者，处于这个符号域的边缘地带；而"人"处于"中心"，用"栅栏"对待动物的方式是人的文化行为的表现形式之一，但是，把"动物"关在动物园里供游人观赏，实际上是剥夺了它们的自由，其根本原因就在于人类中心主义把它们定义为"动物"。法国哲学家雅克·德里达（Jacques Derrida）曾对此进行批驳，"人们永远都没有权利把动物看作可以命名为动物（Animal）的那一类，或者普通意义上的动物"（Derrida, Wills 2002：399）。但是，现实生活中的现代人确实如此简单地用了这个词语，"把大量的活生生的存在者归进了一个概念，'动物'"（Derrida, Wills 2002：400）。德里达从语言的认识论角度出发，把"动物"这个词语视为人类中心主义的产品，认为其是"人"在语言层面对动物施加的暴力；换言之，从更广义的角度看，人的许多的文化行为对动物来说都是一种暴力行为，这是以控制（而不是调节）的方式来定义其他生命体的生物性存在的。

再者，把"栅栏"视为"人"对"动物"（自然）的一种文化认知方式，实际上还暗示了人对自己环境界中"动物"（自然）的认识论定位，这是一种不对等的符号关系，如马伦在谈论生态符号域时所指出的，"文化—生态系统中符号结构和过程的一般性逻辑"是了解生态文化层次的重要方法（Maran 2021：6）。在动物园里，即使是作为草原之王的狮子也被驯化了，它们被圈养在一个个笼子里安静地等待饲养员喂食。这无形之中就取消了"动物"自我言说、对位性交流的可能性，而这里的"栅栏"意象旨在告知读者，"人—动物"之间的环境界是一种单向度的生态域，它是人类为所有生物种类设定的一个所谓的生态符号域，而且这里的生态关系是一种以生物性为基础构建起来的"文化"关系。

从以上三个方面看，作者阿尔比借助杰利的视角和口吻，给我们描绘出了一个"栅栏世界"，它的底层基础是一种生物性的环境界，作为认知主体的"人"或"动物"在符号使用上都是私人的、非公共性的，或者说，生命体和生命体、生命体和环境界之间的"功能圈"都是意向性的，"人"/"动物"、"饲养员"/"被饲养动物"，都坚持着自身的符号结构和密码。但是，在关于"栅栏"的认知框架内，我们对符号的使用在现实生活中常常表现为一种自然的文化习得过程，这同时也是一种符号行为的生成过程，它不仅是一种具有内在意向性的广义上的行为，而且有可能在目标未知的情况下，依然会使我们依照某种文化习惯做出一些符号行为。

对这个故事里的生态符号域的建构来说，"人"和"动物"都不是客观的符号，只是符号的发出者和接收者，因此，二者之间的交流显然是无效的。每一个符号都是主体所感知的，是属于个体的；但是，每个生命体的自在却是相对的，为了生存（意义），其需要构建一个共同环境界。因此，理解生命过程就要理解人与人、人与动物（自然）之间信息交流的符号过程。正如杰利所看到的，"动物"和"人"都在动物园里，二者的生物域是重合的，但是，符号域却是有不同层级的差异性的，因为尽管这种符号域的逻辑起点是生物性的，但未来走向必然是文化性的，作者阿尔比以其独特的关于生态符号域的失败的观点彰显了这个故事背后的文化反思。

2. "动物园"作为一种文化想象

符号域是符号过程的区域，是所有单一交流行为的前提，它是基于生命体彼此的生物性需要构建起来的，恰如埃美柯和库尔所认为的，"符号域是关系性的生物域"（Emmeche，Kull 2011：179）。而生态符号域是多种符号过程发生的空间，它是生命体基于某种缺失的需要而构建的一个整体，不同的、用于互补的要素共同构成了这一符号整体，如水、食物等等，这些都是人用以构成自身存在的生态符号域。或者说，"关系性"是生态符号域构建的最为重要的条件，温莎也指出，生态符号域的研究视角有助于弥补符号与实在之间缺失的亲切性，"通过可供性（affordance）让符号功能和物理环境相关"（Windsor 2004：180）；"可供性是关系性的，依赖于环境结构和有机体的感知及行为结构"（Windsor 2004：183）。

"动物园"这个生态符号域所展示出来的人与动物之间的诸多关系形态证明了，《动物园的故事》中最小的功能机制不是某个单一的符号或者单一的符号体系，而是作者阿尔比围绕"动物园"生态符号域所构建的各种符号关系以及蕴含于其中的文化想象。

一般而言，"动物园"在人类生活世界中是以一种"符号空间"的形式出现的，它的存在属性是双重性的，如自然性和文化性。一方面，对动物们来说，动物园的存在可以满足它们的部分生物需求，动物园作为自然符号的存在空间，不仅是杰利所说的可以让人"了解更多人和动物共同生存的方式，动物和动物、和人共同生存的方式"（Albee 2011：52）的空间，还应该是一种充满自在性存在的自然界（如湿地公园或野生动物保护区）。动物在"动物园"这样的自然环境中找到了人类改造过的"对应性"空间，那么，这个空间就可以现实化为一个生态场，这是动物需要正确感知和解释周围世界的过程。另一方面，对人类来说，"动物园"的文化化是意义生成的必然过程，人对于动物的模塑过程都发生在这个符号域内。"动物园"的设定，是人类允许自然—文化之间相互转换的结果，这个符号域同时也是一种"二度自然"，是人类在生物性基础上对自然进行改造的文化生态域。

然而，在《动物园的故事》中，"动物园"中的文化形态是以一种"诗性空间"的形式存在的，它是作者阿尔比根据人类生活世界模拟出来的，充分反映了他对人与人、人与自然之间这种"动物园"式存在形态的反思。这个故事里的诗性空间作为对人类存在的一种诗性想象，至少在生态符号域中关系的构建方面表现为两种不同的形式。

形式一，杰利的"非对位性"生态符号域。

故事里的杰利是一个"流浪汉"，他没有房子，没有老婆，遇到不喜欢的女人就远远躲开；他讨厌一只狗就会想办法毒死它；对刚刚认识的彼得，他也是恶语相向，直至最后两个人打了起来。这样一个人物所赖以生存的"符号空间"，是一个典型的"非对位性"环境界，能与它共存并产生意义关联的只有一些生活用品，如刀、叉、汤勺和碟子之类的"非人类生命"的客观存在物，因此可以说，杰利这个人物是作者阿尔比刻意模拟出来的一个"人性假设"。

在杰利的生活世界中，其他生命体如女人、动物无法与他共同构建一个环境界，这是因为他对任何事情的理解都出于一种单向度的信号逻辑，如当得知彼得允许女儿在房间里养长尾鹦鹉时，他的第一反应是，"它们不会带病吗？""如果它们带病的话，你把它们从房间里放出来，猫吃了它们，猫就会死掉"（Albee 2011：43）；再例如，当得知彼得只有两个女儿没有儿子时，他不接受彼得关于生育的遗传学解释，而是用这件事来辱骂彼得无能，认为是彼得无法让女人生出男孩，进而把原因归于原始的生物学上的本能。而且在故事的结局，他为了抢占一个长凳与彼得发生了冲突，进而辱骂彼得"你也是动物"（Albee 2011：57），二人因此大打出手，杰利丢掉了自己的生命。

恰如英国学者凯特·斯波尔（Kate Soper）所认为的，"通过符号性地使用动物，我们似乎可以幸免于直面我们的愚蠢和好斗"（Soper 1995：83）。但是，在杰利的认知范围内，一切社会关系显然都是一种生物性的信号关系。这也就说明了在故事的一开始，他去动物园，是为了从中找出人与人、人与动物共存的方式；但是，他再次失败了，因为动物园里各种生态关系的构建也是无效的。或者说，动物园对杰利来说，展示的是人对"自然"的最残酷的把控，这里也不是一个生态符号域。因此，作者阿尔比最后让杰利死去，目的也非常明显，一个人如果无法与其他人建立起有效的"对位性"的关系，就注定会因为信息交流的失败而死亡。

形式二，彼得的"对位性"生态符号域。

故事中的彼得是一个出版社的管理人员，他和妻子非常恩爱，有两个女儿、两只猫，还有两只长尾鹦鹉。即使和老婆争吵后，一场酣畅淋漓的做爱也会让二人和好如初（这个内容是作者阿尔比后来增加在第一幕中的，目的是让彼得的形象更丰满）；他允许女儿在自己的房间里养鹦鹉，等等。这些都与流浪汉杰利的生活世界形成了鲜明的对比，因此，彼得和谐的家庭关系呈现出来的是一种乌克斯库尔意义上的"对位性"关系，而且其中的生态符号域是一种多样性异质共存的空间。

我们在这里认为，彼得的生活世界是一种"对位性"的生态符号域，是因为他的整个家庭中的每个成员都展示出了自身独特的符号行为，如"丈夫"和"妻子"因为一些琐事吵架，但是这些不愉快也会在夫妻性爱之后得到解决，"女儿"喜欢动物但也会把它们都关在笼子里，整个家庭每一个人的行为中的符号特质正是通过一种文化"习惯"来显示的，并与其他符号体系相互交流。或者说，在这个对位性的生态符号域中，以生物性为基础生成的行为展现出一种文化伦理，如丈夫和妻子、父亲和女儿，都需要借助这个符号空间来实现彼此之间的伦理交流,而他们的存在则依赖于这种"关系性"的伦理设定。

从上文关于"非对位性"和"对位性"两种生态符号域的对比来看,作者阿尔比在故事里通过彼得和杰利之间的对话,从较为宽泛的视角来审视人与动物、人与自然关系中的生态状况,以"动物园"的故事引导读者去发现其中的问题,如彼得和杰利作为生命体各自构建的符号域是明显对立的:前者是生态的、文化的符号域,后者的则是生物性的、非文化的符号域。或者说,作者阿尔比是以象似性模塑的形式把"动物园"类比为人类生活的世界,"动物园"以符号空间的形式出现,而且它的生态符号域构建本身也具有双重性,即生物性和文化性,这两种性质并不是截然分开的,而是彼此交叉、重叠、相互映照的。

作者阿尔比在这部作品中刻意从两个方面来呈现生态符号域构建的过程,想要证明的就是,人与自然之间的关系本质上不是二元对立的,人与人、人与自然之间的生态符号域构建应该是以关系性为基础展开的一种信息交流,所有的符号空间也都建立在文化符码相互交流的基础上,如果忽略了其中的差异,就必然会导致环境界构建的失败。恰如卡西尔曾指出的,人都是符号动物,生活在各种符号域内,"各式各样的线,织成了这个象征网,人类经验的错综复杂的网"(Cassirer 1944:25);但是,如果你不幸处于这个网之外,那么,你就失去了存在的价值。

概言之,阿尔比充分利用生态符号域的文化功能,辨析了人与人、人与自然之间关系的符号系统中不同构成成分的作用:生物性的构成是一切生命存在的基础,围绕生物性构建起来的符号域本身,就暗示了构建符号过程的意向性与生命过程的目的性是一致的,而文化性的构成中所蕴含的伦理过程,可以促使不同生命体形成"共同体"。这二者之间的互动可以消除人和自然的差别,进而把符号系统视为建构或者解释世界的工具。

二、《山羊或谁是西尔维娅》中生态符号域的情感功能

在阿尔比的《山羊或谁是西尔维娅》中,男主人公马丁是中产阶级的代表,他是个建筑师,拥有前途光明的事业,有忠贞的妻子,但是,穷苦出身的他仍然向往大自然,因此爱上了一只羊,于是,他的生活发生了根本性的变化。这个故事里的生态符号域是由马丁(人)与山羊(自然)构成的,这两种符号系统以功能单元的方式出现在文本内,对揭示现代社会中人与人、人与社会、人与自然的关系起到了非常大的作用。尤其需要指出的是,在《山羊或谁是西尔维娅》中,作者把"山羊"作为"类妻子"

的生命符号来描写，并且将其与男主人公并置于同一个人类符号过程中，相比于其他作品中人与自然之间关系的描写，这里的描写更加突出了生态符号域中的情感性价值。

1. 情感判断

在这个故事里，主人公马丁拥有非凡的理解力，可以从动物如"山羊"身上感知到人类的情感，例如，他可以从山羊的眼睛中读出一些信息，如"清澈"（pure）、"信任"（trusting）、"厚道"（guileless）、"天真"（innocent）（Albee 2005：53），这些词语都是马丁用来形容山羊的，他之所以能具有这样的情感能力，是因为他把"人"与"山羊"置于同一个层面——"眼睛层面"（eye level）进行审视（Albee 2005：53），因此，马丁（人）与山羊（自然）之间的关系才显得那么亲切、自然。但是，马丁的妻子史蒂薇对此却不以为然，而且还十分恼火地斥责他，说他这是"兽交"（goat fucker），而马丁却对妻子说，"我想我们原本就是……动物"（Albee 2005：56），因为他知道很多人会跟猪、猫之类的动物产生同样的情感。

作者阿尔比在故事里刻意突出了马丁生态符号域中的情感性，显然是为了反衬马丁与自己的妻子在感情关系上的不对等。"妻子"作为一个伦理概念值得我们反思，我们也应该了解是什么刺激信息使马丁作为一个"人"会爱上一只"羊"，以及在特定条件下，这些信息如何构成情感信息链，进而促成了他的"爱"这个反应性的行为。或者说，在"羊—人"这个连接模塑形式中，本质在于对来自"源域"的特性的逆推，这些特性被视为与某个抽象的"目标域"相互关联，如山羊的温顺（自然的本性）之于人类情感的重要性。因此，我们需要进一步了解"自然"这个符号，以及能给这个故事中的生态符号域补充完整信息的各种结构性细节。

例如，在这部剧作的开幕，作者阿尔比已经为读者埋下了一个关于"人—自然"的符号梗。故事开始的画面是，马丁的妻子史蒂薇正在做家务、整理一些花，马丁则在妻子的催促下去乡村查看是否有合适的地方建造房屋，这里的"花"与"乡村"都可以看作作者有意设定的自然符号，反映了现代人对自然的渴望。但是，他们夫妻二人对"自然"的理解显然大不相同，因为马丁在去城外寻找农场的过程中意外发现了一处宜人的自然风景，当他告诉妻子这个发现时，妻子却认为他所说的只是稀松平常的风景。在她看来，在乡村建造一所房屋，周围都是种植好的美丽的植物，这样的"人造风景"才是她梦寐以求的田园风景。根据生态符号学家库尔的"多重自然论"，马丁所欣赏的自然是"一度自然"，是经过人的初级模塑后的形态，是我们用感官感知的，或者用语言解释过的自然；而他的妻子史蒂薇向往的自然是"二度自然"，这是一种被改变了原始形态，经过物质化、技术化处理的形态，如花园设计、风景设计（Kull 1998：355）。这两种自然形态的最大不同是，前者是人"发现"的真实存在的自然，而后者是人制造出来的风景，只是自然的"符号"。

再例如，在马丁与山羊的关系中，"山羊"其实只是"类自然""类妻子"的情感替身。从另一个角度看，想要了解"人"与"山羊"之间的偷情事件，首先需要确定这件事的确是一个"事实"。对生态符号来说，任何生物体系都是一个"网"或者"域"，它们把各种相关的认知过程联系起来，马丁和山羊这二者作为符号都不是事实性的存在，马丁作为"人"在这个过程中不断抛弃自身的实体性，进而接纳与"山羊"的交往，认可它作为另一种生命体的感知，而对山羊来说，它是马丁在认知维度上"意识到"的，所以，山羊作为符号所意指的产物，就变成了"类妻子"客体，因此，马丁与山羊偷情在故事里只是作为一个符号过程出现。

此外，从环境角度来看，山羊与马丁妻子史蒂薇的原生环境是不同的，前者代表自然，后者代表城市。因此，马丁认为自己与山羊之间是一种"互补"的关系。从符号学看，马丁所认为的这种符号关系的建立是生命体的开始，而这个机制中把所有因素串联起来的就是"山羊"的情感功能，由此可以看出，他并不是为了得到关于某个客体或者事件的结果，而是着眼于一个关于刺激—反应的复杂的符号过程。正如西比奥克和德尼西所说的，"全世界的人都以特定的方式对动物产生经历性的和情感性的反应，而这些就形成了评价人类个性的一个源域。实际上，连接建模的本质在于对来自源域的特性的逆推，这些特性被视为与某个抽象的目标域相互关联"（西比奥克，德尼西 2016：60）。故事里的这种关联就成了判断人的行为的重要理据，而且关于动物行为的认知也会随着场景和文化的变化而产生变化，进而就形成了评价性的"源域"。

由此可以认为，作者阿尔比在《山羊或谁是西尔维娅》中构建的生态符号域呈现出了一种结构和生成结构的规则，这些规则控制着马丁的精神和文化认知模式。"山羊"作为生态符号以"类自然""类妻子"的客体形式出现，它的存在远远大于这些客体本身。它既不是客体，也不是观念，而是一种功能性的机制在情感层面的体现。

2. 认知判断

在现代自然文学中，人与自然之间的符号过程是由特定的认知方式决定的，而且这种方式是具身的，它或者是理想性的，或者是批判性的，但是，一切都是修辞的。作者阿尔比让主人公马丁爱上了一只山羊，那么，这种"人"与"动物"的关系在故事一开始就以反常的形式出现。当妻子质问马丁，与婚外对象是否可以沟通时，他思考过后小心翼翼地回答，"这里有一种关联，一种交流，一种精神顿悟（epiphany）"（Albee 2005：54）；显然马丁不是为了与山羊发生关系，而是寻求"心灵"（soul）上的沟通（Albee 2005：54）。根据美国学者西瓦兹的观点，生态符号域是"意义的生态泡沫"，是"物理性和文化性交流的融合，也可以被视为精神的和物质的融合"（Siewers 2014：4）。在故事里，马丁对山羊的情感，主要表现为一种精神上的符号，而他与山羊之间的交往过程，则是马丁人类符号过程中的意义生成过程，即"山羊"存在的意义就在于，它是马丁构建符号关系中的重要关系项，其中蕴含着情感意义的携带（编码）和生成（解码）过程。

可以这样认为，阿尔比让"人"与"动物"产生感情，是为了找出一个进入生命体体系的较好认知途径，这就产生了一系列的模式来解释各种生命体体系。故事的最后，马丁的妻子杀掉了山羊，虽然读者无法得知山羊的关于"爱"的信息，但是，动物的交流与人类语言交流在密码和符号关系上，肯定有诸多不同之处。动物符号体系中缺少词汇，这就为符号体系中各种符号相互组合产生新意义提供了可能；而且动物交流并不如人类语言有系统性，这就为不同生命体的交流创造了新的空间，生态密码也就具有更大的开放性生成的可能性。在共同的环境界中，动物（山羊）的非认知性的指示性关系符号过程，和人（马丁）的认知性习惯性符号和行为，这二者共同构成的生态符号域能生成一种共同的生态话语，关键就在于二者对"情感"符码的理解。

生态符号学家库尔也从宽泛意义上来看符号过程，他认为"生态密码可以被定义为一系列的（符号）关系（常规的不可抗拒的关系），它是整个生态体系的特征，也包括特别的种类之间的关系"（Kull 2010：354）。在故事中，"山羊"是个体的、排他的，并不能为全部生命体所共享。对马丁来说，山羊的世界是"马丁"所特有的，他所经历的"山羊"并不仅仅是作为客体的形式出现，也包括了他所经历的其他内容。从这个角度看，一种共性的物理环境的试推法应该存在。每一个我们所熟知的客体，都是我们可以知觉的存在，也因此可以这样认为，这些客体只存在于我们的意识之中，其他存在都毫无意义。故事里马丁所爱的，如"山羊"，都是他作为生命体所需要的，凡是他渴望的，必然是他首先意识到其存在的，不进入他意识的东西对他来说是不存在的。或者说，相比"山羊"的价值，妻子的存在意义已经失效，那么，她的存在对马丁来说就毫无意义。简言之，这个故事里"人"与"山羊"之间的关系，首先就表现为一种功能性的对位关系，即二者共同存在于某种符号功能的机制中。

如果从更宽泛的认识论意义上看，"山羊"也是一种"自然"客体，是一种符号性的存在，是马丁生态符号域内人与自然之间关系中的关系项。或者说，"山羊"作为自然的一端，被马丁视为一种"物"，因为它属于他可经验的、可经历的世界，而作为客体存在的"山羊"或者自然"环境"，是一种物理性的存在，是公正的、拥有意义的，存在于环境界之中。

例如，马丁对自然的认识是，"新割的干草堆，乡村的味道；一种苹果的味道！路旁有高高堆起来的玉米和其他庄稼，成筐装满的其他东西——豆角、番茄和只有去年夏末才有的极好的白桃"（Albee 2005：29）。在远离城市的小山附近，他还发现了一个农场，"树叶在变颜色，城镇就在我的脚下，大片的白云飘过，还有那些乡村的味道"（Albee 2005：29）。

在马丁对自然的描写中，我们通过植物符号过程（如干草）、物质符号过程（如乡村的味道）等可以看出，所有的自然现象都不是简单的罗列，而是一种生态符号域的构建。或者说，在他可经验的世界中，这些自然现象首先以预设的形式表现为符号，呈现出了与他所处城市的不同，这是由他生物本性的理性推理和时空环境的条件决定的，但是，在历史的偶然条件作用下，如他去乡村查看适合建房屋的地方，这些自然现象就形成了一种生态符号，特定历史条件下"符号域"的作用，促成了客体到符号的生成。

这种认知上的转换也发生在马丁生活中的方方面面。他是一个体面的绅士，有才华。他事业上的成功给他带来一种压力，他无法把自己身边的各种"实体"转换成与他类似的符号，于是，他担心自己的事业、名誉和财富，担心自己的同性恋儿子，担心妻子无法理解他。所有这些客体在符号域的作用下就变成了符号，它们之间的符号关系导致了他的生态符号域中各种关系的失衡，我们作为读者也可以通过马丁生态符号域中的"失衡"状态来反思，进而有可能去理解这些客体的物理存在，并产生解释的可能。

由此可以看出，这个故事里的"生态符号域"，是把人类生命体之外的其他生命体（如"山羊"）的符号活动和非生命体（如"自然"）的符号潜势都包括在内了。所有的生命体都在同时模塑一个世界，整个世界也是被认知的世界，而所有的符号过程（意指活动）都是为了生成一种"新的机制"。"生物学家所说的'共生'，只是一种意指活动的形式，也就是说，这些生物体相互传递符号，最后它们中的符号传递变得如此复杂，致使一种新的机制演化出来"（西比欧克，拉姆 1991：18）。爱沙尼亚学者李斯特·克斯派克（Riste Keskpaik）也认为，在生态危机不断加深的语境下，"符号学视角为识别存在于我们心智/文化中的而不是自然中的问题的缘起打开了一个新的视角"（Keskpaik 2001：313）。那么，对"马丁"来说，某个地区某个时期的整个"自然"所构成的一种影响力，在人与自然之间"共生"（环境界）的关系中得以体现，是所有生命体相互模塑的一个重要因素。

概言之，生态符号域在故事里的生成不是知识性的，而是存在性的，因为根据西比奥克的观点，现代人称为"认识论"的只不过是一种"居中的目标"（midmost target）（Sebeok 1991b：2），远没有认识到事物的本来面目。存在性构成的符号既不是客体也不是观念，更不是物，而是一种超验主体功能性的、对解释者来说不再是符号意指或者客观内容的存在，或者说，符号唯有以真正的存在显身才开始起作用，任何"自然"都可以被视为一种元符号、零符号。这个故事强调自然的存在，是为了促成审美的物质性和现象性的同时在场，让存在与符号相对应，并且要求有一个相对应的"功能"来使其发生，这就是符号行为，而从存在和非存在之中遴选出客体的重要功能性行为，是读者在阅读现代自然文学作品时，所应关注的生态符号域的一个重要方面。

第二节　生态符号域的结构性

符号域作为一种"多样化空间的生态域形式"（Kull 2004：184），是文本意义生成的基础；生态符号域作为自然文学中多样化空间的生态域形式，是这一类文本意义生成机制中的重要功能单元，它主要研究的是"文化—生态系统中的符号过程"（Maran 2021：2）和"包括人类在内的生态系统中符号过程的范围"（Maran 2021：3）。意大利风景生态学家法里纳和皮埃提也认为，"风景不只是一个地理学的实体，还是一种认知媒介。它或许可以被认为是有机体所使用的一种符号语境，用于安排混乱地散布在空间和时间中的资源"（Farina，Pieretti 2013：1）。

美国自然文学家威廉斯的经典作品《心灵的慰藉》就通过构建多样化的生态符号域，巧妙地把大盐湖周围的环境变化和女主人公及家人生病联系在一起，讲述了一个人与鸟类共同面对生存危机的故事。这一节我们以《心灵的慰藉》这部小说为文本展开分析，研究故事中围绕"大盐湖"构建起来的生态符号域,是如何把"人"与"自然"巧妙地置于同一个符号过程中的。选择这部作品作为文本,是因为与其他现代自然文学作品相比,这部作品具有更为典型的特点,作者围绕"人"与"自然"之间的关系所设定的"显—隐"结构,在增加文本叙事动力的同时,又不失时机地把"自然"描写作为生态危机的背景,借助不同符号空间之间的互动促成了文本意义的生成。

一、"大盐湖"生态符号域的生态空间

在《心灵的慰藉》中,"大盐湖"作为故事的发生地,是理解故事的基础,它涉及了与大盐湖有关的社会文化等层面,促成了这个符号空间的多样性,如关于"大盐湖"自然环境的物质性描写、关于女主人公的心灵感知描写,以及这二者之间的相互作用。在所有这些符号过程中,作者威廉斯是以"生态"为关键词把这些散乱的时空事件构建起来的,故事的叙述也是按照"显—隐"两条叙事线索展开的。在显性叙事层面说明人与自然之间同命运的必然性,一方面是女主人公讲述母亲得病去世的故事,其潜文本是母亲和外婆的故事,她们都患有同一种病;另一方面是自然灾害的故事,大盐湖水位的变化直接影响了人们的生活,直至毁灭整个城市,其潜文本是大盐湖周围鸟类的生活也随之受到破坏。两个故事构成了一组关系项:人的生活和鸟的生活。这种关系项的陈列反衬了作者的叙事意图,即通过对自然和人当前面临的困境进行陈述,进而假设出另一个合理的生态域,以证实这个关系项组合存在的理想性,如图6-1所示。

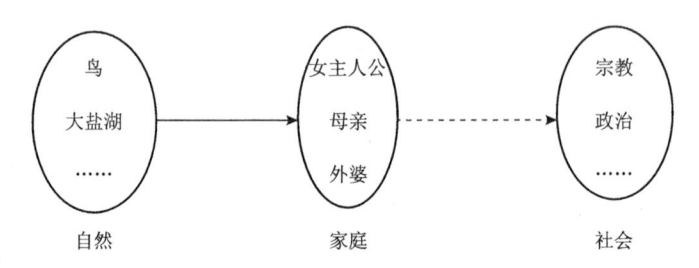

图6-1 大盐湖生态符号域关系图

在图6-1中,"自然"、"家庭"和"社会"作为三个独立的空间形态出现,它们是作者威廉斯刻意营造出来的不同的生态域,而它们又被不同的符号关系连接在一起,从而构成了一个整体性的生态符号域。

在"自然空间"中,"大盐湖"以它独特的地理位置,为各种鸟类提供了自然繁殖地,它作为生态符号域的基础层级,呈现的是第一级的意指

行为,即它以其自然性展示自然界中各种生命体的生活习惯。在关于自然空间的描写中,作者经常用动物符号过程来展示动物不同的存在意义,如故事开篇写道,"穴鸮"每年"都提醒我注意大地的周而复始,春夏秋冬"(威廉斯 2012:7),它们与人类的命运息息相关,然而,由于大盐湖水位上涨,很多鸟类失去了它们的栖居地,变成了"狼狈不堪的难民"(威廉斯 2012:143)。

在"家庭空间"中,故事中的外婆、母亲和女主人公都患有乳腺癌,故事的开篇,母亲黛安娜的病情恶化,癌细胞开始转移,但是,她没有去就医而是选择了去寻找精神的寄托,不久后母亲和外婆都相继病逝。在关于家庭空间的描写中,作者采用各种人类符号过程,以人类行为来类比自然行为,进而模拟出人与自然之间关系中的神秘性关联,如母亲说,"我可以把化疗想象为一条河,它能够穿过我的身体,把癌细胞冲走"(威廉斯 2012:43),而女主人公似乎也默认,"母亲的病情似乎很稳定。大盐湖似乎也很稳定"(威廉斯 2012:137),而且在母亲身上,她看到的是"一只翱翔于天地之间的鸟,羽翼上承载着新获取的对于生命价值的理解"(威廉斯 2012:178)。

在"社会空间"中,人们对大盐湖的治理依靠的是各种"人为的"政治手段,如犹他州议会提出的五种治理办法,但是相比其他两个空间中的元素,这里的社会元素作为人的社会性标示语出现的频率太低,弱化了人的主体性。在对这个空间中的社会问题的描写过程中,作者不时地把关于鸟的描写片段和关于现实社会问题的片段融合在一起,让人与自然二者之间形成一种相互参照,让各种现实问题交错出现,当涉及鸟的自然世界时,作者总要把描写拉回到政治中,再延伸到神学中。正如作者所说的,"作为一个民族和一个家族,我们有一种历史感,而我们的历史是与土地密切相连的"(威廉斯 2012:13)。

从图 6-1 也可以看出,各种鸟和大盐湖共同构成的"自然",与女主人公、母亲和外婆构成的"家庭",是文本的显性叙事层面,因此这对关系项以实线连接。"家庭"与"社会"之间的联系较少,主要靠宗教、政治等因素维系,因此以虚线连接,这是文本的隐性叙事层面,女主人公、母亲和外婆对大盐湖的依赖来自宗教信仰,对大盐湖的治理依靠的是各种"人为的"政治手段,这些都是由"大盐湖"作为自然符号引发的,但是这里的"大盐湖"是作为指示符号出现的,这个符号自身并不提供一种固定的、有限的和独特的意义,它在生态符号域内靠它所拥有的索引性结构,以及其自身的"索引性"所具有的社会性参照框架,根据不同的语境而变化,来提供一条可以到达无限多领域的认识路径,并且在激活一组认知元素,将其作为意义的基础上,构成一个意义的多层级结构体。

由此可以看出,在这个故事的生态符号域中,自然与人之间的关系是显性的,而人与社会的关系是隐性的,作者把大盐湖的生态问题、女主人公及家人的身体健康问题,以及现实生活中的一些宗教、政治等问题,都置于一个大的认识论框架中进行裁定。文本不以人物塑造或叙事进程吸引读者,而是经常采用符号现实化的方式来处理人、自然和社会三者之间关系,并以此来展示文本中所蕴含的生态认知。我们可以称之为"符号现实化",也就是说,自然文本朝着两个向度展开:一是客观现实;二是虚构想象。前者采用"再现性符号",展示叙述者"我"与社会的关系项之间的联系。这一类是特殊符号,只适用于特定的语境,它以超范畴连接的形式显示不同的社会性特征。后者是"诗学符号",描写自然事物存在的各种"可然性"。文本内不同的关系项所展示的是人、自然和社会之间的关系,而不是实体。人在从现实到文本的过程中成了一个抽象的、非现实性的符号,从而导致整个文本表现为一种叙述性的实在(reality),缺少了现实模仿的痕迹。但是,"人"与"自然"作为能指符号是纯粹性的,二者共同构成了一个"关系体",它的"生态位"作为值项(value)决定了整个生态系统的存在样态。

换言之,生态符号域中的自然描写,只能是一种基于现实的"相关性的"文学想象,如保罗·贝恩斯(Paul Bains)所认为的,它是一种"符号现实"(semiotic reality),"是心灵自身结构的相互渗透与独立于心灵的环境的各个方面,在符号关系的本体论单一性中紧密地连接在一起"(Bains 2006:77)。根据贝恩斯的观点,乌克斯库尔意义世界中生命体对世界(自然)的认知,不能简单地被视为主观的或者客观的,而应被视为一种符号客观性(semiotic objectivity),即"相关性的真实"(Bains 2006:77)。因此,相较于审美观照或生态危机的描写,这部小说中作者通过对"大盐湖"的自然模仿,让一切自然而然地呈现,更加凸显了自然的价值和意义。自然与人的关系不是二元对立的,而是一种共存的关系:人的感知空间既是"我"的空间,也是自然的空间,自然之于"人"的存在是原初性的、可然性的。

现代自然文学中"符号现实化"的文本世界不是现实性的,而是理想性的。叙述者"我"的社会性成分被削弱,叙事要素也被减至最少,避免了"符号污染",让文本符号与现实客体直接对应起来。在人与自然的关系中,更重要的是即刻性存在的表现,自然符号表现出来的是人与自然的直接性相遇。这里的直接性，或者是借助历史（时间性）走向未来，以当下性导入对未来存在的认识；或者是借助自然的非历史（非时间性）走向神学，以当下性引向对物的神秘存在的感悟。

二、"大盐湖"生态符号域的象似性模塑

从上文关于空间层级性的讨论可以发现，作者让人与自然这二者形成一种相互参照，让各种现实问题与环境描写交错呈现，如随着湖水水位的起起落落，故事里母亲的病情也相应发生变化。整个故事是隐喻性的，因此，对生态事件的叙事就是基于一种象似性模塑展开的。也如生态符号学家马伦和库尔曾指出的，叙事性的写作方法无法实现生态符号过程的描写，因为它"并不能充分描写人类解释中的非象征方面（象似、指示和经常无意识的），以及人类在环境中的其他活动"，因此，"对生态事件的叙事性描写总是隐喻性的。而且对生态事件的叙事，也经常是象似性的模塑。它的目的是追求更高层次的人类解释，进而以其象征化的形式反馈环境"（Maran, Kull 2014：46）。那么，在《心灵的慰藉》中，"大盐湖"的生态符号域是如何来构建的呢？

第一，隐喻性描写。

把人与自然进行隐喻性的关联，是《心灵的慰藉》这部小说的典型的写作特点。例如，早期的大盐湖是一种原生态的和谐环境界，大自然的美好与愉快的童年生活，给女主人公留下了深刻的印象。但是，随着故事的发展，当"大盐湖"水位上涨，周围的环境开始发生变化，自然保护区的各种鸟类的栖居地受到严重威胁时，女主人公的母亲和外婆也相继患上了癌症，并最终离世。作者威廉斯把"人"和"自然"置于相同的命运轨迹上，正是为了寻找一种隐喻性的生态关联。正如作者所说的，"这些鸟类与我共同拥有一部自然史。那是因为在同一地域长久生活所获得的根深蒂固的感觉，使心灵与想象融合为一体"（威廉斯 2012：23）。

作者威廉斯所说的通过"大脑"和"想象"与"大盐湖"的融合，实际上正是对"大盐湖"生态符号域的形象化描述。当"大盐湖"作为一个地理学意义上的"地方性"符号时，它所指称的是这个地区所有的自然界事物，命名与被命名的事物是完全一致的，这个层面上的"大盐湖"是以一种自然符号域的形式出现的，它所表现出来的是"自然"和人之间的和谐关系。或者说，这种初级的隐喻性关联，作为"零度自然"（大盐湖作为零符号）是不可见的，它拥有和老庄的"道"一样的神秘性。作者的描写如下：

> 我是怀着信奉精神世界的信仰长大的，即相信生命在大地出现之前就已经存在，并且在大地出现之后继续存在；相信每一个人，每一只鸟，每一株灯芯草以及所有其他生物在其生命的实体来到世上之前都有一种精神的生命。每一生物都被赋予特定的影响范围，每一生物都有其特定的位置及目标。（威廉斯 2012：13）

在这一段描写中，作者首先通过凝聚性模塑形式来展示其中的物质符号过程，如"人""鸟""灯芯草"，以及所有生命体，它们作为自然存在都有各自的意义，而它们共同的存在属性是"精神的生命"，但是，这种"精神的生命"是不可见的，唯有当不同的生命体与自然相遭遇才得以显现，而且在与自然的遭遇中，无论自身的状态改变与否，自然都可以向人表明这种"精神的生命"的存在。或者说，这里面其实蕴含了乌克斯库尔关于"环境界即意义"的表述，万物的存在都是意义的潜势，只有进入环境界才会产生意义，而进入环境界之前它们都是一种符号化的准备。正如赵毅衡所指出的，"呈现尚未能产生意义，只是符号化的准备。只有当呈现面向一个意义构筑者的意识，在他的解释中变成再现，才会引向意义"（赵毅衡 2011a：36）。

第二，象征性模塑。

"大盐湖"生态符号域的意义生成是在文本内外相互可逆性的条件下完成的，各种伴随文本作为周围的物质结构滋养了生态符号域，后者又在这些外部结构的相互逆向过程中得以完善，并通过与这些外部结构的联系而发展出意义，这是因为"宗教""文化""生态"等是再现符号层，其述行性的效果所指涉的外界事物就成了概念。读者需要从"大盐湖"这个指示符向外延伸，单纯的文学地理学式的描写并不能承载故事的创作理念，还需要进行由文本外向内的逆向推理，如从环境、社会、人物的外指涉模式介入文本，"大盐湖"也就成了象征，它此刻表现为"二度自然"，需要借助人在物质层面的观念进行审美观照。如作者下文所描写的：

> 我理解母亲所提到的孤寂。是它支撑并保护着我的心灵。它使我与眼前的世界融为一体。我是沙漠。我是群山。我是大盐湖。除了人类语言之外，还有风、水及鸟述说的语言。除了人类之外，还有其他生命值得考虑：比如反嘴鹬、长脚鹬及岩石。沉静就是从不同的生命模式中找到的希望。当我看到环嘴鸥在啄食死鱼的腐肉时，我便不那么惧怕死亡。我们与周围的生命都相差无几。

我感到恐惧是因为与整个自然界相隔离。我感到沉静是因为置身于天人合一的孤寂之中（威廉斯 2012：32）。

在这个选段中，作者把"我"视为"沙漠""群山""大盐湖"，把人类类比为各种生命体，彼此"相差无几"，其实都是采用一种象似性模塑过程来展示人的存在所应有的形态。正如自然界中"环嘴鸥"啄食"死鱼"，已经患病的外婆和母亲，以及女主人公，同样也面临着被疾病"啄食"的威胁。而唯一的办法就是，"置身于天人合一的孤寂之中"，找到心灵的慰藉。可以看出，《心灵的慰藉》所构建起来的"大盐湖"生态符号域作为一种"文化—生态系统的符号过程"，依赖于类比机制轴心中的象征性的符号机制，女主人公一家把"大盐湖"（自然）视为信仰圣地，实际上就是向自然寻求生命的意义。表层故事的自然描写与深层故事的"信仰"指向之间的张力，凸显出来的是一个符号现实化的文本世界，然而，这不是对客观世界的再现，而是对包括人在内的理想性的、原初性存在的文学模仿，正如佩特丽莉所说的，"符号学的主要任务是在现实与虚幻之间进行思考——揭示现实之下的虚幻底子，寻求不管如何都可能从这种虚幻中泄露出的现实"（佩特丽莉 2014：14）。

由此可以发现，作者将"大盐湖"作为生态符号域，展示了文本内的客体与文本外多个符号之间的关系，这显然属于现象学存在中的认识论，这种文学文本在叙事进程方面缺少应有的叙事动力，人物塑造也不够鲜明，很大程度上削弱了现实与理想之间的张力，但是，它所构建的生态符号域中，诸多成分相互交织，而且符号域内外的各种"非物质性成分（non-material component），如文化传统，可以为这个环境提供支持并增加其价值"（Maran 2022：77）。温莎也认为，生态符号域构成的"环境"的存在价值，不仅在于它为我们提供的信息，还在于由它所引发的"其他的客体和事件"（Windsor 2004：179）。

在"大盐湖"生态符号域中，自然与周围的城市和人之间，与政治、经济和文化之间构成了多种符号关系，而且这些符号关系中的各种元素都是动态的自然客体，作者对它们的描写并没有采用相似的逻辑或再现的逻辑，而是通过文本内各种叙事元素和修辞因子的相互作用，利用符号的层级释放来控制解释的过程，进而借助女主人公的视角，引导读者产生各种看、听、说的体验。我们的阅读过程就是发掘其中的各种符号的过程，因此，这是一种层级认知，是根据人的认知角度来决定的。

第三节　生态符号域的伦理性

"伦理性"之于符号域的意义在于，它能把各种复杂的符号关系锚定在特定时代背景下，并以特定的时空作为意义的发生背景，让符号关系围绕特定的关键词展开。对生态符号域来说，它的伦理性就表现为以"生态"为主的符号域构建，各种符号关系中所涉及的是不同时代的伦理需求。生态符号学家马伦就认为，生态符号域的符号系统包括"所有物种及其环境界、它们在这个生态系统中不同的符号关系（包括人类及其文化），以及使生态符号域得以繁荣的物质性支撑结构"（Maran 2021：6）。这里，他把人类及其文化符号关系与其他物种的符号关系并置于同一个符号系统内，从某种程度上讲，是为了突出前者的"符号伦理"在生态关系中的意义。或者说，人类及其文化符号关系系统在维持和推动生态系统发展方面有着重要作用。

美国自然文学家利奥波德作为"土地伦理"思想的倡导者，在早些时候就已经有过类似的表述，他认为我们的伦理研究应该扩大人类共同体的边界，把土壤、水、植物、动物都包括进来（Leopold 1949：204）。而且他的代表作《沙乡年鉴》作为一部纪实性的散文作品，就是以"伦理性"来思考人与自然之间关系的典范，是将科学观察和人文思考结合得非常紧密的一部作品，它充分展示了作者利奥波德在伦理层面对自然和文化之间的关系的思考。这一节我们以《沙乡年鉴》为文本，从象似性模塑、时间模塑和文化模塑三个方面，分析利奥波德是如何围绕"伦理"来构建生态符号域，进而呈现他的土地伦理观的。

一、《沙乡年鉴》中的象似性模塑

在《沙乡年鉴》第一部分中，作者利奥波德以亲身经历为读者描写了各种自然现象，而且这些自然现象都是依据作者的观察顺序和自然界的生物性发生秩序，以一种象似性模塑的方式呈现出来的，因此，第一部分的自然描写属于科学性的、客观性的描写。

例如，"一月解冻"时各种动物的表现，如田鼠害怕积雪消融，是因为积雪消融后它们的洞穴会暴露出来，而毛脚鹰却知道，冰雪消融有利于它们捕捉田鼠；二月的"橡树"显示出更多的人类砍伐的痕迹；三月的"大雁"迁徙以及如何偷吃玉米的故事；四月的河流，五月的高原鹬，六月的钓鱼；七月的农场中的各种动植物；八月的大草原，九月的丛林，十月的捕猎，十一月的森林和十二月的雪。正如利奥波德在引言部分中所写的，第一部分讲述的内容，"是自己的家人在逃避现代性的周末所看到的和所做的"，而他们的目的是"试图重建我们在其他地方正在失去的东西"（Leopold 1949：vii-viii）。

从动物符号模塑过程来看，利奥波德在第一部分所描写的每一种动物和植物都是"符号结构"，它们自身所携带的符号系统分别展示了不同的生活方式和不同的生长规律，而这些不同的生活方式和生长规律都被内置于整个符号系统中，变成了一个个具有独立存在意义的符号，它们之间相互关联、相互映照就形成了马伦意义上的"自然文本"。这种文本一方面以"符号系统"的形式呈现，是作者和读者借以感知自然的物质性介体，另一方面又以"符号"的本然形式，即名与物合二为一的意义形式，来指代另一个事物。或者说，这些"自然"作为象似符，只是一种假设性的符号，因为"它只是客体的意象，而且严格地说，只能是一种观念"（Peirce 1955：105）。任何意象的存在都需要借助解释项，而纯粹的象似符则独立于任何解释交流环境，缺乏交流性。例如欣赏绘画时，图画作为象似符，会让欣赏者陷入思考，但图画也变成了一种纯粹的梦境，我们是在思考符号，却无法传递任何信息。

从本体论的角度看，这一部分的自然描写中，作者利奥波德把自然的生物性和文化性联系起来，前者是一种既定的客体，满足了生命体的基本的需要，这也是为什么生命体的注意力集中在与其他客体的关系上。从这个意义上看，符号仍然是一个自然信号，如一个具体的自然客体。指定的客体也总是一个物体或者一件事，而不是一个结构。而对后者来说，自然表现为一种符号结构，它和其他自然客体保持长久的联系，无论这种关系是部分的还是整体的、因果的还是时空的，其中必然存在着乌克斯库尔意义上的"主观性"。对自然风景中的自然来说，意义和特征是它存在的根本属性，它自身并不需要解释，真正需要解释的是自然的符号结构，因为自然风景中的"自然"是一种"存在"，而自然作为符号被解释后则表现为一种"生成"。利奥波德正是借助这些自然现象来反映一个问题，即人类文化对自然的介入所造成的各种自然现象的生成，是一种与自然自身存在明显不对称的生成。因此，这些自然现象在文本形式上的耦合，是各种生成的排列和展示，这在文本认识论上是对古希腊自然观的继承。

从另一个角度看，对作者利奥波德来说，这里的自然描写其实并不仅仅是客观的科学发现，自然现象也不再是纯粹的自在形式，而是对科学发现和自然客体相对独立的相关性进行的生态想象。或者说，无论把自然描写成主动的执行者还是被动的客体,无论描写成社会性的还是环境性的,这种自然描写本身就具有伦理生成性的特点。美国环境美学家艾米丽·布雷迪(Emily Brady)就曾提出一种"非科学基础"(non-science based)的审美模式,认为自然审美中的感知和想象可以弥补我们现在认知科学的缺点,如"探索性的"(exploratory)、"投射性的"(projective)、"增值的"(ampliative)和"启示性的"(revelatory)(Brady 1998:143-145),这些生态想象模式可以借助想象引导我们实现对自然客体的审美和认知。

在"空中舞蹈"一节中,作者利奥波德以人类符号过程的形式来呈现一种动物符号过程,或者说,他明显是借助"人"生活中的经验和认识来映射"丘鹬"(动物)的环境界构建过程的,而各种动物符号过程中的各种关系,也是依靠人的思维模式中的隐喻性联结来实现意义的生成。例如,作者选用了一系列与表演相关的词语,如表演(show)、幕(curtain)、舞台道具(stage props)、露天剧场(amphitheater)、序幕(overture)、幕间休息(interval)和戏剧(drama)等,来描写丘鹬(woodcock)的求偶行为,把它的飞行看作"虚幻的"表演,如图6-2所示。

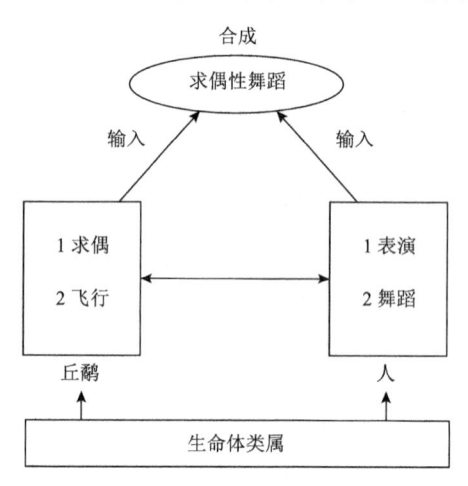

图6-2 类比行为的符号空间生成图

根据图6-2中"人"和"动物"之间在行为上的类比,可以看出丘鹬的飞行被隐喻为舞蹈,求偶行为被隐喻为表演,二者共同合成一个生态符号空间,丘鹬的所有行为就变成了求偶性舞蹈。或者说,动物的生物性行为就被类比为人类的伦理行为,而且在丘鹬的舞蹈这个符号域中,隐形投射的符号空间所表现的人与自然之间的关系,是主体的意识和外在世界的统一,外在世界被天空所强化,也被引入了鸟的世界,通过再现性类比实现了从内向外的转化。这一转化揭示了被隐起来的整体性统一，而且由于隐喻空间的出现，整体性统一被清晰地命名出来。作者这里借助比喻性的投射，把人的行为和鸟的行为相融合，通过生成的新发生空间来进一步触发人们对原始伦理（自然伦理）的思考。

在接下来的叙述中，作者利奥波德在伦理功能方面对关于舞蹈的描写做了进一步阐发。在他看来，丘鹬之所以没有选择浓密的草丛作为表演场地，是因为在那里它的"昂首阔步（struttings）"无法表演，而且它的爱人（his lady）也看不到它的表演。这里，作者选用了 strut 来描写鸟的舞蹈，这个动词通常用于描写人的行为动作，其词义是"趾高气昂地走"。作者将这个动词与丘鹬搭配，构成主谓结构，丘鹬就被赋予了和人一样的心理和动作。此外，作者所描述的这场舞蹈是从 4 月傍晚的 6:50 开始，然后每天晚开场 1 分钟，一直持续到 6 月 1 日的 7:15，进行这样的时间安排是因为丘鹬作为一个表演者（performer）需要有浪漫的光线（a romantic light）才能表演。

可以看出，丘鹬的舞蹈作为一种生物事件，是以一种凝聚性模塑形式把不在场的指涉体（求偶和爱情）展示了出来，复杂的信号行为也进化为一种视觉性的象似形式，而相关生命体会据此信息做出反应，那么，这里的舞蹈显然成了一种"元形式"，它通过具体的行为来表征抽象的概念，生成了新的连接方式，即一种从目标域向源域的回望。这是以心理影像或表征的方式感知事物之间的关联，或者从符号学的角度看，它体现的是人类通过象似方式来理解抽象概念的倾向。很显然，这个符号空间里埋下了作者的伦理预设。

在丘鹬的舞蹈描写中，作者甚至直接用祈使句来加强观看表演的严肃性，通过使用第二人称"你"，让读者作为观众参与到表演中来，"别迟到，安静地坐着，要不它们会生气地飞走"（Leopold 1949：30）。这样，作者通过一种从内部直接转向外部的表现行为，引起并实现了意识和意识对象的统一和综合，完成了关于"求偶"的生态符号域的构建。正如马伦所说的，"自然随笔包括了作者的想象的、社会的、意识形态的和文化的意义关系和张力，但是，它也包括有机体、自然群体和风景，这些都有特别的可以发展、交流、学习和增值的特质和能力"（Maran 2007：280）。

从丘鹬的舞蹈描写可以看出，作者将主体视野和鸟的客体，与这个广阔的空间所蕴含的特殊事物相对照。这个场景的描写采用了意义先于对象的方法，让意义规定了对象，这属于指称对象的审美预设。或者说，是作者的审美描写先于生物学认识，由观念性存在物构成了符号域。简言之，作者对丘鹬的舞蹈的描写，首先肯定了原始伦理（自然伦理）的重要性，然后才让"你"来一起见证自然。我们每个人都是自然界的存在者，而且我们都是彼此的环境界的构成部分，"每个生活着的存在都具备依赖、解释、理解、影响自己所处环境的能力"，而且在自然中，生命体之间可以形成伙伴关系、掠夺者与猎物的关系；自然是一个建基于身体之上的世界，生命体共享了一种"相关性存在"（Tønnessen 2010：376）。

二、《沙乡年鉴》中的时间模塑

三级模塑（文化模塑）作为一种高度抽象的符号系统，本身就具有元模塑的能力，它与其他动物和植物符号过程一样，都属于生态符号域的范畴，但是，文化作为人类符号活动的特点就在于，它是语言和以象征为基础的符号系统，可以促使更复杂性的再现和抽象模式的生成。

例如，在《沙乡年鉴》的"二月"这一部分，作者把自然和文化之间的关系巧妙地融进了自然描写中，并且以一种"物性"关系来凸显其中所蕴含的人类符号过程。我们以这一部分的"橡树"一节为例展开分析，正如作者利奥波德所描写的：

在 1936 年、1934 年、1933 年和 1930 年的干旱时节，植物稀少，偷运者就无法继续偷运。

现在我们的锯子砍进了 20 世纪 20 年代，……

现在锯子砍进了 1910 年至 1920 年，这十年中，产生了排水系统，……

……

1916 年，农民成功地在沃基肖村安居下来；1915 年……1912 年

现在我们砍到了 1910 年，……

我们砍到 1909 年……

……

现在我们的锯子砍进了 19 世纪 80 年代……（Leopold 1949：9-15）

从以上选文可以看出，作者将人类符号过程中的"伐树行为"时间化了，从 1936 年回溯到 1865 年，涉及了许多文化和社会资料信息（Leopold 1949：9-15）。很显然，这里不是一种时间的并列，而是通过时间模塑所

呈现出来的一种功能类比。

首先，这里的"橡树"是以"指示符"的形式出现的，用来指涉这一部分描写中人类符号过程的发生和影响。它作为指示符，不同于象似符号那样在形态上类似其指涉体，而是从关系的角度指明或者表明它的位置，即通过"时间指示"的方式，指涉"橡树"在人与自然之间的关系中所承载的伦理意义。

例如，"砍"作为一个动词，其搭配的宾语应为个体的、具体的物体，然而在这一节中，作者通过物质符号过程的描写，把"砍"搭配的宾语换成了时间成分。橡树被砍后，能看到的应该是它的年轮，但是，当把时间换成了砍的对象后，"砍"原本拥有的义素成分同时也就被转换为各个年份中的社会事件。这在符号过程方面所呈现出来的，是从物质符号过程向心理符号过程的转换，映射出来的却是人的伦理态度。或者说，作者赋予"砍树"行为的描写以价值，进而从中挖掘出当时人们生活世界的状态。

其次，这里的"橡树"还以"象似符"的形式出现，以其生物性的存在来模仿人的存在困境。任何生命体一旦受制于"技术"，那么，它的时间性就以一种有限性的形式存在；这里所描写的"技术"与"橡树"的关系是，"橡树"依赖于人类的"技术"，失去了自身的时间性，进而被赋予人类行为的时间框架。当"橡树"被砍一次，就意味着"人"的存在也被"砍"了一次，这显然属于一种意义生成中的时间修辞学。砍树只是时间的触发者，对历史时间的回顾，是一种非时间性的结构认识，而隐含于其中的环境伦理是其轴心意义机制，即一种依赖于生态符号域生成的非时间性符号关系。

在这个关于时间性的生态符号域内，"橡树"作为一种调解符号把"人"和"环境"两种物质性实体联系了起来；每个时间点都是一个静止的点，世界的动态进展此刻被某种自然的缺席所代替。这时候的"橡树"是外位于生命体和有机体的"看"的，时间点作为一个符号，把整个时间过程投射于发生在生命体之外的过程之上。而这个物质符号过程的典型之处就在于，当"砍树"发生时，它把内在和外在两个过程结合起来，同时保证了外部符号过程中的时间构建和生命体内部的感知时间的统一。

最后，作者利奥波德把生物感知与人类的历史观进行嫁接，以生物化进程来映射人类的时间观，但是，关于历史的内容却被置于将自然作为生态符号的各种符号关系之中。因此，这里的符号表征关注点就是为了显示指涉体的时空定位，或者说，相对于其他指涉体的定位，"橡树"符号就是人与自然之间关系的指示性符号。

从这个角度看,"橡树"作为符号的存在,体现了此在的时间和超验的非时间的并列,二者之间并无冲突。"此在"的时间,指的是人和自然的即刻性;"超验"的非时间则指的是自然中所含有的"自然性"。利奥波德这一段关于砍橡树的自然描写,显然指向的是发生在此在中的自然物,涉及了一定程度上的叙述性、动态性和处理过程,而且都表现并累积在主体的活动之中。这样,"橡树"实际上是把自然现象和历史现象结成了一种同构的关系。而时间在这里就像空间的存在形态一样,它不在自然客体("橡树")内,也不在人("砍伐者")之内,它只是以界定存在限度的方式来标示存在性的关系,它的存在和外在关系被技术性地空间化了,不同的生命体被这种时空观所限定,以各种自然现象的形式呈现。自然内的自然现象是整个文本的逻辑起点,由这个起点构建的生态符号域就成了文本意义产生的基础。

概言之,自然描写的时间模塑,有它典型的符号修辞特点,而生态符号域的构建是文本意义生成的基础。作者"我"去看、去听自然,都是把自然作为对象进行观察,这仍属于现象学式的意义生成模式。而当"我"只是靠视觉去描绘自然存在,自然事实就表现为一种物自体,这样,自然符号的本质就体现于运动和转移中、超验和此在中。现代自然文学如果是以时间性来维护原有的发生学模式,就仍属于再现的方式,但是,它如果是通过生态符号域的构建,以其典型的非时间性、非顺序性、非等级性来表现人与自然之间的关系,就属于一种起源性或启示式的意义发生模式。

三、《沙乡年鉴》中的文化模塑

现代自然文学是自然文化化的过程,描写的是自然和文化之间的关系,所以从一开始读者就需要从两个层面来理解,即自然文本内的"文化中的自然"和"具有自身符号性的自然",而这也正是现代自然文学作品典型的文本特质。但是,从另一个角度看,自然世界不可能被视为一种"文本",因为自然与文化之间是有间隙的,唯有文化化过程可以赋予自然一种文化结构,就类似于把文明结构赋予荒蛮世界。这不是文本之间的翻译过程,而是把一个"非文本"转换为文本的过程,就相当于把森林变成耕地、沼泽排水或沙漠灌溉,这是以符号系统切换的方式来完成文本的意指模式的转换。

在《沙乡年鉴》中,作者利奥波德借助不同地方的文化景观来阐发自己对社会、生活等方面的理解。例如,在威斯康星州的沼泽地描写部分,作者谈及鹤时,这样写道:"鹤"不仅生活在"有限的现在"(the constricted present），还活在"更宽泛的进化论的时间中"（Leopold 1949：96）；在描述旅鸽时，作者又这样写道："旅鸽深爱它的土地：它生存下去的信念，来源于它对成串葡萄和不断爆裂的山毛榉果实的强烈欲望，和它对距离和季节的藐视。"（Leopold 1949：111）在这些关于人与自然之间关系的描写中，作者利奥波德是依照自己的感知去理解"鹤""旅鸽"的。作者以物质符号过程来展示"鹤"作为生命体之于时间的意义；又以动物符号过程来说明其他非生命体的存在之于"旅鸽"的价值，以及其他因素如距离和季节之于旅鸽生命体的无关性。简言之，作者实际上是把它们的生活行为作为一种生态事件加以描写，尽管作者在作品中的自然描写简朴、纯粹，却能让读者身临其境，因为这一描写对应的是读者的感觉，不同地区的自然描写，汇聚成一幅图画，产生了一个文本图像，其象似性达到了皮尔斯的象似符的效果，让读者产生了一种即刻性在场的具身性体验感。

海德格尔曾指出，"体验始终意味着归溯关系，也即把生命和生命经验归溯于'自我'"（海德格尔 2011：124）。根据海德格尔的观点，"体验"本身就蕴含了归溯问题，即当主体面向客体时，客体会以其本性附和主体的选择。这种归溯显然属于形而上的主体性领域。对现代自然文学来说，若所有自然符号都只是零符号，只是一种表象，那么，这种物理存在没有表象功能，必定没有意义，也不可能产生交流效果，也就不涉及体验的归溯，现代自然文学与"文学即人学"这个命题之间就出现了悖论。恰如生态符号学家马伦所说的，"我们人类作为文化存在，有认知、语言和文学表述的能力，但是另一方面，作为生物学有机体，我们又通过感官对自然现象产生即刻性的感知，并且参与到自然的关系网和意义网之中"，我们的参与方式则包括"听觉、味觉、触觉、身体的运动和所有相应的感知"（Maran 2007：286）。

再例如，在描写亚利桑那州山顶野营周围的"白杨树"时，作者特意提醒读者，这些树上面的很多刻痕都记载了不同人的名字、时间和事件，这是广义上的"得州人"的历史和文化，或者更确切地说，是一种文化行为。"白杨树"作为一个地方的标志，既是"指示性的"，也是"象征性的"：前者指的是"白杨树"作为一个名字可以指称一个确切的地方，说明"白杨树"与这个地方之间的各种潜在的关系；后者指的是它还是"规约性再现活动的产物"，即其中包含了人类作为生命体所涉及的各种符号过程，这种"复合型的模塑过程"是"白杨树"在人与自然的关系中的生态表现。

这里，作者利奥波德用"自然文化化"的方法较好地解决了文本的双重性中所涉及的生态审美问题。这是因为在自然文化化过程的描写中，作者以符号来建构自然文本，在符号过程形成的意义空间中需要引入读者的文化记忆。对作者来说，文本也总是需要重建完整意义的提喻、一些"非离散性"的文化符号。这些"非离散性的"文化符号是推动文化发展进入动态过程的重要元素，但是，诸多的文化符号经常被质疑，因为一些非连续性的文化因子会被发掘出来，不同时空下的文化呈现出多样性的变化。唯有文本拥有自身的记忆，能够生成一种特定的意义，以特定的文学形式与主体文化保持着一定的距离，显示出这种文体创作的理念。或者说，我们在文本内阅读到的"物理性实在"可能只是一个模型，是对自然的另一种描写所产生的文本效果。这显然让现代自然文学立刻脱离了"非虚构"的限制，进入了修辞话语的研究范畴。

对自然的描写来说，"自然文化化"这个过程始终是这些风景描写中的"底色"，而变化的是作者将"自然"作为功能单元的整合，如西比奥克曾指出的，各种形式的人类行为及其产物，经常表现为"某一种文化的整合或几种模式"（Sebeok 1976：23）。这就为意义的转化搭建了一个意义平台，一方面涉及自然的生物学需求（自然），另一方面涉及人类的社会需求（文化），前者是物理性的，后者是生态性的。现代自然文学的创作理念是将基于真实生活的事件在时空上进行关联，进而产生一种涵指性的复合形式，读者也并不会将这类文本理解为对事件的字面重述，而是认为它们暗含了各种心理的、社会的或形而上的意义。这类文本中的涵指形式至少表现在情节、角色、场景设置方面，它们所指涉的行为、人物和地方都源于作者对现实世界中的行为、人物和地方的关联性想象。

让自然回归"自然"原有的样子，就是用"自然文学"来呈现"自然"，这个问题的解决途径在于，"把文学作为自然文本来阅读，可以在非言语的环境和可言语的有机体之间架起桥梁"（Maran 2007：269）。读者在面对同样的语言符号构建的文本时，更愿意把自然文学作品作为自然文本，实际上就承认了自然相对于文化的重要性和独立性，同时也催生了一种新的衡量文本描写自然的方法，进而激发读者在文本中寻求与自己的经历类似的自然经历。根据马伦"自然—文本"的观点，读者必须认可某个地方与作者所描写的自然类似，否则读者与作者之间的交流可能会无效。读者也要具备一定的鉴别能力，能够区分出作者设定的符号和自然符号，能判断出自然作为一种生命体的信息交流符号和人类符号在文本内的表现。

从这个角度看，这种从自然的物性向文化行为过渡的过程，明证了自然存在是自然符号与文化意义的统一体；后者是自然文本的本性，而前者只是生态意义的物质性媒介体。自然文本需要借助符号与意义之间的辩证关系来实现从语言符号到视觉符号的转换，如彭佳和汤黎所认为的，"自然修辞从语言符号层转换到视觉符号层，依靠邻近性和同框指涉性建立的转喻"（彭佳，汤黎 2020：9）。

从上文对《沙乡年鉴》中出现的三种模塑形式的分析来看，作者利奥波德所关注的问题，不只是通常意义上的环境问题或者生态问题，更多的是人类构建的环境界中的伦理问题，因此，我们应该改变认知主体的思维模式，这样才能解决当前的自然问题。换言之，《沙乡年鉴》中作者利奥波德对"人"与"自然"之间关系的自然形态描写、文化解释和哲学推论，都是针对当前"自然文化化"所显现的存在者形象进行的推演。

但是，对于《沙乡年鉴》这一类自然文本的形式研究来说，如果单纯地把"自然"视为信息交流过程中的"代码"，会简化、弱化生态符号学中的"符号观"，我们应把它作为一种伦理的修辞过程来阐释。即使对完全意义上的自然风景描写来说，它自身作为图像呈现出来的古希腊意义上的"自然性"，也可以被视为生态符号，因为完全的图像性符号也总会有指称，它自身可能就是一种指称体。自然描写中的生物性写实为读者提供了自然环境的相关知识，传达了一定的信息，它适合处置单向度的信息。但是，如果是为了再现复杂的客体或者诸多繁杂信息的现象，现代自然文学家们就需要借助艺术性、虚构性的符号，来呈现文本中自然伦理和文化伦理的冲突或和谐。

第四节　生态符号域的物质性

生态符号域中的"物质性"，指的是"物质性区域和意义过程"，它研究的是"人类行为如何改变符号特征和物质的意指"，即一种物质的符号化（Iovino，Oppermann 2014：141）。生态符号学家马伦在"生态符号域"的研究方面提出了类似的观点，他认为这个概念所涉及的研究内容包括，"所有物种及其环境界、它们在这生态系统中不同的符号关系（包括人类及其文化），以及使生态符号域得以繁荣的物质性支撑结构"（Maran 2021：6），那么，"物质"与人类话语（符号）这二者之间是如何关联的呢？

这一节我们以《寂静的春天》为例，分析文本中的生态符号域的构建过程，从"物质性"层面分析人（文化）与自然之间的关系。这部作品的典型性就在于，作者以语言的"物质性"关系来描写人与自然之间的关系，或者说，相较于其他一些现代自然文学作家倾向于采用"审美"的诗性语言，卡尔森更强调采用陈述性语言，以客观呈现人与自然关系中的物质符号过程。

一、《寂静的春天》中的物质符号过程描写

美国学者密克曾指出，"如果创造文学是人类的一个重要特征，那么就应该仔细而又诚实地审视文学，发现它对人类行为和自然环境的影响"（Meeker 1972：25）。《寂静的春天》作为一部经典的现代自然文学作品，其作者将环境污染与人类行为相联系，描写了处于生态危机中的环境，以及生态危机给人类社会带来的灾难。在这个故事里，为了减少叙事性语言可能引发的阐释，作者采用了一种自然本身的"语言"为读者提供了一种生态"知识"，进而以科学家的严谨态度揭露了化学药品污染自然环境和危害人类健康的诸多事实。如生态符号学家马伦所认为的，"语言模塑使自然写作能够传达信息，增加读者对自然环境的了解，因此具有巨大的教育潜力"（Maran 2014：8）。

对现代自然文学来说，文本语言的"编码—解码"过程，是通过各种符号关系中的意指活动来实现文本的模塑的过程。整个过程中文本逻辑起点的设定、动力机制的运作和文本意图的延展，都是围绕人与自然之间的关系展开的，"生态符号"作为意义的载体是理解和阐释的"编码—解码"概念包，一旦找到符号中所蕴含的"能指链"和所指物之间的关系，即可深入挖掘其生态意义。然而事实上，通过阐释生态符号来阅读文本，不是单纯地把文本作为生态资料的语料库，而是试图思考生态的本质，从而使生态现象成为哲学认识论中反思人类存在的重要一环。

例如，在《寂静的春天》的第五章"土壤王国"中，有这样一段描写：

> 最初看似适量的杀虫剂，使用数年后在土壤中的残留很可能会累积到惊人的地步。氯代烃残留性强、残留时间长，每一次施药都是对前一次药物效用的叠加。因此，"一英亩土地喷洒一磅DDT不会造成危害"的老套说法显然毫无意义。检测发现，每英亩马铃薯田DDT残留量为15磅，每英亩玉米田残留量为19磅，每英亩蔓越莓湿地残留量则高达34.5磅。苹果园土壤中残留量最高，其中DDT累积速度与每年的施用量同步增长。一个季节内果园施药超过四次，每英亩土地中DDT残留量就会高达30至50磅。如此经年累月重复施药，苹果园树间土壤中的农药残留量为

每英亩 26 至 60 磅，树下土壤中的农药残留量高达 113 磅。（卡尔森 2018：47）

整个段落所呈现出来的概念意义，是为了说明杀虫剂对土壤的破坏，那么，作者是如何通过语言模塑的形式来进行这种生态描写的呢？

从物质符号过程描写来看，作者采用了一系列动词来呈现不同的"过程"描写，如 build up、are、is added、is repeated、have been found、seem、is。这些词语中包含了两个表状态的关系过程动词 are 和 is；一个表心理过程的动词 seem，这一过程表示施事方对事物的心理理解；诸多表示物质过程的动词，如 build up、add、repeat、find。作者采用的表示物质过程的词语所占比例最大，因为物质过程多表示叙述意义，主要服务于叙事性的语篇，关系过程和心理过程常常表示描写意义。因而上段选文是以叙事为主，辅以描述，客观地叙述了杀虫剂对土壤的破坏，从而导致生态危机这一问题。可以这样认为，在一类生态环境的描写中，作者对自然的观察几乎达到了一种科学化的程度。她的目的不是描写看到的自然，因为她不可能带着读者去看自然的形态，语言描写中所记载的是信息，而不是感知。这种描写的最大叙事作用，就是像纪录片拍摄那样，呈现一种向上的解释过程，客观、科学地呈现一种人与自然之间的关系。

进一步看，在以上段落中，物质符号过程描写中的五个动词中（有两个是相同的动词）有三个动词用到了被动语态，说明句子中首先介绍的是"目标"这个语义角色，同时也说明了主语和谓语之间是一种受事关系。在现代自然文学作品中，作者采用被动语态来描写自然物，其目的是反映这些自然物的无意识性，显示其是被影响的（affected）。再例如，在这一章的其他段落中，动词 add 所搭配的名词主语是"使用每一种杀虫剂"（each application），动词 repeat 搭配的是名词主语是"流传已久的传说"（the old legend），动词 find 搭配的名词主语是"种植西红柿的土壤"（potato soils），这几个主语都是非人称主语，作者的目的是告知读者，"杀虫剂"、"传说"和"土壤"作为受事者具有的属性之一是被动性。一般而言，在自然语序里，语义上的安排应为"施事方—动作—受事方"，而被动语态的使用则使受事方处于显著的位置，同时也暗示了潜在的施事方的存在。尽管这里的施事方并没有出现，但这几个动词的施事方都指向同一个主体，即"人类"，人类才是造成这一生态危机的根源。也如西比奥克和德尼西所指出的，"句子中的词序能够模拟真实世界中的顺序或因果现象"（西比奥克，德尼西 2016：56），这一段选文的句子结构基本上映射了它要呈现给读者的经验结构，我们至少可以发现其中蕴含的名与物的关系，即生态危机的语言表现与客观世界中的真实自然状况。

值得注意的是，在物质符号过程的描写中，明显涉及了一种文本语言的转换，即从认识论语言向情感语言的转变。例如，作者采用了"可能"（may）、"只是"（merely）、"似乎"（seem）这些词语来表明自己的立场，一方面是出于某种判断上的谨慎，另一方面也反映了这些自然现象作为"动态性客体"是作者通过间接的知识获得的认知。此外，作者还先后八次使用 unwanted 一词来修饰植物，这个词是一个中性词，没有任何贬义之说，但却反映了植物的存在与否是以人类的选择作为衡量标准的，而并非以自然的整体性作为标准。因此可以说，自然符号在本质上是一种混合体，是不同符号域交叉建构的结果。对自然现象作为符号，以及自然文本内的各种自然符号构成的生态符号域来说，自然符号在从客观描写到主观描写的过程切换中，所涉及的是语言从判断到情感的转变，充分显示了自然文本的历史的（理解的限度）、意义的（解释的限度）、含义的（文本的可辨识度）功能，这也凸显了自然符号自身的物性特点，揭示了环境属性和物质结构对符号过程的作用。

在关于"农药"的描写中，作者所要说明的是，"农作物"和"土地"之间构成了一种相生的对位性关系，而"农药"以"异化"的身份出现只会破坏这种生态关系的平衡，"土地"中原有的可以对应"农作物"的各种成分消失了，取而代之的是人为的各种"杀虫剂"成分，因此，这里的"非对位"关系，才是作者卡尔森刻意彰显的，突出了"自然"作为生态符号在"农作物—土地"这个环境界中的缺席。可以这样认为，在这个物质符号过程中，自然描写所提供的两个角度把读者的关注点引向了语言事实与社会事件：当作者说，"树下土壤中的农药残留量高达 113 磅"，当且仅当这些数值真如作者所描写的有害于土地时，这个句子的真值就是真，是一种语言事实。因为这里的命题的所指物是它的真值，而真值也就指向相应的事实。如果农药残留量的危害远超过作者所描写的程度，那么这个句子的描写，就是一种基于土地危机所展开的生态想象。自然的物性存在借助语言层面上能指与所指的结合变成了一种混合体，同时展示了自然的事实并且暗示了在现实世界中发生的事件，而自然符号是通过事件来实现"事实"和"认知"之间的关联的。

二、《寂静的春天》中的不及物性描写

现代自然文学中的自然描写多是不及物性的，这也就导致围绕"自然"

展开的各种生态符号域构建过程中,经常出现"物质性"的自然描写影响了对意义的解释的情况,而且为了使自然描写这一不及物过程仍然能对文本意义的生成产生一定的作用,作者必然需要借助文本构建特别的生态符号域,把各种符号关系引向生态、引向文化。

在《寂静的春天》的第二章"忍耐的义务"中,有这样一段描写:

> 现在,农场、果园、森林和家庭普遍使用农药喷剂、粉剂和气雾剂,这些未经筛选的化学药品威力强大,可以杀死各种益虫和害虫;能够使鸟儿不再歌唱,鱼儿不再腾跃;给树叶涂上一层致命的毒膜;最终滞留在土壤中。凡此种种,初衷竟然只是为了除掉一小部分杂草或昆虫。海量的毒药洒向地球表面,而不会给地球生物带来危害,这样的说辞谁会相信?它们不应该叫作"杀虫剂",而应该叫作"杀生剂"。(卡尔森 2018:5)

在这一段描写中,作者围绕"生存"展开的生态符号域构建,至少包含了三种不及物的过程,如"鸟儿不再歌唱""鱼儿不再腾跃""毒药不会给地球生物带来危害",而且这三种不及物过程以"能指组合"的方式呈现,把所指的意义指向了人类活动,或者说,这里的自然描写作为符号修辞服务于文本,揭露作者所要批判的"说辞"。

对现代自然文学来说,文本语言的最大价值就是构建各种"符号关系",进而通过生态符号域和意指活动来实现其模塑过程,那么,在从语言到符号关系的转换过程中,作者与读者在语言模塑形式上的"认知"一致就显得非常重要。或者说,这里的"不及物性"是作者和读者相互交流的平台,或者按照皮尔斯的观点,这种语言形式本身作为一种符号系统,其重心不在于它所包含的本质或意义,而在于它所构成的一种动态的关系过程。例如,"农药"作为对自然的解释,是人类依照自身的环境界对"自然"做出的反应,指向作者所批判的某些为农药辩护的"说辞"。在描写"鸟儿不再歌唱""鱼儿不再腾跃"的过程中,名词短语和动词短语的结合运用,突出的是物质符号过程中的归属关系,即"歌唱"是"鸟儿"的特征,"鱼儿和小溪"是归属的关系,这样的描写有一种内在逻辑的预设,暗示自然原本的存在顺序。而"鸟儿""鱼儿""土地"在"农药"的作用下表现出来的"存在"和"生成"之间的反合式关系,是对"自然"进行理解和阐释的最为直观的境界。

因此,这一段描写所反映出来的是不及物性描写会使语词具有让"物"

（自然）是其所是的能力，让"物"（自然）显现并在场。对自然物来说，逻辑缺失处，物自我显现。语词是对物的命名，正显示了关系的缺失，唯有语词让自然物获得存在，才能让自然与包括人类在内的一切都产生符号关系。研究"自然"就意味着去理解自然，描写所涉及的自然现象或行为结构。然而正如康德所强调的，自然存在是不可知的，人与自然并非同一类别，二者之间没有相知共感的一致性，因此，对自然的本质了解只能说是现象性的。换言之，现代自然文学中的自然需要借助"语言"来生存，自然世界因此也就成了语言概念化的世界，其中必然折射了人类体验。或者说，文本中的各种自然描写都是作者的"语言生产"，甚至对一些直观化的自然描写来说，其反映的也是作者在哲学认识论意义上对人与自然之间关系的把握方式，其更容易让读者感知到"自然"的意义，并与其建立一种情感上的联系，而这种联系的媒介就表现在自然语言的表意结构方面。

正如德国哲学家汉斯-格奥尔格·伽达默尔（Hans-Georg Gadamer）所说的，"能被理解的存在就是语言"（Gadamer 1989：470）。现代自然文学的语言作为一种符号体系，在表层上是为了给读者呈现自然的多样性和复杂性，但事实上，这些自然客体的意义不是单一的，因为它们同时也是其他物，因此，符号是一种不能还原或归约为自身的客体，它总是一种关系性的存在。符号性客体并不以单一性存在，它的存在本质是复数性的，一旦我们视之为物理性客体，就将其纳入了物理性的解释框架内。符号性客体与物理性客体的关系永远处于动态过程之中，这些符号性客体也不是静态的，一旦陷于静止，就失去了符号性的本质，如意义、含混性和复数性。客体只要处于解释过程中，就是符号性的。一旦被悬置了一切，自然就成为一种理念化的，而不是社会意义上的自然现象，它作为物质代表的就是一种存在模式。

如果用生态的术语来描述文本中的符号生成过程，文本中的语言就会转变为一种指称性语言，符号阐释中的差异就会影响并构成一个世界的经验主义意识。然而，这个文本结构所构建的符号域一旦以自然的逻辑预设来暗指人的存在顺序，就会呈现出一种明显的不对称性。自然内的自然现象是整个文本的逻辑起点，由这个起点构建的不同的符号域是不同意义产生的基础。在这个过程中，自然现象作为符号实现了从量符到质符的转变，因为量符是文本内的各种自然符号的集合，符号自身的意义，不是该符号的实体的意义，如山水符号等自身意义及其代表的意义；唯有质符才能传递内容，并赋予内容以有效性；当侧重土地、自然等内涵及其外在指向时，自然作为符号是具有语义学功能的实体。

然而，从另一个角度看，在《寂静的春天》的故事表层，作者卡尔森以科学家的严谨态度来揭露化学药品污染自然环境和危害人类健康的大量事实，但是，这个"生态"故事的内容却是建立在虚构的基础上的，因为卡尔森笔下的原本十分美丽的村庄只不过是一个虚构的美国中部城镇。很显然，卡尔森从文学艺术创造的想象空间入手，重启了新生态文化和思想革命之路，催生了想象环境和梦想未来的契机。《寂静的春天》是一部基于科学事实构建起来的虚构作品，而且无论从叙事方式还是文本构建模式来说，它都应该被视为现代自然文学的一种典型范式。

现代自然文学对"人与自然之间的关系"进行生态描写，尤其是当这个生态故事被置于一个特定的环境中时，文本写作就表现为一种综合模式，即多种所指在能指上表现为自为的符号，展示出来的是对自然与人的关系的认识，这些符号显然都属于认识的客体。例如，在《寂静的春天》的第十四章"四中有一的概率"的开篇，有这样的描写：

> 生物与癌症之间的较量由来已久，确切起源已湮没在时间长河里。但最初一定是起始于自然环境。无论是好是坏，地球上的各种生物都会受到来自太阳、风暴和古老地球的影响。环境的一些因素导致了灾难，生物要么适应，要么被淘汰。阳光中的紫外线辐射导致病变。来自岩石的辐射，或土壤/岩石中冲刷出的砷污染食物或水源，同样也会引发病变。
>
> 早在生命出现之前，环境中就存在着这些有害物质。即便如此，生命还是照样出现在地球上，经过千百万年的发展，数量众多、种类丰富。在自然界亿万年的缓慢进程中，弱者消亡，强者生存，生物调节适应着各种毁灭性力量。自然致癌物质现在依然是导致病变的因素，但这些物质数量很少，而且从远古时期起，生命就已经适应了这些毁灭性力量。（卡尔森 2018：177）

从上述两段选文我们可以看出，作者刻意呈现出来的是她对生态符号域构建的一种生态想象。一是各种生命体构成的生物符号域，自然被作为一个有机体来描写，每一个生命体都受到大自然的影响，在生命体出现之前，自然环境之中的"敌对分子"，如癌症，就已经存在，它也是自然的一部分，它并不是一个介入体，并非外位于整个自然生物圈。从生命体与癌症斗争的历史来看，各种自然物共同构成了整个世界的有机体，它们的根本性存在是非时间性的。二是人与自然界其他生命体构成的生态符号域，因为如果抛开生态和环境方面的"指称信息"就会发现,作者刻意突出的是自然中所蕴含的朴素的唯物辩证法。

  围绕"生物"与"癌症"构建起来的生态符号域,是一种以生物性为基础构建起来的符号空间,传达的是一种"生态性"意义,但是"癌症"作为符号在这里并不是一种语义学上的逻辑认知,而是 A 符号之于 B 符号所产生的反应,也正如德·曼所认为的,"符号学相对于语义学,是符号作为能指的研究或科学;它并不追问语词的意义而是关注符号如何产生意义"(de Man 1979:5)。在作者卡尔森看来,能引发"癌症"这个符号的因素有很多,但是,可以引发这个"符号"的天生的实施者(natural cancer-causing agents)在今天的环境中尤其严重,其原因就在于"人类"对自然界造成的生态影响。这可以从这部作品的第一章找到对应点,作者以一个"明天的寓言"来开篇,正是在生态危机中寻找理想之路。

  概言之,现代自然文学中的各种符号系统都是围绕文本中的某个特定的生态符号域进行构建的,而"物质性"作为文本的重要特征之一,不仅可以用来描写人、世界和自然之间的关系,还可以用来从审美的角度揭示各种生态关系之中的物性意义。文本中的"自然"依赖于符号系统的构建,而人的感知就成了自然意义生成的重要原则,人所处的特定的认知层次也就决定了自然符号存在的意义,因此,生态符号域的意义就在于,从整体认识论的视角来观照自然界的各种生命体,在生命体共同体的构成方式上构建了一种深层生态的理念。

结　　论

从生态符号学角度对现代自然文学的意义范式进行研究，我们不仅可以从"自然风景描写""'地方性'风景描写""文化风景描写""混合性自然描写"这四种描写类型中识别出不同的意义生成方式，还可以从另一方面进一步发展、完善生态符号学作为一种方法论在文本理论和批评理论等方面的一些观点，从宏观上探讨当前的意义论文论的构建问题。

一、现代自然文学意义范式研究的启示

现代自然文学对人与自然之间关系的描写方式多种多样，本书按照生态符号学意义论的相关概念和观点对现代自然文学的描写方式进行分类，尝试通过研究自然文学文本所呈现的一些共性特征，如自然的存在形态、符号过程和文本修辞特点，找出不同类型的描写方式中的意义生成机制。我们简要总结如下。

第一，自然风景描写的意义范式启示。

在自然风景描写中，无论是山、水、树木之类的非生命体符号，还是北极熊和狼之类的生命体符号，都是作家通过"人"的视觉观察来描写的自然界的各种生命体存在形态。这种客观的、文献式的"模仿修辞"，不只是记录各种自然现象的物理性的、生物性的形态，实际上还以一种象似性模塑形式，如声音模拟、图像模拟，来揭示人与自然之间的关系，它的认识论起点是"生物性对应"，而"意义"则表现为这些生命体以象似符的形式在文本内的"自然性"存在形态。

这一类描写作为一种生物学视角下的诗学文本，不是从文本外向文本内寻求意义关联，而是通过引导生物性的符号过程，让生物现实依照这个内在过程展开并具有符号特质。一切生物性交流都存在于意义中，如何进行表述是其生命的最为原始的实在，因此，意义始于（生物性的）"存在"，而不是文本，如果把生命过程描写为"自然"的象征性生成和意义形成，那么，我们就已经在生命体与文化过程之间建立起一种接面性关系。或者说，一切意义始于"物"，而原始伦理是它们之间的符号原则。即使一些现代自然文学所呈现出来的是生命体与自然环境之间的悖论式依赖，这种

依赖也仍然赋予环境以存在性价值，属于对自然意义的反相位思考，即以一种主体性规则让意义在"自然"中得到物质性的实现。

第二，"地方性"风景描写的意义范式启示。

在"地方性"风景描写中，各种富有地方性的"符号"不仅仅表现为一种地理学意义上的民族符号，而且是作家在特定时空条件下对某个"地方"进行心理投射后形成的具有"地方性"的认知图示。这种描写中的语言模塑、艺术模塑等形式所反映出来的，是作家对"地方性"风景中的宗教、文化、道德等各种元素的历史性还原，这一类"地方性"符号的存在就是要通过其中的"物性逻辑"来加以展示。

在"地方性"风景描写中，"人"（生命体）把生物学意义上的符号过程看作根本性的过程、一种元符号过程，用它来解释各种符号现象。各种富有"地方性"的前语言符号是构成环境界的根本，而人的生活世界中的语言符号、文化符号、政治符号、经济符号等各种符号过程则建基于此。因此，这一类描写展示出来的是独具特色的生物种类，以及"地方性"的状况，而读者也是通过这些去确定这一类描写中生态想象空间的构成成分，甚至对于一些比较复杂的自然现象，读者也可以发掘出其所蕴含的对现实生活、社会地位、自然界的作用，以及作者的理想或者与其他自然环境的关系，等等，而且其中的符号伦理所阐释的仍然是语言/符号与实在之间的关系问题。

第三，文化风景描写的意义范式启示。

文化风景描写范式，侧重描写的是自然与文化之间的交流过程以及其中的问题，即一种自然文化化的过程问题。这一类描写中的文化符号，是一种具有综合性的符号结构，这种结构是人在面对自然时表现出来的各种生命体反应在文化意识上的积淀，而我们的文化观念是理解自然的重要认识论起点，文本中的符号及其符号关系都取决于这些先前设定的文化观。作家也正是通过自然描写来传达他的文化思想、伦理观和价值观的。

这一类描写的意义的逻辑起点是把"人"和"自然"设定为一个文化生态域内的两个关系项。"自然共同体"是把自然作为意义的促动者，对人的意识进行模塑，培养"生态人"；"文化共同体"是把文化作为意义的促动者，建构绿色文化，以文本中的生态道德，引导"人"去建构一个绿色生态圈。因此，这一类风景描写中的人与自然关系的描写，是"人"对自然的认识论定位，进而可以充分展示当前自然文化化对人类的意义和价值（正相位或者反相位）。自然的存在形态是多种多样的，"人"对自然的介入程度，是区分自然形态、辨析自然意义的重要标准，这有助于我们重新审视现代自然文学中"自然"的各种状态，或者说，重新审视人与自然关系之中自然从原初形态到现代形态的变化过程。这里的文化风景实际上是展示人文和自然之间重要关系的介体，它是一种集地理学、生态学、文化学、美学等于一体的意义载体。

第四，"混合性自然"描写的意义范式启示。

"混合性自然"描写反映的是，作品中"技术"的发展给人和自然带来的各种生态问题。这一类描写中的生态符号是一种"符号+"的表意模式，它所反映出来的是现代社会中人与自然之间的各种"非对位性"关系，在文本内则主要表现为技术发展的"脱域"或人对自然的疏离。

对这一类描写的意义生成研究，不应该仅仅聚焦于"人"或"自然"本身，还应该关注技术化生存背景下人的认识论定位问题，也就是说，通过对比文本中的技术性存在与自然性存在，把外位于文本的自然自身的结构融入文本分析之中，研究这个结构的演化过程，进一步反思文本外"自然"的技术化存在对于人与自然之间关系构建的意义，这是从另一个层面深刻反映现代化社会中的生态问题。

第五，"生态符号域"研究的启示。

生态符号域作为现代自然文学的符号机制，主要表现为不同文本围绕某个特定关键词所展开的符号关系构建，它在文本中的作用，如功能性、结构性、伦理性和物质性，为读者深入了解文本中涉及的情感、历史、民族和文化等诸多问题提供了路径，或者说，自然文本中的自然描写，就是通过这些不同的生态符号域，来展示自然与文化之间进行转换时的文本意义生成过程。

本书针对现代自然文学的意义范式所展开的文本批评，就是对自然文本中的符号过程在社会环境中的作用进行描述和分析，关注的是各个文本符号系统中符号与符号之间所构建的意义机制。而围绕生态符号域构建起来的各种符号关系，均可以成为读者在阅读过程中所选择的认识逻辑起点。

二、生态符号学作为一种方法论的启示

生态符号学的意义论主要由自然论、模塑论和文本论这三部分构成，这三者在生态符号学的批评理论和文本理论中是相互生成的统一体。通过对现代自然文学作品的研究，我们尝试从如下三个方面总结生态符号学作为一种方法论在"文学性"研究方面的启示。

第一，从批评理论的角度看，生态符号学的意义论的构建基础是以"生

物性"为主的文化研究，它不仅拓展了当前的生态批评研究范围，还形成了一种有着创新意识的文化批评模式。生态符号学的"生物性"文化研究作用如下。

首先，拓展了生态批评乃至文化批评的认识论基础，它通过消解"自然"与"文化"这二者之间的认识论对立，建立了以生命体认知为根本存在形式的认识方式，把人类的各种行为还原为一种生物性行为，这是对人类中心主义的认识论偏执的纠正。我们对现代自然文学作品的阅读，将不再局限于"自然"或"文化"范畴，一切自然描写都成了人（生命体）对"自然"的解释逻辑或者解释方式。

其次，拓展了符号研究的认识论基础，它以皮尔斯的符号关系三元论分析方法为基础，拓展了索绪尔的二元符号论。它在符号分析方法上的改进，有助于突破当前生态批评的限制，不再囿于"能指—所指"的社会主题学分析方法，它对"生命体"的关注为符号学研究提供了新的逻辑起点，生态符号学也因此变成了一种思考和研究生态问题的较为新颖的认识方式。

最后，汲取了生物符号学的相关知识，从生物信息的交流模式中发掘出了生命体的存在模式，再次把意义范式研究的焦点对准了自然与文化之间的互动，它从符号过程入手研究生态的运作机制，分析现代自然文学中不同的符号结构，这显然是一个能让符号学的意义模式变得更加具体、让研究内容更加丰富的方向。它不再仅限于研究对象的信息交流模式，而是超越我们通常意义上的"现实"和"实在界"，以"元语言"的形式来观照生命体的存在意义，让一切在意义的符号化过程中得以呈现。

第二，从文本理论的角度看，生态符号学的"模塑论"在思想渊源上来自生物学，形成于文化，发展于文学，在这个过程中，它不断汲取生物学、语言学、信息论等学科知识，拓宽了当前生态批评理论的发展路径，这就为生态批评的文本化奠定了基础，进而可以有效地避免文化批评的泛化、实证化趋势，让生态批评重回"文学性"研究。

生态符号学的"模塑论"作为一种批评方法论，研究的是生命体如何通过各种信息交流形式（符号过程）来实现彼此的意指过程，这种文本批评思路主要表现如下。

首先，通过研究文本中不同的符号过程，可以更深入地发掘出现代自然文学中作家对"人"与"自然"之间关系的理解。例如，动物符号过程和植物符号过程中，不同动物/植物之于其他动物/植物的生态位构建作用和价值；再如，人类符号过程和物质符号过程中，"自然"与"人"这二者之间的"物性"关联对认识当前的"生态"问题的启示。

其次,通过研究文本中的不同"语言模塑"形式,可以更深入地理解文本作为作家的诗性表述的意义。例如,前语言符号/语言符号中,不同符号的存在不是客体或事件的直接结果,而是一系列的刺激—反应过程中所产生的信息链的暂时性停止,它让符号的意义更具体化、语境化;再如,各种语言形式的运用在文本中所呈现出来的"符号结构",不再是简单地、静态地对客体或者事件的描述,而是为生命体的存在形态提供信息,就像我们不要去描述"非生态性"是什么,而是要告知"生态"能为生命体提供什么。

第三,从意义的形式论角度看,生态符号学的"形式"研究始于乌克斯库尔的"功能圈",之后的"自然文本""生态符号域"等概念,在某种程度上也是以"关系性"在文本内构建意义的形式。它主要表现为一种结构主义认识论意义上的文本构成论:例如文本中的各种功能单元主要表现为生态符号关系项之间的信息交流模式,文本中的"生态符号域"侧重表现生态位构建中生物性和文化性的融合方式,文本中的生态想象逻辑主要是生物学意义上生态与文本修辞之间的关系在文本上的表现。

概言之,生态符号学把自然与文化之间、人与自然之间的关系看作一种符号化过程,把自然的地方性作为生态体系的一个特定时空来展示,研究符号和信息之间的接面关系,进而关注符号活动的语境性,以及生命体与环境之间密不可分的意义关系。这不仅加强了生物学和文化在语言、符号方面的互动,还从存在认识论和语言认识论两个方面,让我们感受到了生态符号学理论所关注的认识模式对未来的"生态人"和"生态社会"的符号学预设。

三、余论

生态符号学通过引入"生态"观念来丰富目前的符号学理论,事实上是从生态的角度去看待符号,去识别内在于符号的生命体。它对现代自然文学意义范式研究的理论支持,为符号学研究增加了新的认识论角度,同时也为我们理解生物学层次上的诸多现象提供了有参考价值的模式。或者说,我们把对符号学的理解归于一种条件论,回到了被论及的生态现象和生态行为结构层面,我们把自然与文化相关联进行研究,就是为了发现其中的生态符号,使人类行为向生态假设的人性本质进行还原。

从另一个角度看,生态符号学的核心内容,如"人与自然之间的关系""自然与文化之间的关系",并不是新的课题,而且这些内容被作为研究对象也不是从生态符号学这几位理论家才开始的,甚至也不能说前人没有生态符号学这样的研究方式、研究主题。但是,不同的是,塔尔图-莫斯科符号学派以及生态符号学的这几位理论家在当前语境下,选择从生态符号学的角度对人与自然之间的关系问题做进一步的研究推动,而且这种跨学科模式的研究方法,在发展过程中不断超越它的原生语境即生物学范畴并进入人文领域,使得原有的社会学、文化学意义上的生态批评开始呈现出一种生物学上的特征。

本书从生态符号学的意义论中提炼出更具体的、切实的内容,将它们以更深入的方式整合起来,凝练出一种更具操作性的文本分析方法,尝试进一步发展、完善批评视角,进而初步构建起生态符号学作为一种批评方法论的框架。这样做的目的就在于,进一步推动生态符号学的意义论在文学批评尤其是生态批评方面的发展,这是生态符号学研究中的一项基础性工作,同时也是一个较有挑战性的课题。解决这个生态批评方法论问题的关键就在于,不断发掘更有特色的批评视角,研究它背后的学理结构,同时,继续深入现代自然文学的内部,以文本为本体,进一步发展、完善生态符号学视角下现代自然文学的意义范式研究。

参 考 文 献

阿诺德·伯林特：《生态美学的几点问题》，李素杰译，《东岳论丛》，2016 年第 4 期，第 7-13 页。

埃罗·塔拉斯蒂：《存在符号学》，魏全凤、颜小芳译，成都：四川教育出版社 2012 年版。

艾丽丝·门罗：《逃离》，李文俊译，北京：北京十月文艺出版社 2009 年版。

安东尼·吉登斯：《现代性的后果》，田禾译，南京：译林出版社 2011 年版。

巴里·洛佩兹：《北极梦：对遥远北方的想象与渴望》，张建国译，桂林：广西师范大学出版社 2017 年版。

保罗·康纳顿：《社会如何记忆》，纳日碧力戈译，上海：上海人民出版社 2000 年版。

岑雅婷，李雪艳：《中西方不同视域下自然文学对园林艺术影响比较研究》，《美术教育研究》，2021 年第 24 期，第 108-109 页。

查尔斯·S.皮尔斯：《皮尔斯：论符号》，赵星植译，成都：四川大学出版社 2014 年版。

程虹：《寻归荒野》，北京：生活·读书·新知三联书店 2001 年版。

程虹：《美国自然文学三十讲》，北京：外语教学与研究出版社 2013 年版。

崔钟雷：《老子 庄子》，哈尔滨：哈尔滨出版社 2011 年版。

戴代新，袁满：《象的意义：景观符号学非言语范式探析》，《中国园林》，2016 年第 2 期，第 31-36 页。

蒂莫·马伦：《地方性：生态符号学的一个基础概念》，汤黎译，《鄱阳湖学刊》，2014 年第 3 期，第 37-43 页。

丁帆：《当代作家应该如何书写自然》，《光明日报》，2022 年 8 月 28 日，第 12 版。

丁林棚：《视觉、摄影和叙事：阿特伍德小说中的照相机意象》，《外国文学》，2010 年第 4 期，第 123-130 页。

段义孚：《逃避主义》，周尚意、张春梅译，石家庄：河北教育出版社 2005 年版。

段义孚：《恋地情结》，志丞、刘苏译，北京：商务印书馆 2018 年版。

恩斯特·卡西尔：《人论》，甘阳译，上海：上海译文出版社 2003 年版。

高智：《中国古典文学蓝色经典文本品评》，北京：中国社会出版社 2010 年版。

郭象注：《庄子注疏》，成玄英疏，北京：中华书局 2011 年版。

过士行：《坏话一条街：过士行剧作集》，北京：中国国际广播出版社 1999 年版。

胡适：《中国哲学史大纲》，上海：东方出版社 2004 年版。

胡志红：《生态文学：缘起、界定、创作原则及其前景》，《西南民族大学学报（人文社会科学版）》，2021 年第 11 期，第 180-188 页。

华海：《生态诗境》，北京：中国戏剧出版社 2008 年版。

华海：《静福山》，北京：中国戏剧出版社 2011 年版。

华海：《华海的诗》，《时代文学》，2015 年第 4 期，第 216 页。

吉狄马加：《一个彝人的梦想》，北京：民族出版社 1989 年版。
吉狄马加：《吉狄马加诗选》，成都：四川文艺出版社 2010 年版。
加里·斯奈德：《禅定荒野》，陈登、谭琼琳译，桂林：广西师范大学出版社 2014 年版。
贾丹丹、岳国法：《符号现实化：自然文学的意义论》，《安阳师范学院学报》，2019 年第 3 期，第 103-108 页。
姜渭清、方丽青：《美国生态文学的三种分类及其比较》，《南京林业大学学报（人文社会科学版）》，2014 年第 1 期，第 95-101 页。
卡莱维·库尔：《符号域与双重生态学：交流的悖论》，张颖译，《符号与传媒》，2013 年第 1 期，第 167-175 页。
克利福德·吉尔兹：《地方性知识：阐释人类学论文集》，王海龙、张家瑄译，北京：中央编译出版社 2000 年版。
克利福德·格尔茨：《文化的解释》，韩莉译，南京：译林出版社 2008 年版。
劳伦斯·布伊尔：《环境批评的未来：环境危机与文学想象》，刘蓓译，北京：北京大学出版社 2010 年版。
蕾切尔·卡尔森：《寂静的春天》，辛红娟译，南京：译林出版社 2018 年版。
梁工：《生态神学与生态文学的互文性》，《解放军外国语学院学报》，2010 年第 4 期，第 98-102 页。
列奥·施特劳斯：《自然权利与历史》，2 版，彭刚译，北京：生活·读书·新知三联书店 2006 年版。
刘易斯·芒福德：《技术与文明》，陈允明等译，北京：中国建筑工业出版社 2009 年版。
卢克莱修：《物性论》，方书春译，北京：商务印书馆 1981 年版。
罗兰·巴尔特：《罗兰·巴尔特自述》，怀宇译，北京：中国人民大学出版社 2010 年版。
马丁·海德格尔：《存在与时间》，陈嘉映、王节庆译，北京：生活·读书·新知三联书店 1987 年版。
马丁·海德格尔：《在通向语言的途中》，孙周兴译，北京：商务印书馆 2011 年版。
马丁·海德格尔：《形而上学导论》，王庆节译，北京：商务印书馆 2015 年版。
马丁·海德格尔：《物的追问》，王义国译，上海：上海译文出版社 2016 年版。
马克斯·韦伯：《新教伦理与资本主义精神》，康乐、简惠美译，桂林：广西师范大学出版社 2007 年版。
马塞尔·莫斯、爱弥尔·涂尔干、亨利·于贝尔：《论技术、技艺与文明》，蒙养山人译，北京：世界图书出版公司 2010 年版。
玛·阿特伍德：《阿特伍德谈创作〈羚羊与秧鸡〉》，张沫译，《外国文学动态》，2003 年第 6 期，第 13-14 页。
玛格丽特·阿特伍德：《浮现》，蒋立珠译，南京：译林出版社 1999 年版。
玛格丽特·阿特伍德：《羚羊与秧鸡》，韦清琦、袁霞译，南京：译林出版社 2004 年版。
玛丽·道格拉斯：《洁净与危险》，黄剑波、卢忱、柳博赟译，北京：民族出版社 2008 年版。
米哈伊·洛特曼：《主体世界与符号域》，杨黎译，《符号与传媒》，2013 年第 1 期，第 151-156 页。
纳什：《大自然的权利：环境伦理学史》，杨通进译，青岛：青岛出版社 1999 年版。
帕特里克·D. 墨菲：《当代美国小说中的自然》，龙迪勇、杨莉译，《鄱阳湖学刊》，2012 年第 3 期，第 120-128 页。
裴文清：《约翰·缪尔的自然文本探析》，南京师范大学硕士学位论文，2017 年。
彭佳：《生态符号学：一门子学科的兴起》，《重庆广播电视大学学报》，2014 年第 3 期，第 10-14 页。
彭佳：《人的主体维度：符号学对生态中心主义的超越》，《鄱阳湖学刊》，2017 年第 4 期，第 51-60 页。
彭佳、蒋诗萍：《自然文本：概念、功能和符号学维度》，《河南师范大学学报（哲学社会科学版）》，2014 年第 4 期，第 122-125 页。
彭佳、汤黎：《转喻作为自然修辞的基本符号机制：从语言媒介到视觉媒介》，《河北师范大学学报》，2020 年第 5 期，第 6-12 页。
钱冠连：《人自称、人被称与物被称》，《外语学刊》，2010 年第 2 期，第 1-6 页。
仇艳：《加里·斯奈德作品中的自然—文本研究》，湖南大学博士学位论文，2018 年。
让·鲍德里亚：《符号政治经济学批判》，夏莹译，南京：南京大学出版社 2009 年版。
邵雍：《观物内篇》，见《道藏》本《观物篇》，上海：上海古籍出版社 1992 年版。
史元明：《论生态文学：生态文学概念的界定及其在新时期的发展》，《东方论坛》，2008 年第 6 期，第 57-62 页。
斯科特·斯洛维克：《美国自然写作中的认识论与政治学：嵌入修辞与离散修辞》，宋丽丽译，《鄱阳湖学刊》，2009 年第 2 期，第 114-128 页。
宋德伟、岳国法：《自然文学中自然符号的"物性论"：一种生态符号学阐释》，《郑州大学学报（哲学社会科学版）》，2019a 年第 5 期，第 72-75 页。
宋德伟、岳国法：《玛格丽特·阿特伍德小说的生态符号学研究》，《解放军外国语学院学报》，2019b 年第 4 期，第 52-59 页。
苏珊·彼得里利、奥古斯托·蓬齐奥：《打开边界的符号学：穿越符号开放网络的解释路径》，王永祥等译，南京：译林出版社 2015 年版。
苏珊·佩特丽莉：《符号疆界：从总体符号学到伦理符号学》，周劲松译，成都：四川大学出版社 2014 年版。
梭罗：《瓦尔登湖》，王义国译，北京：北京燕山出版社 2011 年版。
唐纳德·沃斯特：《自然的经济体系：生态思想史》，北京：商务印书馆 1999 年版。
特丽·威廉斯：《心灵的慰藉：一部非同寻常的地域与家族史》，程虹译，北京：生活·读书·新知三联书店 2012 年版。
托马斯·A. 西比奥克、马塞尔·德尼西：《意义的形式：建模系统理论与符号学分析》，余红兵译，成都：四川大学出版社 2016 年版。
王诺：《生态批评与生态思想》，北京：人民出版社 2013 年版。
王阳明：《传习录》，武汉：长江文艺出版社 2015 年版。
温弗里德·诺特：《生态符号学：理论、历史与方法》，《鄱阳湖学刊》，2014 年第 4 期，第 30-36 页。
吴国盛：《海德格尔的技术之思》，《求是学刊》，2004 年第 6 期，第 33-40 页。
吴兴明：《重建意义论的文学理论》，《文艺研究》，2016 年第 3 期，第 5-17 页。
西比欧克、拉姆：《符号学与认知科学》，俞建章、孙珉译，《哲学译丛》，1991 年第 2 期, 第 16-24 页。

许慎:《说文解字》, 北京: 九州出版社 2001 年版。

亚里士多德:《物理学》, 张竹明译, 北京: 商务印书馆 1982 年版。

亚里士多德:《亚里士多德全集(第二卷)》, 苗力田译, 北京: 中国人民大学出版社 1990 年版。

亚里士多德:《亚里士多德全集(第七卷)》, 苗力田译, 北京: 中国人民大学出版社 1993 年版。

亚里士多德:《诗学》, 陈中梅译, 北京: 商务印书馆 2003 年版。

扬·阿斯曼:《文化记忆: 早期高级文化中的文字、回忆和政治身份》, 金寿福、黄晓晨译, 北京: 北京大学出版社 2015 年版。

杨晓敏:《凉山的呼唤》, 北京: 民族出版社 2002 年版。

杨依依:《华兹华斯自然文本的符号学阐释》,《外国文学研究》, 2023 年第 4 期, 第 137-148 页。

姚婷婷:《文学伦理学批评的自然文本阐释》,《外国文学》, 2023 年第 2 期, 第 78-87 页。

余红兵:《文化记忆的符号机制深论》,《外国文学》, 2020 年第 3 期, 第 173-181 页。

约翰·洛克:《人类理解论》, 关文运译, 北京: 商务印书馆 1959 年版。

约翰·缪尔:《我们的国家公园》, 郭名倞译, 长春: 吉林人民出版社 1999 年版。

岳国法:《自然文学中"自然"作为生态符号的认识论还原: 以玛格丽特·阿特伍德的小说为例》,《殷都学刊》, 2021 年第 1 期, 第 95-100 页。

岳国法、谭琼琳:《可然性模仿: 自然文学文本世界的生态符号学阐释》,《解放军外国语学院学报》, 2016 年第 5 期, 第 129-136, 160 页。

张新木:《论文学描写的文本地位》,《国外文学》, 2010 年第 4 期, 第 19-27 页。

赵宪章:《语图叙事的在场与不在场》,《中国社会科学》, 2013 年第 8 期, 第 146-165、207-208 页。

赵毅衡:《文学符号学》, 北京: 中国文联出版公司 1990 年版。

赵毅衡:《符号学原理与推演》, 南京: 南京大学出版社 2011a 年版。

赵毅衡:《反讽: 表意形式的演化与新生》,《文艺研究》, 2011b 年第 1 期, 第 18-27 页。

赵毅衡:《认知差: 意义活动的基本动力》,《文学评论》, 2017 年第 1 期, 第 62-67 页。

朱林、刘晓嵩:《凉山彝族治疗仪式的生态符号学分析: 以会理县"密"仪式为例》,《鄱阳湖学刊》, 2014 年第 6 期, 第 30-35 页。

Abram D. *The Spell of the Sensuous: Perception and Language in a More-Than-Human World*. New York: Vintage Books, 1997.

Albee E. *The Goat, or Who is Sylvia?* New York: Overlook Hardcover, 2005.

Albee E. *The Seascape*. New York: The Overlook Press, 2008.

Albee E. *At Home at the Zoo: Homelife and the Zoo Story*. New York: The Overlook Press, 2011.

Allister M. *Refiguring the Map of Sorrow: Nature Writing and Autobiography*. Charlottesville: University Press of Virginia, 2001.

Assmann J. *Cultural Memory and Early Civilization*. Cambridge: Cambridge University

Press, 2011.

Atwood M. *Surfacing*. New York: Anchor Books, 1972.

Atwood M. *The Year of Flood*. New York: Doubleday, 2009.

Bains P. *The Primacy of Semiosis: An Ontology of Relations*. Toronto: University of Toronto Press, 2006.

Barnhill D L. "Great earth sangha: Gary Snyder's view of nature as community". In Tucker M E, Williams D R (Eds.), *Buddhism and Ecology: The Interconnection of Dharma and Deeds*. Cambridge: Harvard University Press, 1997, pp. 187-217.

Barry P. *Beginng Theory: An Introduction to Literary and Cultural Theory*. 3rd edn. Manchester: Manchester University Press, 2009.

Bateson G. *Mind and Nature: A Necessary Unity*. New York: E. P. Dutton, 1979.

Berleant A, Carlson A. *The Aesthetics of Human Environments*. Peterborough: Broadview Press, 2007.

Beston H. *The Outermost House: A Year of Life on the Great Beach of Cape Cod*. New York: Penguin Books, 1949.

Betti E. *Hermeneutics as a General Methodology of the Sciences of the Spirit*. New York: Routledge, 2021.

Brady E. "Imagination and the aesthetic appreciation of nature". *The Journal of Aesthetics and Art Criticism*, 1998 (2): 139-147.

Brown C S. *Ecophenomenology*. Albany: State University of New York Press, 2003.

Bruni L E. "Biosemiotics and ecological monitoring". *Sign Systems Studies*, 2001(1): 293-312.

Buell L. *Writing for an Endangered World: Literature, Culture, and Environment in the U.S. and Beyond*. Cambridge: The Belknap Press of Harvard University Press, 2001.

Buell L. *The Future of Environmental Criticism: Environmental Crisis and Literary Imagination*. Malden: Blackwell Publishing, Ltd., 2005.

Burke K. *Language as Symbolic Action*. Berkeley: University of California Press, 1966.

Burroughs J. *Leaf and Tendril*. Boston: Houghton Mifflin, 1908.

Burroughs J. *Wake-Robin: A Collection of Essays about the Birds*. New York: Dover Publications, Inc., 2017.

Carroll J. *Evolution and Literary Theory*. Columbia: University of Missouri Press, 1995.

Cassirer E. *An Essay on Man: An Introduction to a Philosophy of Human Culture*. New Haven: Yale University Press, 1944.

Cavell S. *The Senses of Walden*. Chicago: University of Chicago Press, 1992.

Clements M. "The circle and the maze: Two images of ecosemiotics". *Sign Systems Studies*, 2016 (44): 69-93.

Cobley P. *The Routledge of Companion to Semiotics and Linguistics*. London: Routledge, 2001.

Coletta W J. *Biosemiotic Literary Criticism: Genesis and Prospectus*. Gewerbestrasse: Springer Nature Switzerland AG, 2021.

Coyne L. *Hans Jonas: Life, Technology and the Horizons of Responsibility*. London: Bloomsbury Academic, 2021.

de Man P. *Allegories of Reading: Figural Language in Rousseau, Nietzsche, Rilke, and Proust*. New Haven: Yale University Press, 1979.
de Man P. *Aesthetic Ideology*. Minneapolis: University of Minnesota Press, 1996.
Derrida J, Wills D. "The animal that therefore I am". *Critical Inquiry*, 2002 (28): 369-418.
Dillard A. *Pilgrim at Tinker Creek*. Harper Collins E-Books, 2007.
Douglas M. *Natural Symbols: Explorations in Cosmology*. London: Routledge, 2003.
Eco U. *A Theory of Semiotics*. Bloomington: Indiana University Press, 1976.
Elton C. "The animal community". In Elton C. *Animal Ecology*, http://www.Lancs.ac.uk/users/philosophy/awaymave/onlineresources/animal%20community, 1927.
Emerson R W. *Nature*. Project Gutenberg, 2009.
Emmeche C. "Bioinvasion, globalization, and the contingency of cultural and biological diversity: Some ecosemiotic oberservations". *Sign Systems Studies*, 2001 (1): 237-262.
Emmeche C, Kull K. *Towards A Semiotic Biology: Life is the Action of Signs*. London: Imperial College Press, 2011.
Evernden N. *The Natural Alien*. Toronto: University of Toronto Press, 1993.
Farina A. *Ecosemiotic Landscape: A Novel Perspective for the Toolbox of Environmental Humanities*. Cambridge: Cambridge University Press, 2021.
Farina A, Belgrano A. "The eco-field: A new paradigm for landscape ecology". *Ecological Research*, 2004 (19): 107-110.
Farina A, Pieretti N. "From umwelt to soundtope: An epistemological essay on cognitive ecology". *Biosemiotics*, 2013 (1): 1-10.
Gadamer H-G. *Truth and Method*. London: Continuum, 1989.
Gilbert R. *Walks in the World: Representation and Experience in Modern American Poetry*. Princeton: Princeton University Press, 1991.
Gonnerman M. *"On the Path, Off the Trail": Gary Snyder's Education and the Makings of American Zen*. Stanford: Stanford University, 2004.
Grinnell J. "The niche relationship of the California thrasher". *The Auk*, 1917 (4): 427-433.
Heidegger M. "The question concerning technology". In Lovitt W (Trans. & Ed.), *The Question Concerning Technology and Other Essays*. New York: Garland Publishing, Inc., 1977, pp. 3-35.
Heidegger M. *Elucidations of Hölderlin's Poetry*. New York: Humanity Books, 2000.
Heinlein K G. "Green Theatre: Proto-Environmental Drama and the perfomance of ecological values in Contemporary Western Theatre". https://www.docin.com/p-1795023115.html, 2006.
Hepburn R. "Landscape and the metaphysical imagination". *Environmental Values*, 1996 (5): 191-204.
Hoffmeyer J. *Signs of Meaning in the Universe*. Trans. Haveland B J. Bloomington: Indiana University Press, 1996.
Hoffmeyer J. "The Unfolding Semiosphere". In Vijever G V, et al. (Eds.), *Evolutionary Systems: Biological and Epistemological Perspectives on Selection and Self-Organization*. Dordrecht: Kluwer Academic Publishers, 1998, pp. 281-294.
Hoffmeyer J. *Biosemiotics: An Examination into the Signs of Life and the Life of Signs*.

Scranton: Scranton University Press, 2008.
Hornborg A. "Money and the semiotics of ecosystem dissolution". *Journal of Material Culture*, 1999 (2): 143-162.
Hui Y. *The Question Concerning Technology in China: An Essay in Cosmotechnics*. Falmouth: Urbanomic Media, Ltd., 2016.
Ihde D. *Technology and the Lifeworld: From Garden to Earth*. Bloomington: Indiana University Press, 1990.
Innis R E. *Semiotics: An Introductory Anthology*. Bloomington: Indiana University Press, 1985.
Iovino S, Oppermann S. *Material Ecocriticism*. Bloomington: Indiana University Press, 2014.
Jonas H. *The Imperative of Responsibility: In Search of an Ethics for the Technological Age*. Chicago: University of Chicago Press, 1984.
Keskpaik R. "Towards a semiotic definition of trash". *Sign Systems Studies*, 2001 (1): 313-324.
Knott J R. *Imagining Wild America*. Ann Arbor: University of Michigan Press, 2002.
Kull K. "Semiotic ecology: Different natures in the semiosphere". *Sign Systems Studies*, 1998 (1): 344-371.
Kull K. "A note on biorhetorics". *Sign System Studies,* 2001 (2): 693-703.
Kull K. "Semiosphere and a dual ecology: Paradoxes of communication". *Sign Systems Studies*, 2005 (1): 175-189.
Kull K. "Ecosystems are made of semiosic bonds: Consortia, umwelten, biophony and ecological codes". *Biosemiotics*, 2010 (3): 347-357.
Kull K. "Foundations for ecosemiotic deep ecology". In Peil T (Ed.), *The Space of Culture – the Place of Nature in Estonia and Beyond*. Tartu: University of Tartu Press, 2011, pp. 69-75.
Lang A. "Kultur als 'externe Seele': Eine semiotisch-ökologische Perspektive". http://www.langpapers.org/pap2/1992-01externeseele.htm#(6)%20Die%20Semiose%20als%20Dreifa, 1992.
Lang A. "Non-cartesian artefacts in dwelling activities: Steps towards a semiotic ecoly". *Schweizerische Zeitschrift für Psychologie*, 1993 (2): 138-147.
Langer S K. *Feeling and Form: A Theory of Art*. New York: Macmillan Publishing Company, 1953.
Leopold A. *A Sand County Almanac and Sketches Here and There*. Oxford: Oxford University Press, 1949.
Leopold A. "The conservation ethic". In Flader S L, Callicott J B (Eds.), *The River of the Mother of God and OtherEssays by Aldo Leopold*. Madison: University of Wisconsin Press, 1991, pp. 181-192.
Lindström K, Kull K, Palang H. "Semiotic study of landscapes: An overview from semiology to ecosemiotics". *Sign Systems Studies*, 2011 (39): 12-36.
Ljungberg C. "Wilderness from an ecosemiotic perspective". *Sign Systems Studies*, 2001 (1): 169-186.

Lopez B. *Horizon*. New York: Alfred A. Knopf, 2019.
Lotman J. *Culture and Explosion*. Trans. Clark W. Berlin: Mouton de Gruyter, 2009.
Lotman J. *The Structure of the Artistic Text*. Trans. Lenhoff G, Vroon R. Michigan: The University of Michigan, 1977.
Lotman J. *Universe of the Mind: A Semiotic Theory of Culture*. Trans. Shukman A. London: I. B. Tauris & Co., Ltd., 1990.
Mäekivi N, Magnus R. "Hybrid natures—ecosemiotic and zoosemiotic perspectives". *Biosemiotics*, 2020 (1): 1-7.
Magnus R. "Ecosemiotics: Signs in nature, signs of nature". In Coca J R, Rodríguez C J (Eds.), *Approaches to Biosemiotics*. Valladolid: Ediciones Universidad Valladolid, 2023, pp. 25-39.
Maran T. "Mimicry: Towards a semiotic understanding of nature". *Sign Systems Studies*, 2001 (1): 325-339.
Maran T. "Gardens and gardening: An ecosemiotic view". *Semiotica*, 2004 (150): 119-133.
Maran T. "Where do your yorders lie? Reflections on the semiotical ethics of nature". In Gersdorf C, Mayer S (Eds.), *Nature in Literary and Cultural Studies Transatlantic Conversations on Ecocriticism*. New York: Amsterdam, 2006, pp. 455-479.
Maran T. "Towards an integrated methodology of ecosemiotics: The concept of nature-text". *Sign Systems Studies*, 2007 (1): 269-294.
Maran T. "An ecosemiotic approach to nature writing". *Philosophy, Activism, Nature*, 2010 (7): 79-87.
Maran T, Martinelli D, Turovski A. *Readings in Zoosemiotics*. Berlin: De Gruyter Mouton, 2012.
Maran T. "Enchantment of the past andsemiocide: Remembering ivar puura". *Sign Systems Studies*, 2013 (1): 146-149.
Maran T. "Biosemiotic criticism: Modelling the environment in literature". *Green Letters: Studies in Ecocriticism*, 2014 (3): 297-311.
Maran T. "Deep ecosemiotics: Forest as a semiotic model". *RS・SI*, 2019 (39): 287-303.
Maran T. *Ecosemiotics: The Study of Signs in Changing Ecologies*. Cambridge: Cambridge University Press, 2020.
Maran T. "The ecosemiosphere is a grounded semiosphere. A lotmanian conceptualization of cultural-ecological systems". *Biosemiotics*, 2021 (14): 519-530.
Maran T. "Ecosemotic basis of locality". https://www.researchgate.net/publication/ 250744389, 2022.
Maran T, Kull K. "Ecosemiotics: Main principles and current developments". *Geografiska Annaler: Series B, Human Geography*, 2014 (1): 41-50.
Maran T, Tüür K. "From birds and trees to texts: An ecosemiotic look at estonian nature writing". In Parham J, Westling L (Eds.), *A Global History of Literature and the Environment*. Cambridge: Cambridge University Press, 2016, pp. 286-300.
Markovic M. *Dialectical Theory of Meaning*. Dordrecht: D. Reidel Publishing Company, 1923.
McDowell J. *Mind and World*. Cambridge: Harvard University Press, 1996.

Mckibben B. *The End of Nature*. New York: Random House Trade Paperbacks, 2006.

McKusick J C. *Green Writing: Romanticism and Ecology*. New York: Palgrave Macmillan, 2010.

McLuhan M. *Understanding Media: The Extensions of Man*. California: Gingko Press, 2013.

Meeker J W. *The Comedy of Survival: In Search of an Environmental Ethics*. Los Angeles: Guild of Tutors Press, 1972.

Merleau-Ponty M. *Nature: Course Notes from the College de Frane*. Trans. Vallier R. Evanston: Northwestern University Press, 2003.

Merrell, F. *Peirce's Semiotics Now: A Primer*. Toronto: Canadian Scholar's Press, 1995.

Murphy P D. *Farther Afield in the Study of Nature-Oriented Literature*. Charlottesville: University Press of Virginia, 2000.

Nass A. *Ecology, Community and Lifestyle: Outline of an Ecosophy*. Trans. Rothenberg D. Cambridge: Cambridge University Press, 1989.

Nöth W. "Ecosemiotics". *Sign Systems Studies*, 1998 (1): 332-343.

Nöth W. "Ecosemiotics and the semiotics of nature". *Sign Systems Studies*, 2001 (1): 71-81.

Nöth W, Kull K. "Discovering ecosemiotics". *Sign Systems Studies*, 2000 (1): 421-424.

Oelschlaeger M. *The Idea of Wilderness: From Prehistory to the Age of Ecology*. New Haven: Yale University Press, 1991.

Oelschlaeger M. "Ecosemiotics and the sustainability transition". *Sign Systems Studies*, 2001 (1): 219-236.

Paolucci A. *Edward Albee (The Later Plays)*. New York: Griffon House Publications, 2010.

Peirce C S. *Collected Papers of Charles Sanders Peirce*. Eds. Hartshorne C, Weiss P. Cambridge: Harvard University Press, 1931.

Peirce C S. *Philosophical Writings of Peirce*. Ed. Buchler J. New York: Dover Publications, Inc., 1955.

Porselvi P, Vidya M. "An eco-semiotic reading of select mamang dai's poetry". *Interdisciplinary Research Journal for Humanities*, 2018 (10): 75-83.

Reybrouck M. "Musical sense-making and the concept of affordance: An ecosemiotic and experiential approach". *Biosemiotics*, 2012 (3): 391-409.

Rolston H. *Environmental Ethics: Duties to and Values in the Natural World*. Philadelphia: Temple University Press, 1988.

Rothenberg D. *Is It Painful to Think? Conversation with Arne Naess*. Minneapolis: University of Minnesota Press, 1993.

Sallis J. *Force of Imagination: The Sense of the Elemental*. Bloomington: Indiana University Press, 2000.

Schama S. *Landscape and Memory*. New York: Vintage Books, 1995.

Scigaj L M. *Sustainable Poetry: Four American Ecopoets*. Lexington: University Press of Kentucky, 1999.

Sebeok T A. *Contributions to the Doctrine of Signs*. Lanham: University Press of America, Inc., 1976.

Sebeok T A, Umiker-Sebeok J. *The Semiotic Web 1987*. Berlin: Mouton de Gruyter, 1990.

Sebeok T A. *A Sign is Just a Sign*. Bloominton: Indiana University Press, 1991a.

Sebeok T A. *Semiotics in the United States*. Bloomington: Indiana University Press, 1991b.

Sebeok T A. *Signs: An Introduction to Semiotics*. 2nd edn. Toronto: University of Toronto Press, 2001a.

Sebeok T A. *Global Semiotics*. Bloomington: Indiana University Press, 2001b.

Sebeok T A. "Biosemiotics: Its roots, proliferation, and prospects". *Biosemiotics*, 2010 (3): 217-236.

Sebeok T A, Danesi D. *The Forms of Meaning: Modeling Systems Theory and Semiotic Analysis*. Berlin: Walter de Gruyter, 2000.

Shoptaw J. "Why Ecopoetry?" https://www.poetryfoundation.org/poetrymagazine/articles/70299/why-ecopoetry, 2016.

Siewers A. "Cooper's green world: Adapting Ecosemiotics to the mythic eastern woodlands". *Faculty Contributions to Books*. https://digitalcommons.bucknell.edu/ fac_books, 2009.

Siewers A. "Introduction: song, tree, and spring: Environmental meaning and environmental humanities". In Siewers A (Ed.), *Re-imagining Nature: Environmental Humanities and Ecosemiotics*. Bucknell: Bucknell University Press, 2014, pp. 1-41.

Snyder G. *Regarding Wave*. New York: New Directions, 1970.

Snyder G. *Turtle Island*. New York: New Directions, 1974.

Snyder G. *The Real Work: Interviews & Talks 1964-1979*. Ed. McLean W S. New York: New Directions, 1980.

Snyder G. *No Nature: New and Selected Poems*. New York: Pantheon Books, 1992.

Snyder G. *A Place in Space: Ethics, Aesthetics, and Watersheds*. Washington: Counterpoint, 1995.

Snyder G. *Left Out in the Rain: Poems*. Emeryville: Shoemaker & Hoard, 2005.

Soja E W. *Thirdspace: Journeys to Los Angeles and Other Real-and-Imagined Places*. Cambridge: Blackwell Publishers Inc., 1996.

Soper K. *What is Nature?: Culture, Politics and the Non-Human*. Oxford: Blackwell, 1995.

Tamm M. *Juri Lotman: Culture, Memory and History Essays in Cultural Semiotics*. Trans. Baer B J. New York: Palgrave Macmillan, 2019.

Tamm M, Torop P. *The Companion to Juri Lotman: A Semiotic Theory of Culture*. London: Bloomsbury Academic, 2022.

Thayer R L Jr. *LifePlace: Bioregional Thought and Practice*. Berkeley: University of California Press, 2003.

Thoreau H D. *Walden*. Princeton: Princeton University Press, 2004.

Tønnessen M. "Umwelt ethics". *Sign Systems Studies*, 2003 (1): 281-299.

Tønnessen M. "Steps to a semiotics of Being". *Biosemiotics*, 2010 (3): 375-392.

Tønnessen M. "Umwelt and language". In Velmezova E, Kull K, Cowley, S J (Eds.), *Biosemiotic Perspectives on Language and Linguistics*. New York: Springer, 2015, pp. 77-96.

Tredinnick M. *The Land's Wild Music*. San Antonio: Trinity University Press, 2005.

Tuan Y F. *Topophilia: A Study of Environmental Perception, Attitudes, and Values*. New Jersey: Prentice Hall, Inc, 1974.

Tuan Y F. *Dominance and Affection: The Making of Pets*. New Haven: Yale University Press, 1984.

Tuan Y F. "Language and the making of place: A narrative-descriptive approach". *Annals of the Association of American Geographers*, 1991 (4): 684-696.

Turner J H, Stets J E. *The Sociology of Emotions*. Cambridge: Cambridge University Press, 2005.

Uexküll J. *Theoretical Biology*. New York: Harcourt, Brace & Company, Inc., 1926.

Uexküll J. "An introduction to umwelt". *Semiotica*, 2001 (1): 107-110.

Uexküll J. *A Foray into the Worlds of Animals and Humans: With a Theory of Meaning*. Trans. O'Neil J D, Minneapolis: University of Minnesota Press, 2010.

Uexküll T. "Introduction: Meaning and science in Jakob von Uexküll's concept of biology". *Semiotica*, 1982 (1): 1-24.

Uexküll T. "The sign theory of Jakob von Uexküll". In Krampen M, et al. (Eds.), *Classics of Semiotics*. New York: Plenum, 1987, pp. 147-179.

Uexküll T. "Introduction: The sign theory of Jakob von Uexküll". *Semiotica*, 1992 (4): 279-315.

van Riel R. *The Concept of Reduction*. New York: Springer, 2014.

Weber A. *Biopoetics: Towards an Existential Ecology*. Dordrecht: Springer, 2016.

White G. *The Natural History of Selbone (Vol. 2)*. Ed. Morley H, *The Project Gutenberg* E-book, http://www.doc88.com/p-06914869437.html, 2007.

Wimsatt W C. "Reductive explanation: A functional account". In Michalos A C, et al. (Eds.), *Boston Studies in the Philosophy of Science*. Dordrecht: Reidel, 1976, pp. 671-710.

Windsor W L. "An ecological approach to semiotics". *Journal for the Theory of Social Behaviour*, 2004 (2): 179-198.

Wirth J M. "Painting mountains and rivers: Gary Snyder, Dōgen, and the elemental sutra of the wild", *Research in Phenomenolog*, 2014 (34): 240-261.

Wolff J. *Aesthetics and the Sociology of Art*. London: The Macmillan Press, Ltd., 1993a.

Wolff J. *The Social Production of Art*. London: The Macmillan Press, Ltd., 1993b.